TODOS OS PECADORES SANGRAM

S.A. COSBY

TODOS OS PECADORES SANGRAM

Tradução de

NATHALIA MARQUES

ALTA NOVEL

Rio de Janeiro, 2025

Todos os Pecadores Sangram

ISBN: 978-85-508-2405-5

Impresso no Brasil — 1ª Edição, 2025 — Edição revisada conforme o Acordo Ortográfico da Língua Portuguesa de 2009.

Dados Internacionais de Catalogação na Publicação (CIP)
(BENITEZ Catalogação Ass. Editorial, MS, Brasil)

C834t
1.ed. Cosby, S. A.
Todos os pecadores sangram / S. A. Cosby ; tradução Nathalia Marques. - 1.ed. - Rio de Janeiro : Alta Books, 2025.
352 p.; 13,5 x 21 cm.

Título original: All the sinners bleed.
ISBN 978-85-508-2405-5

1. Ficção norte-americana. I. Marques, Nathalia. II. Título.

04-2025/01 CDD 813

Índice para catálogo sistemático:
1. Ficção : Literatura norte-americana 813
Aline Graziele Benitez - Bibliotecária - CRB-1/3129

Produção Editorial: Grupo Editorial Alta Books
Diretor Editorial: Anderson Vieira
Vendas Governamentais: Cristiane Mutüs
Gerência Comercial: Claudio Lima

Coordenadora Editorial: Illysabelle Trajano
Produtora Editorial: Beatriz de Assis
Tradução: Nathalia Marques
Copidesque: Sara Orofino
Revisão: Carlos Bacci
Diagramação: Marcos Diego Santos
Capa: Karma Brandão

ALTA BOOKS
GRUPO EDITORIAL

Rua Viúva Cláudio, 291 — Bairro Industrial do Jacaré
CEP: 20.970-031 — Rio de Janeiro (RJ)
Tels.: (21) 3278-8069 / 3278-8419
www.altabooks.com.br — altabooks@altabooks.com.br
Ouvidoria: ouvidoria@altabooks.com.br

Editora **afiliada à:**
abdr
ASSOCIADO CBL Câmara Brasileira do Livro

Para meu irmão, Darrell Cosby.
O que sabemos, só nós dois poderíamos saber.

Não é necessário acreditar em uma fonte
sobrenatural do mal. Os homens são, por si
mesmos, capazes de toda a maldade.
— JOSEPH CONRAD

Eis que faço novas todas as coisas.
— APOCALIPSE 21:5

CONDADO DE CARONTE

O Condado de Caronte foi fundado sobre derramamento de sangue e trevas.

Tanto no sentido literal quanto no figurado.

Até seu nome é envolto em sombras e morbidez. Reza a lenda que deveria se chamar Condado de Charlotte, ou de Charles, porém, os mais velhos da cidade esperaram demais e os nomes já haviam sido usados em outros lugares quando decidiram unir seu assentamento recente. Segundo contam, eles apenas foram descendo o dedo pela lista de nomes até optarem por Caronte, o barqueiro dos mortos. Aqueles homens, com a pele marcada pelo tempo e as mãos calejadas, nomearam a nova cidade sem considerar sua natureza macabra. Ou talvez apenas tenham gostado da referência, pois um rio corta a cidade e deságua no Chesapeake, tal qual o Estige.

Quem sabe? Quem poderia saber os pensamentos desses homens, mortos há tanto tempo?

O que se conhece: em 1805, na calada da noite, um grupo de donos de terras brancos, irritados com os limites de seu destino manifesto, ateou fogo na última aldeia indígena da península em forma de lágrima, que se tornaria o Condado de Caronte.

Quem conseguiu escapar das chamas foi abatido por mosquetes, sem distinção de idade, gênero ou enfermidade. Essa foi a primeira de muitas tragédias na história de Caronte. O canibalismo no inverno de 1853. A epidemia de malária em 1901. O envenenamento no piquenique das Filhas Unidas da Confederação em 1935. O assassinato, seguido de suicídio, da família Danforth em 1957. Os afogamentos no batismo do retiro de avivamento em 1968, e assim por diante. O solo do Condado de Caronte, como o da maioria das cidades e condados do sul dos Estados Unidos, foi semeado com gerações de lágrimas. Lugares onde se celebrava a violência e o caos como pilares do espírito pioneiro a cada comemoração em praça pública do Dia dos Fundadores.

Sangue e lágrimas. Violência e caos. Amor e ódio. Estas foram as rochas sobre as quais o Sul foi erguido. A fundação que sustentava o Condado de Caronte.

Se surgisse uma oportunidade de perguntar a alguns cidadãos, a maioria diria que essas coisas ficaram no passado, que o rio do tempo, que flui adiante, levou tudo isso embora. Diriam até que essas coisas deveriam ser esquecidas e deixadas para trás.

Contudo, se o xerife Titus Crown fosse um dos entrevistados, ele diria que qualquer pessoa que acredite nisso seria uma tola ou mentirosa. Ou ambas. E se você tivesse falado com ele após aquele longo outubro, o homem diria que talvez o alicerce de Caronte estava podre, fétido e totalmente corrompido, não só na carne, mas na alma. Que, talvez, as rochas sobre as quais o Sul fora erguido estavam se movendo e rachando, como a pedra em que Moisés fincou o cajado. Porém, em vez de água, apenas jorrariam sangue pútrido.

Talvez o xerife toque, distraído, as cicatrizes na face ou no peito, fite seus olhos e fale, naquele sussurro áspero que sua voz se tornara:

"O Sul não muda... você pode tentar esconder o passado, mas ele volta de formas bem piores do que antes. Formas terríveis."

Talvez ele suspire, desvie o olhar e diga:

"O Sul não muda... o que muda são os nomes, as datas e os rostos. E, às vezes, nem mesmo isso muda. Às vezes, o mesmo dia e os mesmos rostos o esperam quando você fecha os olhos.

"Esperam no escuro..."

UM

Titus acordou cinco minutos antes de seu despertador tocar às 7h, e preparou uma xícara de café na cafeteira que Darlene lhe dera no Natal passado. Na época, ele achou um presente caro, afinal estavam juntos havia apenas quatro meses. Agora, Titus precisava admitir que era um presente porreta, e estava grato por tê-la.

Ele dera um perfume para Darlene.

Ao pensar nisso, quase fez uma careta. Se conhecer seu par fosse um esporte olímpico, Darlene ganharia medalha de ouro. Titus não chegaria nem na de bronze. Nos últimos dez meses, ele se forçou a tentar melhorar na arte de dar presentes.

Titus tomou um gole do café.

Sua última namorada antes de Darlene dissera que ele era um namorado excelente, mas péssimo em relacionamentos no geral. Titus não discordava.

Tomou outro gole.

Ouviu o ranger das escadas enquanto seu pai descia até a cozinha. O lamento melancólico da madeira antiga causara bastantes problemas a ele e a Marquis em mais de uma noite de sexta-feira, até Titus parar de chegar tarde e Marquis não voltar mais para casa.

— Ei, aproveita que você tá parado aí de cueca boxer e me faz um café chique nessa máquina — pediu Albert Crown.

Titus viu seu pai mancar até a mesa da cozinha e sentar confortavelmente em uma das cadeiras metálicas revestidas de vinil, que deixariam um designer de interiores hipster eufórico com o retrô nouveau dos móveis. A cirurgia de reparação de quadril de Albert já fizera um ano, mas ele ainda andava com muito cuidado. Por teimosia, se recusava a usar bengala, mas Titus via como seu rosto negro e de pele macia se contorcia como nós górdios muito apertados quando uma tempestade atingia a baía, ou quando a temperatura começava a cair como uma chumbada de pesca.

Albert Crown ganhara a vida naquela baía durante 40 anos, recolhendo armadilhas de caranguejo seis dias na semana, catorze horas por dia, no litoral de Piney Island, em barcos que pertenciam a uma gente que mal o via como homem. Não tinha seguro, nem plano de aposentadoria, mas aqueles dias totalmente exaustivos e a frugalidade da mãe de Titus permitiram que construíssem uma casa de três quartos na rua Pescoço do Pastor. Eles eram a única família, contando negros e brancos, com uma casa sobre uma fundação de verdade. Quando o imóvel cresceu como uma rosa entre ervas daninhas na floresta de casas móveis que o cercava, a inveja cruzou a divisa das cores e uniu os vizinhos.

— Quando nos aposentarmos, podemos ficar sentados na varanda em cadeiras de balanço combinando, e acenar para Patsy Jones quando ela passar de carro revirando os olhos — dissera Helen, a mãe de Titus, para o pai dele certa noite, sentada à mesa da cozinha, em um dos raros fins de semana em que ele não estava batendo perna no Watering Hole ou no Grace's Place.

Titus colocou uma xícara na cafeteira, enfiou uma cápsula no filtro e ajustou o timer.

Todavia, como em tantas coisas na vida, o plano tão trivial de aposentadoria de sua mãe não estava fadado a acontecer. Ela morreu muito antes de conseguir se aposentar da Fábrica de Bandeiras Cunningham. Porém, Patsy Jones ainda passava de carro e revirava os olhos.

— Você botou qual aí? — indagou Albert.

Abriu o jornal e começou a passar o dedo pela página. Titus conseguia ver sua boca se mexendo ligeiramente. Sua mãe fora uma leitora mais aventureira, mas seu pai nunca deixava o sol se pôr sem ler o jornal.

— Avelã. O único que você gosta — respondeu Titus.

Albert riu.

— Não conta isso pra garota. Ela conseguiu o pacote por um precinho camarada. Muito legal da parte dela. — Ele lambeu a ponta do dedo e virou a página. Assim que o fez, puxou o ar entre os dentes e resmungou. — Aqueles racistinhas não dão trégua, né? Agora vão fazer um maldito desfile para aquela estátua. Os caras tão putos porque alguém finalmente teve coragem de dizer que o avô deles é um traidor, um assassino e não vale merda nenhuma — vociferou Albert.

— Tem duas semanas que Ricky Sours e os Filhos dos Veteranos Confederados vêm todo dia bater na porta do meu gabinete — disse Titus, e deu outro gole no café.

— Pra quê? — perguntou Albert.

— Querem ter certeza de que o xerife vai "cumprir seu dever e manter o controle da multidão" caso apareça algum manifestante. Você sabe, como o Ricky é caucasiano, eles acham que vou naturalmente me opor, por causa da minha ancestralidade — respondeu Titus, mantendo a voz calma e equilibrada, como aprendera no FBI, mas percebeu que seu pai o olhava por cima do jornal.

Albert balançou a cabeça.

— Esse Sours não falaria isso pro Ward Bennings. Talvez o Ward até fosse marchar com eles, com estrela no peito e tudo. Raízes uma porra. Ele quis dizer que você é um homem negro e ele é um racista. Meu Deus, filho, às vezes me pergunto como você aguenta isso — comentou.

— Fácil. É só imaginar Sherman chutando a boca dos bisavôs assassinos e traiçoeiros deles. É assim que fico zen — brincou Titus, a voz ainda calma, mas Albert desatou a rir.

— Sexta passada, na loja, Linwood Lassiter perguntou a um dos caras com adesivo na picape por que não constroem uma estátua do… como é o nome daquele lá? Do negócio que fazem com ovos? — questionou Albert.

— Benedict Arnold[1]? — sugeriu Titus.

— Isso. Por que não fazem uma estátua pra esse sujeito, se gostam tanto de traidores? O cara da picape falou alguma coisa de herança, história, e Linwood respondeu "beleza, que tal uma pro Nat Turner[2]"? O homem entrou na picape, cantou o pneu e jogou fumaça preta na gente. Mas não respondeu — contou Albert.

Titus estreitou os olhos.

1 Militar norte-americano que lutou na Guerra da Independência dos Estados Unidos (1775–1783), mudou de lado e apoiou os britânicos. [N. da T.]

2 Revolucionário negro norte-americano que nasceu escravizado e liderou uma rebelião antiescravagista em 21 de agosto de 1831. [N. da T.]

— Pegou a placa? Como era a picape?

— Nada, a gente tava ocupado dando risada. Era igual a todas que esse pessoal dirige, suspensão lá em cima e nem uma poeirinha na caçamba. Eles cuidam dessas picapes que nem os sujeitos que aparecem na baía com uns barcos grandes e chiques, mas não pescam nenhum peixe. Usam ferramentas de trabalho como brinquedos — zombou Albert.

Titus terminou seu café, lavou a xícara e a colocou na pia.

— Eles não estão nem aí para Benedict Arnold, pai. Ele não odiava as mesmas pessoas que esses caras. Vou me arrumar. Fico de plantão até às 21h . Ainda tem ensopado de carne do domingo na geladeira. Pode ser sua janta — avisou Titus.

— Garoto, eu sou velho, mas não tanto a ponto de não conseguir fazer o jantar. Esqueceu quem te ensinou a cozinhar? — perguntou Albert.

Titus sentiu um sorriso tenso se formar no rosto.

— Você. — *Mas só depois da minha mãe estar na cova e de você ter aceitado Jesus*, pensou Titus.

— É isso aí. Digo, eu provavelmente vou comer o ensopado, mas ainda consigo me virar na cozinha — disse Albert, dando uma piscadela.

Titus balançou a cabeça e foi até a escada.

— Acho que vou arranjar umas ostras e acender a velha churrasqueira no fim de semana. Avisa aquele imprestável do seu irmão pra dar uma passada aqui — pediu Albert, quando Titus colocou o primeiro pé no degrau, paralisando por um instante antes de continuar a subir.

Marquis não viria, nem naquele, nem em nenhum outro fim de semana. O fato de seu pai ainda se agarrar a essa ideia era, muitas vezes, deprimente e revoltante. Marquis era autônomo, aprendeu marcenaria sozinho. Morava no outro lado do condado, no Parque de Trailers de Windy River, mas poderia muito bem estar no Nepal. Ainda que ele fizesse o próprio horário, passavam meses sem se ver. Em um lugar tão pequeno quanto o Condado de Caronte, isso era uma proeza duvidosa.

Titus entrou no quarto e abriu o closet. As roupas do dia a dia estavam em cabides de arame, à esquerda. As fardas estavam nos de madeira, à direita. Ele não falava que suas roupas comuns eram "de civil". Isso dava ao uniforme um nível de militarização do qual não gostava. As roupas do dia a dia eram organizadas e penduradas por cor e em ordem alfabética. Primeiro as azuis, depois as pretas, depois as vermelhas, e assim por diante. Darlene comentara uma vez que ele era o homem mais organizado que ela conheceu. Seus sapatos estavam arrumados da mesmíssima maneira. Kellie, sua ex-namorada de quando morava em Indiana, costumava reordenar as roupas dele sempre que passavam a noite juntos. Dizia que fazia aquilo pelo próprio bem de Titus.

— Você precisa relaxar, garoto da Virgínia. Você é muito tenso, um dia vai explodir. Estou tentando melhorar sua saúde mental — dizia ela.

Titus achava que ela fazia isso porque sabia o quanto ele odiava. Sabia que brigariam depois e se reconciliariam — com fúria.

Ele suspirou.

Kellie era o passado. Darlene, o presente. E apesar do que Faulkner dizia, essa parte de sua vida se fora. Melhor deixar para lá.

Ele empurrou as roupas comuns mais para a esquerda. As fardas eram todas da mesma cor. Camisa marrom-escuro, calças marrom-claro com uma listra marrom-escura na perna. Tinha dois coletes à prova de balas pendurados na extrema direita do closet. Dois pares de sapatos de couro pretos estavam no chão. Um chapéu marrom ficava em uma prateleira. Darlene o chamava de chapéu do Urso Smokey.

— Porque você é meu ursão — disse ela uma noite, deitada no peito dele.

Seus dedos brincavam com a cicatriz que ele tinha ali, como um pianista fazendo a escala de notas. A cicatriz foi uma espécie de presente de Red DeCrain, supremacista branco, nacionalista cristão, líder de milícia e, por sete minutos, um aspirante a mártir.

Sete minutos que mudaram as vidas de todos. De Titus, de Red, e de sua esposa e três filhos, todos equipados com coletes porta-granadas. O mais novo tinha apenas 7 anos. Seu colete pendia folgado nos ombros, como um moletom de capuz que ele pegara emprestado de um dos irmãos. Quando ele puxou o pino, seu rosto estava branco como leite.

E então...

— Parou — disse ele, para ninguém.

Esfregou o rosto com as duas mãos. Os estilhaços da explosão deixaram a cicatriz da queimadura em forma de ponto de interrogação em sua barriga. As cicatrizes em sua alma podiam não ser visíveis, mas não menos horríveis.

Titus vestiu o uniforme em um ritual que sempre o acalmava. Primeiro, colocou o colete e o prendeu. Em seguida, pegou a camisa. Depois, uma gravata marrom que pendia ao lado de duas outras em um gancho na parte interna da porta do armário. Em seguida, as calças e os sapatos. Foi até a cômoda, abriu a gaveta e pegou o cinto de serviço. Apertou-o com firmeza, depois pegou a chave na cômoda e se abaixou cuidadosamente até ficar de joelhos. Um xerife não podia ser visto no condado com calças amassadas. Um xerife negro precisava ter um par extra de calças em seu gabinete, apenas por precaução.

Pegou uma caixa de metal embaixo da cama, destrancou-a e tirou uma pistola de dentro dela. O condado garantia apenas uma Smith & Wesson de nove milímetros. Titus queria algo com mais poder de incapacitação. Ele pagou a SIG Sauer P320 do próprio bolso. Era a mesma arma que a Polícia Estadual da Virgínia usava. Verificou o pente e a câmara antes de enfiá-la no coldre. Havia dois óculos de sol espelhados em cima da cômoda. Titus pegou um deles e os enfiou no bolso da camisa. Seu rádio também estava em cima do móvel, ao lado dos óculos de sol. Pegou o aparelho, prendeu o transponder no cinto e o microfone na gola.

Por último, abriu a gaveta, pegou o distintivo, prendeu-o na camisa acima do bolso esquerdo, e desceu a escada.

Albert ainda estava sentado à mesa, mas agora, no lugar do jornal, havia um envelope com o nome de Titus.

— O que é isso? — indagou o xerife, embora tivesse quase certeza do que era.

— Já faz um ano. Domingo passado, o reverendo Jackson disse que ainda é um milagre a ser louvado. Quem poderia imaginar que o acidente de Ward Bennings, com um caminhão carregando toras, faria o primeiro xerife negro do Condado de Caronte vencer a eleição especial? — indagou Albert.

Titus pegou o envelope e o rasgou com a unha. Era um cartão de felicitações, com um pinguim cômico segurando um tridente diabólico na frente. Nele, lia-se:

ACHO QUE O INFERNO REALMENTE CONGELOU,
VOCÊS DOIS AINDA ESTÃO JUNTOS!
FELIZ ANIVERSÁRIO, CASAL!

Titus ergueu as sobrancelhas.

— O Walmart não tinha um cartão para comemorar a conquista de um filho por ser o primeiro xerife negro do condado. Mas estou orgulhoso. Meu garoto voltou pra casa e está mudando as coisas. Você não sabe o quanto te ver nesse uniforme significa para as pessoas, Titus. Se sua mãe estivesse aqui, ela também estaria orgulhosa — disse Albert, a voz embargada.

A mãe de Titus falecera havia vinte e três anos e, no entanto, a simples menção dela fazia o coração de seu pai jorrar dor, como a água que sai de um pano torcido.

Será que ela teria tanto orgulho assim se soubesse o que aconteceu no norte de Indiana, nas terras dos DeCrain? *Acho que não,* pensou Titus. *Ela não ficaria nem um pouco orgulhosa.*

— Nem todos os nossos estão orgulhosos. Mas obrigado pelo cartão, pai — agradeceu.

— Tá falando do Addison, da igreja New Wave? Ora, ninguém liga pra aquele garoto. Ele acha que Jesus usa jeans — zombou Albert.

Era o pior insulto que seu pai, um batista pentecostal, que usava o melhor terno todo domingo, poderia proferir sobre o pastor de dreadlocks da New Age.

— Ele faz um bom trabalho na igreja, pai — afirmou Titus.

— Você chama aquele lugar de igreja? Quando a gente passa ali de carro fica achando que é um *juke joint*[3].

— Você não chama de igreja? Enfim, Jamal Addison não é o único que me acha um capitão do mato — disse Titus com um sorriso triste.

— Bem, o reverendo Jackson sempre prega que devemos estar atentos aos falsos profetas — alertou Albert.

3 Estabelecimento parecido com uma taberna ou um bar, tipicamente frequentado por afro-americanos. [N. da R.]

Titus achou irônico, mas se calou.

— Sabe, seria ótimo se você aparecesse em um culto de vez em quando. Ninguém na igreja pensa que você é um maldito capitão do mato — disse Albert. — Eles deram duro por você, Titus. Só estou dizendo.

A dimensão e a profundidade de sua gratidão à Igreja Batista Emanuel pelo apoio em sua campanha surpresa era uma conversa que seu pai insistia em ter, e Titus insistia em evitar. Não porque não fosse grato. Ele estava bem ciente do quanto o apoio de congregações como a Emanuel o catapultou para o cargo de xerife. Junto com um influxo de hippies modernos de mente liberal e bons rapazes e moças que odiavam mais o filho de Ward Bennings, Cooter, do que desconfiavam da ex-lenda do futebol americano e agente do FBI. Uma rara coalizão, fadada a não se reunir novamente por uma geração inteira. Contudo, agora todo mundo queria cobrar. A igreja de seu pai não era diferente. Titus sabia que o apoio da congregação de Albert vinha com condições, mas não estava inclinado a cumprir. Não importava o fato de que não frequentara um culto desde os 15 anos. Ele parou de ir na mesma época em que seu pai começou. Dois anos depois que sua mãe morreu.

— Eu aviso quando puder ir, pai. É a semana anterior ao Festival de Outono. Você sabe que estarei muito ocupado — mentiu Titus.

O Festival de Outono era mais uma desculpa para os cidadãos do Condado de Caronte ficarem bêbados e dançarem na rua. Depois, se escondiam em algum canto escuro da praça do tribunal para beijar alguém solteiro, ou não.

Albert estava prestes a insistir quando o rádio de Titus chiou, ganhando vida.

— Titus, na escuta?

A voz era de seu rádio operador, Cam Trowder. Cam trabalhava no turno da manhã e a outra rádio operadora, Kathy Miller, trabalhava à noite. Cam era um dos poucos que restaram da gestão anterior.

Ele era um veterano da Guerra do Iraque, que mantinha a calma sob pressão e possuía um conhecimento enciclopédico de cada estrada e caminho de terra no condado. Apesar dessas credenciais impressionantes, o atributo mais importante de Cam era a proximidade.

Ele morava a menos de um quilômetro do escritório do xerife. Nunca faltava um dia, fizesse chuva ou fizesse sol. Sua cadeira de rodas elétrica, feita para todo tipo de terreno, chegava a até 30 km por hora. O próprio Cam a adaptara com a ajuda de um vídeo do YouTube e de alguns PDFs que baixara da internet. O homem era pura determinação.

Foi por isso que a completa sensação de desesperança que impregnava sua voz e se derramava pelo rádio deixou os nervos de Titus à flor da pele.

— Na escuta — respondeu ele, depois de apertar o botão para falar.

— Titus... tem um atirador em atividade na escola. Titus, estou recebendo centenas de chamados por minuto. Eu acho que... eu... acho... Titus, meu sobrinho está lá — informou Cam. A voz dele soava estranha. O xerife percebeu que ele estava chorando.

— Cam, chame todas as viaturas. Mande todas para a escola! — gritou Titus ao microfone.

— Meu sobrinho está lá.

— Chame todas as viaturas! Agora!

Cam resmungou, mas quando sua voz voltou a sair pelo alto-falante, estava clara e resoluta.

— Positivo, Chefe. Chamando todas as viaturas. Atirador em atividade na Escola Secundária Jefferson Davis. Repetindo, atirador em atividade na Escola Secundária Jefferson Davis.

Titus largou o cartão comemorativo e saiu correndo.

— O que tá havendo? — bradou Albert enquanto o filho saía desembestado pela porta dos fundos.

Porém, a única resposta que recebeu foi o som da porta de tela contra o batente enquanto o vento do outono lhe dava um abraço gélido.

Titus já havia saído.

DOIS

Existe uma energia caótica que parece se locomover em sua própria ordem. Quando uma situação de caos se torna rotina, essa repetição faz nascer certos padrões.

Enquanto entrava cantando os pneus no estacionamento da Jefferson Davis, Titus observava esses comportamentos distintos se desdobrarem como um origami sendo desfeito.

Alunos e professores disparavam de cada saída do enorme prédio de alvenaria. Saíam pela porta da frente, correndo. Escapavam pelas portas laterais. Pulavam das janelas. Alguns fugiam pelos fundos, por uma porta de enrolar metálica que era a saída e a entrada para a aula de mecânica do Sr. Herndon. A maré de alunos e professores fluía, passando pelo carro do mestre como um rio sobrepuja uma pedra, avançando e rodeando-a. Seus rostos eram como gravuras de um quadro de Francis Bacon, obscurecidos por uma lembrança que, daqui a dez anos, os faria chorar copiosamente em um chá de bebê, no meio do supermercado ou depois de verem um comercial de bicicleta ergométrica.

Essa era a primeira parte do caos que esse tipo específico de evento trazia. Quando o pânico atávico e implacável brota dos recônditos da parte mais animal de nosso cérebro. Lutar ou correr não era mais um conceito abstrato na aula de ciências da saúde, e sim um componente necessário à sobrevivência.

Titus saltou do SUV com a arma em punho. Os gritos das crianças eram como uma nuvem de tempestade, movendo-se de leste a oeste. O choro delas soava como trovões, fazendo-o tremer da cabeça aos pés. Ele olhou para a esquerda e viu dois de seus policiais passarem dirigindo por uma vala rasa, paralela ao gramado da frente da escola. Davy Hildebrandt conduzia uma viatura, Roger

Simmons, a outra. Carla Ortiz seguia logo atrás em uma van do programa antidrogas D.A.R.E., usada por ela nas campanhas de ensino fundamental de primeiro e segundo segmentos. Roger saltou, portando uma escopeta de choque. Davy empunhava a pistola, e Carla também. Roger corria até a multidão de adolescentes, segurando a arma pela coronha, o cano apontado para o mar de corpos vindo em sua direção como uma onda bravia.

— Roger, arma pra cima! Pra cima! — gritou Titus.

Roger parou e o encarou, confuso, depois fitou as próprias mãos. Titus o viu tremer como se tivesse tomado uma dose de uísque, então apontou a escopeta de cano curto para cima.

— Davy, passa todo mundo pro outro lado da rua! Pro outro lado da rua! — bradou Titus.

Davy guardou a arma, começou a acenar para as crianças e os professores, conduzindo-os para o outro lado da rua, até um pasto que pertencia às Fazendas Oakland. Algumas vacas da raça Angus pastavam ali de forma aleatória, e pareciam indiferentes apesar dos gritos aterrorizados ecoando pelo ar fresco da manhã.

— Chefe, o que faremos? — indagou Carla.

Ela estava ao lado de Titus após abrir caminho pela multidão. O xerife viu uma picape vermelha com uma luz de emergência presa no teto chegar a toda no estacionamento. Era Tom Sadler. Estava de folga naquele dia, mas devia ter ouvido o chamado pelo rádio. Havia poucos membros do Departamento de Polícia do Condado de Caronte que não estavam ali.

Titus rezou para não precisarem deles. Rezou para que o atirador não tivesse uma AR-15, uma AK-47, ou outro armamento projetado para espalhar a morte como alguém lançando sementes.

— Entramos e evacuamos o prédio — disse Titus, e pegou o rádio. — Davy, peça para o Tom ficar de olho na turba. Volte e nos ajude a esvaziar o recinto. Está de colete?

O rádio chiou quando Davy respondeu.

— Claro que sim. Vou buscar o Tom.

— Anda logo, Davy — disse Titus, e fez um gesto para Carla segui-lo enquanto começava a se dirigir para a escola, abrindo caminho entre aqueles que saíam por último.

— Ele atirou no Sr. Spearman! — gritava uma garota loira franzina.

Titus percebeu que era a filha de Daisy Matthews. Ele havia se formado com Daisy. O nome dela era…

— Lisa, vá para o outro lado da rua! — gritou Carla.

— Quem atirou no Sr. Spearman? Como ele é, Lisa? — perguntou Titus.

Lisa se voltou para ele e o encarou como se tivesse acabado de notar que surgira uma figura de quase um metro e noventa de altura na sua frente.

— Eu… eu… não sei. Ele estava de máscara. Atirou na cara dele. Meu Deus, ele atirou no Sr. Spearman!

Os olhos de Lisa pareciam rodas de trator de tão arregalados. Ela não estava chorando, mas seu rosto estava muito vermelho. Titus sabia que as lágrimas viriam depois. Lágrimas ou gritos no meio da noite.

— Ele era alto? Mais alto do que eu? E as roupas? O que ele estava usando? — perguntou Titus.

Lisa fechou os olhos e se jogou em Carla.

— Eu não sei! — gritou, o rosto enfiado no ombro da policial.

Titus parou e respirou. Percebeu que estava gritando. Um policial de voz grave gritando na cara de alguém nunca garantia informações pertinentes. Sabia disso, explicava para seus policiais, e mesmo assim o fez.

O xerife puxou o rádio.

— O suspeito está usando máscara. É tudo o que temos. Vamos entrar.

— Querida, preciso que você vá para o outro lado da rua, está bem? — pediu Carla, com o máximo de gentileza possível.

Lisa não respondeu, mas correu para o pasto como uma gazela assustada.

— Certo, vamos lá — disse Titus.

Essa era a outra parte da tradição nascida do caos e semelhante à ordem. Armas em punho, homens e mulheres caminhando em direção a um homem — quase sempre um homem — com sua própria arma em punho, o cano ainda quente após pulverizar uma sala de aula, um teatro ou um escritório cheio de cubículos com pedaços de chumbo revestidos de aço, movendo-se a quase oitocentos metros por segundo.

Titus sentiu o estômago se contrair tão forte e tão rápido que foi como uma cãibra. Sua respiração estava lenta e constante, mas sua cabeça martelava. O vento aumentou e refrescou o suor que se acumulava na gola da camisa. Enquanto ele avançava, os raios de sol refletidos nas janelas eram aplacados por seus óculos escuros. Os pés rangiam no asfalto. Os ouvidos captavam polifonias. À direita, Carla respirava fundo e rápido. À esquerda, Davy emitia um som agudo, como um cordeiro berrante. Roger estava na dianteira. Titus podia ver os músculos em seus ombros grossos se enroscando como cordas de convés.

Nos últimos quinze anos, o Condado de Caronte registrou exatamente dois assassinatos. Um foi resolvido em quinze minutos quando Alice Lowney confessou ter esfaqueado o marido, Walter, com um forcado depois de tê-lo pegado dormindo com o vizinho da casa ao lado, Ezra Collins, primo de Pip. O outro permaneceu sem solução, e se as notas no arquivo de Ward Bennings fossem levadas a sério, permaneceria assim para todo o sempre. A vítima era um homem branco, entre 21 e 45 anos, encontrado fatiado em cortes limpos dentro de uma mala na praia de Fiddler. De acordo com o senso comum, os restos chegaram pela Baía de Chesapeake em uma maré estranha que nunca mais viria. As pessoas gostavam de dizer que Caronte não era um lugar onde coisas terríveis acontecessem com regularidade.

Titus acreditava que as pessoas tinham memória curta.

A história recente de Caronte era de fato meio tranquila, mas o passado presenciara horrores que se transformaram em lendas. Seu pai às vezes compartilhava uma citação de um dos sermões de castigo divino do reverendo Jackson, e dizia já passara da hora de Caronte enfrentar tempos atribulados. Titus não achava que Gideon tivesse o dom da presciência, mas acreditava em ciclos temporais — o que aconteceu antes aconteceria de novo. A roda gira, gira e então para no mesmo número de vinte, trinta, quarenta anos atrás. Não importava o que encontrassem dentro da escola, os tempos de paz se foram. Agora, os tempos atribulados voltaram, e no turno de Titus.

Estavam a cerca de cinquenta metros dos degraus da frente da escola quando as portas se abriram. Um homem saiu: na mão esquerda, carregava uma máscara de couro com focinho de lobo e, no braço direito, trazia um rifle Winchester como se fosse um recém-nascido. Saiu até o topo dos degraus. O homem usava um sobretudo preto desgastado e abotoado no meio, e calças jeans sujas. Seu cabelo tinha tranças nagô embaraçadas, que precisavam ser refeitas. Sua boca estava paralisada em um esgar que parecia tomar conta de todo seu rosto.

Por um momento, o mundo ficou calmo outra vez. Os sons da multidão foram levados pelo vento. Era apenas o sol da manhã, o céu azul e aquele homem que Titus reconheceu observando-os de cima.

— Latrell, largue a arma! — rugiu Titus.

O tempo para sua voz calma passara. Latrell se voltou para Titus. O fato de cinco policiais terem cinco armas apontadas para ele não parecia perturbá-lo nem um pouco. Seu rosto negro estava estranhamente calmo, apesar de haver um hematoma do tamanho de uma bola de golfe na bochecha direita. Pupilas do tamanho de alfinetes avaliaram Titus com uma impassividade profunda. O xerife imaginou que era efeito de oxi ou heroína. Ambos vendiam como água em Caronte, apesar de todo seu esforço. Latrell estava ali e não estava — parecia uma criança que escapara dos olhos atentos dos pais e ainda não sabia que, de fato, se perdera.

Titus conhecia os pais de Latrell. Calvin e Dorothy Macdonald. Havia estudado com Calvin. Ele, Calvin, Patrick Tines e Big Bobby Packer deram a Caronte o primeiro e único título do campeonato estadual de futebol americano. Calvin era o wide receiver, Titus, o quarterback. Na noite do campeonato, o futuro xerife perdera a virgindade com Nancy Tolliver, no banco de trás do Ford Mustang de Calvin. Ela gostava de ser sufocada, mas Titus não conseguira fazer isso, não naquela época. Costumava se perguntar como uma garota de 17 anos percebeu que gostava de asfixia erótica, até se dar conta de que não gostaria nem um pouco das possíveis respostas.

Calvin agora trabalhava no estaleiro em Newport News. Estava chegando aos vinte e cinco anos de serviço. Dorothy era assistente de enfermagem na Casa de Repouso Pruitt. Eles tinham outro filho, um menino de 12 anos chamado Lavon. Latrell era o mais velho e o mais problemático. No ano em que Titus assumira o cargo, prendera Latrell uma vez por posse de equipamentos para fabricação de drogas, depois de ele ter sido expulso de uma loja 7-Eleven. O rapaz começara uma briga por não conseguir comprar cerveja após a meia-noite. Na ocasião, seu estado era parecido com o de agora: desgrenhado, mas basicamente inofensivo. Entretanto, naquela noite ele não estava com um rifle e uma máscara de couro. Quando Calvin pagou a fiança para soltar o filho, só disse a Titus que Latrell era "perturbado".

Titus sentiu que o velho amigo queria dizer mais. Ansiava por conversar. Mas, em vez disso, levou o filho e guardou suas palavras. Titus os viu partir, ciente de que Calvin lutava contra os demônios de Latrell. O xerife também sabia que não era mais um ombro para o ex-colega de equipe chorar, ou um ouvido atento para ele compartilhar seus problemas. O distintivo em seu peito fechara essa porta.

Pelo jeito, os demônios contra os quais Latrell vinha lutando haviam se multiplicado dez vezes.

— Latrell! Largue. A. Arma — ordenou Titus.

Enunciou cada palavra com toda a clareza quanto sua língua conseguira reunir. Queria atravessar aquela névoa que nublava a mente de Latrell. Precisava fazê-lo ouvir. Precisava fazer o rapaz ver as armas apontadas para ele. Perceber que, não importava o que acontecesse, ainda poderia sair daquele lugar de pé. Era o filho de Calvin. E mesmo que fosse o filho de um desconhecido, ainda merecia essa oportunidade. Um homem com quem o xerife não saíra para tomar uma dose ou treinara duas vezes ao dia durante quatro anos. Um homem com quem Titus não havia crescido sob a sombra da gigantesca bandeira confederada perto da divisa do condado.

— Ele é um dos arcanjos — anunciou Latrell. Sua voz oscilava, mas era alta e clara.

— Latrell, preciso que você largue essa arma e se deite no chão — comandou Titus.

— Ele disse que era o Anjo Sombrio. O Anjo da Morte. O Sr. Spearman costumava dizer que ele só gostava de ouvir a própria voz — relatou Latrell.

Titus observou enquanto lágrimas escorriam pelo rosto do rapaz.

— Latrell, você precisa largar essa arma agora — mandou Titus, em alto e bom som, mas a ameaça diminuíra.

Aquilo não precisava acabar em tiroteio.

— Ele os fazia clamar por Deus. E então dizia que era Malak al-Mawt, o Destruidor. Mas também não era verdade. Era apenas um filho da puta sádico, assim como o Sr. Spearman — disse Latrell. Ele largou a máscara e colocou o cano do rifle sob o queixo.

Titus parou. Abaixou a arma um mísero centímetro. Não queria que Latrell puxasse o gatilho, mas conhecia a rapidez com que alguém passava de suicídio para assassinato. As palavras saindo da boca do jovem poderiam ser consideradas delírios de uma mente perturbada.

No entanto...

Titus viu a agonia estampada em Latrell. Torcia seu corpo. Contorcia seus membros. Era como se os braços e as pernas estivessem sendo puxados e atraídos pelo peso de uma culpa e vergonha que o rapaz não conseguia articular adequadamente. As mãos seguravam o rifle com um desespero maníaco, os dedos ondulando para dentro e para fora como os tentáculos de uma criatura do fundo do mar que não tomara conhecimento do sol.

— Latrell, me escute. Não importa o que aconteceu, nós podemos conversar. Seja lá o que você fez, não é assim que se resolve. Largue a arma. Por favor. Largue a arma e vamos conversar. Não precisa ser assim — pediu Titus.

Ele tirou uma das mãos da arma e ergueu a palma na direção de Latrell. Através dos dedos espalmados, viu o rapaz retirar com cuidado o cano de debaixo do queixo.

— Isso mesmo. Agora coloque-a no chão e venha andando pra cá — disse Titus.

O xerife mudou as ordens de Latrell, pois não queria que ele tivesse o rifle ao alcance da mão se mudasse de ideia. A loucura emanava dele em ondas como o calor que subia do asfalto no meio de julho.

— Largue a arma, seu puto! — gritou Roger.

— Policial, recuar! — gritou Titus de volta.

Latrell fechou os olhos.

—Não... — murmurou Titus.

— Você não sabe as coisas que eu fiz. Tentei parar, e eles disseram que matariam meu irmãozinho. O Anjo, ele nunca tirava a máscara. Mas o Sr. Spearman, ele gostava que vissem o rosto dele. Gostava muito — revelou Latrell. As palavras saíram em uma longa frase, como um cântico.

— Latrell, espere — pediu Titus.

O rapaz abriu os olhos.

— Olhem o celular dele — disse.

Titus abaixou a arma mais alguns centímetros.

Latrell ergueu o rifle sobre a cabeça.

— EU ME TORNEI A MORTE! — berrou, enquanto descia os degraus correndo em direção ao xerife e aos policiais.

Mais tarde, repassando a cena repetidas vezes como um filme em loop dentro do teatro de sua mente, Titus chegaria àquela parte e pausaria. O momento se tornaria uma série túrgida de movimentos que pareciam ocultos por um brilho opaco. Latrell apontara o rifle para eles? O rapaz tentou apontar a arma na direção dos policiais? O xerife fechava os olhos e se esforçava para lembrar, mas a memória se dissolvia como uma teia de aranha quando tentava agarrá-la.

Titus ouviu o primeiro tiro antes que Latrell desse o terceiro passo. O chumbo grosso da escopeta de Roger transformou metade da cabeça do rapaz em uma névoa vermelha. Tom Sadler disparou cinco dos seis tiros de sua Smith & Wesson .357. Tom era um excelente atirador. As cinco balas atingiram o alvo em um agrupamento pequeno no peito.

— CESSAR FOGO, PORRA! — bradou Titus a plenos pulmões.

Davy ainda não havia disparado um único tiro, mas guardou a arma tão rápido que podia ter sido um truque de mágica. Carla apontou a pistola para baixo, mas a segurava com empunhadura tática. Davy estava murmurando, mas Titus não conseguiu distinguir as palavras. Os tiros ainda ecoavam em seus ouvidos.

O corpo de Latrell rolou pelos últimos nove degraus de granito da Jefferson Davis como uma boneca jogada fora por uma criança. O rifle bateu no chão, longe de seu alcance, como se aquilo importasse. Quando o rapaz parou a seus pés, Titus viu o rastro de sangue que sua jornada deixara para trás. Como manchara os degraus com riscas e cortes, parecendo uma caligrafia cor-de-rosa.

TRÊS

Eles encontraram o Sr. Spearman em sua mesa.

O professor estava recostado na cadeira com a boca aberta, a gravata torta e a cauda de seus cabelos mullet cinza caindo sobre a gola. Qualquer pessoa do nono ano que tivesse feito geografia no Condado de Caronte nos últimos trinta anos estava familiarizada com aquela gravata azul desgrenhada, com manchas de café inspiradas no teste de Rorschach. Se uma enquete fosse feita na Jefferson Davis, perguntando quem era seu professor favorito, Jeff Spearman provavelmente teria sido o número um durante vinte e cinco dos trinta anos em que lecionou ali.

Não fosse pelo ferimento do tamanho de uma moeda em sua bochecha e pelo buraco cavernoso na parte de trás de sua cabeça, se poderia pensar que ele estava tirando uma soneca.

A seção da lousa diretamente atrás do Sr. Spearman estava impregnada de pedaços de osso, aglomerados de massa encefálica e cabelos grisalhos. Os fragmentos estavam presos ali por uma pátina de sangue.

Titus pensou que essa parte da lousa parecia mais um projeto de artesanato dentro de um matadouro, criado por um lunático.

Titus se aproximou do corpo e tocou o seu pescoço com dois dedos. Não havia dúvida de que Jeff Spearman deixara este plano mortal, mas o xerife era minucioso. Na faculdade, em uma aula de anatomia, lera sobre um homem cujo cérebro fora atravessado por uma barra de ferro de sessenta centímetros em um acidente industrial e fora dirigindo até o hospital.

— Esvaziem o resto da escola. Sala por sala. Vão — disse Titus.

Ninguém se moveu.

— Por que caralhos ele atiraria no Sr. Spearman? — indagou Davy.

A mágoa em sua voz fez Titus se retrair. O xerife tinha o mesmo questionamento, mas a hora para perguntas viria depois. Agora tinham que garantir a segurança da escola.

— Maldito terrorista. Ouviram o que ele gritou quando veio até nós? Alguma merda islâmica — esbravejou Roger.

Ele estava ofegante como um touro. Titus girou nos calcanhares e invadiu o espaço pessoal de Roger.

— Não sabemos de coisa nenhuma. Não sabemos por que ele fez isso ou mesmo se realmente o fez. Talvez tenha um cúmplice. Talvez o Sr. Spearman tenha atirado em si mesmo e Latrell apenas pegou o rifle. Talvez estejamos lidando com terroristas. Ou com alguém com problemas de saúde mental, que nunca deveria ter tido acesso a um rifle capaz de derrubar um alce. Não sabemos de merda nenhuma. Então, vamos garantir a segurança do recinto. Agora vão. Não vou repetir — ordenou Titus.

Ele conjugou no plural, mas estava falando com Roger. Encarou o homem até ele abaixar a cabeça e se afastar.

Roger se dirigiu para a porta da sala de aula. O restante dos policiais o seguiu. Ele e Davy trocaram um breve olhar antes do policial também ir para a porta.

— E o que ele gritou não era árabe. Era aramaico. Não façam suposições sobre o que aconteceu aqui — disse Titus para a sala vazia.

•

Uma hora depois estavam no estacionamento, junto com ambulâncias, caminhões de bombeiros e multidões de pais aterrorizados em busca dos filhos traumatizados. Dezenas de maridos e esposas segurando seus cônjuges, muitos dos quais provavelmente tiveram seu último dia como funcionários do sistema escolar do Condado de Caronte. Enfrentar a possibilidade iminente da própria morte faz você repensar a carreira que escolheu.

— Os dois precisam ir para o legista? — perguntou um homem grande e negro de pele clara a Titus.

Era da funerária. O estado da Virgínia ainda era, em grande parte, rural, entremeado por cidades de médio porte cercadas por vastas áreas florestais e aninhadas nos seios de colinas que estavam a apenas alguns metros de serem montanhas, além de montanhas que eram antigas quando as pirâmides eram novas. Mesmo condados grandes, como Red Hill ou Queen, não tinham um Instituto Médico Legal. O estado nomeava um médico local como legista. Esse profissional declarava mortes desassistidas. Tia Emma, morta em sua cama depois de se engasgar com um amendoim. Ou Mama Jane, que finalmente sucumbiu a um derrame enquanto enlatava pêssegos para o outono. Tudo o que pudesse ser chamado de natural e esperado era tratado pelo legista local.

Pessoas baleadas iam para Richmond, a fim de serem dissecadas pelo Instituto Médico Legal estadual.

— Sim, os dois, mas Maynard vai levar Spearman — avisou Titus.

O homem negro de pele clara assentiu e se inclinou para pegar a maca com o corpo de Latrell. Acionou uma alavanca e se levantou ao mesmo tempo. A parte de baixo da maca subiu com ele. Depois, foi até a cabeça e repetiu a ação. Quando se certificou de que tudo estava nos conformes, começou a empurrar a maca para dentro da van.

— Ei, espere um minuto — disse Titus. O representante da funerária parou e o xerife abriu o zíper do saco de cadáver. — Consegue me arranjar luvas?

O atendente se inclinou em direção à van e então jogou um par de luvas de látex preto para ele. Titus as colocou e mexeu no casaco de Latrell. Ignorou o cheiro nauseante e pungente de intestinos abertos e o aroma metálico de sangue derramado. Uma memória tão poderosa que parecia uma alucinação tentou abrir caminho em sua mente, mas ele a afugentou concentrando-se no corpo de Latrell. Desabotoou o casaco do rapaz. Havia um ponto de sangramento no centro do esterno, como um favo de mel. Vasculhou os bolsos de Latrell com uma minuciosidade prática. Depois de alguns instantes, encontrou o celular dele. Em seu delírio, o rapaz mencionara o telefone de Spearman. Será que eles se falavam antes do tiroteio? Uma maneira de descobrir seria deixar o corpo ir para Richmond e permitir que a evidência mofasse em uma gaveta durante quatro semanas. Outra seria levar os celulares de Latrell e Spearman de volta ao departamento e investigá-los.

— Carla, pegue um saco de evidências no meu carro — disse Titus.

Carla assentiu e correu até o SUV. Quando voltou, Titus colocou o celular no saco de evidências.

— Agora pode levá-lo. Carla, diga a Maynard que Spearman também pode ir, mas antes veja se o celular está com ele — pediu Titus, deixando de lado o “senhor”.

Latrell era uma alma perturbada, com problemas que Titus nem conseguia imaginar. Também era um ladrão, um viciado em drogas, e poderia ser um incômodo onde aparecesse no condado. O bom senso dizia a Titus que não deveria confiar em nada contado por Latrell . O bom senso dizia que se Latrell Macdonald falasse que estava chovendo, o melhor seria colocar a cabeça para fora da janela e ver se molhava.

Mas Titus não conseguia conciliar o bom senso com o olhar de Latrell quando ele começou a falar sobre arcanjos e Jeff Spearman. A escuridão que se expandiu como um buraco negro naqueles olhos enquanto ele corria na direção deles, gritando sobre o Anjo da Morte, não continha mentiras. Lá no fundo, Titus sabia disso com certeza. Seus instrutores na Academia do FBI teriam repreendido esse tipo de pensamento.

— Pressentimentos são um monte de merda — dizia Bob McNally, seu instrutor de ciências comportamentais.

A ideia de que apenas evidências empíricas tinham algum valor investigativo era uma filosofia que Titus defendera com entusiasmo na Academia. Atuando em campo, essa mesma ideia mostrava-se tão frágil quanto gelo novo em um lago.

— Evidências geram condenações. O instinto te leva ao cerne do caso — dizia Ezekiel Wiggins, o único agente negro além de Titus no Departamento Local de Indiana.

O xerife achava que a verdade era um meio termo. Evidências podiam ser contaminadas. Seu instinto podia levá-lo ao erro. Seria preciso encontrar um equilíbrio entre técnica, intuição e verdade.

A verdade ali era que Latrell havia entrado na sala de aula de Jeff Spearman, atirado nele, e depois saído e morrido nos mesmos degraus que subira havia quatro anos, quando era aluno do último ano. As evidências estavam no rifle, no crânio de Jeff Spearman e talvez no celular dele.

— Titus, que diabos está acontecendo aqui?

Ouvir Scott Cunningham dizer seu nome fez Titus querer ranger os dentes como um moinho de cereais. Respirou fundo e se virou para encarar Scott.

— Houve um tiroteio. Preciso que você fique atrás da fita — disse Titus.

Scott colocou as mãos nos quadris e projetou o queixo para a frente. Titus o vira fazer isso em reuniões do Conselho de Supervisores quando as coisas não iam do jeito dele, o que, para ser sincero, não era tão frequente.

— Quem foi baleado? Está vendo? É por isso que digo para deixarmos os professores usarem armas — disse Scott.

— Scott, vou contar tudo o que puder para o condado quando conseguirmos limpar a cena, remover o atirador e a vítima, e notificar suas famílias. Mas neste exato momento você está no meio da minha cena do crime, pisando em evidências. Preciso que recue. Agora.

Scott olhou para seus pés. Estava parado no meio de uma poça do sangue de Latrell Macdonald.

— Puta que pariu. Que inferno — resmungou Scott, com nojo.

Deu dois passos largos para trás, depois arrastou as solas dos sapatos na grama ao lado dos degraus da frente.

— Atrás da fita.

— Quero um relatório completo — exigiu Scott.

Ele esperou um momento, então começou a voltar para sua picape. Titus sabia que ele quis tornar a decisão de sair como se fosse dele.

— Scott, você é o presidente do conselho. Não é meu chefe. Vai receber o mesmo relatório que o restante do condado.

Scott empalideceu, então apenas balançou a cabeça.

— Não sou seu inimigo, Titus.

Mentiroso, pensou o xerife.

Quando Titus anunciou sua candidatura, Scott Cunningham usara toda sua considerável influência para apoiar Cooter. O atual xerife sabia que as razões para ele apoiar o oponente não tinham nada a ver com a filosofia de Cooter acerca da aplicação da lei, que, em sua forma mais pura, podia ser articulada como: "perseguir pessoas negras e qualquer um que votasse no Partido Democrata."

Tinham a ver com o desejo de Scott de ter seu próprio fantoche no departamento de polícia. Não um xerife que fosse fazer vista grossa, por assim dizer — talvez alguém que olhasse para o lado, quando necessário. E a melhor marionete não seria o filho do ex-xerife? Um homem mais conhecido por três coisas: intimidar adolescentes se pegando no rio, extorquir dinheiro ou maconha de pessoas durante uma blitz e brigar com um bode. Se você deixasse Cooter um pouco bêbado, ele contaria histórias sobre como o animal, de repente, lhe deu uma cabeçada. O bode, como é costume dos vencedores, não comentou sobre a briga.

Quando os resultados da eleição saíram, Titus ficou quase tão chocado quanto Scott. No ano anterior, eles se enfrentaram mais do que Titus achava necessário para um condado do tamanho de Caronte. As coisas realmente chegaram a um momento decisivo quando Titus prendeu Alan Cunningham, primo de Scott e fiscal de edificações do condado. Jamal Addison prestara queixa alegando que Alan negava licenças de escavação de poços para famílias negras, sem fundamento. Titus investigou e encontrou uma conspiração quase comicamente inepta entre Alan Cunningham e Reece Kanter, um empreiteiro imobiliário local. Os dois formaram conluio para impedir que famílias negras construíssem casas em terrenos que Reece cobiçava perto da praia dos Conyers para um novo loteamento. Alan recebera suborno por cada negativa.

Scott era o expoente da raiva coletiva da família Cunningham. Mas não havia nada que ele pudesse fazer pelo primo. Fosse por arrogância ou estupidez, Alan deixara um rastro de evidências documentais tão gritante que até Mr. Magoo teria encontrado.

Titus geralmente não apreciava prender pessoas, mas colocar algemas em Alan Cunningham fora o ponto alto de sua semana e o mais baixo de sua relação com Scott.

— Aham, certo. E eu também não sou inimigo seu. Muito menos um dos seus cortadores na fábrica de bandeiras, ou um dos seus limpadores de caranguejos na distribuidora de peixes. Meu departamento vai lidar com o caso. Se quiser ser útil, faça o conselho aprovar e liberar fundos para custear acompanhamento psicológico a todos que estavam aqui hoje. Você faz seu trabalho e eu faço o meu — falou Titus.

Virou as costas para Scott e pegou o saco de evidências de Carla. Em qualquer outro dia, Titus não pensaria duas vezes no concurso de virilidade que Scott Cunningham acreditava disputar com ele, mas pessoas morreram naquela manhã. Seus corpos ainda estavam quentes, mesmo enquanto seu sangue esfriava nos degraus e nas paredes da Jefferson Davis. Homens como Scott, consumidos por seus egos e pelo desejo de afirmar dominância no topo de hierarquias que apenas eles viam, não tinham a capacidade de deixar de lado suas aspirações mesquinhas mesmo diante da morte.

Eles ansiavam por poder e controle em qualquer quantidade ou forma que pudessem encontrar. Titus poderia oferecer a Scott o cargo de principal limpador de merda em uma fazenda de esterco e ele aceitaria, se isso significasse que poderia mandar em outra pessoa. A megalomania de cidade pequena de Scott era alimentada por partes iguais de arrogância e tradição. Os Cunningham eram uma das maiores famílias em um condado onde possuíam as duas maiores empresas, que eram também as duas maiores empregadoras locais. Eles comandavam o Condado de Caronte em muitas frentes.

Exceto uma.

Titus era o xerife e eles não. E desde que ele prendera o distintivo em seu peito, não seria justamente naquele dia que realizaria as fantasias feudais deles.

— Se o celular de Spearman estiver no corpo, coloque-o no saco e leve os dois para o departamento — disse Titus a Carla enquanto lhe entregava o saco de evidências.

Carla fora sua segunda contratação, logo após Davy. Ela era uma mulher baixa e magra, faixa azul em jiu-jítsu e que sonhava ingressar no FBI. Davy era amigável e leal, mas Carla era inteligente e tenaz. No futuro, Davy poderia ser xerife. No futuro, Carla poderia estar do outro lado do país, conduzindo membros de um cartel à prisão.

— Beleza, chefe. Vou cuidar disso. — Ela fez uma pausa. — A coisa vai ficar feia, não é? O tiroteio, no caso. A maioria daquelas crianças lá atrás estava gravando. Eu… achei que ele estava se rendendo, então simplesmente… parecia que ele estava correndo na nossa direção. Digo, foi o que pareceu, certo?

— No momento, só preciso que você pegue aquele celular. Lidaremos com o resto depois — disse Titus.

Carla assentiu e foi vasculhar os bolsos de Spearman. Por detrás de seus óculos de sol espelhados, o xerife fechou os olhos e passou a língua pelos dentes sem abrir a boca. Quanto tempo levaria para que um dos vídeos das crianças ou membros da equipe viralizasse? Um dia? Uma hora?

No debate final antes das eleições, ele e Cooter tiveram a chance de fazer uma última declaração aos cidadãos do Condado de Caronte.

Titus subira ao púlpito no espaçoso Clube Ruritano do Leste de Caronte e compartilhou uma fração de sua culpa disfarçada como declaração de missão pessoal.

— George Orwell escreveu que dormimos seguros em nossas camas porque homens brutos estão na noite, prontos para usar a violência contra quem nos faz mal. Eu só quero um departamento capaz de garantir que esses homens brutos não machuquem pessoas que deveriam proteger. Eu nasci e me formei no ensino médio aqui. Cresci nadando na baía de Fiddler, aprendi a dirigir na rota 15. Tomei uma bebida pela primeira vez atrás do Watering Hole. Caronte é meu coração e meu lar, mas sei que esses homens brutos nem sempre foram criteriosos em sua violência. O mínimo que um xerife pode fazer é garantir que eles estejam sob as mesmas regras as quais juraram fazer cumprir. Porque todos sabemos que nem sempre foi assim — dissera Titus.

Quanto à declaração final, ele achou bastante eloquente. Ainda mais porque a de Cooter consistia em grunhidos que o faziam parecer um urso ao pronunciar as palavras *lei e ordem* e *controle de fronteiras*, mesmo que Caronte ficasse a três mil quilômetros da fronteira do sul dos Estados Unidos. Quando Titus voltou ao seu lugar, algumas pessoas aplaudiram, mas todos ouviram.

Agora, seus homens brutos usaram a violência contra Latrell Macdonald. Latrell usou a violência contra Jeff Spearman. Porém, será que outro desdobramento seria possível?

A mente penitente de Titus pensara que sim, mas agora ele percebia que isso foi o auge da ingenuidade. Se você pega um machado, derrubará uma árvore. Se pega uma arma, com estrela no peito ou não, em algum momento derrubará um homem.

Sempre soubera dessa possibilidade. O algoritmo da aplicação da lei tornava isso praticamente inevitável, o que não facilitava aceitar que ele detinha poder sobre a vida e a morte.

Quando Jamal Addison o procurou para que concorresse a xerife depois que Emmet Thompson foi parado por Cooter Bennings e acabou sendo espancado até ficar com a vida por um fio, Titus foi ao cemitério para falar com sua mãe. Sob os pinheiros melancólicos vigiando o túmulo, jurou que mudaria as coisas. Ele mesmo mudaria. Ele vira a tênue largura da atuação policial que diferencia o caos da ordem social, e isso o enojava, quase quanto tudo o que ele fizera, não importava se fora provocado. Concorreu a xerife com um fardo sobre os ombros: a jura feita a um espírito.

E, no fim das contas, seus policiais mataram um rapaz cuja mente permanecia minimamente conectada devido a um delicado amálgama de devaneios induzidos por heroína e cachaça. Um homem sofrendo. Um homem que precisava da ajuda dele.

Titus caminhou até seu SUV e se sentou atrás do volante. Ligou o carro e o engrenou. Havia papelada a preencher, ligações a fazer. Precisava avisar aos pais de Latrell, e o faria pessoalmente. Não podia delegar isso a ninguém. Esperava em Deus que conseguisse chegar a Calvin e Dorothy antes que vissem as notícias online ou, pior ainda, alguém ligasse para eles.

Quanto a Spearman, ele teria que ver quem precisava ser notificado. A escola obviamente permaneceria fechada naquele dia e talvez a semana toda. O sangue nas paredes e nos degraus teria que ser lavado.

O exorcismo com água, comum e sanitária, lavaria a carnificina, mas teria um efeito minúsculo na consciência de cada pessoa que andara por aqueles corredores pela manhã. Ele teria que chamar Roger e Tom no gabinete. Isso era certo. Centenas de peças agora estavam prontas para começarem a se encaixar, como engrenagens enferrujadas em um motor antigo. Qualquer uma delas poderia atingir os pontos mais sensíveis do xerife. Todavia, esse conhecimento não era a única prioridade em sua mente.

Também queria ver o que tinha no celular de Jeff Spearman.

QUATRO

Assim que chegou ao departamento, a notícia do tiroteio se espalhava pelo condado como um incêndio em mata seca. Titus conseguia ouvir Cam em sua mesa, atendendo chamada atrás de chamada. Quando encerrava uma, outra tocava, e o delegado dava a resposta genérica que Titus o instruíra a usar no caso de um evento com grande número de vítimas.

— Sim, houve um incidente na escola secundária. Neste momento não podemos divulgar mais informações. O xerife dará notícias assim que possível — repetia Cam várias vezes, com sua voz áspera e cansada.

Titus apontou para a própria orelha e depois para Cam, que, por sua vez, removeu o fone de ouvido e tirou uma mecha do cabelo loiro sujo da frente dos olhos.

— Meu sobrinho? — perguntou ele na mesma hora. As palavras saíram curtas e ásperas, como se ele já estivesse preparado para falar do garoto no passado.

— Ele está bem. Houve apenas uma vítima além do atirador — disse Titus.

Cam se recostou na cadeira de rodas e fechou os olhos. O alívio, a emoção vorazmente egoísta, inundou seu rosto.

— O conselho está em polvorosa. Eu consigo acompanhar, mas muito mal. Talvez devêssemos gravar uma mensagem no 911 sobre o tiroteio. Isso poderia reduzir o número de ligações — sugeriu Cam.

— Boa ideia. Vou fazer isso agora — respondeu Titus.

—O que… hã… o que aconteceu lá? — indagou Cam.

Ele colocou o fone de ouvido de volta e abriu uma garrafa de água.

— Conhece o Calvin Macdonald? Seu filho, Latrell, atirou em Jeff Spearman com um rifle Winchester. Depois, Roger e Tom atiraram em Latrell — contou Titus, sem explicar como tentou desarmar Latrell ou que Roger e Tom foram rápidos demais no gatilho para o gosto dele.

— Meu Deus. O Sr. Spearman é o professor mais legal que já tive. Ele costumava me dar carona para casa depois dos treinos de basquete. Meus pais só tinham um carro, e meu pai usava no turno da noite na R&J. Que inferno, cara. Alguma noção do motivo? — perguntou Cam.

Antes que Titus pudesse responder, o telefone tocou de novo.

— Vou gravar a mensagem — avisou Titus.

Entrou em sua sala e fechou a porta. Pendurou o chapéu em um gancho, que ficava na mesma altura do vidro fosco da porta da sala. Sentou-se em sua cadeira e ficou refletindo sobre como o importante pode se transformar rapidamente. Uma semana antes, sua maior preocupação era Ricky Sours e os Filhos dos Veteranos Confederados, que planejavam um protesto a fim de proteger uma estátua de uma ameaça de remoção que nem era séria. Claro, o xerife não cairia em prantos se alguém reduzisse Ol' Rebel Joe[1] a um monte de entulho, mas o protesto dos Filhos procurava um motivo para sua queixa. Agora ele precisaria gravar uma mensagem informando que mataram o homem que atirou em um professor na frente dos alunos. Ricky Sours e o bando de militantes neoconfederados eram castelos de areia levados pela maré crescente da nova realidade do Condado de Caronte.

Realidade essa que era tão simples quanto traumática. A partir de agora, Caronte era a mais recente "cidade onde ocorreu um tiroteio em escola", e precisaria adicionar isso à sua história.

Titus começou a abrir o notebook e uma expressão de descontentamento passou por seu rosto.

— Cam, você esteve aqui? — gritou Titus.

— Eu precisei de uma caneta! — berrou Cam em resposta.

— Da próxima vez, não mexa no notebook!

— Desculpe, chefe — Cam, antes de atender outra ligação.

---

1 A estátua real de Old Joe (Velho Joe) foi construída em 1909 pelas Filhas Unidas da Confederação em Gainesville, Geórgia, na praça central da cidade. A referência feita aqui, para além da estátua, é a uma canção confederada chamada *I'm a Good Ol' Rebel* (Sou Um Bom e Velho Rebelde). [N. da T.]

Titus ajustou o notebook para que voltasse ao ângulo costumeiro de noventa graus, perpendicular ao porta-canetas e ao telefone. Também havia um carimbo em relevo com sua assinatura à esquerda e um bloco de notas amarelo à direita, abaixo do computador. Assim como o guarda-roupa, a caminhonete e, apesar dos melhores esforços de seu pai, os armários da cozinha, a mesa dele era rigidamente organizada, a ponto de beirar a obsessão.

Houve um tempo em que ele não era tão consumido pela ordem. Depois da morte de sua mãe, quando ele tinha 13 anos, Titus se viu possuído pelo desejo de estruturar sua vida. Em parte, porque o pai se afundou em uma garrafa de uísque e não saíra dela pelos dois anos seguintes, e em parte porque ansiava por um novo tipo de religião. Na opinião de Titus, aquela baseada em magia de sangue e vinho fracassara com eles. Sua religião agora era a estrutura. Seu crucifixo contra o caos era a disciplina.

Entretanto, havia momentos, como naquele dia, em que a verdadeira natureza da existência lhe era revelada. Momentos nos quais a cortina efêmera do arranjo divino se abria e a entropia avançava pelo palco. Apesar de todas as suas tentativas de controle, dias como aquele, quando o xerife viu um garoto que conhecia desde a infância ganhar uma cratera no peito, o lembravam de que a verdadeira natureza das coisas era o caos.

A família DeCrain era testemunha disso.

O caos era o rei.

Titus suspirou. Continuaria a colocar as peças de sua vida em linhas retas. Era tudo o que tinha, tudo o que lhe trazia o mínimo de paz.

Abriu o computador e foi até o aplicativo do gravador de voz. Pigarreou, clicou e falou no tom mais calmo e sucinto possível, gravando uma mensagem direta e assegurando à cidade que não havia mais perigo.

Acessou a página administrativa do sistema de emergência e adicionou o arquivo à mensagem recebida. Em seguida, foi até a página da rede social do xerife do Condado de Caronte e digitou a mesma mensagem, fixando-a no topo. Realizar essas tarefas, imersas na banalidade, sempre parecia estranho depois de ter sacado sua arma. Escrever relatórios parecia esperançosamente inconsequente após a vida de alguém ter estado na ponta do cano de sua arma. No entanto, sabia, por experiência própria, que escrever relatórios era a parte mais importante. Era o registro de como cumpriu ou desonrou seu juramento. Em um mundo perfeito, esse registro era sacrossanto.

Titus, porém, sabia que o mundo estava muito longe de ser perfeito.

O telefone em sua mesa tocou.

— Alô?

— Calvin Macdonald, na linha um — informou Cam.

— Merda — xingou Titus. — Certo, coloque-o na linha.

Esfregou a testa com o polegar e o indicador.

— Xerife Crown — atendeu Titus.

— Meu garoto está morto, Titus? — indagou Calvin, ofegante e respirando profundamente.

— Calvin, onde você está?

— Estou dirigindo. Dorothy me ligou. Disseram a ela que Latrell disparou tiros na escola.

— Calvin, alguém pode te levar para casa? Quero te encontrar e conversar com você — disse Titus.

Sabia que, quando as palavras deixassem sua boca, confirmariam os piores medos de Calvin. Mas as pronunciou mesmo assim, ainda que parecessem ocas como ossos de pássaros. Não contaria a Calvin sobre Latrell pelo telefone. O mínimo que poderia fazer era contar ao amigo frente a frente.

— Meu filho está morto, Titus?

Calvin soluçou. Foi um som franco e simples. O som de toda a esperança sendo perdida.

— Calvin, vá pra casa. Vou encontrar você e a Dorothy lá em uma hora — avisou.

Calvin xingou, lamuriando-se.

— Ah, caralho. Vai se foder, Titus.

A linha ficou muda.

O xerife colocou o fone de volta no gancho. Haveria mais reações como essa, muito mais. Ele estava preparado para aguentar, mas não significava que gostava disso.

Abriu a aba de relatórios e começou a detalhar o tiroteio de seu ponto de vista. Roger e Tom teriam que escrever os próprios.

Em um esforço para aperfeiçoar a prestação de contas do departamento, Titus instituíra a regra de que os policiais não podiam discutir detalhes de quaisquer investigações em curso, incluindo tiroteios envolvendo membros do gabinete. Não queria dar a impressão de despreparo nem dar a oportunidade de os policiais combinarem versões.

Quando terminou, voltou para o centro de comunicação. Cam ainda atendia chamadas. Titus apontou para a orelha novamente.

— Sim, senhora, a gravação está correta. Essas são todas as informações que temos no momento. Passar bem — disse Cam, tirando o fone e suspirando. — Acho que a gravação só evitou umas duas ligações a mais.

— Estou indo até a casa de Calvin e Dorothy. Você ainda tem o número do Tom? Eu tenho no meu celular se você não tiver.

— Sim. Ele me deu naquele churrasco na casa dele em junho.

— Ligue para ele. Diga que preciso vê-lo hoje, lá pelas 16h. Diga para trazer a arma usada na escola.

Cam baixou o olhar para sua mesa, depois voltou a erguê-lo.

— Foi preciso atirar, não foi? Você contou que o sujeito matou o Sr. Spearman.

O comentário pairou no ar entre eles, envolto nas suposições não ditas de Cam. Um homem mau atirou em um homem bom, então outros homens bons mataram o homem mau. O que mais havia a ser dito?

Titus gostaria que fosse tão simples assim. Gostaria muito.

— Preciso conversar com ele, Cam. Passe a mensagem adiante.

Não era mais um favor.

Titus entrou no SUV e saiu do estacionamento do departamento, seguindo pela estrada que serpenteava pelo centro do Condado de Caronte, passando pelo supermercado Safeway, pela loja de varejo Dollar General e pelo que costumava ser a loja de Móveis e Eletrodomésticos Herndon. A estrada o conduziu pela biblioteca do condado e pelo Gilby's Southern Dining, restaurante de comida típica sulista, depois pelo fórum e pelo Memorial da Guerra Confederada, que ficava a menos de três metros da frente daquele prédio. Passou pela escola secundária. O estacionamento parecia uma cidade fantasma após aquela manhã.

Passou pelo lava-jato Soapy Suds, o terceiro negócio mais lucrativo do Condado de Caronte. Muitos garotos gostavam de levar suas picapes com suspensão elevada para andar na lama na noite de sexta-feira, e passavam pelo Soapy Suds no sábado de manhã a fim de andar pelas estradas secundárias e acelerar na rota 15 no sábado à noite. Por fim, Titus passou pelo que costumava ser a farmácia Sommers. Prendera Billy Sommers por fraude em receitas seis meses antes. Quando foi à casa dele com Davy e Carla, encontrou Billy sentado na sala com os pulsos cortados até o osso. Em seu colo, uma navalha reta com cabo de pérola. Em suas mãos, uma foto da esposa e dos dois filhos. Parecia que alguém derramara uma jarra de *merlot* no tapete cor de café com leite. Amarraram torniquetes nele e o levaram para o hospital em Newport News. Duas semanas depois, o prenderam.

Uma nova farmacêutica tentou assumir o prédio da Sommers, mas os primos de Billy, ainda ressentidos com sua prisão e posterior condenação, espalharam o boato de que ela não tinha diploma. Dentro de um mês, o boato se tornou um fato imutável e, no outono, a jovem que tentou ajudar as boas pessoas de Caronte com suas necessidades medicinais logo partiu para lugares melhores. Titus achava que o fato de ela ser uma mulher negra não ajudara a conquistar os cidadãos brancos do condado. Normalmente, os negros em Caronte tentariam se mobilizar em prol de uma irmã embarcando em um novo empreendimento, mas a jovem não era *nativa* do condado. Era de fora, e as pessoas da cidade relutavam em aceitar caras novas. Seus cidadãos, tanto negros quanto brancos, se uniam nessa questão.

Titus saiu do limite urbano de velocidade de 60 km/h e pisou no acelerador ao virar na rota 15. O condado em forma de lágrima era cortado pela estrada, como se fosse uma incisão, e as estradas laterais que saíam da principal eram como pontos de sutura feitos de asfalto.

Titus passou pela Primeira Igreja Metodista Coríntia. Um edifício espaçoso envolto em tijolos vermelho-vivo. Muitas das pessoas brancas daquele lado do condado iam para o culto de domingo na Primeira Coríntia. Alguns quilômetros à frente, passou pela Segunda Igreja Metodista Coríntia. Fruto de um cisma na congregação da

Primeira Coríntia, a Segunda Coríntia não era tão grande quanto sua origem, mas o que lhe faltava em metros quadrados compensava em exuberância. As janelas de vitral se estendiam desde a fundação até a torre. Uma fonte grande o suficiente para se nadar nela dominava o espaço verde na frente do prédio. O letreiro da igreja, um outdoor emoldurado em pedra que anunciava a salvação com trocadilhos inteligentes e provérbios concisos, tinha cerca de três metros de altura e era adornado com querubins dourados.

Titus achava que os membros da Segunda Coríntia não entenderam bem a parte sobre os mansos herdarem a terra.

A Primeira e Segunda Coríntias e o Templo New Wave eram três das vinte e uma igrejas no condado. Quando ele era criança, havia dezenove. Sua mãe era da Igreja Batista Emanuel. Ela deu aula na escola dominical até sua doença obrigá-la a se afastar, depois a se deitar, até fazê-la descansar. Antes de a doença levar sua fala embora, ela costumava dizer que um lugar como Caronte não precisava de salvação em tamanha abundância.

— Deus pode estar em todos os lugares ao mesmo tempo, se quiser, mas ele não está em cada prédio chamado de igreja. Você pode ficar em um púlpito e se chamar de ministro. Eu também posso rolar na lama e me chamar de porca. Não significa que você foi chamado a pregar, e não significa que eu estava destinada a virar costeletas de porco.

Ele a ouvira dizer isso em mais de uma ocasião.

Depois ela ria muito.

Quando menino, considerava a risada de sua mãe repleta das notas mais bonitas que já ouvira. Era um som alto e alegre, como algo que Mozart improvisaria em um cravo. Anos depois, nenhum outro som mudara sua opinião.

Após mais quinze minutos de estrada, Titus virou na travessa Pedra de Sal e seguiu em direção à casa móvel dupla de Calvin e Dorothy. Quando voltara à cidade pela primeira vez, antes de anunciar que concorreria a xerife, Titus viera aqui na picape do pai e ficara sentado no deck traseiro com Calvin. Dividiram bebida em uma caneca de vidro com tampa e falaram das pessoas conhecidas e das memórias compartilhadas. Os bons momentos que tiveram pareciam estar banhados em um tom sépia na mente de Titus, e desapareciam em uma lentidão angustiante. Quando pôs a estrela no peito, os convites à casa do amigo também desapareceram. Titus não podia dizer que não esperara essa atitude, mas tivera esperanças de que daquela vez estaria errado.

Enquanto parava o carro no quintal, Titus viu a picape de Calvin estacionada em um ângulo desleixado. O sedan de duas portas de Dorothy estava parado da mesma maneira. Titus conseguia visualizá-los estacionando bruscamente, freando com tudo e correndo para casa. Sendo as fofocas como são, os dois tinham ouvido quinze versões diferentes da morte do filho. Nenhuma delas correta e todas asquerosas.

O xerife foi até a porta e bateu forte três vezes. Calvin fizera obras na casa móvel havia alguns anos, transformando-a em uma casa fixa, com quatro paletes de argila vermelha cozida. Passos se aproximaram da porta em ritmos frenéticos. Calvin abriu a porta com força e fixou os olhos em Titus.

— Fala. Fala na minha cara, filho da puta — xingou Calvin, rouco.

— Calvin, posso entrar? — perguntou Titus.

O pai de Latrell era alguns centímetros mais baixo que o xerife, mas duas vezes mais largo, com uma cabeça grande sobre um pescoço de touro. Ainda detinha o recorde da Jefferson Davis para o exercício de levantamento de peso do chão. Seu rosto negro tinha algumas rugas a mais ao redor dos olhos, mas ele ainda parecia o garoto desbocado e irreverente que Titus conhecia desde a primeira série.

— Pode ficar nesse degrau e falar que matou meu filho. Eu já sei, Titus. Só quero ouvir você dizer. Quero que olhe nos meus olhos e fale…

Calvin parou. Por meio segundo, simplesmente ficou quieto. O brilho em seus olhos diminuiu e Titus percebeu que ele estava em outro lugar, onde um de seus melhores amigos não matara seu filho. E então voltou com tudo. Lágrimas correram por seu rosto. Ele agarrou a cabeça com as duas mãos. Soluçando, deu um passo para trás, batendo as costas na parede. Suas pernas cederam e ele escorregou até o chão.

Dorothy surgiu como uma aparição e ficou ao lado de Calvin, o olhar fixo em Titus.

— O que aconteceu, Titus? — perguntou.

Sua mandíbula retesada formava uma linha rígida. Dorothy era uma mulher magra, mas passou o braço ao redor de Calvin e o ajudou a se levantar. Uma tensão passou entre ela e Titus, tão invisível quanto eletricidade, mas igualmente poderosa. Dorothy tinha a expressão de alguém que se preparou todos os dias de sua vida para a coisa mais horrível que podia imaginar.

Titus tirou os óculos de sol.

— Recebemos uma ligação informando que alguém estava atirando dentro da escola secundária. Quando chegamos lá, Latrell saiu com um rifle Winchester nas mãos. Ele... ele não largou o rifle. Falou algumas coisas sobre Jeff Spearman e então avançou em nossa direção — contou.

Um gosto amargo subiu por sua garganta e ficou na boca. Calvin e Dorothy trocaram um olhar doloroso. Titus, como um cão farejador, percebeu.

— Aquele rifle era seu, Calvin?

Calvin olhou para Dorothy de novo, mas sua esposa fechara os olhos. Ele virou bruscamente a cabeça na direção de Titus.

— Agora você vai me prender? — vociferou. Seu luto saíra do casulo, metamorfoseado em raiva.

— Não. Só estava perguntando. Tentando esclarecer as coisas — explicou Titus.

Colocou os óculos de sol de volta e deu um passo para trás, no segundo degrau. Lutou contra a vontade de explicar. De dizer-lhes como tentou acalmar Latrell. Dizer-lhes como não queria que aquilo terminasse com metade da cabeça do rapaz espalhada pelo estacionamento.

— Quando ele estava na escola, o Sr. Spearman era seu professor favorito. Ele até dava uma ajuda extra para Latrell nas aulas de geografia. Costumava ficar depois da aula e dar tutoria. Por que ele atiraria nele, Titus? — indagou Dorothy.

Titus engoliu o nó que se formava em sua garganta.

— Ele não atirou. Estão armando para o meu menino. É isso que eles fazem! — exclamou Calvin.

Cuspe voava de sua boca. Titus sentiu algumas gotas pingarem em sua bochecha. Outra conversa silenciosa ocorreu entre ele e

Dorothy. Os olhos da mãe lhe diziam coisas sobre Latrell que Calvin não queria aceitar.

Ninguém conhece os rios ocultos do espírito de um homem como sua mãe.

— Cal, não armamos para ele. Ninguém do meu departamento deu esse rifle a ele — disse Titus, fazendo o melhor para não dar um tom acusatório ao comentário.

Apenas relatou os fatos. Quem diz que fatos não carregam sentimentos nunca precisou dizer a um pai que seu filho estava morto e que, antes de morrer, virou um assassino.

Toda a fúria de Calvin pareceu se dissipar abruptamente. Sem aviso, deu meia-volta e entrou. Titus o observou ir para a sala de estar e desaparecer de vista, deixando ele e Dorothy parados na porta, com o frio roubando o calor de seus corpos.

— Algumas semanas atrás, ele veio aqui com um facão e ficou balançando aquela porcaria para todos os lados, gritando que era o diabo. Nos assustou demais. Lavon começou a chorar. Então, Latrell largou o facão e caiu em meus braços. Ele estava sofrendo muito, e eu não sabia como ajudá-lo. Era meu filho e eu não sabia como ajudá-lo. Pensamos que ele estava melhorando, sabe? Tinha conseguido um emprego na distribuidora de peixe. Pensamos que ele estava se ajeitando. — Dorothy se abraçou por causa do frio. — Quando podemos ir até ele?

— Ele está no necrotério. Vai demorar alguns dias. Vamos falar com a funerária. Acredito que vocês vão contratar a Spence and Sons, certo?

— Nem tinha pensado nisso. Sim, acho que vamos com a Spence. Ele… machucou alguém além do Sr. Spearman?

Titus balançou a cabeça.

— Não. Mais ninguém. Nem as crianças, nem outros professores.

— Isso é bom. Vou ver como o Cal está. Depois acho que vamos precisar pensar em como contar ao Lavon que seu irmão está morto — lamentou Dorothy, e fechou a porta.

Titus ficou ali por alguns segundos antes de voltar para seu SUV. Havia muito mais a dizer, e ao mesmo tempo não havia nada a ser dito que pudesse estancar as feridas que Calvin, Dorothy e Lavon carregariam de agora em diante, até o fim de suas vidas.

Enquanto Titus dava partida no SUV, o microfone chiou.

— Xerife, qual é sua posição? — perguntou Carla.

— Vim notificar a família de Latrell. O que você conseguiu?

Carla não respondeu.

Titus sentiu o celular vibrar no bolso. Sacou o aparelho.

Era Carla. Apertou o botão de atender.

— Quer falar alguma coisa que não pode ser dita em um canal aberto? — indagou Titus.

Ouviu uma respiração pesada na linha, como se fosse um disque-sexo dos anos 1980.

— Xerife, conseguimos o celular, mas não dá para acessar. Está bloqueado. Tem um desses aplicativos de segurança com impressão digital. Liguei para o Harold na funerária. Ele ainda está com o corpo do Spearman. Ia levá-lo para o instituto médico-legal, mas se atrasou atendendo algumas pessoas que queriam encomendar uma lápide para a mãe. Liguei para perguntar se você queria que eu fosse lá e tentasse usar a impressão digital do Sr. Spearman para desbloquear o telefone. Mas...

— Mas o que, Carla?

— Xerife, Jamal Addison está no estacionamento com cerca de vinte pessoas da igreja dele querendo falar com você, perguntando por que não conseguimos pegar o Latrell vivo e se ele era mesmo o atirador. Davy foi até lá para tentar falar com eles, e...

— Não deu certo.

— Nem um pouco.

— Diga a eles que estarei aí em dez minutos. Não vá para a funerária ainda. Posso precisar de você e do Davy.

Ele odiava admitir que existia a possibilidade de as coisas saírem do controle. Jamal era um pastor entusiasmado, tão apaixonado pela justiça social quanto por salvar almas. Inspirava uma devoção intensa entre seus fiéis. Essa intensidade, combinada com o ceticismo legítimo (e infelizmente justificado) quanto à veracidade de qualquer coisa dita pelo Departamento de Polícia do Condado de Caronte sob os antecessores de Titus, e misturada com as emoções cruas que ainda estavam sendo processadas por todos no condado após o evento daquele dia, preparou o terreno para uma situação volátil, na qual as palavras poderiam rapidamente se tornar ações e essas ações seriam, de maneira inevitável, violentas.

Titus não achava que Jamal e seus fiéis queriam que isso acontecesse, mas esse era o problema da violência — ela nem sempre esperava um convite. Às vezes, via uma brecha na barragem e inundava todo o vale. Titus não queria ver mais ninguém se ferir naquele dia, pois já atingira sua cota diária tanto do som quanto da fúria da violência.

•

Nove minutos depois, Titus passou dirigindo por uma pequena multidão que o esperava, e estacionou em sua vaga. Jamal Addison e cerca de vinte fiéis estavam parados perto da entrada do monótono prédio de tijolos que continha o escritório do xerife e uma única cela.

Titus moveu a cabeça de um lado para o outro, como se estivesse se aquecendo para uma luta. Sabia que aquela conversa seria uma batalha diferente, mas estava certo de que não sairia ileso. Um homem afro-americano fora baleado por dois policiais brancos. Não importava quem era o xerife, haveria sérias perguntas. Titus sabia disso, e mesmo que algumas pessoas não acreditassem, concordava com elas. A história da polícia nos Estados Unidos, especialmente ao sul da linha Mason-Dixon[2], tornava essas perguntas necessárias.

Ele também sabia que Jamal não iria gostar das respostas a essas perguntas, e as veria como linguagem de conspiração. Não importava se Titus era um homem negro que se candidatara com uma plataforma de mudança. Para muitas pessoas negras, incluindo Jamal, agora ele era policial em vez de negro. Era ao mesmo tempo irônico e desanimador que o pastor pensasse assim.

Quando os dois discutiram a possibilidade de Titus concorrer, ele se esforçou muito para Jamal perceber que seria um xerife negro, não o xerife da comunidade negra. Afirmara a Jamal que faria todo o possível para promover uma mudança significativa, mas no fim

---

2 Fronteira traçada pelos ingleses Charles Mason e Jeremiah Dixon, que antigamente separava os estados de Maryland e Pensilvânia, e que hoje divide culturalmente o norte e o sul dos Estados Unidos. [N da T.]

das contas não podia e não ignoraria a lei. Infelizmente, falhou ao tentar fazer Jamal compreender essa ideia. Ou talvez Jamal sentisse que Titus o usara para chegar ao cargo e agora o traíra. Certamente esse parecia ser seu posicionamento. De qualquer forma, isso pesava em Titus toda vez que as circunstâncias os aproximavam, o que só servia para afastá-los ainda mais.

Quanto ao restante da comunidade negra de Caronte, o xerife entendia que, para alguns, ele sempre seria o inimigo. Era o preço de usar o distintivo. Quando anunciou sua candidatura, fez a escolha de viver em uma terra de ninguém, entre pessoas que acreditavam nele, pessoas que o odiavam por causa da cor de sua pele e as que o consideravam um traidor da raça. Ele tentou, da melhor maneira possível, se manter na fronteira desse país desconhecido, ensanguentado mas inabalável. Na maior parte do ano anterior, pensou que havia conseguido. Então aquele dia jogara essa suposição na sarjeta e tudo o que Titus conseguiu fazer foi vê-la se despedaçar a seus pés. Não podia jogar a culpa disso em Jamal. Era a natureza da fera, e ela gostava de morder.

Titus saiu do SUV e acenou para Carla e Davy. Eles estavam de pé do outro lado da ilha de concreto que separava uma fila de vagas de estacionamento da outra. A multidão estava do lado mais próximo de Titus. Quando Carla e Davy não se moveram, o xerife acenou novamente, dessa vez com mais intensidade. Carla entendeu o recado e deu um cutucão em Davy. O rosto do policial estava vermelho como uma beterraba.

Ambos entraram no departamento, sumindo de vista.

Titus queria tê-los por perto, mas não de guarda do lado de fora. Se as coisas saíssem do controle, estavam a apenas alguns passos de distância, mas ele não queria que Jamal e seus fiéis sentissem que estavam em um impasse.

— Xerife Crown, podemos incomodá-lo um momento? — perguntou Jamal.

Ele era um homem negro jovem e bonito, com uma voz retumbante. Tinha o tom e os maneirismos de um pastor da velha guarda, mas a visão e paixão de um ativista millennial. Muitos dos mais velhos na comunidade negra do condado não gostavam de seus cabelos longos trançados ou do traje casual. Jeans, botas Timberland marrons e camisetas retrô de futebol americano não eram o que se esperava de um pregador. Titus achava o guarda-roupa de Jamal uma boa mudança. Ele genuinamente preferia isso às roupas de profeta/cafetão que alguns pastores usavam.

— Reverendo Addison. Como posso ajudar?

Titus notou que Jamal parara de se referir a ele pelo primeiro nome cerca de seis meses depois de ter sido eleito, e decidiu que deveria fazer o mesmo. Se um homem decide que você não é amigo, tentar sustentar esse título faz de você um tolo.

Jamal juntou as mãos, como se fosse orar, e levou um momento para organizar os pensamentos.

— Xerife, nos contaram sobre um tiroteio hoje na escola secundária. Calvin Macdonald me ligou chorando e dizendo que seu departamento matou o filho dele. Agora ouvi falar que ele é suspeito de atirar no Sr. Spearman, e também estava prestes a se render quando foi abatido como um cachorro — narrou Jamal, devagar e com uma pronúncia muito cuidadosa, apesar de Titus saber que ele estava enfurecido.

— Reverendo, o tiroteio ainda está sob investigação. Os dois policiais envolvidos serão afastados administrativamente enquanto realizamos uma sindicância. Farei uma declaração oficial amanhã. Porém, posso garantir que foram feitos todos os esforços para resolver a situação de forma pacífica — declarou Titus, odiando como isso soava. Era como se falasse em códigos com outro negro.

Jamal colocou as pontas dos dedos nos lábios.

— Xerife, me desculpe, mas, francamente, isso não é bom o suficiente. Você pode nos assegurar aqui e agora que a polícia estadual será chamada para investigar este episódio? Sem ofensas, mas se você captura uma raposa no galinheiro, não pode colocar outras raposas para investigar suas intenções — Jamal.

Um murmúrio suave de concordância percorreu a multidão.

— Até o momento, não acredito que seja necessário a polícia estadual conduzir a sindicância. Dou minha palavra de que empregaremos total transparência em relação a...

— Sua palavra não vale merda nenhuma, chaveirinho de branco.

Titus reconheceu o jovem que falou ao lado de Jamal. O nome na carteira de motorista era Ervin Jameson, mas todos o chamavam de Manda-Chuva. Seis meses antes, era um dos principais representantes de produtos farmacêuticos recreativos do Condado de Caronte, até que teve uma overdose do próprio produto. Quando voltou para este lado do véu após uma semana em coma, se declarou salvo. Vira o outro lado e vislumbrara o lugar para onde ia, então se juntou à igreja de Addison logo após esse testemunho. Titus não duvidava da veracidade de sua conversão. Sabia, por experiência própria, que chegar perto do Ceifador pode mudar alguém. O que o incomodava no Manda-Chuva era o excesso de hipocrisia que o rapaz tinha agora. Era uma característica comum aos recém-salvos. Especialmente quando se sofreu de alguma forma de dependência na vida pregressa à salvação. Era como se trocassem um vício secular por um santificado.

— Acho que não ouvi direito. Repita — pediu Titus.

Estava cansado e estressado, e sua mente rodopiava com tudo o que vira naquela manhã. Um dos filhos de seus melhores amigos foi morto na sua frente. O cérebro de um professor que escrevera uma carta de recomendação apoiando seu ingresso na Universidade da Virgínia foi estourado. E agora sua negritude, algo tão intrinsecamente parte dele quanto seus braços e pernas, estava sendo questionada por um homem que, seis meses antes, vendia mais oxi e MD para seu próprio povo do que para os Tylers e Madisons do condado.

A audácia foi palpável. A hipocrisia era de enfurecer.

— Repita — mandou Titus.

Dessa vez, não usou sua entonação policial. Sua voz agora era a pura expressão do Condado de Caronte. Cachaça e pão de milho. Troca de socos e madressilva.

— Você ouviu — respondeu Manda-Chuva, dessa vez com um tom bem baixo.

— Ervin, está tudo bem. Xerife Crown, eu te entendo, mas preciso mesmo explicar por que estamos um pouco céticos? — perguntou Jamal.

Titus inclinou a cabeça ligeiramente. O que Jamal era, de muitas formas, pior do que o insulto de Manda-Chuva. Ele entendia, é claro, por que Jamal estava desconfiado. Estava ciente da longa história de preconceito e intolerância que persistia, não apenas no Departamento de Polícia do Condado de Caronte, mas em muitos departamentos de polícia em todo o país. Crescera vendo Ward

Bennings ostentar sua insígnia como uma maça que pressionava o pescoço de cada homem, mulher e criança negra no condado. Titus queria agarrar Jamal pela gola da camiseta retrô dos Houston Oilers e gritar: "Por que caralhos você acha que eu me candidatei a xerife?".

Mas essa não foi a única razão, foi?, sussurrou a voz de Red DeCrain em sua mente.

— Reverendo, entendo suas preocupações. Mas isso é tudo que posso dizer por agora.

Jamal deu de ombros.

— Tudo bem. Mas quero que saiba disto: vamos observar como você conduzirá esta sindicância. E se parecer que está tentando abafar o assassinato de outro homem negro, faremos nossas vozes serem ouvidas, não importa quanto tempo leve. A verdade nunca descansa, xerife.

Titus se lembrou de quando Jamal liderava um comício para conseguir votos para ele no ano anterior. Perguntou-se quando perdeu a confiança do pastor. Entendia por que Jamal não confiava na polícia em geral, mas o xerife ficava especificamente incomodado pelo pastor não confiar nele.

— Dou minha palavra de que faremos uma investigação completa — assegurou Titus.

— Espero que seja o suficiente para Calvin, Dorothy e seu filho vivo por enquanto.

— Lavon.

— O quê?

— O outro filho deles. O nome dele é Lavon. Eu estava na casa deles de visita quando ele nasceu. Fui a quinta pessoa a segurá-lo depois de sua mãe, seu pai e seus dois avós. Eles estavam preocupados porque ele nasceu com um pequeno problema no coração. Os médicos resolveram. Agora é um moleque de 12 anos cheio de energia. Gosta de desenhar. Antes de ser xerife, fui à casa de Calvin para um churrasco. Lavon desenhou um retrato meu e de seu pai. Sei que isso não será suficiente para Calvin agora. Seu filho mais velho está morto. Nada vai mudar esse fato. Nem minhas promessas, nem seus sermões. Agora, se me der licença — disse Titus.

Passou por Jamal e seus fiéis e entrou no departamento.

•

Carla e Davy estavam de pé, perto da entrada da cela. Roger estava perto da sala de evidências, de costas para Titus, a cabeça baixa e uma das mãos apoiadas na parede. O único som no local era a voz profunda de Cam enquanto atendia o telefone.

Seus outros policiais estavam tão solenes quanto pessoas enlutadas em um funeral.

Talvez se pensasse que isso aconteceu porque mataram um filho nativo de Caronte. E embora essa morte possa ter impactado a postura deles, Titus sabia que não era a razão principal para as expressões tristes. Aquele filho nativo matara Jeff Spearman. Professor de geografia, treinador da equipe de debate e organizador do Clube de Teatro. Jeff Spearman, sempre disposto a ficar do lado dos alunos quando havia um embate entre a administração da escola e o corpo discente. Titus se lembrou de quando estava na Jefferson Davis e o diretor tentou cancelar o baile de formatura. Aparentemente foi por causa de um surto de mononucleose, mas todos sabiam que era porque muitos pares inter-raciais deixaram claro que dançariam juntos. Jeff Spearman ficou ao lado dos alunos e até ameaçou organizar um baile alternativo no Clube Ruritano se o diretor cancelasse o do colégio.

Quando Titus contou essa história para seu colega de quarto na faculdade, o garoto, que era de Trenton, Nova Jersey, perguntou se Caronte estava preso em um looping temporal desde 1958.

— Tipo, ano 2000, cara, e ainda tem diretores tentando proteger a virtude das mocinhas brancas do grande e assustador monstro do pênis negro? — ironizou Malik, seu colega de quarto.

— Sim, mas o Sr. Spearman ficou do nosso lado.

— Esse apoio dele nem deveria ter sido necessário — afirmou Malik.

Titus lembrava de se sentir tolo por elogiar o Sr. Spearman. Não que ele não merecesse, mas porque toda a situação fora um anacronismo triste e patético.

— Vocês, venham para o gabinete — chamou Titus.

Os três o seguiram, silenciosos como pedras. O xerife pendurou o chapéu no gancho e sentou-se à mesa. Carla, Davy e Roger fizeram um semicírculo na frente dele.

Todos encaravam o celular na mesa, à direita do notebook. O aparelho estava virado para baixo e tinha uma capa tie-dye. O rosto de Roger estava pálido como o ventre de uma truta. Seus lábios estavam úmidos de saliva. Titus achou que ele tinha vomitado havia pouco tempo. Davy pressionava o punho firmemente contra a boca. Suas orelhas de abano ainda estavam vermelhas, como se ele tivesse levado uma bofetada. Carla estava em posição militar de descanso, com as mãos para trás.

Titus respirou fundo. Conseguia sentir o odor pungente do suor e, por baixo disso, um outro cheiro. Um aroma amargo, tanto familiar quanto perturbador.

Medo. Ele conseguia sentir o medo deles no ar, como o cheiro de ozônio antes de um raio.

Todos eles, com exceção de Cam, ouviram o que Latrell dissera sobre Spearman. Suas acusações suplicantes não soaram como os delírios de um louco, não totalmente. Não havia espaço para meias-medidas. Titus tinha a sensação de que, assim que abrissem o celular de Jeff Spearman, ele seria ou um professor amado assassinado por um ex-aluno mentalmente doente ou seria um monstro. Das duas, uma. Não havia meio-termo. Ao dar uma olhada nos rostos de seus policiais, era capaz de ver que eles também sabiam.

— Em que pé estamos com os depoimentos das testemunhas da manhã? — perguntou Titus.

Carla pigarreou.

— Coletamos o máximo que pudemos. Temos cerca de trinta. Muitas pessoas não quiseram falar.

— Tentei fazer com que todos os adultos depusessem — afirmou Davy.

Titus tirou os óculos escuros.

— Vamos ver se conseguimos encontrar mais algumas. Quero ter certeza de que essa parte estará resolvida — disse Titus.

— O que há para resolver? Aquele puto atirou no Sr. Spearman e nós o neutralizamos — disse Roger, os olhos ferozes e as palavras cheias de bravata, mas seus lábios finos tremiam ao falar.

— Sigam em frente e cuidem disso. Vou levar o celular na funerária — informou Titus.

Davy e Carla se dirigiram para a porta. Roger os seguiu.

— Você, não, Roger. Sente-se — mandou Titus.

O grandalhão parou e foi em direção à cadeira de madeira forrada de couro do outro lado da mesa de Titus. Carla olhou rapidamente para trás antes de sair pela porta.

Titus entrelaçou os dedos, inclinou-se para a frente e descansou os antebraços na mesa. Olhou nos olhos de Roger.

— Roger, você se envolveu em um confronto armado hoje.

— Sim, e parece que matamos um cretino louco — respondeu Roger.

Cruzou os braços sobre o peito largo como uma criança prestes a recusar as couves de Bruxelas no prato.

— Como você sabe, conforme expliquei depois da minha posse, qualquer policial envolvido em um tiroteio fatal entra em licença administrativa por ao menos duas semanas — prosseguiu Titus.

— O quê? Você não pode estar falando sério! Latrell atirou no Sr. Spearman na frente de uma sala de aula cheia de crianças. Crianças que conhecemos, que você conhece, Titus. Cumprimos a nossa obrigação, e agora você vai me colocar em serviço interno? Sério? Você…

Em vez de terminar sua fala, Roger levantou-se subitamente da cadeira.

Titus estudou seu policial com olhos frios e impassíveis. Roger era um homem grande e muitas vezes usava isso para intimidar suspeitos, prisioneiros e pessoas competindo com ele por uma mesa no Watering Hole. O policial nunca tentara isso com Titus, da mesma forma que um coiote não tentaria intimidar sozinho um urso-cinzento. Contudo, naquele momento, ele foi até a mesa e pôs as mãos nela enquanto se inclinava para a frente. Sua enorme cabeça quadrada bloqueava a luz fluorescente no teto.

— Você vai precisar de todos a postos, Titus. Foi necessário atirar, mas Addison e aqueles caras do culto dele não acharão que foi — afirmou Roger.

Titus desenlaçou os dedos e se inclinou ainda mais para frente.

— Vamos precisar de todos a postos. É por isso que Trey precisa voltar, dar uma boa olhada nisso e garantir que o tiro está acima de qualquer suspeita. Se eu simplesmente ignorar a morte de um homem nos degraus da escola, independentemente do que ele possa ou não ter feito, isso manchará esse departamento e nossa investigação do assassinato de Jeff Spearman. Não importa se todo mundo estava filmando o tiroteio de mais ângulos do que em um livro de geometria. Acho que esses vídeos estão em todos os lugares, Twitter, Facebook, Instagram, que inferno, pode até ter alguém postando no MySpace. O negócio aqui vai ficar pesado. Não quero ninguém pensando que estamos varrendo algo para debaixo do tapete.

— Ou seja, pessoas como Addison vão ficar chateadas porque um policial branco atirou em um garoto negro. Se me colocar de licença, aí é que vão pensar mesmo que o tiro foi desnecessário.

— Roger, sempre haverá alguns achando que isso confirma que não era preciso atirar. Não podemos nos preocupar com eles, mas sim em manter nossa própria casa em ordem. Isso significa trabalhar com papelada por duas semanas enquanto Trey investiga o tiroteio e o resto de nós investiga Spearman, esse celular aqui e Latrell. Quando ele terminar, você estará de volta.

Roger se endireitou e cruzou os braços outra vez.

—Você não acredita nas merdas que Latrell falou, certo? Não é possível. Você não vai encontrar nada nesse celular, exceto fotos de Jeff Spearman em shows do Phish.

— Se tem algo ou não nesse celular, não preciso de você na rua agora. As coisas vão esquentar. Precisamos ter a devida diligência. Pode ficar com sua pistola, mas coloque a escopeta na sala de evidências.

Roger o olhou com desagrado.

Lá vem, pensou Titus. *Ou serei um bastardo negro ou ele vai soltar o seu pior insulto racista.* Ele não queria demitir Roger, mas se ele fizesse algo assim, era rua. Um bom líder não tolera desrespeito. O xerife, não ironicamente, lera *A Arte da Guerra* na faculdade, o que o diferenciava de muitos dos filhinhos de papai com quem andava pelos corredores da Universidade da Virgínia. Eles liam a obra para ganhar pontos de estilo em reuniões corporativas. Titus a lia para as batalhas reais que enfrentaria no FBI. Tanto no campo quanto internamente. Ele leu uma frase do livro de Sun Tzu repetidas vezes: "*Mesmo a melhor das espadas, se mergulhada na água salgada, acabará enferrujando.*"

Ele não podia ter pessoas a seu redor que não o respeitassem. O desrespeito era uma praga. Infectaria todo o departamento se deixado à solta. E era duplamente verdadeiro no caso de um homem negro. Não importa o quanto as pessoas negassem, as noções preconcebidas delas têm peso quando lidam com alguém. O xerife não precisava que Sun Tzu lhe dissesse isso.

Roger descruzou os braços.

— Você está cometendo um erro. Um grande erro.

— Acha que ele aparecerá nos seus sonhos hoje?

O rosto de Roger amoleceu.

— O quê?

— Latrell. Você acha que ele irá esperar por você esta noite? Eu acho que sim. Ele estará lá, com metade da cabeça estourada. Roger, eu te tiraria da rua mesmo se não fosse pedir a Trey para fazer uma investigação. Você pode sacar a arma mil vezes, mas puxar o gatilho é outra coisa. E antes de você negar, eu sei que você vomitou antes de eu entrar aqui. É por causa do que você está vendo em sua cabeça, não é?

Roger ficou boquiaberto. Sua língua grossa apareceu, depois desapareceu.

Ele não respondeu à pergunta de Titus.

— São apenas duas semanas, Roger. Você ajudará o Cam no telefone e digitará mandados e intimações. Esta semana seria a vez do Davy fazer isso, mas você vai rendê-lo.

— Tenho como pedir licença médica.

— Fique à vontade.

Roger deu meia-volta e saiu do escritório.

Ele vai se candidatar a xerife em três anos, certeza, pensou Titus.

O celular de Titus vibrou. Ele o tirou do bolso e viu a tela. Era Darlene. Tocou no botão de recusar e enviou uma mensagem.

N posso falar. Estou bem. Ligo depois.

O xerife sabia que Darlene devia estar muito preocupada. Ela já dissera mais de uma vez que gostaria que ele tivesse outra profissão. Ser namorada de um policial não era seu sonho de infância.

O celular vibrou de novo. Ela enviara uma resposta.

Ok.T amo.

Titus respondeu com dois caracteres.

Tb

E ele a amava, amava mesmo. Simplesmente achava difícil expressar esse amor. Percebia que isso o tornava um clichê ambulante: o policial durão com dificuldade em compartilhar suas emoções. Tinha sorte por Darlene não cair cegamente nesse clichê. Ela ultrapassara suas defesas e decifrara os vagos sinais da linguagem do amor de Titus.

Até certo ponto.

Ele não contara a ela tudo o que acontecera em Indiana, no complexo DeCrain, e ela só perguntara uma vez. Aceitara que ele não estava pronto para falar sobre isso, mas Titus sabia que sua namorada acreditava silenciosamente que, um dia, ele lhe confidenciaria todos os seus segredos.

Titus pegou o saco de evidências e saiu pela porta, indo em direção à funerária onde Jeff Spearman repousava. O celular de Latrell era antigo. Não tinha nenhum aplicativo de segurança sofisticado. Conseguiriam acessar facilmente os segredos do rapaz.

Mas que segredos você guardava, Jeff?, pensou ele enquanto dava partida no SUV.

O xerife não teve coragem de dizer a Darlene que ninguém conta todos os seus segredos. Mesmo as pessoas que amamos mantêm partes de si escondidas da luz.

CINCO

Harold Bigelow o esperava na porta quando Titus chegou à Funerária Maynard. A Maynard era a funerária utilizada pela maioria dos brancos do condado. A Spencer and Sons, a que a maioria dos negros contratava. Titus achava que uma funerária era o único lugar onde se praticava a segregação sem censura, além da igreja nas manhãs de domingo. Ambas eram os últimos bastiões das velhas convenções sociais do sul.

— Como vai, xerife? Queria que não tivéssemos de nos encontrar sempre nessas circunstâncias. Por Deus, não acredito que teve um tiroteio em uma escola aqui em Caronte. A gente sempre acha que esse tipo de coisa só acontece em outros lugares — disse Harold.

— As pessoas de outros lugares acham a mesma coisa, Harold. Pode me levar até Spearman? — perguntou Titus.

Harold assentiu e o conduziu pelo salão amplo e elegante, e então pelo corredor até chegar à sala de preparação. Harold destrancou as portas duplas de metal onde havia uma placa escrito ACESSO RESTRITO, e abriu caminho para Titus entrar.

A sala de preparação era tão ampla quanto o saguão, mas não tão elegante. Havia uma mesa de embalsamamento de aço inoxidável no centro dela. À direita, contra a parede, estava uma penteadeira, também de aço inoxidável. À esquerda, dava para ver uma bandeja de metal com vários bisturis, pinças e outras ferramentas do ramo mortuário. Ao lado da penteadeira estava uma maca com um saco preto amarrado a ela.

— Alguém já entrou em contato com o irmão dele? A última coisa que ouvi dele foi que estava na Carolina do Sul — disse Harold.

Titus balançou a cabeça.

— Esse é um dos motivos que me trouxeram aqui. Preciso ver se consigo desbloquear o celular dele e pegar o número do parente mais próximo.

Não era bem uma mentira descarada. Ele precisava notificar os parentes mais próximos de Spearman. Titus sabia que Spearman saíra com algumas mulheres do condado ao longo dos anos, mas ainda era um solteirão. O irmão dele teria que se encarregar do corpo e dos preparativos do funeral. Mas esse não era o principal motivo por que Titus estava ali. Nem de perto. Pelo que parecia a vigésima vez naquele dia, o xerife calçou um par de luvas de látex e abriu o zíper do saco.

Spearman estava com uma expressão permanente de surpresa no rosto, os olhos arregalados. Era como se somente no momento em que a bala de Latrell perfurou seu crânio, ele finalmente percebeu que era apenas um mortal. Titus tirou o saco de evidências do bolso e pegou o celular.

— Sem querer me meter, mas você não vai conseguir desbloquear o celular com a impressão digital agora. A temperatura corporal afeta... — dizia Harold, mas Titus o interrompeu.

— Afeta o formato dos espirais em uma impressão digital. Eu sei. Mas Jeff tinha um aplicativo que configura o celular pra clima frio. Então aposto que ainda vai funcionar — explicou Titus.

Ele pegou a mão direita de Spearman. O *rigor mortis* aos poucos se instalava nos membros, então Titus precisou torcer o braço para virar a mão de Spearman e ter acesso ao polegar.

Harold ficou olhando enquanto Titus pressionava o dedo contra a tela.

O celular continuou bloqueado.

— Sem querer dizer que eu avisei, mas... — Harold não continuou a frase.

Titus não respondeu. Dessa vez, ele pegou a mão esquerda de Spearman, afastou bem todos os dedos, e pressionou o polegar na tela.

A tela passou de vermelha para verde.

— Também não gosto de dizer eu avisei — disse Titus.

•

Titus voltou para seu SUV. Sentado no estacionamento de cascalho da Maynard, ele começou a vasculhar o celular de Jeff Spearman.

Seu pai lhe diria para rezar por forças antes de começar a rolar a tela, mas Titus não rezava desde o dia em que sua mãe morreu.

Jeff Spearman devia ter sido um grande fã do Grateful Dead. A tela de bloqueio era a mascote da banda, aquele urso excêntrico. Titus deslizou o dedo enluvado pela tela e foi até as fotos. Havia dois aplicativos diferentes para elas. Um deles era o do Google, que podia ser acessado tanto pelo celular quanto pelo computador.

O outro era específico para celular e só podia ser acessado naquele aparelho. Titus acessou primeiro esse. Não achava que Spearman colocaria algo incriminador em um aplicativo fácil de ser hackeado.

As primeiras fotos eram meio inocentes. Spearman em uma caminhada. Spearman sob a marquise de um espaço de eventos. Titus continuou rolando a tela. Havia mais várias fotos inócuas. Então ele viu a guia de favoritos dentro do aplicativo.

Ele tocou no ícone.

— Ai, meu Deus — disse Titus.

Ele nunca percebeu que invocara a divindade.

•

O SUV de Titus entrou a toda velocidade na calçada coberta de cascalho de Jeff Spearman. Titus estacionou ao lado da viatura de Davy. Ele desceu do carro e foi até a casa branca e cinza do professor. Ignorou os poucos vizinhos que perambulavam por ali, tentando fingir que não estavam interessados no que o xerife fazia ali. Ele ligara para Davy e Carla depois de vasculhar o celular de Spearman, e disse para eles deixarem de lado os depoimentos de testemunhas e encontrá-lo na casa. Ele falou o básico do que encontrou no celular. Foi o suficiente para fazer o silêncio se abater sobre os dois.

Titus colocou o celular de volta no saco de evidências, e lutou contra a vontade de colocá-lo sob o pneu dianteiro e passar por cima umas cinco ou seis vezes, e depois atear fogo. Titus já vira muitas coisas horríveis em seus doze anos como agente do FBI. A depravação do ser humano em relação ao outro era tão ilimitada quanto o mar, e tão variada quanto os grãos de areia em uma praia.

As imagens no celular de Jeff Spearman foram as piores que já vira.

Titus não parava de pensar em purificação por imolação. Parecia ser a única coisa capaz de remover a mancha daquelas imagens de sua mente, de seu coração, de sua alma. Queimar o celular. Escaldar os olhos com óleo fervente. Colocar Spearman e Latrell em uma pira e reduzir ambos a cinzas, depois espalhar essas cinzas aos quatro ventos. Apagar todas as provas de sua existência e das coisas que fizeram. Mas as crianças naquelas fotos mereciam ter sua história contada. Mereciam justiça. Seja lá o que isso significasse esses dias.

Ao olhar para as fotos que Jeff Spearman mantinha ao alcance, Titus fizera o que o treinaram para fazer na Academia. Concentre-se nos detalhes. Afaste a dor e a perversão para a periferia de sua visão e foque o que poderia ser usado para o caso. Ele notou que geralmente havia duas pessoas nas fotos. Às vezes, eram dois indivíduos usando máscaras de couro com focinho de lobo, como a que Latrell carregava nos degraus. Titus sabia que um dos indivíduos era Spearman. Reconheceu o rabo de cavalo grisalho que descia pelas costas em algumas fotos. Em outras, aparecia Spearman sem máscara e Latrell. E ainda havia uma terceira pessoa. Essa pessoa nunca tirava a máscara. Essa pessoa estava sempre toda vestida de preto. Essa pessoa sempre usava luvas e as prendia nas pontas das mangas com fita adesiva.

Nas fotos, Latrell estava presente, mas não parecia participar do que Spearman e o outro lobo faziam com as crianças. E eram crianças. Titus imaginou que fossem adolescentes — o mais novo aparentava ter uns 13 ou 14 anos, o mais velho não mais que 16. Todos negros, de pele retinta ou clara. Cada um deles indefeso.

Titus sentiu toda a simpatia que tinha por Latrell secar como uma poça de água no verão. Latrell pode não ter participado diretamente, mas também não tentou impedir o que aconteceu com aquelas crianças. O que encontrariam no celular *dele*?

Titus engoliu em seco.

O que fizeram com as crianças naquelas fotos era nada menos do que uma aberração. Uma atrocidade perante um Deus que não parecia interessado em impedir as ações de suas criações mais execráveis enquanto atacavam as mais inocentes.

Se Titus ainda tivesse qualquer resquício de crença, aquelas imagens a extinguiriam por completo. Ele ligou para Mack Bowen e conseguiu que ele redigisse um mandado de busca para a casa de Spearman.

— É tão ruim assim, Titus? — perguntara Mack.

O xerife sabia que, além de advogado da comunidade, Mack era presidente do Rotary Club. Eles deram um prêmio a Jeff Spearman na primavera anterior. De Professor do Ano.

— Se não fosse, eu não teria ligado — disse Titus.

•

— **O que você conseguiu** até agora? — perguntou Titus a Davy.

— O computador dele, mas tem senha — respondeu Davy.

Carla saiu da casa carregando uma caixa de plástico cheia de correspondências.

— Estava em um quartinho dos fundos. Parece que ele usava o espaço como escritório. Acho que deveríamos dar uma olhada nisso aqui — disse ela.

Titus nunca fora à casa de Spearman. Ele ligou para Cam para saber o endereço. Poderia ter conseguido no banco de dados do departamento de trânsito, mas Cam era mais rápido e não o deixava esperando.

— Tem um galpão ou algo do tipo no quintal? — perguntou Titus.

— Não. Só mato — disse Davy.

Titus colocou as mãos no quadril.

— Cadê o Steve?

— Ele disse que estava a caminho. Precisava ter certeza de que o filho estava bem — disse Carla.

— Merda, é mesmo. Ele tem aula à tarde na escola — disse Titus.

— Aquele garoto é inteligente pra caramba — comentou Davy.

— Você... quer dizer, é mesmo... — gaguejou Carla.

— Não dá pra acreditar. No que você disse que tinha no celular dele. Não dá pra acreditar que o Sr. Spearman gostava de... — O rosto de Davy tremeu.

— Pornografia infantil — sussurrou Carla.

O xerife manteve o olhar fixo à sua frente.

— Não era só pornografia — disse Titus. Tirou os óculos escuros e esfregou os olhos. — É muito ruim. Ele estava... ele estava nas fotos.

Ele ouviu Davy abafar um xingamento. Carla balançou a cabeça.

— E com base em algumas dessas fotos, elas não foram somente machucadas. Foram mortas. Assassinaram aquelas crianças — disse Titus, e colocou os óculos escuros no bolso da camisa.

Carla emitiu um ruído que era algo entre uma ânsia de vômito e um gemido.

— Você tem certeza? Positivo?

Titus não respondeu.

Carla endireitou a postura e assentiu.

— Você tem certeza.

— Spearman, Latrell e mais uma terceira pessoa. Mas não era aqui. Não tem espaço suficiente. Onde quer que estivessem, deixaram tudo do jeito que queriam. Você achou algum livro sobre esse tipo de coisa? — perguntou Titus.

Carla e Davy se entreolharam.

— Bem, ele tem muitos livros — disse Davy finalmente.

— Acabamos de começar a mexer nas coisas dele. Quer dizer... não acho que ele teria esse tipo de livro exposto — disse Carla. Sua voz soava oca, como se estivesse falando dentro de uma lata.

— Como é que a gente vai saber se... tipo, como esses livros são? — perguntou Davy.

O xerife suspirou.

— Os livros podem ter títulos sobre desvirginar ou destruir um garoto ou uma garota. As capas podem ser comuns, mas por dentro eles serão detalhados. Extremamente detalhados. As revistas são mais... explícitas. Tanto os livros quanto as revistas devem estar desgastados do manuseio constante. Estarão escondidos, mas fáceis de achar. Também pode ser que ele tenha... lembrancinhas — disse Titus.

— Vou vomitar — disse Davy em um tom expressivo. Ele foi até o outro lado da casa de Spearman e vomitou.

— Você aprendeu a fazer isso quando estava no FBI? A traçar perfis? — perguntou Carla. Seu rosto ficara verde, mas ela ainda não tinha se juntado a Davy.

— Sim — disse Titus.

— Como você lida com isso em sua cabeça? — perguntou Carla.

Titus colocou os óculos escuros.

— Tento não sonhar — disse ele ao entrar na casa.

•

— **Sei que Steve está** preocupado com o filho, mas precisamos de mais gente. Ligue pra ele de novo — ordenou Titus enquanto movia uma pilha de revistas sobre a mesa de centro.

— E Roger? Ele também poderia ajudar — disse Carla com uma pitada de frustração.

— Roger está no serviço interno por enquanto. O Tom também, só não falei com ele ainda. Protocolo padrão para tiroteios fatais.

— Mas se o que você diz é verdade, se o que está naquele celular é isso mesmo, então Latrell teve o que merecia. Spearman também. Por que vamos punir Roger e Tom? — perguntou Davy.

Titus olhou para seu policial.

— O fato de Latrell estar envolvido nisso... seja lá o que for... não muda o fato de precisarmos seguir o protocolo. E depois do protocolo teremos uma investigação interna. Preciso explicar mais? Tem alguma coisa que você não entendeu? — perguntou Titus. Davy balançou a cabeça. O xerife caminhou até ele. Curvou-se um pouco e falou diretamente na cara de Davy. — Nós seguimos as regras. Não somente as aplicamos. Agora ligue pro Steve. Temos muito trabalho a fazer.

Quando Steve chegou lá, eles já tinham desmontado a cama de Spearman e esvaziado todos os armários. Ao continuar o trabalho, encontraram coisas aleatórias que corroíam a imagem de professor exemplar de Jeff Spearman. Carla encontrou um livro chamado *The End of Alice* embaixo do colchão. Havia outro sobre o imperador romano Tibério, com várias passagens grifadas sobre seus "peixinhos." Acharam alguns DVDs pornográficos comercializados como "*jailbait*[1]," com atores e atrizes interpretando o papel de menores de idade. Estava claro que todos eram maiores de idade, já que

1 Termo usado para designar uma pessoa mais nova do que a idade legal de consentimento para atividades sexuais. [N. da T.]

os DVDs tinham adesivos de uma antiga locadora fechada havia muito tempo, indicando que foram comprados legalmente. Steve encontrou algumas revistas em uma caixa trancada na lavanderia que ultrapassavam ainda mais os limites, mas tinham um aviso em negrito no verso indicando que todas as pessoas eram maiores de idade e consentiram totalmente com os atos retratados. Esses itens por si só já eram evidências dos pecados veniais de Jeff Spearman. Talvez pervertidos, mas não ilegais.

Titus achou tudo repugnante, mas não era nada em comparação às fotos do celular. Essas revistas, DVDs e livros eram depravados e doentios, mas ninguém morrera para produzi-los. Todo mundo manteve a vida intacta, apesar de não ser possível dizer o mesmo de sua dignidade. Esse não parecia ser o caso das crianças no celular de Spearman. O discurso que ele dera a Roger sobre pesadelos ecoava na cabeça do xerife.

Foi Steve quem encontrou a máscara de lobo.

Ele fuçava os rodapés do quarto de Spearman, verificando as saídas de ar, quando encontrou uma parte que parecia oca. Após alguns puxões e empurrões, uma pequena quina se desprendeu da parede. Atrás dela, havia um compartimento secreto.

— Titus, dá uma olhada — chamou Steve.

O xerife largou a almofada do sofá que estava prestes a cortar com o canivete. Entrou no quarto e viu Steve segurando uma máscara de couro semelhante à que viu nas mãos de Latrell. A máscara tinha um focinho rígido de uns quinze centímetros. As orelhas tinham pontas afiadas. As aberturas dos olhos eram fendas estreitas que davam uma aparência alienígena à máscara. Parecia mais um inseto do que um lobo. Steve não estava usando luva na mão que segurava a máscara.

— Cadê sua luva? — perguntou Titus, sem fazer questão de esconder sua decepção.

— Tirei para enxugar os olhos. Estou segurando pela pontinha — explicou Steve.

Carla entrou no quarto e se agachou sem dizer uma única palavra, estendendo a mão para o compartimento. Puxou um estojo de plástico e o abriu. Dentro, havia dois HDs externos.

— Acho que não precisamos mais nos preocupar com a senha do computador — comentou Titus.

— Se as evidências estão aqui, e acho que todos temos certeza disso, por que ele tinha essas porcarias no celular? — perguntou Carla.

— Para poder olhar sempre que desse vontade. Ele sentia prazer em ter as imagens consigo o tempo todo. Também ficava excitado. Não com os atos das imagens em si, mas com o fato de estar em posse delas perto de outras pessoas. Pessoas que achavam que o conheciam. Aposto que ele se masturbava pensando nisso — explicou Titus.

— Ele olhava essas merdas enquanto estava no mesmo prédio que meu filho? — perguntou Steve.

Titus não sabia dizer se ele estava incrédulo ou indignado. O tom de voz de Steve quase nunca mudava, não importavam as circunstâncias.

O xerife não respondeu porque a resposta era óbvia, e nada do que dissesse seria capaz de confortar Steve.

— Carla, seu computador está na van?

— Sim.

— Vá buscar. Precisamos dar uma olhada nesses HDs. Quem não quiser ver essa merda pode ficar lá fora — disse Titus.

— Você parece saber muito sobre esses loucos — comentou Davy.

Titus deu de ombros levemente.

— Capturar eles era o meu trabalho.

— Tem outra coisa aqui embaixo — disse Carla.

Com cuidado, ela puxou uma pintura enrolada. Levantou-se e desamarrou a fita preta que a envolvia. Quando a desenrolou, Titus sentiu que não era o único aliviado por não estar diante de mais cenas horríveis. Era uma pintura de uma cena na floresta. Um bosque de jovens árvores de bordos e bétulas ao redor de uma pequena clareira. No centro havia um alto e majestoso salgueiro-chorão de aparência gótica. Havia três palavras rabiscadas no canto inferior: *O Jardim Secreto*.

Davy esfregou o rosto com a mão enluvada. Depois de lamber os lábios e sentir o gosto do látex, ele tossiu e pigarreou.

— Bem, graças a Deus é só uma pintura. Acho que eu não conseguiria aguentar mais nada.

— É a caligrafia de Spearman. Reconheci por causa do calendário na cozinha. E das aulas de geografia — disse Carla.

— Acho que deveríamos embalar os dois juntos — disse Steve, segurando a máscara.

— Quem são as crianças nas fotos? — perguntou Carla, aparentemente para si mesma.

Titus não disse nada. Ele pegou a pintura com cuidado das mãos de Carla.

— O que ele, Latrell e o Último Lobo fizeram com elas? Com os corpos? — murmurou o xerife, também falando consigo mesmo.

— Jogaram no rio? — sugeriu Davy.

— Teríamos encontrado. A água do Wercomico é salobra. Tem um pouco de salinidade. Os corpos flutuam. Você nunca ouviu a história do Pip sobre os afogamentos nos batismos de... acho que 1968? Não. Eles colocaram em outro lugar. Um lugar especial. Um lugar secreto — disse Titus.

— Certo, mas onde seria? — questionou Carla, apontando para a pintura.

— Não sei. O que eu sei é que já vi essa árvore antes. A árvore é o lugar secreto deles. Se a encontrarmos, encontraremos os corpos. Podem apostar — disse Titus. Ele enrolou a pintura novamente e a amarrou com a fita. — Vá pegar o computador.

— Titus, preciso mandar a real pra você. Acho que não consigo assistir aos vídeos, se estiverem machucando crianças — disse Davy.

— Tudo bem, Davy. Ninguém quer ter essa merda na cabeça — disse Titus.

— Mas você vai assistir? — perguntou Steve.

Ele parecia aliviado que Davy tivesse dito o que ele estava pensando.

— Alguém precisa ser testemunha — disse Titus.

Já fazia vinte anos desde a última vez que o xerife voluntariamente compareceu a um culto religioso, e ainda assim ele se pegava usando o jargão dos devotos. Nunca abandonou isso de verdade. O ritmo, a sincronia, a sintaxe saída diretamente dos textos bíblicos.

Tudo esperando para emergir como as cigarras que aguardaram no subsolo por dezessete anos.

•

Se as fotos eram obscenas, os vídeos eram abomináveis. Titus sentia como se partes de si mesmo fossem contaminadas de forma irreversível. Ele estava sendo infectado por uma podridão que jamais seria capaz de cicatrizar. Carla tentou ficar e ver o conteúdo dos HDs com ele, mas depois do primeiro vídeo ela saiu da casa correndo. Ficou no quintal com Steve e Davy enquanto o sol começava a se pôr no horizonte. Havia um total de cinquenta e um vídeos no disco rígido. Sete deles mostravam a tortura e o assassinato de adolescentes negros. Os outros vídeos apresentavam crianças brancas mais jovens. As vítimas pareciam dopadas e inconscientes. Também havia uma lista codificada de correspondências. O outro HD continha milhares de fotografias.

Titus desligou o computador. Foi até a cozinha de Jeff Spearman e abriu a torneira, deixando a água fria correr. Tirou o chapéu e os óculos escuros e jogou água no rosto. Ouvira algumas pessoas no FBI dizerem que você acaba se tornando indiferente à crueldade no cerne de algumas criaturas que se passam por humanos. Titus achava que, se algum dia se tornasse indiferente às coisas que vira naquele dia, explodiria os próprios miolos.

Ele voltou para a sala e fechou o notebook, e então pegou os discos rígidos e os colocou em um saco de evidências. Em seguida, pegou o computador e o bloco de notas e saiu para se juntar a seus policiais.

— Levem esses HDs, o celular e o computador de volta para o departamento. Coloquem tudo na sala de evidências. Não falem nada sobre o que encontramos hoje. Ainda não. Vamos ter que envolver a polícia estadual, e talvez o FBI também queira tirar uma lasca. Pornografia infantil é um crime federal — explicou Titus.

Era bom falar, fazer alguma coisa. Era o mínimo que poderia fazer pelas crianças que Spearman, Latrell e o Último Lobo assassinaram.

— Spearman e Latrell estão mortos. O que esses caras do Estado vão fazer com nosso caso? — perguntou Carla.

Titus sentiu uma mudança em sua postura. Ela passara de horrorizada para enfurecida.

— O terceiro homem nos vídeos ainda está vivo. Ainda está andando por aí como se não fosse um monstro. Não vamos abrir mão do caso. Mas precisamos de recursos para rastrear essas vítimas. Localizar os corpos, as famílias. E então localizar esse terceiro homem — disse Titus.

Ele entregou o computador a Carla e pegou o bloco de notas.

— Esse homem tem pelo menos um metro e oitenta de altura. Spearman tinha pouco mais de um metro e setenta e cinco, e o cara é mais alto que ele. É musculoso, pesa talvez uns noventa quilos. Estava usando uma voz falsa. Tentava soar... demoníaco. Era branco ou de pele clara. Dá pra ver pelo buraco dos olhos. Canhoto, mas usou ambas para... usou ambas as mãos. O local parecia um galpão ou um grande anexo. As paredes eram de metal, pintadas de preto, mas cobertas com dezenas de pinturas de anjos. Havia luzes de cordão de LED nas quinas do teto. Não vi nenhuma porta de entrada ou saída. Poderia ser um trailer desmontado. Eles fizeram Latrell filmar com o celular, exceto quando o obrigaram a entrar na filmagem. Sete vídeos terminam com a execução da vítima.

Titus fechou o bloco com um estalo.

Sete, pensou o xerife. Eles mataram sete crianças. Sete famílias estão por aí, em algum lugar, perguntando-se onde estão seus filhos. Sete crianças inocentes presas a uma mesa, sofrendo para que esses desgraçados se divertissem. E Latrell sabia e não disse nada. Não disse uma única palavra. Se existia um inferno de fato, ele e Spearman estariam queimando juntos no mesmo espeto.

O inferno tem vaga de sobra, sussurrou Red DeCrain em sua mente.

— Vamos levar tudo de volta para o escritório. Temos muito trabalho pela frente — ordenou o xerife.

— Acho que a gente nunca sabe de verdade quem as pessoas são, né? — comentou Davy.

— Acho que ninguém realmente quer saber — disse Titus.

•

Quando Titus voltou para o escritório, escreveu um e-mail para a polícia estadual, mas salvou como rascunho. Ele o enviaria quando Trey voltasse e conseguisse acessar o computador de Spearman. Titus achava que toda a parte incriminatória estaria nos discos rígidos, mas não custava nada ser minucioso. Depois, revisou os relatórios mensais de despesas, verificou a caixa de entrada em busca de alertas de procurados, de mandados a serem cumpridos e de ordens de prisão a serem processadas. Roger lhe enviara uma requisição de licença médica de duas semanas, mas calculara mal os dias de folga remunerada. Ele só tinha três dias de licença restantes. O xerife preencheu as etiquetas de evidência com o horário e a data que todos os itens foram retirados da casa de Spearman. Mandou Steve ir para casa aproveitar o que restava do dia de folga. Davy foi colocado de volta no patrulhamento. Carla se voluntariou para cobrir o turno de Roger, então Titus aprovou as horas extras dela e a mandou sair também.

O fato de ter realizado todas essas tarefas com tanta habilidade após encarar as profundezas do abismo que eram as almas daqueles três sociopatas o fez se sentir sujo. Ele sabia melhor do que ninguém que a roda da vida continuaria girando, com pouco interesse pelas famílias que perderam seus filhos ou pelas crianças que perderam suas vidas. Esperar que o mundo derramasse lágrimas por sua dor era como esperar que uma estátua falasse. Então, você preenchia relatórios e respondia e-mails. Seguia em frente da melhor maneira possível. E se fosse como Titus, se usasse uma insígnia no peito, prometia fazer de tudo a seu alcance para encontrar o Último Lobo e arrancar sua máscara. Mostrar ao mundo o rosto do monstro.

Houve momentos em que ele pensou que aquela insígnia lhe dava poder demais. Quando estava no FBI, viu o que esse poder era capaz de fazer. Como, até certo ponto, a insígnia era um escudo protegendo-o das consequências e repercussões em nome da justiça. Titus fora autorizado a deixar o departamento sob esse manto de proteção. Quando concorreu para xerife, prometeu a si mesmo que usaria esse poder para ajudar, não para prejudicar. Nunca mais.

Ele respirou fundo e pegou o saco de evidências que continha o celular de Latrell. Calçou as luvas e retirou o celular do saco. Abriu o aparelho e começou a vasculhá-lo. O celular de Latrell era tão antigo que Titus se sentia um arqueólogo. Sem aplicativos, somente HTML simples. Sem fotos ou vídeos. Apenas muitas mensagens de texto e números de telefone sem nomes. A maioria das mensagens era da mãe de Latrell, implorando para que ele ligasse para ela. Suplicando para que ele procurasse ajuda. Muitas eram de pessoas para quem Latrell perguntara onde conseguir drogas. Algumas eram de uma mulher com quem ele parecia estar envolvido. O xerife apertou um pequeno botão e rolou mais rápido pelas mensagens. Uma chamou sua atenção. Era uma simples frase declarativa, mas permeada de ameaça.

Vi seu irmão andando sozinho hoje.

Era a última mensagem que Latrell recebera. Titus verificou a data.

Fazia três dias.

Titus discou o número do remetente da mensagem. Uma voz robótica informou que o número estava fora de área. Ele solicitara os registros telefônicos de Latrell, mas sua intuição, aquela velha narradora pouco confiável, dizia que o número provavelmente era de um telefone descartável. Aparecia somente uma vez no celular de Latrell. Havia outro número que ligava com frequência para o rapaz, e a chamada mais recente fora na noite anterior. Titus ligou para o número. Não ficou surpreso quando ouviu o celular de Jeff Spearman começar a vibrar em sua mesa.

SEIS

Quando Titus terminou as minúcias diárias sem relação com o caso dos assassinatos envolvendo Jeff Spearman e companhia, o qual se desenvolvia rapidamente, já eram quase 20h. Ele não comera nada o dia todo. A única coisa que pôs na boca foi aquela xícara de café por volta das seis da manhã. Titus se levantou e pegou o chapéu. Iria para casa. Estava saindo uma hora mais cedo, mas achou que merecia.

Enquanto se dirigia para a porta, o telefone da escrivaninha tocou.

— Mas é claro — disse ele, e atendeu a chamada.

— Scott na linha três — disse Cam.

Ele estava prestes a ir para casa. Kathy estava chegando para o turno da noite. Titus apertou o botão para a linha três.

— Titus, como está a investigação? Não ouvi nada de você o dia todo — disse Scott.

— Publiquei um relatório na página inicial do gabinete do xerife. É tudo o que você precisa saber por enquanto.

— Como assim, tudo o que preciso saber por enquanto?

— Quer dizer que é tudo o que você precisa saber, Scott. Quer dizer que ainda estamos investigando. Quer dizer que você precisa resolver os assuntos do condado. Aprovar um orçamento ou novas placas de trânsito. Eu não presto contas a você. E estou cansado de precisar te lembrar disso.

— Sabe, é irônico que um tiroteio em uma escola tenha acontecido no aniversário de sua eleição. Para mim, esse é o tipo de coisa que as pessoas se lembram. Se eu fosse um oficial eleito, gostaria de cultivar boas relações com quem pode me ajudar — disse Scott.

O xerife sabia que era uma ameaça, mas Scott não o ajudara a se eleger e com certeza não iria impedi-lo de se reeleger se Titus quisesse concorrer novamente.

— Não é irônico. Ironia é uma situação que parece deliberadamente contrária ao que se espera. Se eu tivesse dito que nunca haveria um tiroteio em uma escola no aniversário de minha eleição, e então houvesse um de fato, isso sim seria irônico. O que aconteceu hoje é uma tragédia, não um jogo político — disse Titus.

Scott soltou uma risada desprovida de humor.

— Ostentando aquele diploma de faculdade chique, hein, Titus? Você sabe que não consegui entrar na Universidade da Virgínia. Havia cotas demais a serem preenchidas.

— Se isso faz com que você durma melhor à noite, Scott, continue acreditando nisso.

— Então agora eu sou racista, é? Agora qualquer um que fale a verdade é chamado assim — disse Scott.

Titus conseguia ouvir seu sorriso afetado de escárnio pelo telefone. Scott era o tipo de homem que reclamava que o mundo andava sensível demais, sem nunca reconhecer a ironia da própria fragilidade ou do próprio privilégio. Onde alguns viam igualdade, ele via conspirações contra sua masculinidade, sua identidade. Ele diria a quem quisesse ouvir que tinha a maior casa do condado, um Jaguar e um Hummer por causa de seu próprio trabalho e esforço, não porque era branco ou filho da família mais rica do condado. Scott parecia enxergar a si mesmo como um bravo soldado nas trincheiras das atuais guerras culturais.

Para Titus, Scott era um pirralho mimado. Um pirralho mimado que nunca precisou batalhar por nada, não dava valor a nada, mas achava que merecia tudo. Até mesmo uma vaga na melhor universidade do estado.

— Duas coisas. Primeiro, eu não entrei na universidade por cota. Ganhei uma bolsa esportiva *e* outra acadêmica. Segundo, se algum dia eu achasse que você estava pensando em me dizer alguma coisa que poderia ser entendida como racista, teríamos uma conversa a respeito disso. Pessoalmente.

Titus fez uma pausa longa o suficiente entre "disso" e "pessoalmente" para que Scott pudesse entender a ameaça que *ele* insinuava.

— Vão fazer uma vigília à luz de velas no gramado do tribunal para o Sr. Spearman hoje, às 21h. Achei que você deveria saber — disse Scott.

Titus trocou o telefone de orelha.

— Ainda estamos no meio da investigação, Scott. Talvez seja melhor esperar.

Havia um tom de aviso em sua voz, e isso era o máximo que ele podia dizer a Scott. O xerife podia ter dito que Jeff Spearman era provavelmente um pedófilo e um assassino em série. Podia ter dito que Latrell na verdade fizera um favor a todos. Podia ter dito que havia um terceiro cúmplice ainda não identificado, à solta por aí. Mas todas essas informações faziam parte de uma investigação em andamento. Titus queria levar as fitas à polícia estadual ou até mesmo ao FBI para verificar sua autenticidade. E as fotos também. Precisavam acessar o computador e descobrir quais evidências repugnantes poderia haver nele. Precisavam aparar as arestas e colocar os pingos nos is. Deixe o condado fazer um momento de silêncio em comunidade. Lamentar por quem achavam que Jeff Spearman era, antes que o xerife contasse quem Jeff Spearman *realmente* era. Aquela noite marcaria o fim da inocência para toda uma geração de cidadãos no Condado de Caronte.

Depois que fizesse um anúncio oficial, todas as pessoas que já assistiram a uma das aulas de geografia de Jeff Spearman, riram do traje bobo de muitos países que ele usava todos os anos no Dia da Terra (uma peça de roupa confusa, feita das bandeiras de quase todos os países do planeta), o cumprimentaram após um debate ou uma competição, questionariam cada interação que tiveram com o homem. Cada abraço, cada tapinha no ombro, cada conversa se tornariam uma bola de cristal nebulosa que falhara com eles.

Deixe que mantenham a idealização de Jeff Spearman por mais um dia. Em breve, a terrível verdade irá persegui-los para sempre.

— Bem, eu também não presto contas a você, e a comunidade quer se reunir. Hoje às 21h. Imagino que você mandará alguns dos seus policiais. As pessoas do Condado de Caronte estão de olho em você. Estão te observando bem de pertinho — afirmou Scott.

— Boa noite, Scott.

Titus desligou antes que Scott pudesse dizer mais alguma coisa que fizesse seu sangue ferver. Colocou o chapéu e atravessou o saguão principal. Cam vigiava a porta da frente. Kathy estava alguns minutos atrasada.

— Ela vai chegar daqui a pouco — disse Titus.

— Eu sei. É só que... hoje é um daqueles dias que só quero ir pra casa dar um abraço bem apertado no meu sobrinho e na minha irmã — disse Cam.

Titus assentiu.

Cam esfregou o queixo.

— Quando voltei, o Sr. Spearman me viu no Safeway. Falou comigo. Não desviou o olhar. Ele não... não parecia sentir pena de mim. Muitas pessoas nem conseguiam me encarar.

— Tem gente que acha Danny Rolling um ótimo cantor — disse Titus.

— Quem é Danny Rolling? — perguntou Cam.

— O Estripador de Gainesville. Matou cinco estudantes universitários em quatro dias em 1990. Cortou a cabeça de um deles e colocou em uma prateleira perto do corpo. Foi um dos nossos estudos de caso no FBI.

— Meu Deus.

— Às vezes, pessoas horríveis fazem coisas boas. Mas preferem as coisas terríveis. Até amanhã — disse Titus.

•

Titus saiu do estacionamento e entrou na rodovia. A noite caiu e cobriu o céu do Condado de Caronte como um cobertor cheio de alfinetes. Ele dobrou à direita e passou pelo prédio do tribunal. Ricky Sours e seus neoconfederados haviam instalado luzes solares ao redor da estátua do *Ol' Rebel Joe*. Titus achou que as luzes pareciam baratas e descartáveis, assim como a própria estátua. Ela fora erguida em 1923, pelas Filhas Unidas da Confederação, como parte de uma campanha extensa e coordenada de propaganda para transformar traidores em patriotas.

Após a Primeira Guerra Mundial, milhares de veteranos negros regressaram com um sentimento renovado de dignidade após salvarem a democracia do Kaiser. Afinal de contas, eles eram heróis. Por que deveriam se curvar diante de alguém? Então aconteceu o Verão Vermelho[1] e homens brancos, como Everett Cunningham, bisavô de Scott, assumiram a missão de lembrar a esses heróis qual era o seu lugar. Não era preciso ir muito longe nas edições anteriores do Livro de Registro do Condado de Caronte para ver um artigo sobre Everett liderando um grupo de "patriotas" até Washington, D.C., a fim de mostrar a esses homens negros que eles eram apenas rapazes. O fato de que Everett voltou sem um olho, mas com litros de sangue nas mãos, era um pouco mais difícil de encontrar nos registros públicos.

À medida que o Verão Vermelho perdia força, e para solidificar a ideia de dominação, as Filhas ergueram centenas de monumentos da Guerra Civil por todo o Sul. A maioria era de bronze de baixa qualidade ou calcário, produzidos em massa e erguidos o mais rápida e economicamente possível. Essas efígies tinham dois propósitos.

Criar uma narrativa falsa de honra e sacrifício que os simpatizantes confederados pudessem adotar em vez do vergonhoso manto de traição que era o seu verdadeiro legado.

E lembrar aos sulistas negros que, para alguns de seus vizinhos brancos, eles eram apenas parte do gado que fugiu, destinados a serem sacrificados no altar da Causa Perdida[2].

Quando eram jovens, por volta da época que tiraram as carteiras de motorista, Titus, Cal e Big Bobby falaram sobre enrolar uma corda no pescoço daquela estátua em frente ao tribunal e arrastá-la do pedestal até o lixão. Se Titus fechasse os olhos, conseguia ver o rastro da nuvem de faíscas atrás do Dodge Ram 1984

1 "Verão Vermelho" foi um período de revoltas raciais e confrontos entre a comunidade branca e negra nos Estados Unidos, durante o ano de 1919. [N. da T.]

2 Ideologia negacionista e pseudo-histórica dos Estados Confederados, baseada no mito de que sua causa durante a Guerra de Secessão era justa e heroica, e não baseada na escravidão. [N. da T.]

preto e vermelho de Big Bobby, enquanto arrastavam aquele pedaço de lata e entulho pela rota 18.

Mas tudo o que fizeram foi falar. Declarações juvenis de rapazes tentando encontrar seu caminho como homens. Rapazes negros, que talvez não fossem capazes de articular verdadeiramente como se sentiam ao ver aquela estátua todos os dias a caminho da escola, mas sabiam sem sombra de dúvida o que ela significava.

Enquanto Titus entrava no Gilby, ele se lembrou de seu avô contando como o capítulo de Caronte das Filhas da Confederação chegou a um fim prematuro. A versão curta e agradável era que Sarah Anne Denning, a vice-presidente da associação local, angustiada pelo fato do marido, Norris Denning, ter investido contra muitos de seus colegas revisionistas, fizera uma torta de batata-doce para o piquenique das Filhas da Confederação no Dia do Trabalho de 1935. Ela usara todos os ingredientes comuns. Purê de batata-doce. Leite. Noz-moscada. Manteiga. Canela. E adicionara um ingrediente extra. Cinco colheres bem cheias de láudano.

— Meu pai disse que quando o xerife daquela época as encontrou, já estavam mortas havia umas doze horas. Estavam estiradas no chão como coelhos após a caçada. Ele disse que dava para ver os abutres circulando a quase dois quilômetros de distância — dissera seu avô Crown a ele e Marquis enquanto estavam sentados no chão em frente à sua poltrona reclinável.

Sua mãe repreendeu seu avô por contar uma história tão horrenda para os meninos, mas o fizera com um sorriso no rosto. Titus se lembrou de que em sua casa não havia muita simpatia para entusiastas mortos do período pré-guerra civil.

Titus tirou o chapéu ao entrar no Gilby. A Gilby original não cozinhava mais, porém, ainda vinha ao restaurante observar tudo de um canto. Gillian "Gilby" Hayes tinha pelo menos 80 anos, mas poderia muito bem ter 100. A expressão coloquial que diz "a pele negra não enruga" poderia ter sido cunhada em sua homenagem. Ela estava sentada em sua mesa com um maço de Virginia Slims em uma das mãos e uma xícara de café com uísque na outra. Alta e esguia, com a cabeça cheia de cabelos brancos como um punhado de chantilly que contrastava nitidamente com sua pele negra. Certa vez, enquanto estava na cidade de Nova York para uma reunião regional do FBI, ele fora a um museu de arte no Brooklyn. Lá, viu uma escultura esculpida em obsidiana chamada *Martinique Woman*. Era como se a própria Gilby o encarasse de um pedestal atrás do vidro.

No Gilby, era servida a tradicional culinária sulista, simples e nutricionalmente duvidosa. Frango frito, purê de batatas com molho, milho, feijão-fradinho, couve, biscoitos amanteigados do tamanho de uma mão inteira, presunto assado e cozido, todo tipo de peixe frito, e diversos tipos de torta, como de melado, noz-pecã, creme de ovos e chocolate. Também tinha um chá gelado tão doce que só de olhar já fazia a glicose subir dois pontos.

Titus adorava.

E não era o único. O Gilby era um dos poucos lugares de Caronte onde todos pareciam se sentir em casa. Muito dessa sensação tinha a ver com a própria Gilby. Ela era como uma figura materna, como sua tia ou sua avó. Nos últimos anos, se tornara uma espécie de *abuela* para os trabalhadores migrantes que iam para a cidade no verão, ajudar a preencher as escassas fileiras de operários na distribuidora de peixes. Seu sorriso era um convite caloroso para qualquer pessoa que entrasse pela porta, se sentasse e pedisse um bom prato. Desde que você a tratasse com respeito, receberia respeito em troca.

E se não o fizesse, Titus sabia que havia um revólver calibre .44 debaixo do balcão, pronto para ensinar boas maneiras a qualquer um.

— Ei, Titus, não vem aqui me dar um oi? — perguntou Gilby.

Titus sorriu. O gesto parecia deslocado depois de tudo o que acontecera naquele dia. Então Gilby retribuiu o sorriso e, só por um momento, ele sentiu o peso em seus ombros e a sombra que pairava sobre seu coração se dissiparem um pouco.

Gilby segurou a mão de Titus quando ele chegou à sua mesa, que na verdade também era seu trono. O aperto dela foi mais forte do que ele antecipara. Anos cortando legumes, sovando massa e processando frango deram às mãos dela uma grande força, do tipo que não diminuiu com a idade. Perguntou-se por que as mãos dela mantiveram seu poder e as de seu pai se tornaram deformadas. Ambos usaram as mãos para trabalhar, mas somente

Gilby fora dona do próprio tempo. Ela podia descansar sempre que quisesse. As mãos de Albert estiveram atreladas aos caprichos de outro homem.

— Fiquei sabendo do menino de Calvin. Latrell nunca foi direito. Aí começou com aquelas coisas e num deu nada certo — sussurrou Gilby.

Titus assentiu em um gesto rápido enquanto se esforçava para ouvir a voz dela. Não podia comentar sobre Latrell ou o tiroteio, mesmo que concordasse com o ponto de vista de Gilby. Também não precisava vasculhar o salão para saber que estava sendo simultaneamente observado e ignorado. Scott tinha somente meia razão. As pessoas estavam de olho nele, mas também gostavam de fingir que o xerife não estava ali. Ninguém gostava de ter o jantar interrompido por policiais, a não ser as pessoas que eram fanáticas por eles.

—A situação é mesmo delicada — disse Titus.

— Sei que tá doendo. Você e Cal eram tipo irmãos. Bobby também — disse Gilby.

Ela soltou a mão dele e acendeu um cigarro fino, ignorando completamente as diretrizes de saúde do estado. Exalou lentamente. Dois fios idênticos de fumaça branca deixaram suas narinas, como vapor saindo de uma locomotiva.

— A gente era sim, senhora — disse Titus.

— Esse Bobby Packer era terrível. Vinha aqui com a turma dele e, juro por Deus, comia um frango inteiro sozinho.

— Bobby comia que era uma beleza. Falando em comer, acho melhor eu pedir minha comida — disse Titus.

— Você parece com seu pai, mas fala como sua mãe. Helen era esperta feito um gato. Também sabia como dar um perdido numa velha irritante — disse Gilby.

Ela colocou o cigarro no canto da boca e deu um sorrisinho.

— Você não tá me irritando, dona Gilby. Só estou com fome.

— Diga a Patrice que é por conta da casa. Pegue o prato especial.

— Não precisa fazer isso, dona Gilby.

— Eu sei. Não tem nada que eu precise fazer além de ser negra e morrer, mas quero que você coma bem. Darlene é uma boa mulher, mas se deixar, ela queima até água no fogo — disse Gilby.

Titus esperava viver o suficiente para poder dizer a primeira coisa que viesse à sua cabeça, sem medo de reprovação.

— Bem, hum, muito obrigado — disse o xerife.

— Não se preocupe. Diga a seu pai que mandei um oi.

— Sim, senhora.

Titus abriu caminho pela multidão até o balcão. Poucas pessoas o reconheceram. Umas adolescentes brancas, sentadas perto da jukebox que ainda tocava CDs, olharam para ele por sobre os celulares e deram risadinhas de desdém. Ele as reconheceu da escola naquela manhã. Havia algumas horas, suas vidas estavam em perigo, e agora elas escondiam os rostos atrás dos celulares e riam. O xerife se perguntou se era uma forma de processarem sua provação. Se a natureza passageira das redes sociais era um refúgio do caráter definitivo da morte.

Ou será que estava pensando demais outra vez?

Lá fora, ao ir pegar seu SUV, seus pensamentos foram interrompidos.

— Xerife, eu... eu só queria agradecer. Vocês salvaram um punhado de vidas hoje. Pelo amor de Deus, aquele garoto estava maluco — disse uma voz.

Titus parou e viu que era Cole Marshall. Cole dirigia um caminhão de entregas para a Distribuidora Cunningham de Frutos do Mar e, nas horas vagas, administrava o próprio negócio de limpeza e preparação de terrenos e poda de arbustos. Como muitas pessoas em Caronte, ele precisava de várias fontes de renda. Cole estava sentado com uma jovem que Titus imaginou ser sua namorada. Ela estava sentada ao lado dele na cabine. Suas mãos descansavam no antebraço de Cole. Ela mexia distraidamente em seus pelos loiros do braço. A linguagem corporal demonstrava uma intimidade recente. Do outro lado da cabine, estavam Dallas e Megan Processer. Seus gestos de casados eram caminhos concêntricos praticados havia muito tempo.

— Não precisa agradecer — disse Titus.

— Ainda bem que vocês tiveram a coragem de abater aquele garoto. O Sr. Spearman era um bom sujeito, não merecia aquilo — disse um homem na mesa oposta a de Cole e seu grupo.

Por trás dos óculos de sol, Titus semicerrou os olhos. O xerife se esforçou para se lembrar do nome dele. Depois de um segundo, a resposta lhe veio à cabeça. Royce Lazare. Ele usava um boné de caminhoneiro escrito TEXACO sobre a espessa cabeleira castanha.

— Ele não era um animal. A gente não abateu ele — disse Titus, tirando os óculos e encarando Royce.

Royce franziu a testa, arrumando o boné da TEXACO.

— Eu só quis dizer que... — Ele não terminou a frase.

— A gente não queria... — gaguejou Cole.

Titus os encarou, deixando seus olhos dizerem as coisas que um xerife negro não podia, até que o desconforto fez os homens baixarem os olhos e suas companheiras virarem o rosto.

O xerife colocou de volta os óculos de sol.

Reconheceu o gosto rancoroso em sua língua. Era humilhação, pura e bruta, tão amarga quanto vinagre. O que Latrell fizera era horrendo. Não o que fizera a Spearman, mas sim junto do professor e do Último Lobo. As imagens de suas ações desumanas viveriam livre e involuntariamente na mente de Titus até o último dia de sua vida.

Isso não queria dizer que ele precisava ficar ali como um figurante em *E o Vento Levou* e ficar quieto enquanto aquele idiota de boné hipster se divertia falando com um homem negro sobre outro homem negro ter sido morto. Podia desprezar as ações de Latrell sem se regozijar com sua morte.

Uma coisa não anulava a outra.

— Boa noite a todos — disse Titus.

•

Quando chegou à entrada de sua casa, o carro de duas portas de Darlene estava estacionado ao lado da picape de seu pai e do veículo que Titus usava fora de serviço, um Jeep Wagoneer. Ele estacionou o SUV, foi até o carro de Darlene e tocou o capô. Ainda estava quente.

Titus entrou na casa.

Albert e Darlene estavam na cozinha. O pai estava sentado à mesa do mesmo jeito daquela manhã. Darlene estava de frente para ele, na cadeira que Titus costumava ocupar. Ambos tinham uma embalagem de comida chinesa à sua frente.

— Não sabe usar um celular, garoto? — gritou Albert, com raiva.

Ele se levantou da cadeira mancando e o agarrou em um abraço apertado. Por que Titus pensara que o pai cedera à enfermidade? Albert esmagava seus pulmões como se tentasse estourar um balão.

— Vi nas notícias que teve um tiroteio. Fiquei com medo que tivesse acontecido alguma coisa com você, cabeção — murmurou Albert em seu pescoço.

As cerdas da barba do pai roçavam sua bochecha lisa. A sensação o lembrou de sua infância. Um outro abraço, uma outra sensação de barba espetando sua pele, mas aquele gesto vinha com um cheiro de uísque. Forte e pungente como álcool isopropílico verde. Seu pai o pegando nos braços enquanto desciam sua mãe sob a terra gelada.

Titus o abraçou de volta com o braço livre. O outro segurava uma sacola com a comida.

— Não vou a lugar nenhum, meu velho — disse Titus.

Seu pai o apertou mais uma vez antes de soltá-lo. Quando se afastou, Titus o viu passar as mãos sobre os olhos. Ele fez as lágrimas desaparecerem como um truque de mágica.

— Tudo bem com você? — perguntou Albert.

— Tudo certo — disse Titus.

Sua mente lhe mostrava imagens do conteúdo do celular de Jeff Spearman, o que tornava sua declaração falsa.

Darlene se levantou da mesa e o abraçou. Era mais baixa que seu pai, e sua cabeça repousou no peito de Titus.

— Odeio isso. Todos os dias eu fico com medo, achando que alguma coisa vai acontecer com você — disse Darlene.

Ela o abraçou mais forte, e ele retribuiu o gesto. Titus respeitava a honestidade dela. Darlene não fingia que seu trabalho era normal. Nunca negou que a deixava ansiosa. Falava frequentemente sobre suas preocupações e mesmo assim nunca pediu a ele para escolher entre ela e o distintivo. Darlene era capaz de separar os próprios medos das necessidades dele. Titus sabia que essa era uma qualidade tão rara quanto um diamante, e uma das razões pelas quais ainda era apaixonado por ela.

— Eu sei. Mas tô aqui e tá tudo bem — disse Titus.

— Trouxe comida pra você. Não sabia que ia parar no Gilby — disse Darlene.

Titus franziu a testa. Deveria ter retornado as ligações dela.

Albert tossiu.

— Acho que vou comer lá em cima. Dar um tempinho pra vocês, jovens.

— Pai, não precisa ir a lugar algum.

— Ah, eu tô cansado mesmo. Fui pro jardim dar um jeito naquelas couves e ervilhas. Tem um coelho comendo as malditas cenouras como se fosse o Pernalonga, então eu e Gene colocamos uma tela de galinheiro. Foi mais cansativo do que eu esperava. Nunca envelheça, garoto — disse Albert.

Ele e Gene Dixon cuidavam do jardim comunitário da igreja, cultivado em um terreno do outro lado da rua da Emanuel. A igreja doava a maior parte dos legumes e verduras para o Departamento de Serviços Sociais do condado. Seu pai substituíra as festas e bebedeiras pela jardinagem depois que a mãe de Titus faleceu. Quando ele e Marquis se mudaram, ele ofereceu seus serviços à igreja. Costumava dar uma parte da colheita para Gilby, até que um dia parou.

Titus tinha quase certeza de que o pai e Gilby tiveram um caso. Se precisasse adivinhar, diria que começou por volta de seu terceiro ano do ensino médio e terminou por volta do segundo ano da faculdade. Ela nunca fora à casa deles, mas o pai passava muito tempo no restaurante.

Gilby começou a frequentar a Emanuel por volta do Dia de Ação de Graças do terceiro ano de Titus no ensino médio, mesmo fazendo parte da Igreja Batista do Calvário. Naquele Natal, o pai os levou para jantar no Gilby. Titus não se ressentia da necessidade de companhia de Albert. Não gostava, mas não se ressentia. Nunca achou que o pai estivesse tentando substituir sua mãe.

Marquis nunca mais pôs os pés no Gilby depois daquele jantar de Natal.

— Tem certeza, pai? Não precisa ir — disse Titus por cima do ombro de Darlene.

O pai sorriu para ele.

— Sim, tenho certeza. Tome conta dele. Esse aí acha que tem três metros e é à prova de balas — disse Albert para Darlene.

— Sempre tomo conta dele, Sr. Crown — afirmou Darlene.

Ambos já tinham mais de 30 anos, mas esses momentos com o pai sempre faziam Titus sentir como se fossem adolescentes outra vez. A sensação não era inteiramente desagradável. Havia conforto na nostalgia, por mais fugaz que fosse.

— Eu sei, querida. É só um lembrete. Boa noite, crianças — disse Albert.

Eles o observaram subir as escadas com o prato de carne e arroz frito. Darlene ficou na ponta dos pés e deu um beijo nos lábios de Titus.

— Ele ficou tão preocupado. Eu achei que fosse desmaiar — comentou Darlene.

— E você não? — perguntou Titus, abraçando-a de novo.

— Claro que sim, mas mantive a compostura por ele. Agora me dê essa sacola e vá se sentar. Vou fazer seu prato — disse Darlene.

— Não precisa.

— Eu sei que não precisa. Faço porque quero. Vá se trocar. Encontro você na sala em cinco minutos.

Titus entregou a sacola sem mais protestos. Subiu as escadas e trocou o uniforme por um par de calças jeans e uma camiseta preta. Desceu descalço, sentindo o frescor do piso laminado que se estendia da cozinha até a sala de estar.

Sentou-se no sofá, inclinou a cabeça para trás e fechou os olhos.

— Nada de dormir antes de comer, Smokey — disse Darlene.

Titus abriu os olhos e pegou o prato das mãos dela. Ela também lhe entregou uma cerveja gelada. Seu pai não bebia mais, porém não se importava que Titus tivesse algumas cervejas em casa. Ele abriu a tampinha e deu um longo gole enquanto apoiava o prato no colo.

Ela se sentou ao lado dele e o observou comer. Ele olhou para ela de soslaio enquanto Darlene o encarava. Os olhos grandes dela o examinavam e estudavam, viam Titus através do prisma da adulação. Ele a provocava dizendo que Darlene tinha olhos de personagem de anime. Sua pele era de um marrom escuro intenso, tão lisa quanto uma camada de gelo que se formava sobre um lago da montanha. Seu cabelo era curto na parte de trás e formava cachos volumosos no topo da cabeça. Nos últimos meses, ela começara a deixar o cabelo natural, evitando relaxamentos químicos em favor de produtos mais orgânicos. Titus achava que sua mãe seria cética em relação à nova rotina capilar de Darlene. Helen Crown era devota dos relaxamentos Dark & Lovely.

Titus terminou a cerveja com mais um gole longo. Darlene pegou a garrafa com a mão esquerda e a levou até o lixo da cozinha. Ela contara que era destra, mas depois de um acidente na floricultura de sua mãe, onde perdeu a ponta do dedo mindinho, passou a usar as duas mãos. Titus tinha suas suspeitas sobre a história do acidente na floricultura. Da última vez que falou com Marquis, o irmão dissera que havia um boato no condado de que o ex de Darlene prendera a mão dela na porta do carro.

Titus não insistiu no assunto. Parte dele queria acreditar na história de Darlene. Assim, não seria tentador ir atrás desse ex. Ela só falava dele em narrativas vagas, mas ele sabia que não seria difícil fazê-la soltar um nome. Não seria difícil consultar o registro dele. Seria apenas um inconveniente mínimo encontrar seu endereço e fazer uma visita para o sujeito.

Provavelmente seria uma grande satisfação visitá-lo.

Mas Darlene nunca deu qualquer indicação de que queria isso. Ela se ateve à história de um acidente com um par de tesouras afiadas e ele se permitiu acreditar, mesmo que ela nunca o olhasse nos olhos quando tocava no assunto.

De repente, batidas irromperam na janela da sala e ambos se sobressaltaram. Havia um grande corujão-orelhudo sentado no parapeito da janela. Titus sentiu um arrepio percorrer seu corpo. Seu avô — que costumava contar a ele e a Marquis lições históricas e macabras sobre o Condado de Caronte — era um repositório de lendas folclóricas, e costumava dizer que corujas eram maus presságios. Titus não acreditava em superstições mais do que no cara lá em cima, mas a visão da coruja os encarando pela janela com olhos do tamanho de uma moeda de prata o fez pensar em presságios sombrios e coisas ruins. Titus bateu o pé. A coruja abriu as asas e voou em uma explosão silenciosa de poder.

— Isso foi assustador — disse Darlene.

— Foi mesmo. Acho que está atrás dos esquilos no quintal.

Titus deu uma garfada no guisado.

Darlene apoiou a mão em sua coxa.

— Não consigo acreditar que Latrell atirou no Sr. Spearman. Ele era um bom professor — disse ela.

Titus mastigou a comida. Engoliu, e então respirou fundo.

— Tentei fazer com que ele se acalmasse. Pensei que tinha conseguido, mas aí ele avançou pra cima da gente com aquele rifle. Nunca vi um homem tão triste quanto Latrell esta manhã. Até ver Cal e dizer a ele que seu filho estava morto — disse Titus.

Um silêncio pairou sobre eles e durou mais do que Titus considerava o normal. Darlene virou o corpo para encará-lo de perfil. Ela se remexeu, puxando um fio invisível em suas calças. Titus sabia que ela queria perguntar alguma coisa. Ele esperou até que ela finalmente tivesse coragem.

— Vocês encontraram coisas ruins na casa do Sr. Spearman hoje? — perguntou Darlene.

Aí está, pensou Titus.

Ele colocou o prato na bandeja da TV ao lado do sofá. Virou-se e olhou para ela.

— Por que a pergunta?

— Quando a gente tava fechando a loja hoje, Bucket Miller entrou e disse que Joyce contou pra ele no Safeway que Davy disse que não ia na vigília essa noite. Pelo jeito, vocês encontraram umas coisas na casa do Sr. Spearman, e as pessoas ficariam irritadas por gastarem suas velas com ele. Depois vi Gladys no posto de gasolina, e ela disse que alguém disse que te viu tirando umas coisas da casa do professor hoje. Quer dizer… Eu só… Ele era um dos poucos professores brancos legais na nossa época da escola. Ele parecia se importar com a gente — explicou Darlene.

Titus fez uma nota mental para conversar com Davy no dia seguinte sobre ser linguarudo. O boca a boca no Condado de Caronte se espalhava tão rápido quanto erva daninha. Pela manhã, todos teriam uma versão diferente do que fora encontrado na casa de Spearman.

— É, pois é — disse Titus.

— É verdade? — perguntou Darlene.

Titus não respondeu. Pegou a mão dela. Sentiu a ponta áspera do toco do dedo mindinho. Sentiu como se as palavras presas em sua garganta fossem mais ásperas do que um ninho de vespas. Prontas para irromper e distribuir picadas.

O que ele queria dizer, mas não conseguiu, foi:

Pense na pior coisa que você já viu. Agora imagine assistir a isso dezenas de vezes. Veja e ouça os gritos que a acompanham e os pedidos por misericórdia, por Deus ou pela mãe, sabendo que não existirá nenhuma misericórdia, nenhum resgate, nenhuma mão divina de Deus descendo dos céus para punir os demônios. Pense nessa visão e nesse conhecimento, sabendo que você estará para sempre marcado como a maldita marca de Caim.

Em vez disso, ele disse:

— Vamos dormir.

SETE

Titus já estava de pé às 7h, fazendo café. Darlene se levantara da cama dele por voltas das 6h, dando-lhe um beijo na bochecha antes de descer as escadas. Ela precisava levar a mãe para uma consulta matinal com o fisioterapeuta e depois abrir a floricultura às 10h. A Sra. Gilchrist se recuperava de uma cirurgia grande, na qual se submetera a uma prótese total do joelho. Foi assim que eles se conheceram, no saguão do consultório do fisioterapeuta. Filhos adultos que trocaram de papel com os pais. Agora eram eles que tranquilizavam os pacientes quando o médico se aproximava com uma agulha de trinta centímetros.

— Você tentou me fazer andar de um jeito engraçado ontem à noite, hein? Me liga depois, Smokey — sussurrara Darlene no ouvido dele com uma risada antes de sair.

Titus tomou um gole de café.

Ela achou que ele fora especialmente intenso na noite anterior. Ao longo do último ano, ele aprendeu que as definições de *intenso* diferiam muito entre os dois. Titus não se importava. Ela nunca o deixava totalmente insatisfeito. Darlene queria fazer amor mesmo quando ainda tinham somente uma amizade colorida. Não apenas sexo. Não apenas foder. Ela queria fazer amor.

Tudo bem para ele, e se tivesse algum problema com isso, deveria ter falado quando começaram a se relacionar. Não queria que ela recriasse o livro *História d'O*, mas quando grande parte de sua vida era dedicada à religião da ordem e do controle, havia momentos em que sentia a necessidade de ser um pecador e ceder às forças do tumulto e da discórdia. De mergulhar no centro do turbilhão e voltar à superfície com feridas que contassem uma história de real intensidade.

— Crave as unhas nas minhas costas — sussurrara ele na noite anterior.

Na luz fria da manhã, Titus não sabia por que fizera esse pedido. A parte primitiva de seu cérebro devia ter assumido o controle e, de maneira conveniente, esquecido que Darlene não gostava de ser a agressora. Mas ele precisava daquela agressão na noite anterior. Precisava afastar as imagens do celular de Jeff Spearman que agora estavam impregnadas em sua mente. Queria sentir... qualquer coisa além de nojo. Podia dizer o que quisesse sobre ela, mas Kellie nunca teve problemas com agressão. Na verdade, ela gostava disso. Se tivesse sido ela em sua cama na noite anterior, ele...

Pare com isso. Você tem uma boa mulher. Deveria dar valor, pensou ele.

Terminou o café e saiu pela porta. Seu pai ainda estava na cama. Titus tinha dado uma checada antes de descer as escadas. Entrar no quarto do pai era como entrar em uma máquina do tempo. Nada mudara no quarto desde a morte de sua mãe. As cortinas eram as mesmas. O carpete estava gasto. A mesinha de cabeceira dela, com os óculos de leitura e a cópia de *The Autobiography of Miss Jane Pittman*, estava exatamente como na noite em que ele ouviu o som da morte da mãe subir pela garganta dela. Fora como se alguém sacudisse dados em um copo.

O pai estava deitado do lado dele da cama. Sempre do mesmo lado, nunca no da mãe. Titus viu o movimento ritmado de seu peito. Ouviu-o roncar e o viu mudar um pouco de posição. O pai nunca falava sobre seus sonhos, mas Titus esperava que ele encontrasse sua mãe lá. Esperava que os sonhos do pai não fossem como os dele.

Enquanto abria a porta do SUV, seu celular vibrou. Ele o tirou do bolso e olhou para a tela.

— Ora, que surpresa — murmurou.

Era uma mensagem de seu irmão. Tinha somente duas palavras.

tudo certo

Titus respondeu do mesmo jeito.

Sim, ok.

O dedo de Titus pairou sobre a tela. Queria dizer mais, porém pensou melhor. Por que deveria ser o único a falar? Marquis gostava de agir como se fosse o único que sentia saudades da mãe deles. Então usava isso como desculpa para a vida que levava. Depois de ter sido eleito, Titus aproveitou a oportunidade para revisar os relatórios arquivados. Seu antecessor não se dedicara muito a manter os registros organizados, mas os relatórios de prisão estavam, em sua maioria, intactos. Ele viu o nome de Marquis repetidas vezes. Viu como seu pai hipotecou a casa para pagar as fianças. Também viu como o pai quase surtou porque Marquis chegou atrasado à audiência. Titus amava o irmão, mas odiava seu jeito de achar que tinha um monopólio sobre o luto.

Depois de um longo minuto, digitou uma resposta.

Ei, vai tá por aqui esse fds? O pai quer que vc venha aqui pra ele pegar umas ostras

A resposta de Marquis foi tão rápida que Titus se perguntou se ele tinha ensaiado.

Trabalhando esse fds. Construindo um galpão pra Vanessa Ferguson perto da casa de Tank Billups

Titus teve um pressentimento. Tank Billups era dono da Marina Norton. Tinha uma grande casa de tijolos na rua Morro do Carimbador, perto da casa dos Cunningham. Era lá que Marquis supostamente trabalharia naquele fim de semana. O nome de Tank desbloqueara uma memória. Uma que ele compartilhava com dezenas de pessoas do condado.

O xerife entrou no SUV e saiu em disparada para o departamento.

•

Quando parou no estacionamento, Titus viu Trey encostado em seu carro, conversando com Pip. Trey usava um terno marrom escuro, bem maior que seu corpo esguio. O cabelo estava cortado em um topete curto, que começava a ficar grisalho nas laterais. Trey fora o primeiro investigador negro do Condado de Caronte e a terceira contratação de Titus. Ele tinha uma graduação de dois anos em justiça criminal e, assim como Carla, planejava deixar Caronte depois de alguns anos sob a orientação do xerife, que não tinha dúvidas de que Trey teria sucesso para onde fosse. Ele era inteligente, ambicioso e perseverante. Essas qualidades tornavam alguém um policial muito bom ou muito ruim. No caso de Trey, Titus apostava que seria a primeira opção.

Pip usava seu uniforme. Os três botões inferiores da camisa faziam um esforço hercúleo para conter sua barriga. Pip era o mais antigo dos policiais de Titus, e era idêntico aos estereótipos de um oficial sulista. Cabeça larga, bochechas fartas e um corte de cabelo raspado que deixava claro que ele era policial mesmo quando estava com roupas casuais. A única coisa que faltava era o racismo.

Pip cresceu entre evangélicos menonitas. Ele deixou a fazenda de sua família no extremo norte do condado para ingressar no Corpo da Paz por uma década. Então voltou para casa e se juntou ao departamento de polícia. Enquanto crescia, Titus aprendeu a enxergar Pip como o *yin* equilibrado para complementar o *yang* beligerante e feroz do departamento.

Quando Pip perguntou a Titus se ele poderia ficar, o xerife ficou surpreso.

— Tem certeza que você quer isso? Não me importo se ficar, mas acho que algumas pessoas podem acabar te vendo como um traidor — dissera Titus.

— Acho que sim, mas vai ser bom terminar minha carreira trabalhando pra um xerife que não é pior do que uma doninha raivosa. Um que não tenha sujado as mãos — dissera Pip.

— Se ele era tão ruim, por que ficou aqui todos esses anos? — perguntara Titus.

O rosto do homem mais velho assumiu uma expressão sombria.

— Ward era um sujeito desagradável. Esse tipo de gente pode pensar duas vezes se achar que tem alguém de olho — dissera Pip.

Titus simplesmente assentiu. Não perguntou a Pip se tinha dado certo. Sabia a resposta. Ele se perguntou se Pip pensava nessa resposta quando se olhava no espelho.

— Senhores — cumprimentou Titus ao se aproximar do carro de Trey.

— Xerife Crown, minha neta me mandou dizer que você arruinou a formatura dela — disse Pip.

— Mandou nada — disse Titus.

Pip sorriu.

— Não mesmo, mas foi o que ela pensou.

— Minha noiva reclamou. Mais de uma vez no caminho de volta — disse Trey.

O sorriso sumiu do rosto de Pip.

— É... ruim, né?

— Não é ruim. É muito pior. Vamos lá pra dentro — disse Titus.

Davy, Steve, Carla, além de Douglas, que resolvia um chamado de agressão doméstica quando o tiroteio na escola aconteceu, esperavam no escritório quando Titus chegou. Ele ainda não falara com Tommy, mas o policial estava de folga, então poderia atualizá-lo mais tarde.

Titus se sentou à sua escrivaninha. Seus policiais formaram um semicírculo em volta dele.

— Primeiro, precisamos ficar atentos para não contar detalhes da investigação sobre o tiroteio de ontem para ninguém. Nem para nossos entes queridos, nem para os vizinhos, amigos, ou para as pessoas no mercado. Os detalhes do caso estão mudando rapidamente. Não queremos boatos se espalhando pela cidade. Entendido? — perguntou Titus, fixando o olhar em Davy, cujo rosto ficou vermelho.

— Segundo, Trey, encaminhei para você todos os relatórios sobre o disparo fatal que ocasionou a morte de Latrell Macdonald. Dê uma olhada em tudo e garanta que foi um tiro necessário. Quero pensar que foi, mas o que eu penso não importa agora. Precisamos de uma nova perspectiva nessa questão.

— Sim, senhor. Entendido — disse Trey.

— Carla, pode pegar a pintura que encontramos na casa de Spearman? — pediu Titus, e calçou um par de luvas de látex. — Sabia que aquela árvore me era familiar.

Quando Carla voltou, ele pegou a pintura das mãos dela e a abriu, segurando-a à sua frente pelas pontas.

— Davy, você já caçou nos trinta hectares de Tank Billups? Lá pela rua Campo do Rei? — perguntou Titus.

— Sim. Já fui lá caçar cervos com meu pai algumas vezes — respondeu Davy.

— Eu também — disse Steve. — Costumava ir ali com meu pai e meu tio. Tank cobra uma diária de cinquenta dólares por pessoa.

— Eu, meu pai e meu irmão também fomos algumas vezes. Peguei um com chifres de doze pontas. Ele nos cobrou cem por pessoa.

— Tudo isso? — perguntou Steve, como se não tivesse ouvido o que Titus acabara de dizer.

— O privilégio é uma droga poderosa. Agora veja essa árvore. Onde você já viu um salgueiro-chorão tão grande quanto esse? — questionou Titus.

Davy e Steve trocaram olhares confusos.

— Na propriedade de Tank. Uns quatrocentos metros pra dentro. Eu vi uma vez enquanto a gente seguia o rastro de sangue de um cervo em que meu irmão atirou. Me lembro porque é raro ver um desses tão grande no meio da floresta. Spearman falou de um jardim secreto nos vídeos. Acho que é lá — disse Titus.

— Porra, é mesmo! Agora eu me lembro — disse Davy.

— Mas porque essa árvore é importante? — perguntou Steve.

Trey falou no momento em que Titus se virava para responder.

— Você acha que eles enterraram as crianças lá, não é? — perguntou Trey.

Titus assentiu.

— É. Tem pelo menos sete vítimas diferentes nos... vídeos. Elas não estão debaixo da casa de Spearman. Nem nas paredes. Existe sempre a possibilidade de terem sido descartadas de outro jeito, mas essa pintura era importante pra Spearman. Tão importante que foi escondida junto dos discos rígidos. Assassinos como Spearman e seus comparsas são movidos pelas fantasias. Eles pensam nelas o dia todo. Se possível, gostam de revivê-las até que não sejam mais o suficiente e precisem de uma nova vítima. Acho que enterraram as crianças perto dessa árvore e ficaram voltando até o local. Várias vezes.

Falar sobre o caso dessa forma, no jargão policial, ajudava. Mesmo que só um pouco. Dava uma sensação de distanciamento das lembranças daquelas crianças e seus gritos.

— O que você quer fazer? — perguntou Douglas.

Ao contrário de Trey e Carla, Douglas não tinha grandes aspirações. Era um ex-segurança que arrumou um emprego no escritório do xerife por causa do plano de saúde. Ele não era como Roger, não sentia que essa era sua vocação, e nem como Trey, que enxergava uma carreira ali. Para Douglas, não passava de um emprego. Titus respeitava essa decisão. Havia momentos em que a atitude impessoal de Douglas caía bem.

— Quero ligar pra Warren Ayres e pedir que ele envie tanto o corpo de bombeiros voluntários quanto o esquadrão de resgate voluntário pra propriedade de Tank Billups. Vamos escavar a área ao redor daquela árvore e vamos precisar de ajuda. Pip, quero que você assuma o patrulhamento da área norte do condado. Steve, você e Douglas irão interrogar os professores da escola, amigos de Spearman. Descubram se algum deles já viu Latrell e Spearman juntos. O restante de nós vai pra propriedade de Tank. Por enquanto, até acharmos alguma coisa, isso tudo é confidencial — alertou o xerife.

— Você realmente acha que Jeff Spearman enterrou essas crianças debaixo de uma árvore na floresta? — perguntou Steve.

— Spearman e o Último Lobo. Acho que não só enterraram, como sentiram prazer nisso. Gostavam de saber que aqueles corpos estavam por aí. Gostavam de guardar esse segredo. Mas segredos podem se tornar corrosivos. Você os guarda, e eles começam a te corroer de dentro pra fora. Logo você se vê disposto a fazer qualquer coisa pra acabar com a dor. Pra Latrell, a solução foi abrir um buraco do tamanho de um punho na cabeça de Jeff Spearman — disse Titus.

Pensou que poderia estar falando tanto de si mesmo quanto de Latrell. Seu segredo esperava pacientemente para ser revelado. Pairava sobre sua cabeça como uma Espada de Dâmocles.

— A gente não pode fazer nada quanto a Latrell ou Spearman. Mas podemos encontrar aquele terceiro homem, o que nunca tirou a máscara. Podemos fazer com que pague por seus crimes. Podemos arrancar sua máscara e mostrar ao mundo quem ele é. As coisas que fizeram naqueles vídeos...

O xerife fez uma pausa, respirou fundo e continuou:

— São coisas das quais ninguém deveria sair impune. Ninguém. Esse tipo de depravação não vai parar só porque seus comparsas morreram. Não vou permitir que ele roube a criança de mais alguém debaixo de nossos narizes. A justiça precisa ser feita. O primeiro passo é encontrar os corpos. Corpos guardam seus próprios segredos.

— Eles chamavam de jardim secreto. Qual é o problema dessas pessoas, Titus? — perguntou Davy.

Titus enrolou a pintura de novo e a colocou sobre sua escrivaninha.

— Todos, Davy. Todos.

•

Como a maioria das estradas secundárias no Condado de Caronte, o caminho para os trinta hectares arborizados de Tank Billups era assolado por sombras mesmo durante o período mais claro do dia. Árvores decíduas e coníferas estavam enfileiradas nas margens dos fossos, como os primeiros regimentos de um exército tentando recuperar um reino dominado. Titus achou que as árvores pareciam avançar sobre a estreita faixa de asfalto como a Grande Floresta de Birnam, de Macbeth.

O xerife fez alguns cálculos mentais enquanto dirigia. As datas nos arquivos de vídeo dos HDs iam até cinco anos antes: 2012. As fotos eram mais antigas. Muito mais antigas. Nas primeiras, Spearman tinha cabelos pretos e estava sozinho com uma criança que era obviamente um Latrell mais jovem. Mais tarde, havia outras crianças. Titus reconheceu alguns rostos. Já os vira pela cidade, marcados pelo tempo, de barba ou maquiagem. Adultos que outrora foram crianças assustadas nas mãos de um homem considerado o segundo adulto mais confiável que conheciam, depois de seus pais.

Titus lutou contra o desejo de dirigir até Richmond e cravar algumas das próprias balas no corpo de Spearman.

Depois da reunião, mandou sua equipe ir para casa trocar o uniforme por roupas que pudessem sujar. Titus permaneceu de farda. Se os cidadãos de bem do Condado de Caronte o vissem em um uniforme sujo, a imagem ficaria gravada em suas mentes como uma sugestão pós-hipnótica. Seria tema de fofocas nos correios ou no supermercado. Em seus subconscientes, seria mais um motivo para acharem que ele não era adequado para o cargo. A cor de sua pele já era motivo suficiente para algumas pessoas. Não tinha a intenção de alimentar ainda mais esse ódio.

Titus guiou uma caravana pela rua Bosque Leste por uns quinze quilômetros. Finalmente havia falado com Tom por telefone e o informara sobre sua suspensão de duas semanas. Uma ligação não era a maneira mais apropriada de comunicar essa decisão, mas as coisas estavam se desenvolvendo rapidamente e o jardim secreto era prioridade.

— Claro. Eu entendo. Tive que atirar nele, Titus. Ele tava vindo pra cima da gente. Poderia ter atirado em você, em nós. Você sabe disso, né? — perguntou Tom.

O xerife percebeu que ele arrastava as palavras. Tom estava completamente bêbado.

— Descanse um pouco, Tom. Tem alguém com quem você possa conversar? — perguntou Titus.

— Posso conversar com você? — perguntou Tom.

— Hum… claro, mais tarde. Estamos a caminho da propriedade de Tank Billups.

— O que tá acontecendo? — perguntou Tom.

— Estamos investigando umas coisas que achamos no celular de Spearman.

Tom ficou em silêncio por um momento.

— Que tipo de coisas? — murmurou ele.

Titus ignorou a pergunta. Tom estava bêbado, ou seja, poderia não ser totalmente capaz de manter a confidencialidade.

— Eu te mantenho informado. Passe no escritório e entregue sua arma a Trey — disse Titus antes de desligar.

•

Titus virou na rua Bosque Leste, em uma estrada de terra cortada por um portão de madeira sustentado por dois postes antigos. Titus parou, desceu do carro e abriu o portão. Quando ligaram e pediram permissão a Tank para entrar em sua propriedade, o homem não sabia ao certo se o portão estava trancado. Ele estava na casa dos 60 anos e dissera para Titus que não ia pessoalmente à propriedade havia anos.

— Já não enxergo tão bem. E meu filho Jerry fez o departamento de trânsito anular minha maldita carteira de motorista. E eu sei o porquê. Ele quer me mandar pra um maldito asilo. Ele nunca vai conferir a propriedade. Só quer vender. Essa terra tá na nossa família desde que meu avô voltou da Primeira Guerra Mundial. Sim, a gente se mudou pra cidade depois, mas não significa que precisamos desistir dela. Terra é a única coisa concreta que tem valor nesse mundo — dissera Tank.

É por isso que você cobrava o dobro para pessoas negras caçarem lá?, pensou Titus.

— Só precisamos de permissão pra dar uma olhada, Sr. Billups.

— O que vocês procuram?

Crianças mortas, pensou o xerife.

— Tenho motivos para acreditar que certos elementos podem ter deixado evidências de um crime em sua propriedade — explicara Titus.

— Que tipo de crime? Tenho o direito de saber, se vão sair destruindo minha propriedade. O que eu ganho com isso? Vocês vão fazer a maior bagunça enquanto eu fico preso aqui dentro de casa, sem ter ninguém pra tomar conta dos meus interesses. Acho que preciso de algumas garantias.

Titus achava que Tank provavelmente não conversava muito com outras pessoas. Ele estava gostando daquela negociação, por assim dizer. A arte da barganha e todas aquelas bobagens.

Titus não tinha tempo para aquilo.

— Assassinato, Sr. Billups. Será que agora podemos entrar na propriedade?

Esse esclarecimento encerrou abruptamente a negociação.

•

O xerife guiou a caravana até chegarem ao lugar onde a estrada terminava e a floresta começava. Atrás dele vinham não apenas seus policiais, mas quatro picapes e um veículo de emergência do Departamento de Bombeiros Voluntários de Caronte. Havia duas pessoas em cada picape. Mais três no veículo de emergência. Cada picape tinha pás e luzes portáteis na caçamba. O veículo de emergência trazia sacos para cadáver.

Titus saiu do SUV. Esperou enquanto os homens e as mulheres saíam dos veículos. Assim que todos estavam a postos, ele começou a falar.

— Não sei quantos de vocês já caçaram ou correram com cães por aqui, mas estamos indo em direção àquele salgueiro-chorão. Se alguém já esteve aqui antes, certamente já o viu. Não há motivo para ele estar naquela clareira. É por isso que chama a atenção. Quando chegarmos à árvore, darei mais detalhes sobre o perímetro com o qual vamos trabalhar.

— Você realmente acha que Jeff Spearman e Latrell mataram um punhado de crianças e enterraram elas aqui? — perguntou uma voz incrédula.

Não apenas Spearman e Latrell, pensou Titus.

— Você não viu o que vimos naquele celular. Vamos lá — ordenou o xerife.

Ele guiou o grupo por entre os pinheiros, os carvalhos, os ulmeiros e um ou outro cipreste. Enquanto caminhavam, raios de sol atravessavam o dossel espesso da floresta e os banhavam em feixes dourados incandescentes.

De vez em quando, à medida que andavam, Titus lançava olhares para a copa das árvores sob as quais passavam. Achava que as árvores eram as coisas vivas na Terra mais próximas da imortalidade. Quantos daqueles gigantes arbóreos eram apenas mudas quando os primeiros povos indígenas caçaram cervos ali? Quando os colonos de Jamestown comeram seus sapatos enquanto o primeiro inverno da Virgínia os testava? Quantos homens negros como ele foram linchados naqueles galhos nos anos seguintes à rebelião fracassada dos trabalhadores pobres contra os proprietários de terras do Sul? O que aqueles eternos elementais diriam se você perguntasse a eles sobre as crianças que Jeff Spearman, Latrell Macdonald e o Último Lobo torturaram? Diriam alguma coisa? Ou os assuntos dos homens eram como os assuntos das formigas para eles?

— Você pensa demais — dizia seu pai, quando Titus fazia perguntas assim quando era criança.

— É o superpoder dele, Albert — dizia sua mãe, antes de beijá-lo na testa. Antes que sua carne começasse a se transformar em osso.

Eles esmagaram folhas mortas e agulhas de pinheiro até chegarem à clareira.

— É aqui — anunciou Titus.

O salgueiro-chorão pairava sobre eles a partir do centro de uma clareira com pelo menos trinta metros de circunferência. Diversos galhos se erguiam em direção ao céu a partir de um tronco robusto. As extremidades dos galhos se transformavam em folhas finas, cor de jade. Essas folhas pendiam na direção do chão, como fios de cabelo que formavam uma coroa de glória para algum deus mais antigo e misterioso. O vento agitava as folhas como se a divindade balançasse a cabeça.

— Precisamos escavar toda essa área. Começaremos das extremidades para o centro. Warren, se você e Derry puderem passar o detector de metais pelo chão primeiro, depois escavaremos algumas amostras exploratórias. Se os corpos estiverem aqui, não foram enterrados muito fundo.

— Vamos passar, Titus, mas preciso ser honesto com você. Não acho que Spearman seria capaz de machucar alguém — disse Warren.

— Spearman tinha vídeos que mostravam ele, Latrell e um outro homem machucando garotos e garotas. Quer ver? — perguntou Carla.

O rosto de Warren ficou vermelho.

— Se encontrarem alguma coisa, avisem e então marcamos — continuou o xerife. — Façam o melhor possível para não revirar os restos mortais. Precisamos preservar o máximo de evidências que pudermos.

Ele observou seus rostos. Neles havia um anseio evidente e desesperado. Eles não queriam acreditar. Queriam fazer de conta que Jeff Spearman era o que fingira ser e nada mais. Todos escolhemos o ceticismo quando a verdade é inconveniente.

— Vamos lá — disse Titus.

•

Três horas depois, o sol já estava baixo no céu e as sombras que os observavam haviam crescido exponencialmente.

Warren se aproximou de Titus com a pá sobre o ombro.

— Titus, não tem nada aqui. O que quer que tenha acontecido com essas pobres crianças, não terminou aqui. — Seu rosto estava molhado de suor apesar da temperatura amena.

— Vamos chegar mais perto da árvore. Alguém trouxe um machado? Precisamos cortar aquelas raízes — disse Titus.

Wayne franziu a testa.

— Titus, eu sei que você costumava ser um figurão do FBI, mas já cavamos uns vinte buracos e não achamos porcaria nenhuma.

— Homens como Spearman não gostam de abrir mão das coisas. Precisamos cortar essas raízes e chegar mais perto da árvore — explicou Titus.

Ele ignorou o comentário de Warren sobre seu passado. Estava acostumado que as pessoas que votaram nele endeusassem seu tempo no FBI, e aquelas que não votaram menosprezassem o período. Achava que se elas soubessem por que ele renunciara, a situação se inverteria. Essa ideia não o oferecia nenhum conforto.

— Isso é uma maldita perda de tempo. Faça o que quiser com seus policiais, meu pessoal vai pra casa. Somos uma equipe voluntária. Não podemos ficar aqui brincando na floresta quando precisamos estar descansados — disse Warren.

— Me dê mais uns quarenta e cinco minutos — pediu Titus.

Poderia simplesmente dizer que nomearia os membros do corpo de bombeiros como seus policiais. Tomar proveito de uma cláusula arcaica no estatuto do condado. Tinha lido o estatuto do começo ao fim. A probabilidade de que Warren tivesse feito o mesmo era quase nula. Não, ele não estava disposto a discutir os méritos de um codicilo de duzentos anos. Se Warren queria ir embora, podia ir. Eles continuariam o trabalho, com ou sem ele e seus voluntários.

— Desculpa, não posso fazer...

— AQUI!

A palavra ecoou pela floresta, ricocheteando de um lado para o outro até voltar para eles como o grito de um banshee.

— Acho que não vou precisar daqueles quarenta e cinco minutos — disse Titus.

Eles se aproximaram de Anita Denton, a que dera o alerta. Ela segurava a pá com as duas mãos afastadas uma da outra ao longo do cabo. Ela deu dois passos para longe do buraco que cavara. Seu rosto estava pálido. Um bando de corvos voou sobre suas cabeças, e os grasnidos ecoaram no ar.

Titus olhou dentro do buraco.

O crânio era terrivelmente pequeno, como a maioria é quando a pele e o músculo já se foram. Ainda havia alguns fragmentos de cabelo no topo, e ele estava conectado a uma espinha dorsal que parecia frágil como um graveto. No torso havia uma camisa marrom e esfarrapada pelo tempo. As raízes do salgueiro-chorão eram conhecidas por serem invasivas. A maioria dos proprietários é alertada a não plantar um perto do poço ou da fossa séptica. As raízes daquele não eram menos agressivas. Elas se enrolavam ao redor do corpo como uma anaconda. Uma das raízes perfurara o crânio e saíra pela órbita ocular para se reconectar com as outras.

Titus se agachou. Havia um pequeno retângulo de plástico perto do topo do crânio. Estendeu a mão e alguém lhe entregou um par de luvas de látex. Ele as calçou e pegou o pedaço de plástico.

Havia escurecido com o tempo, mas Titus o reconheceu. Sua namorada do ensino médio usava um daqueles no cabelo. Um prendedor.

— Tem mais por aqui. Vamos cuidar deles. Vamos tirar essas crianças dessa terra e levar todas pra casa — disse Titus.

O xerife elevou um pouco a voz para que todos o ouvissem. Havia se formado um semicírculo ao seu redor, mas todos estavam o mais longe possível do buraco.

Ele se levantou.

— Já faz tempo demais que estão aqui.

•

Duas horas depois, eles ainda estavam trabalhando. Luzes portáteis foram ligadas para iluminar um pouco conforme a escuridão perseguia o sol de volta até sua toca. As criaturas noturnas — curiangos e corujas, grilos e tordos, um e outro coiote — afirmavam vocalmente sua presença. Uma lua quase cheia lançava sobre eles uma luz alaranjada, que se perdia em meio à iluminação das luzes portáteis. Titus observava enquanto as bandeiras vermelhas de demarcação, em postes finos e flexíveis de arame, brotavam do chão como flores silvestres.

— Quantos? — perguntou o xerife.

Davy enxugou a testa com as costas da mão.

— Sete até agora. Meninos e meninas, exatamente como você disse que viu nos vídeos.

Titus respirou fundo.

— Ligue para as funerárias.

— Quais?

Titus suspirou.

— Todas. Bigelow, Blackmon, Spence and Sons. Todos esses corpos vão precisar ir pra Richmond. Vou informar a polícia estadual. Vamos precisar de ajuda pra analisar os restos mortais. Todos vão precisar de autópsias completas — disse Titus, desejando silenciosamente que a Virgínia tivesse um laboratório de legista de verdade, em vez de somente quatro laboratórios distritais para o médico-legista.

Davy ficou boquiaberto. Algumas palavras escaparam de sua boca, porém baixas demais para serem ouvidas.

— O quê? — perguntou Titus.

— Eu disse, por que ninguém estava procurando por elas? Parece que alguns desses corpos estão aqui há anos... Por que ninguém estava tentando encontrá-los? Eram só crianças!

Titus tirou o chapéu e passou a mão pelo cabelo curto.

— Eram crianças negras, Davy. Provavelmente tem pessoas procurando por elas, mas o que chama a atenção da mídia são cabelos loiros e olhos azuis.

— Isso não tem nada a ver — disse Davy. A indignação transbordava dele como água de uma comporta.

Titus arrumou o chapéu na cabeça.

— Dê uma boa olhada e me diga que não tem nada a ver.

Davy não respondeu.

— Vou voltar para o escritório. Preciso acertar as coisas com o pessoal do estado. Quero fazer isso em conjunto. Não vou deixar que assumam tudo. O caso é nosso. É a nossa casa. Estabeleça um perímetro e descanse um pouco. Você e a Carla. Vou pedir pro Douglas ficar na entrada da propriedade durante a noite.

— É um longo turno — disse Davy.

— Todos vamos trabalhar longos turnos a partir de agora, até que tudo isso acabe.

— E quando vai acabar?

O olhar de Titus passou por Davy e pousou no cemitério que crescera depressa ao redor deles. Um campo de morte escondido em plena vista por muito tempo. O salgueiro-chorão balançava suavemente no ritmo do vento.

— Quando a gente pegar ele — disse o xerife.

•

Titus voltou para o departamento meia hora depois. Viu o carro de Kathy no estacionamento.

— Chegou cedo. Cam deveria ficar até às 20h — disse Titus ao entrar.

— Sim, mas ele me ligou e perguntou se eu podia vir mais cedo, já que me atrasei ontem. Ele ainda tá bem abalado com o que aconteceu. Me pediu pra te dizer que Ricky Sours tá ligando toda hora — disse Kathy.

— Mais tarde ligo pra ele.

— É verdade? Sobre Latrell? — perguntou Kathy.

Ela namorara Calvin por um curto período de tempo quando Dorothy terminou com ele. Três meses depois, eles já tinham voltado e Kathy estava com Bobby Packer, outro colega da equipe de Titus no ensino médio. Eles se casaram um ano depois de Calvin e Dorothy. Ficaram juntos até Bobby morrer em um acidente com seu caminhão-caçamba em 2012.

Depois da eleição, Kathy se candidatou para o cargo de rádio operadora, já que as duas anteriores, duas mulheres brancas de mais idade, pediram demissão por lealdade a Cooter. Titus a contratou na mesma hora. Quando ela preencheu a papelada, ele percebeu que ela voltara a usar o nome de solteira. Não perguntou nada a respeito, mas Kathy percebeu que ele notara.

— É difícil ouvir o nome dele. Packer. Toda vez que escuto, penso no Bobby. É… é pesado — explicara ela.

Titus entendia esse tipo de luto. Costumava adorar ler mitologia grega quando era criança. E gostava especialmente da *Ilíada*. Depois que a mãe morreu, não conseguiu mais ler. Não suportava ver repetidamente o nome *Helena* nas páginas desgastadas de seu livro. Por fim, ele o queimou no fogão a lenha de casa. Quando Kathy contou a Titus a história por trás de usar o nome de solteira, ele sentiu uma onda de tristeza tão grande que causou um aperto em seu peito. Às vezes, o luto é o amor reprimido. Outras, é o arrependimento personificado.

— Sim. É verdade — respondeu Titus.

— Que Deus nos proteja — disse Kathy.

— Não acho que Deus vá se envolver nessa.

— Titus!

— Tem mais nessa história do que só o tiro de Latrell em Jeff Spearman.

— Tipo?

— Encontramos muitas coisas perturbadoras no celular de Jeff. Os próximos dias serão uma loucura.

— Ai, meu Deus. Bem, você é o homem certo pro trabalho — disse Kathy, sorrindo para ele.

— Vou fazer umas ligações, depois vou pra casa. Pip está fazendo turno duplo. Se precisar de mim, pode me ligar — disse Titus, ignorando o elogio de Kathy.

— Certo. Ah, Darlene também ligou. Disse que estava tentando falar com você.

— Acho que fiquei sem sinal. Tudo bem, obrigado.

Titus podia aguentar as tendências exclusivistas do pessoal do estado, se isso significasse que trariam todo o arsenal forense da Polícia Estadual da Virgínia para seu condado.

Seu condado. Quando estava em Indiana, muitas vezes evitara falar sobre Caronte do mesmo jeito que evitara o elogio embaraçoso de Kathy. Se fosse honesto consigo mesmo, Titus admitiria que tinha vergonha de sua cidade natal. Das pessoas retrógradas e da mesquinhez de cidade pequena que tomava conta do lugar. Somente depois de a família de Red DeCrain explodir diante dele foi que encontrou conforto nas estradas familiares do Condado de Caronte. Estar em casa, estar com seu pai, depois de perder tudo, fez Titus ver o condado a partir de outro ponto de vista. Era sua casa e seu coração. E jamais deixaria pessoas como Ricky Sours tratarem o lugar como sua propriedade privada, ou homens como o Último Lobo escaparem impunes depois de fazerem de Caronte um campo de matança.

Titus não se iludia sobre quem ou o que ele era. Para muitas pessoas, era o diabo. Aceitava esse fato. Mas ele, Titus, era um diabo perseguidor de demônios.

•

O pai não estava em casa quando ele chegou. Havia um bilhete de Albert na geladeira dizendo que fora ajudar a neta de Bernice Gresham. Bernice fazia parte da igreja de seu pai e, como Albert era presidente do conselho de diáconos, seu número era um contato de emergência para os membros da igreja. Titus achava que o pai ainda estava tentando compensar sua juventude desperdiçada. Se os amigos de seu pai do turno matinal do posto de gasolina estivessem certos, Albert Crown já fora um verdadeiro desordeiro. Destemido e de punhos rápidos como só os jovens conseguem ser. Só quando a irritação do pai aflorava era que Titus vislumbrava o homem cujos punhos eram tão fortes, graças aos anos puxando armadilhas de caranguejo, que o chamavam de Marreta. Porque quando o pai acertava alguém, era como se a pessoa tivesse sido atingida por uma dessas. Titus pensava que a existência do brigão e do jardineiro em uma mesma pessoa era um testemunho da natureza multifacetada de todos nós.

— Como o Jeff Spearman professor e assassino de crianças — sussurrou Titus.

Trocou o uniforme por um par de calças jeans, botas e um moletom. Saiu e deixou o ar castigar suas bochechas por um momento antes de ir até a pilha de lenha. O pai instalara um sistema de calefação havia alguns anos, mas eles ainda usavam o fogão a lenha de vez em quando. Albert gostava de dizer que o calor parecia mais real. Além disso, alguns dos dutos de ventilação não funcionavam muito bem. Então, guardaram o fogão a lenha.

Quando criança, Titus costumava sentar e ouvir, com uma pontada de medo, enquanto o velho cubo de ferro fundido começava a rugir como um leão depois que o pai acendia um bom fogo. O calor que emanava dali era bíblico. Marquis reclamava que o fogão a lenha deixava a casa quente demais. A mãe dava um tapinha de brincadeira na cabeça dele e dizia que no inferno era mais quente.

Ela costumava fazê-los rir muito. Antigamente.

Titus pegou um machado e começou a cortar a pilha de lenha que fora entregue na semana anterior. A maior parte era do comprimento ideal para o fogão, mas um pouco larga demais. Titus pegou um dos pedaços e o colocou em um toco de árvore que usava como base. Acima dele, uma lâmpada de vapor de sódio zumbia como um velho cantor de blues prestes a cantar outra melodia antiga.

Titus ergueu o machado e o desceu com um arco assobiante e violento. A tora se partiu em duas. Ambas as metades pularam do toco e rolaram pela grama. Titus começou com uma pilha encostada na parede de trás da casa. Pegou outro pedaço e repetiu o golpe violento do machado. Enquanto trabalhava, sentiu o aroma das últimas flores da magnólia que tomava conta do quintal. Parou e olhou para a árvore. Mesmo que o ar estivesse frio, a geada ainda não começara.

Sua mãe adorava as flores da magnólia. Ela pedira sua ajuda para fazer um perfume com as flores. O aroma tomou conta da casa por semanas. Um cheiro enjoativo e doce, que lembrava tanto sachês perfumados usados nos guarda-roupas de senhoras, quanto o odor nauseante e açucarado de um corpo em decomposição logo antes do surgimento das larvas. Depois que ela ferveu as pétalas em uma panela, havia dias em que ele imaginava ver o aroma no ar.

Titus pegou outro pedaço de madeira e o partiu ao meio. Soltou um rosnado enquanto descia o machado.

Ele e Marquis montaram um buquê de flores de magnólia para sua mãe no dia anterior ao funeral. As pétalas das flores ficaram escuras e quebradiças da noite para o dia. Marquis jogou o seu no lixo. Titus levou o seu e o jogou na cova durante o enterro. Observou enquanto as pétalas mortas e escurecidas caíam sobre o caixão da mãe como pedaços de papel queimado. Nos anos seguintes, Titus pensou que havia uma espécie de verdade no rápido ressecamento daquelas belas flores brancas, uma que não poderia ser negada por nenhum ministro pregador e vociferante em um púlpito.

Titus pegou mais uma tora. Quando a golpeou com o machado, soltou um grunhido do fundo do peito. Não era um som de choro, mas estava bem perto.

Ninguém colhera flores para aquelas crianças enterradas sob o salgueiro-chorão. Não houve arranjos de outono ou primavera para marcar o lugar de seu descanso final. Somente o abraço frio da terra e as raízes cada vez mais apertadas do salgueiro envolvendo seus corpos frágeis na escuridão.

Titus pegou outra tora. Dessa vez, gritou ao brandir o machado. Não havia palavras em sua exclamação, somente uma dor inarticulada.

Quando tudo aquilo acabasse, quando pegasse o desgraçado de máscara de lobo, Titus pensou em voltar até aquele salgueiro. Com uma motosserra. Ia derrubar aquela maldita árvore. E Tank Billups que se danasse.

Faróis brilharam atrás dele e, por um momento, ele viu a silhueta de sua sombra projetada na parede da casa. Um gigante encurvado com um machado nas mãos brutas. Seu pai desceu da picape, fechando o casaco.

— Tudo bem por aí, filho? — perguntou Albert.

Titus colocou mais uma tora de lenha no toco e a partiu ao meio.

— Tudo.

— Tem certeza? Porque são nove e meia da noite e você tá cortando lenha no escuro.

— O poste tá aceso — resmungou ele.

— Titus.

Titus pegou outra tora e a partiu com um estalo alto.

— Titus! — gritou o pai.

Titus o encarou. Segurava o cabo do machado com tanta força que as mãos doíam.

— Eles mataram crianças, pai. Latrell, Spearman e uma terceira pessoa. Amarraram elas em uma mesa, cortaram e... e... mataram e enterraram debaixo de um salgueiro na propriedade de Tank Billups. Mataram elas. Crianças negras. Meninos e meninas. Fizeram coisas com elas. Coisas que nem consigo dizer, porque não quero que você fique com essa porcaria na cabeça.

Sabia que estava quebrando sua própria regra de confidencialidade, mas não conseguia mais guardar esse segredo dentro de si. Seus policiais não viram o que ele viu. Não assistiram àquelas crianças morrerem. Essa responsabilidade fora dele e somente dele.

— Meu Deus, filho. Tem certeza?

— Foi tudo gravado, pai.

— Meu Deus! Pobres crianças! Elas estão junto de Deus agora. Deixe que ele as guarde e santifique suas almas — disse Albert, a declaração passando de uma exclamação para uma oração em um piscar de olhos.

— Deus não as salvou. Ele deixou que morressem gritando no escuro — declarou Titus.

Sabia que provocaria uma discussão, mas, assim como seu conhecimento sobre as mortes, seu desprezo pelos apelos a um ser supremo pernicioso não podia ser contido.

— Titus, você sabe que eu não gosto desse tipo de conversa. Podemos não conhecer os planos de Deus, mas o Pai ainda está no controle.

Titus se virou e cravou o machado no toco.

— Eu costumava acreditar nos planos de Deus. Acreditava que ele curaria minha mãe. Embora ele nunca tivesse falado comigo. Nunca tivesse respondido a nenhuma das minhas orações. Eu ainda acreditava que ele curaria ela. Que não deixaria seus músculos virarem osso. Que a tocaria com sua mão celestial e curaria sua dor. Faria com que parasse de gritar a noite inteira. Mas ele não fez isso.

Ela morreu aos 40 anos e o mundo simplesmente seguiu em frente. Então, quando você me diz que o plano de Deus para aqueles meninos e meninas era que acabassem debaixo daquele salgueiro-chorão, eu me pergunto: quem de nós é mais tolo? Você, por dizer isso, ou eu, por ouvir?

O pai tirou as mãos dos bolsos do casaco. Ele as estendeu em um gesto meio suplicante. Fechou os olhos. Titus observou enquanto seus lábios se moveram silenciosamente por alguns segundos.

— Orei por você. Porque sei que está sofrendo. Ela era minha esposa. A melhor mulher que já conheci. Eu sei o quanto você está sofrendo, porque também estou. Mas a fé nunca é algo tolo, meu filho — disse Albert.

— Pai — chamou Titus enquanto passava por ele e entrava na casa —, a fé partiu a porra do meu coração.

OITO

Na manhã seguinte, dois investigadores da polícia estadual estavam à espera de Titus quando ele chegou ao escritório do xerife. O sargento Adam Geary e o sargento Ian Wright. Eles estavam acompanhados por duas vans do Instituto Médico Legal estadual, cada uma com três legistas assistentes.

— Bom dia, xerife Crown — disse Geary.

— É uma pena que tenhamos de nos encontrar nessas circunstâncias — disse Wright.

Titus assentiu. Geary e Wright o faziam se lembrar dos protagonistas da série de tevê *Justiça em Dobro*. Geary era loiro de olhos azuis, enquanto Wright tinha cabelos e olhos castanho-escuros. Todos se cumprimentaram com apertos de mãos firmes, de acordo com a etiqueta.

— Estabeleceu um perímetro? — perguntou Geary.

— Sim, e coloquei um policial lá durante a noite — respondeu Titus.

Havia uma condescendência implícita, mas o xerife a ignorou. O jogo de poder interdepartamental era normal em casos como aquele. Quando trabalhava para o FBI, ele estivera do outro lado da situação. Ele a toleraria até certo ponto, desde que pudesse se aproveitar do laboratório forense da polícia estadual. Queria pegar o Último Lobo. Isso era tudo o que importava. Não ligava se o pessoal do estado quisesse levar o crédito. Queria a cabeça do Último Lobo em uma estaca.

Metaforicamente, é claro.

— Bom, tenho certeza que sua equipe fez o melhor — disse Geary.

Titus também deixou essa passar.

— Vamos lá.

•

Titus estava encostado no capô do SUV enquanto os legistas e técnicos de campo faziam medições e coletavam amostras de solo dos túmulos. Observou enquanto examinavam com uma precisão meticulosa cada buraco aberto.

Geary foi até ele.

— Como achou esse lugar?

— Spearman tinha a pintura de um salgueiro na casa dele. Eu costumava caçar na propriedade com meu pai e meu irmão. Reconheci a árvore.

— Sério? — perguntou Geary.

— Sério. Matei meu primeiro cervo a uns duzentos metros a oeste. Um com chifres de oito pontas.

— Isso faz quanto tempo? — perguntou Geary.

— Eu tinha 11 anos, então há vinte e cinco anos.

— Quando foi a última vez que esteve aqui? — perguntou Geary.

Titus o encarou. Estava sendo interrogado. Como se fosse um suspeito. Esse era o problema de ser policial. Aos poucos, você começa a suspeitar de todo mundo. Chega ao ponto de desconfiar até da própria esposa.

— Parei de caçar quando tinha 13 anos.

— E você se lembra da árvore? De onde matou um cervo há vinte e cinco anos? — perguntou Geary.

— Minha memória é muito boa.

— Bem, sorte sua, eu acho — disse Geary com um sorriso.

Titus não respondeu.

Depois de um tempo, Geary pigarreou.

— Você disse que achou discos rígidos?

— Também temos o computador de Spearman. Imagino que você vai querer levar.

— Sim, era sobre isso que eu ia perguntar. Olha, só pra deixar claro, estamos aqui pra ajudar. É uma operação conjunta, mas o condado é seu. Você conhece o lugar melhor do que a gente. Quer dizer, foi você quem achou a árvore — disse Geary.

— Isso quer dizer que você não se importaria se eu fosse até Richmond falar com o legista? — perguntou Titus.

— Bem, não, mas podemos simplesmente mandar os relatórios por e-mail.

— Eu sei, mas aprendi que às vezes é mais útil conversar diretamente com a pessoa que examinou os corpos — disse Titus.

— Tem muitos casos de assassinato por aqui? — perguntou Geary.

— Eu... eu trabalhava no FBI. Comecei na Ciência Comportamental e depois passei para o Terrorismo Doméstico.

Compartilhar o passado com outros policiais geralmente resultava em uma de duas reações possíveis: bajulação ou desprezo. Aqueles que queriam trocar os distintivos de cidade pequena e as estrelas de latão pelos corredores sagrados do FBI, respondiam com bajulação. Aqueles que gostavam de tratar seu condado, sua cidade ou seu estado como um feudo, respondiam com desprezo.

— Tá brincando! Como você veio parar aqui no interior? — perguntou Geary.

Pelo jeito, seria bajulação nesse caso.

— Meu pai passou por uma cirurgia complicada, então vim pra casa ajudar. Acabei concorrendo para xerife — explicou Titus.

Geary franziu a testa. Titus imaginava que ele era um policial dedicado. Provavelmente se formou entre os melhores da turma. Inteligente e ambicioso como Trey e Carla. O tipo de pessoa para quem a ideia de deixar o FBI para distribuir multas de trânsito e separar brigas no estacionamento do Safeway era inconcebível.

— Bem, isso... Quer dizer, família em primeiro lugar — disse Geary. Ele olhou por cima do ombro para os técnicos. — Qual é sua opinião sobre o caso, sr. FBI?

O xerife ajustou os óculos de sol.

— O terceiro suspeito é alguém daqui. Alguém que conhecia este lugar. Não somente onde enterrou dos corpos, mas o condado em si. Imagino que seja um homem branco entre 30 e 50 anos. Fisicamente forte. Organizado. Não fica mudando de emprego toda hora. Talvez não tenha namorada ou esposa. Se tiver, eles têm uma vida sexual disfuncional. É dono de terras. Grandes o suficiente para construir um galpão ou anexo acusticamente isolado. Algum lugar quase remoto. Onde ninguém o notasse chegar com adolescentes vivos e sair com cadáveres. As... lesões infligidas foram horríveis. Ele tem muita raiva. Muita fúria. Havia muitas imagens religiosas nas paredes do local onde ocorreram os crimes. Ele pode ter teomania. É obcecado por Deus, ou pensa que é Deus, ou tem raiva Dele. Talvez essa seja a fonte de sua fúria.

— Seu e-mail falava alguma coisa sobre eles usarem máscaras de lobo. Acha que era pra esconder suas identidades ou era algo mais cerimonial? — perguntou Geary.

Titus cruzou os braços.

— Acho que pra Spearman era só uma fantasia. Pra Latrell também. Mas não pro Último Lobo. Não sei, não acho que ele estivesse tentando esconder sua identidade. O lobo desempenha um papel de antagonista na teologia cristã. Especialmente no Novo Testamento. Acho... acho que é a forma como ele se vê. Ele pensa que é o Lobo. O Anjo da Morte. E sua raiva é tanto a serviço quanto contra Deus. — Sua voz era quase um sussurro.

O grasnar de um pato-mergulhão ecoou pelo ar. Geary estremeceu.

— Isso é que é treinamento do FBI — comentou ele.

O xerife piscou por trás dos óculos de sol e descruzou os braços.

— São só algumas conclusões baseadas em experiências anteriores. Nada de mais.

— Já é alguma coisa se ajudar a gente a pegar esse cara. Solicitei os registros telefônicos de Spearman. Para ver se podemos rastrear seus movimentos com base na triangulação das torres de celular — disse Geary.

— É uma boa ideia, mas aposto que ele não levava o celular junto quando ia encontrar seu parceiro — disse Titus.

— Mas as fotos...

— Estão em um cartão de memória. E os vídeos estavam em discos rígidos. Ele provavelmente usou um celular descartável pra tirar as fotos e depois trocou o cartão. Também vou solicitar os registros telefônicos de Latrell. Espero que ele ou o terceiro homem tenham levado os celulares. Não é muita coisa, mas é um começo — disse Titus.

Geary balançou a cabeça.

— Que foi?

— Você não fica entediado aqui? Deve ser uma grande mudança de ritmo em relação a perseguir a Al-Qaeda.

— A gente ia atrás de terroristas domésticos. Supremacistas brancos. Extremistas ambientais. Fanáticos religiosos radicais de todas as religiões abraâmicas — disse Titus.

Geary pigarreou.

— Ah, sim, entendi.

Antes que um silêncio desconfortável caísse sobre eles, o rádio de Titus crepitou.

— Xerife, temos um 415 no tribunal. Dois grupos discutindo na rua. A oficial Ortiz solicita reforço — disse Cam no microfone.

— Entendido. Informe à oficial Ortiz que estou a caminho — respondeu Titus.

— Vamos te manter informado. Você precisa me contar algumas histórias do FBI qualquer dia desses — disse Geary.

— Elas não são tão interessantes.

O rosto de Red DeCrain surgiu imediatamente na mente de Titus, como uma mensagem de Morfeu enviada a ele em um pesadelo vívido.

•

Ricky Sours e sua corja de revisionistas rodeavam a estátua como uma antiga falange grega — só faltavam as lanças. Jamal Addison e um grande grupo de jovens estavam parcialmente no meio da rua. Entre os dois grupos estava Carla, fazendo o possível para mantê-los separados. Titus estacionou em uma das vagas diagonais em frente ao prédio do tribunal. Havia uma mancha preta comprida na estátua e, pelas extremidades irregulares, parecia ser de tinta spray. Uma bandeira confederada jazia rasgada na grama.

— Herança, e não ódio! Herança, e não ódio! — gritava Ricky, o mais alto que podia.

Seu rosto inchado estava salpicado de manchas vermelhas. Um boné preto com os caracteres brancos 2A, a segunda emenda da Constituição, que garante o direito a armas, estava bem encaixado sobre os cabelos loiros sujos e desgrenhados, com diversos fios grisalhos. Ele usava uma camiseta com a estampa da bandeira dos Estados Unidos e da bandeira de batalha dos Estados Confederados.

Também segurava um mastro com alguns retalhos da primeira bandeira confederada.[1]

Titus sabia que Ricky diria para quem quisesse ouvir que ele estava indignado porque o "wokeísmo" estava tentando apagar sua história. Diria que estava somente tentando proteger o passado de seus ancestrais. Titus se perguntava se pessoas como Ricky de fato acreditavam nas mentiras contadas para si mesmos. Homens como Ricky se incomodavam com o fato de que as pessoas, principalmente as pessoas não brancas, tinham a ousadia de desafiar a mentira da honra e do cavalheirismo que fora enfiada goela abaixo de todas as crianças do Sul durante gerações inteiras.

Uma mentira que gente como Ricky abraçava com a parte mais sombria de seu coração.

— Jamal, passe para o outro lado da rua! — rugiu Titus, utilizando um tom mais grave para poder ser ouvido sobre o alvoroço crescente de ambas as multidões rivais.

— Xerife, tentaram agredir esse jovem! — gritou Jamal.

— Ele vandalizou a estátua! A gente só queria segurar ele até a polícia chegar! — gritou Ricky.

— Jamal, leve essas pessoas para o outro lado da rua. Ricky, você não tem o direito de colocar as mãos em ninguém — disse Titus.

— Não é surpresa que você fique do lado deles — disse Ricky.

Alguns de seus companheiros neoconfederados concordaram.

— Não estou do lado de ninguém. Só quero saber exatamente o que aconteceu. Jamal está levando o pessoal dele para o outro lado da rua. Agora, acalme sua turma e vamos conversar. Ou você quer que eu comece a prender todo mundo? — perguntou Titus.

Ricky tentou olhar nos olhos de Titus por trás dos óculos de sol para expressar seu nojo, mas as lentes espelhadas frustraram a tentativa de confronto. Mesmo sem encará-lo, Ricky deve ter sentido a firmeza do xerife, uma que não cederia aos caprichos dos outros. Ele se virou e guiou seu grupo pelo gramado até que todos estivessem de pé nos degraus do tribunal.

---

1 O termo woke refere-se a políticas liberais que defendem temas como igualdade racial e social, feminismo, o movimento LGBTQIA+, o uso de pronomes de gênero neutro, o multiculturalismo, o uso de vacinas, o ativismo ecológico e o direito ao aborto. Seus opositores acreditam que essas políticas representam não só uma ameaça aos "valores de família", mas também à própria democracia. [Nota da R.]"

Titus se aproximou de Carla.

— O que aconteceu?

Carla estava ofegante. Alguns fios do cabelo preto como carvão haviam se soltado do coque apertado que ela usava para trabalhar. Eles serpenteavam por seu pescoço.

— Recebi um chamado de que um garoto tinha vandalizado a estátua. Quando cheguei aqui, Ricky e alguns do grupo dele estavam segurando o garoto. Então o Jamal, que passava de carro, parou e desceu. Quando me dei conta, Ricky já tinha reunido umas vinte pessoas aqui, e Jamal umas cinquenta, e todo mundo gritava ameaças de morte — explicou Carla.

— Foi o garoto branco de dreads? — perguntou Titus.

Carla assentiu.

— Estavam segurando ele quando eu cheguei. Como descobriu?

— Tem grama na calça dele. E manchas pretas nas mãos. E ele não para de me encarar. Quem foi que rasgou a bandeira do Ricky? — perguntou Titus.

— Eu… eu não sei. As coisas já estavam fora de controle naquele momento — disse Carla.

— As coisas sempre saem do controle quando Ricky está envolvido. Queria que ele ficasse só dirigindo os caminhões de lixo. Vá atrás daquele garoto e pergunte se ele quer prestar queixa. Vou falar com os desordeiros.

Carla atravessou a rua até a calçada em frente à biblioteca.

Titus se aproximou de Ricky e seu grupo.

— Vai prender aquele garoto? — perguntou Ricky.

— Você deveria perguntar se eu vou prender você — disse o xerife.

O rosto de Ricky ficou pálido.

— Por quê?

Titus tirou os óculos de sol e apontou para a estátua com as hastes.

— Essa estátua fica em um terreno doado pelas Filhas da Confederação. Tecnicamente, elas são as donas da estátua. Não é de propriedade pública. Isso quer dizer que não existe base legal para que alguém seja detido por qualquer coisa relacionada a essa estátua. Segurar aquele garoto poderia ser considerado detenção ilegal, assédio e/ou agressão física.

— Merda nenhuma! — gritou um dos compatriotas de Ricky.

— Ei, Denver, você leu os estatutos? Porque eu li. Então é melhor ter cuidado com essa sua boca. E isso é cheiro de uísque? Espero que não esteja dirigindo — disse o xerife.

Ali estava ele de novo. O Condado de Caronte irradiando dele, árido como as gargantas de bezerros recém-abatidos. Não uma série de ameaças, mas a promessa de consequências.

O fato de Titus saber que Denver Carlyle era um alcoólatra com uma carteira de motorista comercial que estava prestes a perder, e mesmo assim dirigia até o Watering Hole em diferentes níveis de embriaguez, só aumentava o medo deles. Eles respeitavam o medo. Para Ricky, Denver e sua corja, o medo era duplo. Eles o temiam como homem e temiam a invencibilidade que pensavam ser concedida pelo distintivo. A ideia de que a invulnerabilidade que os avôs deles usaram para brutalizar pessoas como Titus pudesse ser usada contra eles era o que os mantinha na linha.

— Agora, se quiserem processar aquele jovem por vandalismo, acho que ele é filho do William e da Renee Dolson, é só ir até a filial mais próxima das Filhas da Confederação e pedir pra elas prestarem queixa. Fora isso, acho que vocês deveriam ir pra casa. Agora.

Titus ouviu alguns resmungos. Ele não colocou a mão na arma, mas a deixou pender a seu lado.

Os resmungos cessaram.

O xerife viu como todos os rostos estavam retorcidos em expressões de presunção e desprezo. Muitos daqueles homens foram seus colegas de escola. Ou seus filhos. Reggie Wilson fizera parte daquele time que foi campeão estadual. A filha de Kevin Cross, Stephanie, sentara na frente de Titus desde o jardim de infância até o último ano.

Agora, nada disso importava para eles. Tudo foi esquecido até sobrar somente um negro com um distintivo. Para alguns, até mesmo o distintivo desaparecia conforme o reduziam a uma figura que se sentiam confortáveis em menosprezar. Titus sentia isso no ar entre eles, como a carga elétrica que precede um raio. Não era surpreendente e, por si só, era trágico.

— Já podem ir embora — disse Titus, dirigindo as palavras para a multidão, mas principalmente para Ricky Sours.

— Nossa licença ainda é válida para o Festival de Outono — disse Ricky ao se virar.

Ele mirou as palavras em Titus, cuspindo saliva pelos lábios finos. O xerife fingiu não ouvir. Ricky estava tentando fugir da humilhação na frente de seus companheiros revisionistas. Não era obrigação de Titus ajudá-lo. Ele viu Royce, com o boné da TEXACO, atravessar a praça do tribunal com Ricky. Sabia que Royce dirigia um dos ônibus escolares de Caronte. Pelo jeito, ele também era um apoiador dos confederados.

Assim que os viu entrar nas caminhonetes e nos carros (percebendo que Denver Carlyle entrou na de Ricky Sours em vez de no seu próprio Buick novinho), ele atravessou a rua até a biblioteca.

— Eu estava dizendo ao Sr. Trevor Dolson que, se ele quiser prestar queixa, pode passar no escritório do xerife — disse Carla.

— É o que você quer fazer, Trevor? — perguntou Titus.

Trevor deu de ombros.

— Acho que deveria. O mal vence quando os bons não fazem nada — disse Jamal.

A multidão ao redor murmurou em concordância.

— Por acaso eu arrumei uma encrenca? — perguntou Trevor.

Por cima do ombro, Titus olhou para a estátua do soldado confederado do Condado de Caronte com uma linha preta de tinta na base.

— Não sei. Pra que isso aconteça, as donas da estátua precisariam prestar queixa. Ou seja, as Filhas da Confederação. Como não existe uma filial aqui desde os anos 1930, eu diria que você vai ficar bem. Se é que foi você quem fez isso — explicou o xerife.

— Eu… só quero ir pra casa — disse Trevor.

— Quantos anos você tem, Trevor? — perguntou Titus.

— Tenho 18… senhor.

— Certo. Bem, levando em consideração que você tem 18 anos, eu não sou legalmente obrigado a contar a seus pais. Mas, se eu fosse você, diria a eles.

O xerife se virou para o restante da multidão. Era uma mistura de membros de bandas do gênero New Wave, e homens e mulheres jovens e brancos que adotavam um estilo semelhante ao de Trevor. Titus reconheceu os membros da pequena, mas vibrante, cena artística de Caronte. Também reconheceu alguns deles do mercado de pulgas que acontecia no estacionamento da escola todo terceiro sábado do mês. Alguns outros eram membros de uma banda que tocava toda terça-feira à noite no Watering Hole.

— E vocês já podem ir pra casa. Não tem mais nada pra fazer aqui — disse Titus.

Algumas pessoas começaram a andar pela calçada. A maioria não se moveu, a adrenalina pulsando como eletricidade em suas veias. Seu pai diria que o sangue deles fervia. O xerife reconheceu os sinais e sabia que precisava dissipá-los.

Titus cruzou os braços.

— A menos que queiram ser presos por perturbação da ordem.

Mais promessas, mais ameaças. As palavras PROTEGER E SERVIR estavam gravadas em seu distintivo, mas em momentos como aquele, parecia que INTIMIDAR E ASSUSTAR seriam mais adequadas.

Faz parte do trabalho, pensou Titus. Esse pensamento foi imediatamente seguido por outro, que veio de algum lugar nos recônditos de sua mente: *se faz parte do trabalho, então será que é esse o trabalho para o qual estou destinado?*

Titus afastou o pensamento e falou de novo com a multidão.

— Vão pra casa! Agora!

A multidão se dispersou com insultos sussurrados e murmúrios vagos. Jamal foi o último a ir embora.

— Assim diz o Senhor: exercei o juízo e a justiça, e livrai o espoliado da mão do opressor — disse Jamal.

— Jeremias, capítulo vinte e dois, versículo três — comentou Titus.

— Você fez o certo para Trevor. Quem dera pudesse ter feito o mesmo por Latrell.

Titus olhou para o relógio. Já passava das 10h.

— Vai ter uma coletiva de imprensa hoje, lá pelas 16h. Você devia ouvir o que será comunicado.

Jamal continuou a falar como se não o tivesse escutado.

— Não acredito que você vai deixar esses aspirantes a nazistas fazerem um desfile supremacista branco durante o Festival de Outono. Você não é o xerife? De que adiantou a gente te eleger se você não consegue nem impedir Ricky Sours e seus confederados idiotas de marcharem pela cidade? — questionou Jamal.

Titus mordeu o interior da bochecha. Assim como o bom reverendo, também não queria ver Ricky Sours e seus pretensos rebeldes marcharem pela cidade.

— O Comitê de Parques e Atrações aprovou a licença. Eu não gosto nada disso, mas não posso impedir. Eles choramingaram e reclamaram quanto a precisar de proteção, então estarei lá. Acredite, se passarem dos limites, vamos impedi-los.

Jamal balançou a cabeça.

— Nunca imaginei que você viraria chaveirinho de branco. Sua mãe costumava nos ensinar na escola dominical que os justos nunca são abandonados, e aqui está o filho dela, deixando esses malditos demônios pisarem no povo de Deus.

— Carla, o que acha de escrever aquele relatório? — sugeriu Titus.

— Sim, senhor — disse ela, e voltou para a viatura do outro lado da rua.

Titus tirou os óculos de sol. Também tirou o distintivo e o colocou no bolso. As pontas afiadas da estrela pressionaram sua coxa. Ele se aproximou de Jamal.

— Você fica aí citando versículos da Bíblia sobre oprimidos, e depois tem a audácia de me acusar de querer agradar esses desgraçados. Como se eu tivesse deixado de ser negro quando comecei a usar essa estrela. A ideia de assistir aqueles caras marcharem pela avenida principal com as bandeiras confederadas e camisetas exaltando Jefferson Davis e Robert E. Lee me deixa enojado. Mas a menos que infrinjam a lei, não posso fazer nada. — Titus se aproximou mais de Jamal até que sua boca estivesse a centímetros do ouvido dele. — Agora quem fala é Titus, não o xerife. Se ousar falar alguma coisa sobre Helen Crown de novo, vai acordar com seus dentes enfiados na garganta. Estamos entendidos?

Titus deu um passo para trás e recolocou os óculos de sol e o distintivo.

— Venha para a coletiva de imprensa, reverendo. Você precisa ouvir o que eu tenho a dizer.

Ele se virou e voltou para seu SUV. Entrou e ligou o carro. Ficou olhando enquanto Jamal balançava a cabeça e voltava para seu próprio veículo. Titus viu a si mesmo no retrovisor. O homem que o encarava de volta continuava dirigindo palavras duras às pessoas que jurou defender.

Titus passou a marcha no SUV.

Perguntou-se: quem era o culpado ali? O homem ou as pessoas?

NOVE

Titus virou à direita na rua Jackson e entrou no estacionamento do escritório do legista estadual. Era um edifício alto de concreto, sem nada de especial, em frente à antiga arena Richmond Coliseum. Abrigava horrores geracionais e terrores nauseantes, todos detalhados e coligidos com um desprendimento frio e prático que Titus não conseguia dominar.

Estacionou o SUV e entrou no prédio pela entrada da frente, em vez de pela grande porta de enrolar de metal que recebia corpos de todas as formas, tamanhos, idades e etnias. Na antiga capital dos Estados Confederados, o lugar onde a igualdade mais podia ser encontrada era na mesa de autópsia.

Titus atravessou o saguão e pegou o elevador até o necrotério. O cheiro pungente de antisséptico tomou conta dele assim que saiu. Entrou à força por suas narinas e fez arder o fundo de sua garganta. Era como um presságio que alertava para a travessia até a terra dos mortos.

— "Abandonai toda a esperança, vós que aqui entrais" — sussurrou Titus.

Apertou o botão do interfone à direita de um conjunto enorme de portas de aço inoxidável, que eram assustadoramente semelhantes às portas do elevador. Uma voz crepitou pelo interfone.

— Pois não? Posso ajudar?

— Xerife Titus Crown, do Condado de Caronte. Mandamos alguns corpos para cá ontem. Gostaria de saber se posso falar com alguém sobre os resultados preliminares.

O interfone ficou em silêncio. Ele sabia que ainda deviam estar no meio dos exames, mas precisava, ou melhor, *queria*, começar o mais rápido possível. Precisava de algo, qualquer coisa, qualquer tipo de pista, para iniciar a investigação. Aquelas sete crianças mortas e suas famílias exigiam isso dele. Era um novo fardo que Titus carregava de forma voluntária. Infelizmente, as melhores pistas seriam encontradas em seus pobres corpos violados e destruídos.

Titus não queria olhar para eles outra vez, mas o faria. Era seu trabalho. Sua penitência.

— Pode entrar — anunciou a voz crepitante.

As portas se abriram com um sibilar e Titus adentrou a terra dos mortos.

Estava na pequena antessala que separava o necrotério do escritório do legista. Uma jovem asiática veio até a porta usando um avental cirúrgico azul e uma touca. Ela tirou ambos e os descartou em um recipiente plástico para material de risco biológico, depois passou o crachá na porta e entrou na antessala.

— Xerife, sou a Dra. Julie Kim.

— Muito prazer.

A Dra. Kim assentiu. Tinha longos cabelos pretos presos em um coque apertado, parecido com o que Carla usava. Ela gesticulou na direção do escritório. Titus a seguiu enquanto ela se sentava atrás de uma enorme escrivaninha de carvalho. Ele tirou o chapéu e os óculos de sol e se sentou em uma das cadeiras do outro lado da mesa.

— Xerife, para falar a verdade, examinamos apenas dois dos sete corpos que trouxeram para nós. Estamos com falta de pessoal ultimamente.

— Não há muito interesse em patologia hoje em dia? — perguntou Titus.

Kim sorriu.

— Não, na verdade há um grande interesse no show da banda American Aquarium hoje à noite no National. Alguns membros de nossa equipe até apresentaram atestados médicos, todos ao mesmo tempo.

— Sim, lá no departamento esses casos acontecem muito no primeiro dia da temporada de caça. Mas não estou aqui para pressionar você, Dra. Kim. Só quero ouvir alguns dos resultados preliminares, sejam lá quais forem — explicou Titus.

— Eu podia ter te enviado por e-mail, mas tenho a sensação de que você é do tipo que prefere fazer as coisas pessoalmente — disse a Dra. Kim.

Ela sorriu e Titus se viu sorrindo de volta. Então ele pensou nos sete garotos e garotas negros estendidos nas mesas de metal com incisões em Y no peito, e o sorriso desapareceu.

— Vou dar uma coletiva de imprensa mais tarde. O Condado de Caronte é uma cidade pequena, doutora. Já tem muitos rumores desenfreados se espalhando pelo condado e pelas redes sociais. Houve um tiroteio na escola no dia anterior, e depois encontramos esses corpos. Meu condado está abalado. Se puder me dar algo concreto, ao menos vou poder dizer a meu povo que estamos fazendo o melhor possível.

A Dra. Kim flexionou os dedos e apertou um botão no telefone sobre a mesa.

— Peter, poderia me trazer os arquivos de Caronte? — pediu a médica.

— É claro, doutora.

Alguns segundos depois, um jovem branco entrou e entregou à Dra. Kim um ficheiro grosso. Ele saiu tão rápido que poderia ter sido um produto da imaginação de Titus.

— Aqui está, mas vou explicar os principais destaques. Ou melhor, os piores — disse a Dra. Kim enquanto entregava o arquivo ao xerife.

Ele abriu o ficheiro e a primeira coisa que viu foi um corpo dissecado na mesa de autópsia. A pele endurecida estava repuxada e a caixa torácica fora seccionada com uma serra óssea. Titus passou para a próxima foto, que era um close do braço daquele corpo.

— São... são palavras? — perguntou Titus.

— Sim. Os corpos que ainda têm a epiderme em boas condições têm palavras talhadas nos braços, no peito e nas nádegas. Acho que os demais terão incisões semelhantes.

— Maldito... seja... Canaã — sussurrou Titus ao ler as palavras.

Ele passou a foto.

A próxima mostrava o rosto ressecado de uma das vítimas. A foto fora tirada com algum dispositivo de luz ultravioleta ou infravermelho, o que dava ao rosto uma aparência espectral. Titus não sabia se era um garoto ou uma garota. Os lábios haviam recuado da abertura da boca, deixando-a em um ricto eterno de agonia.

Titus semicerrou os olhos e leu as palavras talhadas na testa do rosto da foto.

— Essas palavras não são nem a metade do que essas crianças passaram. Elas sofreram. Muito — disse a Dra. Kim.

Titus sentiu algo tomar conta dele enquanto ela falava. Um sentimento ao mesmo tempo familiar e assustador. Ele o sentira nas terras dos DeCrain quando pedaços dos garotos DeCrain impregnaram seu rosto.

Justiça. Do tipo que fazia você se sentir acima de coisas mesquinhas como leis e emendas. Do tipo que tinha origem no cano de uma arma. Era uma piedade falsa, e agora ele sabia. Uma piedade mentirosa que o seduzia a acreditar que os fins justificavam os meios.

Titus fechou o arquivo. Prometera a si mesmo que nunca mais atenderia ao chamado daquela sereia. Sua alma, ou o seja lá que restasse dela, não suportaria.

— Algum DNA? Alguma evidência nas fibras? Marcadores de insetos ou larvas? — perguntou o xerife.

— Procuramos DNA. Encontramos algumas amostras promissoras, mas não sabemos o quanto estão degradadas. Também estamos comparando esse DNA com os bancos de dados nacionais e estaduais. E vamos verificar os registros dentários. Nenhuma delas tinha algum tipo de identificação. E é curioso você mencionar as fibras. Encontramos fios de cabelo sintético nos dois corpos que examinamos. Provavelmente de uma peruca cara. Estamos realizando a análise têxtil agora. Também identificamos a maioria dos objetos metálicos que extraímos dos corpos. Havia pregos, alfinetes, pedaços de arame e lâminas de barbear. — A Dra. Kim fez uma pausa e respirou fundo. — Identificamos todos esses objetos, exceto um. Veja a última página do arquivo.

Titus obedeceu.

Sobre uma pequena mesa ao lado de uma régua de metal, havia um objeto enferrujado em forma de T. Os braços do T eram tão finos quanto limpadores de cachimbo. A base era cilíndrica e arredondada na parte inferior. Titus se lembrou de um brinquedo que tinha quando criança. Chamava-se *cap bomb*. Parecia uma bomba antiga da Segunda Guerra Mundial. Você colocava estalinhos nele e o jogava no chão. Eles explodiam como tiros.

— Fizemos buscas por imagem, entramos em contato com a polícia estadual. E eu enviei a foto para o FBI. Até agora, ninguém conseguiu nos dizer o que é — disse a Dra. Kim.

— O FBI talvez tenha um banco de dados com uns cinco exemplos diferentes de seja lá o que for isso — disse Titus.

— Você conhece bem a minuciosidade deles.

Titus sorriu de um jeito triste.

— Com bastante intimidade.

A Dra. Kim assentiu.

— É tudo o que temos até agora. Daqui a algumas semanas terei os resultados da toxicologia e do DNA.

— Sei que o estado está com bastante trabalho acumulado, mas será que não tem um jeito de priorizar esse caso? — perguntou Titus.

— Xerife, essas não são as únicas crianças que temos na mesa. Mas vou ver o que posso fazer.

Agora foi a vez de Titus assentir. Ele fechou o arquivo e o colocou de volta na mesa.

— Bem, agradeço seu tempo, Dra. Kim — disse ele, então se levantou e recolocou o chapéu.

— Você já se perguntou como eles fazem isso? Ou por quê? Por que alguém... faria o que fizeram com essas crianças? — perguntou a Dra. Kim.

Por um breve momento, a máscara fria e distante dela caiu, e Titus pôde ver o rosto de Julie Kim. Um ser humano com empatia e bondade no coração. E se as fotos em sua mesa eram verdadeiras, além de legista chefe, ela também era esposa e mãe.

Titus arrumou o chapéu.

— Eu geralmente tento não pensar no assunto. Tento me concentrar em quem eles são, não no porquê de fazerem isso. Mas se quer uma resposta — Titus puxou os óculos do bolso da camisa —, eles fazem porque gostam. Porque podem. — Colocou os óculos de sol. — Não há um motivo mais profundo do que esse.

— Você acha mesmo que é tão simples assim? — perguntou a Dra. Kim.

— O mal quase nunca é complicado. Só é incrivelmente ousado.

Titus tocou a aba do chapéu e saiu.

•

Assim que voltou ao carro, ele pegou o caderno e anotou as informações passadas pela Dra. Kim. Apesar de ser verdade que ele tinha uma excelente memória, sempre a respaldava com anotações detalhadas.

— Pobre coelho que só tem uma toca — dizia sua mãe.

Suas homilias e coloquialismos geralmente eram respostas para fofocas um tanto quentes, mas isso não afetava a veracidade de sua sabedoria.

Titus anotou todos os detalhes que a Dra. Kim compartilhara com ele. No topo da página, escreveu a frase *Maldição de Canaã*. Tinha certeza de que era uma referência à Maldição de Cam no livro de Gênesis. Um pouco da mordacidade do Antigo Testamento que múltiplos impérios usaram para justificar a subjugação e escravização de diversos povos. Titus se lembrou quando uma professora de ciências sociais dissera, sem o menor escrúpulo, que a palavra de Deus amaldiçoara os negros a serem escravizados. Quando ele chegou em casa e contou para sua mãe, viu a fúria arder nos olhos dela.

— Amanhã a gente vai lá falar com essa vadia. Escuta bem, Titus, e nunca se esqueça disso. A Palavra é perfeita, mas a forma como os homens a interpretam é corrupta. E sua professora só fala merda.

Titus ainda se lembrava do choque de ouvir a mãe xingar. Era como ver Jesus beber conhaque. Mais tarde, depois que a mãe já estava enterrada, ele percebeu que a Palavra era tão corrupta quanto os homens que a liam. Antigo Testamento, Novo Testamento, eram somente palavras com *p* minúsculo, escritas por fanáticos em forma de propaganda para aquele novo culto baseado na memória de um carpinteiro morto.

Titus escreveu outra frase no topo da página. *Nossa salvação é o sofrimento dele.*

Ela fora talhada na testa do corpo da terceira fotografia. Não era uma frase bíblica, mas ainda assim Titus estava familiarizado com ela. Dos vinte e três templos do Condado de Caronte, seis usaram essa frase em algum momento nos últimos três anos como chamariz para os letreiros de suas igrejas.

Ele a notara em um letreiro na frente da Santo Ignácio. Depois, a vira em outro letreiro na frente da igreja de seu pai. Mais tarde, na Igreja Batista Trindade e na Unidos de Nazaré. A Primeira Igreja de Coríntios também a adotou, mas a que primeiro colocou a frase em um letreiro foi a Sagrada Rocha do Redentor, uma igreja familiar não denominacional em Piney Island, um amontoado de rochas e areia ligado a Caronte pela ponte mais precária do mundo. A Sagrada Rocha do Redentor era conhecida por ser uma igreja pautada em sermões sobre o castigo divino, com fiéis exaltados, manuseio de serpentes e ingestão de estricnina. Ou, como dizia seu pai, cheia de "um bando de filhos da puta lunáticos e racistas".

Titus guardou o caderno e ligou o SUV. Não era muito, mas era algo no qual se segurar, mesmo que só com as pontas dos dedos. Será que o Último Lobo era membro de alguma dessas seis igrejas que usaram essa frase? Ou era apenas um desgraçado doentio do condado que achava divertido talhar a sentença na testa de uma criança indefesa? De qualquer forma, era um morador local. Titus tinha certeza. Só um morador saberia a localização do salgueiro. Só um morador se uniria a Spearman e Latrell. Só alguém com Caronte impregnado até nos ossos seria capaz de odiar tanto o condado a ponto de semear seu solo com o sangue de inocentes.

•

Titus voltou para o escritório ao meio-dia. Cam estava na central telefônica lidando com dezenas de chamadas. O xerife percebeu que seu rosto estava retesado em uma expressão tensa.

— O xerife vai responder essas perguntas na coletiva de imprensa, Toby. Não posso te dizer nada porque não sei de nada, está bem? — disse Cam. Ele desligou e atendeu outra chamada. — Escritório do Xerife do Condado de Caronte. Senhora, o xerife vai realizar uma coletiva de imprensa hoje às 16h para falar sobre tudo isso. Obrigado.

A voz de Cam falhou de exasperação. Os telefones pararam de tocar por um momento, um breve intervalo que mergulhou o lugar no silêncio.

— Vejo que tem estado ocupado — disse Titus.

Cam grunhiu.

— Tá todo mundo falando sobre o que descobrimos naquele terreno. Todo mundo surtando. Ricky Sours ligou pra cá falando sobre autorizar a equipe dele para agir como oficiais. As pessoas estão perguntando se deveriam sair da cidade. Scott ligou pra cá falando um monte de merda. Juro por Deus, a cara daquele homem foi feita pra socar — disse Cam.

Titus deu um tapinha no ombro dele.

— Scott é o menor de nossos problemas. Me faça um favor. Ligue pra Freddie Nickels, do Canal Sete, e peça pra ele divulgar a coletiva de imprensa. Mandei um e-mail pra ele, mas queria uma resposta. Também mandei um pra Dan Dawson, do Canal Doze, e Stacy Weddle do Canal Vinte e Três. Ligue pra eles também.

— Você também quer o Charlie do *Registro de Caronte*? — perguntou Cam.

— Quanto mais, melhor — disse Titus.

Cam assentiu.

— Roger ligou.

Titus suspirou.

— O que ele queria?

— Saber onde você estava. Disse que tinha conversado com Scott sobre a suspensão. — Cam hesitou ao dizer a última frase, como uma criança relutante ao dedurar um irmão.

— Ele pode conversar com Scott o quanto quiser. Enquanto estiver escrito XERIFE neste distintivo, ele pode conversar com quem quiser. Vai ser tão útil quanto enxugar gelo — disse Titus.

O xerife entrou em sua sala pensando que se os ex-colegas do Departamento Local de Fort Wayne tivessem escutado ele soltar esse tipo de piadinha, teriam deixado um par de macacões e um pacote de feno em sua mesa.

Como uma piada, é claro. Eles eram sempre muito piadistas.

Titus ligou o notebook e começou a escrever o discurso para a coletiva de imprensa. Sabia que precisava usar o tom certo. Preocupado, mas não com medo. Severo, mas não exigente. Era necessário alcançar um equilíbrio ao contar a seus eleitores que três de seus concidadãos transformaram o condado em um campo de morte.

Titus parou e olhou para a fotografia de Ward Bennings na parede. Ali estava ele, junto de todos os xerifes anteriores de Caronte. Alguns daqueles corpos estavam debaixo daquele salgueiro havia mais de cinco anos. Spearman, Latrell e o Último Lobo levaram eles até lá, passando sob galhos e através de arbustos, sem nem mesmo uma olhadela de Ward ou de qualquer outra pessoa. Como fizeram isso? Eles certamente foram cuidadosos, mas não eram mágicos. Deviam ter sido vistos, mesmo que uma única vez. Caronte era pequeno demais para um trio de homens carregando corpos até a floresta passar despercebido. Pelo menos era o que ele esperava.

Observou a fileira de xerifes anteriores. Uma linhagem de guardiões que protegeram somente alguns cidadãos de Caronte, enquanto ignoravam outros. Uma tradição de vigias que fecharam os olhos para o sofrimento de qualquer um que não se parecesse com eles. Cada um deles passara pelo mundo, geração após geração, deixando pedaços quebrados de seu condado para que o homem seguinte tentasse repará-los. Agora, Titus se encontrava na sombra de um espectro com cabeça de lobo enquanto fazia o melhor possível para juntar esses fragmentos, mesmo quando suas próprias mãos eram cortadas no processo.

•

— **Caramba, tá todo mundo aqui** — disse Davy.

Titus deu uma olhada pela janela. O estacionamento estava lotado. Não havia somente as vans das três principais emissoras de TV do sudeste da Virgínia, mas também das três emissoras da área metropolitana de Richmond, assim como algumas do norte da Virgínia. Titus viu Frank, do *Registro de Caronte*, e mais algumas pessoas segurando tablets e blocos de notas com aquele olhar astuto característico de repórteres em busca de uma boa matéria. Ocupando o restante do estacionamento estava cerca de 60% do Condado de Caronte. Havia carros e caminhonetes estacionados até o Safeway.

— Certo, vamos nessa. Davy, você, Carla, Pip e Steve farão o controle da multidão. Eu vou até o microfone falar o que é preciso, e acabou. Não vamos responder perguntas agora. Estamos entendidos? — perguntou Titus.

Os policiais assentiram ao mesmo tempo.

O xerife verificou seu uniforme no reflexo da janela. O vinco em suas calças estava afiado o suficiente para fazer um corte limpo. As mãos e o rosto estavam hidratados com creme. O distintivo reluzia como um diamante. Para algumas pessoas, aquilo não tinha importância, mas para a maioria dos cidadãos de Caronte, Titus precisava ser muito mais do que uma figura comum para que ao menos fingissem respeitá-lo. E naquele dia, mais do que nunca, ele precisava desse respeito. Estava prestes a despedaçar suas fantasias de segurança e proteção. Estava pronto para destruir um de seus ídolos. Precisaria arrastá-los para uma nova realidade na qual pessoas que eles conheciam, que conheceram a vida inteira, eram monstros com máscaras humanas.

As pessoas odiavam receber esse tipo de notícia.

E muitas vezes acabavam odiando também o mensageiro.

— Vamos nessa — disse Titus.

•

Um silêncio se abateu sobre a multidão quando Titus tocou o microfone, que era de Davy. Ele era DJ antes de ingressar no escritório do xerife. Titus observou enquanto uma sensação de expectativa percorria a multidão e penetrava em cada fissura como se fosse resina. As pessoas ouviram coisas, inventaram coisas, e agora estavam prestes a escutar diretamente da fonte, por assim dizer. Titus sentia o peso dessas expectativas sobre seus ombros largos. A pressão daquelas centenas de olhos sobre ele quase o fez vacilar, mas respirou fundo e fixou o olhar à sua frente. A submissão não era uma possibilidade. Não podia se dar ao luxo de parecer derrotado nem por um milésimo de segundo. Encarar uma multidão era como lidar com um cão feroz. Você acabaria com a garganta dilacerada se demonstrasse medo.

— Gostaria de agradecer a todos por estarem aqui hoje.

A caçada começara.

DEZ

Titus tirou o chapéu e o colocou sobre a escrivaninha. Sentou-se, tirou os óculos de sol e passou as mãos pelo rosto. A multidão do lado de fora começava a se dispersar, mas ele ainda conseguia ouvir as vozes através das paredes como o estrondo fraco de um trovão.

Carla entrou no escritório.

— Acha que vamos conseguir pegar ele? — perguntou ela.

Titus passou a mão pela gravata.

— Temos que pegar.

O telefone fixo tocou.

— Tem alguém querendo falar com você na linha um — gritou Cam.

— Me faça um favor. Volte ao local da escavação pra dar uma olhada no pessoal do estado. Diga que é minha representante. Eles dizem que vão nos manter informados, mas às vezes acabam nos deixando de fora de seu grupinho — disse Titus.

— Entendido.

Carla se virou e saiu pela porta.

Titus atendeu o telefone.

— Xerife Crown. Como posso ajudar?

— Caramba, quanta formalidade, como se você fosse um verdadeiro agente da lei. Você tem seu próprio par de algemas?

Uma risada rouca soou do outro lado da linha. Titus sentiu um frio na barriga por um momento.

— Kellie. Por que está ligando pra cá? — perguntou ele.

— Uau, é bom falar com você também.

Titus pigarreou. Seu rosto estava quente como uma chapa.

— Quer dizer, como você está? Não esperava notícias suas — gaguejou Titus.

— Relaxa, garoto da Virgínia. Não estou te perseguindo. É uma ligação estritamente profissional — disse Kellie.

— Profissional? Então tem a ver com seu cargo de repórter no *Diário de Fort Wayne*? — perguntou Titus.

— Não exatamente. E agora moro em Indianápolis. Trabalho no *Times*. Mas um passarinho me contou que tem alguma coisa acontecendo em sua cidade natal que poderia ajudar com meu novo projeto paralelo — disse Kellie.

Titus não respondeu.

Kellie riu.

— Você nem ouviu falar do meu podcast, né? — perguntou ela.

— Eu não... não tenho muito tempo livre.

Mais uma risada rouca.

— Eu sei que você tem Spotify. Vou te mandar um link. Você pode ouvir nas idas e vindas dos rituais de queima de cruz da Ku Klux Klan— disse Kellie, dando outra risada.

Titus continuou sem responder.

— Acho que foi uma piada de mau gosto — disse ela.

— Nem tanto, é mais como o sujo falando do mal lavado. Indiana não é lá muito progressista — disse Titus.

— Sei. Mas, sério, me passa seu número pra eu te mandar o link.

— O que exatamente você acha que está acontecendo aqui? — perguntou Titus.

— Meu podcast é sobre crimes reais. Comecei quando fui demitida do *Diário*. No começo, a gente só falava sobre crimes contra trabalhadoras do sexo na área metropolitana, mas estamos expandindo nosso conteúdo. Um amigo meu que trabalha numa emissora em Richmond me mandou uma mensagem, e disse que você acabou de encontrar um punhado de crianças assassinadas num terreno. Então, fiquei me perguntando se o homem com quem compartilhei a cama por dois anos estaria disposto a me dar uma entrevista quando chegarmos à cidade. — disse Kellie.

Titus soltou o ar como se tivesse levado um soco no peito.

— Por que você vem pra cidade?

— Olha, pra quem já foi agente do FBI, você não é muito bom em escutar. Eu tenho um podcast sobre crimes reais. E me parece que você descobriu um assassino em série. Tenho uns dias de férias pra tirar no *Times*, então pensei em ir à cidade fazer um episódio sobre o tal assassino. E esperava que você pudesse falar comigo sobre o caso — explicou Kellie. — Olha, essa coisa de homem com quem dormi por dois anos era brincadeira. Só queria te fazer rir. Você nunca ria o suficiente.

— A investigação acabou de começar. Já tem repórteres e cidadãos preocupados o suficiente no meu pé. Sem ofensas, mas não precisamos de mais ninguém atrapalhando agora — disse Titus.

— Você diria isso se eu não fosse sua ex?

— Eu diria isso até se você fosse Anderson Cooper — disse Titus.

Kellie riu.

— Bem, nosso tempo juntos teria sido interessante se ele fosse seu ex. Olha, Titus, a gente vai pra cidade. Só queria saber se você gostaria de uma chance de contar sua versão. Irritar algumas pessoas. Talvez conseguir algumas pistas. Você não precisa falar comigo, mas não pode me impedir de fazer meu trabalho.

— Quando você se propõe a fazer algo, ninguém pode te impedir. Só estou dizendo que é uma perda de tempo. Nós literalmente acabamos de começar a desvendar o caso. Ninguém pode te dizer nada, porque não sabemos de nada. Tudo o que você vai fazer é gastar gasolina pra vir até aqui.

— Você realmente não quer me ver, né? — perguntou Kellie.

Seu riso rouco havia sumido, substituído por um silêncio que suavizava sua voz. O telefone zumbia com a mútua falta de palavras. Memórias, carregadas como elétrons, percorriam a linha telefônica como impulsos nervosos.

•

Ele conhecera Kellie Stoner durante uma investigação sobre as mortes de várias trabalhadoras do sexo na área de Fort Wayne. Kellie era uma das duas repórteres criminais do *Diário de Fort Wayne*. Também era voluntária em um centro comunitário focado em trabalhadoras do sexo e pessoas sem-teto. Ela era um amontoado de energia e sarcasmo, com 1,60m de altura, que o mantivera alerta durante toda a entrevista deles. Longos cabelos escuros e cílios combinando. Pele marrom e macia, que ele descobriria mais tarde ser graças à sua ascendência filipina e italiana. Olhos castanho-claros como gotas de mel, que assumiam um tom de âmbar quando ela se irritava. Como naquele dia.

— Sinto muito, agente Crown, mas não me parece que o FBI se importa com o assassinato de trabalhadoras do sexo. É o sexto corpo encontrado este ano. Como vocês avançaram no caso? E por que demorou tanto para que se envolvessem? Quer dizer, sem ofensa, mas as pessoas por aqui imploraram para que a polícia fizesse alguma coisa por essas mulheres desaparecidas — dissera ela enquanto estavam sentados no escritório que ele pegara emprestado do chefe de polícia local.

— Srta. Stoner, garanto que o FBI está fazendo tudo o que pode. Eu juro que estou fazendo tudo o que posso. Acredito em não deixar ninguém pra trás. Sou fiel à minha palavra — dissera Titus.

— Uau, agora você vai me dizer que o Papai Noel existe — murmurara ela.

— Como é?

— Perdão. Mas não tenho culpa por ser cética. As pessoas nesta parte da cidade mal veem a polícia, a não ser que você seja uma garota branca e rica atrasada para um chá de panela — dissera Kellie.

— Meu empenho em meus casos não depende do status social das vítimas, Srta. Stoner. Ou todo mundo importa, ou ninguém importa. Todos merecem ter alguém que fale por eles.

— Você fala sério, não é? — perguntara Kellie.

— Falo. Minha mãe me criou bem. E consigo perceber o quanto a senhorita se importa. Não somente com as vítimas, mas com as pessoas daqui. Esse tipo de dedicação é muito rara — dissera Titus. — E acho que o Papai Noel usa o pseudônimo de Kris Kringle essa época do ano.

E ela rira. Aquela risada profunda e rouca que logo se tornaria música para os ouvidos dele.

No fim das contas, Titus e sua equipe encontraram o homem que havia matado oito trabalhadoras do sexo. Titus sentiu que a equipe as vingou da melhor forma possível. Eles falaram por elas.

Então, ele e Kellie começaram a dançar ao som de uma música que tocava naquela terra estranha e desconhecida entre o amor e a luxúria.

Até a operação DeCrain, quando a música fora interrompida de maneira abrupta.

•

— ***Não é isso, e você sabe***. Eu tive que voltar pra casa. Você precisou ficar em Indiana. Um relacionamento à distância não daria certo. Achei que tivéssemos terminado as coisas da melhor maneira possível — disse Titus.

— Foi isso o que você achou? — perguntou Kellie.

Titus segurou firme o telefone.

— Acho que eu estava errado.

— Não, você tem razão, mas isso não torna as coisas melhores. Enfim, ambos seguimos em frente. Estou saindo com uma pessoa, e tenho certeza de que você também. Mas eu ainda queria te mandar o link do meu programa. Se não tiver problema — disse Kellie.

Titus pensou em Darlene. Ele seguira em frente. Voltara para casa e encontrara uma pessoa boa, honesta e dedicada a ele. Tal fato não queria dizer que Kellie também não tivesse sido tudo isso. Ela tinha, mas também fora uma sabichona com uma intensidade singular, que sempre o desafiava de formas que ele tanto ansiava quanto temia. Se Darlene era dias ensolarados e limonada, Kellie Stoner era uma dose de cachaça e um céu totalmente escuro e sem estrelas... mas ele estava satisfeito com uma vida sob a luz.

Isso não queria dizer que ele não podia ouvir o podcast dela, não é? Ele provavelmente deveria, só para saber o que esperar quando ela chegasse à cidade.

— Claro, pode mandar — disse Titus.

— Mesmo número? — perguntou Kellie.

— Não mudei. Você ainda tem?

— Claro. Se eu tivesse excluído, não teria dito mesmo número.

Titus de repente se sentiu extremamente bobo.

— A gente se fala quando eu chegar à cidade. Até mais, garoto da Virgínia.

A linha ficou muda.

Titus desligou o telefone.

•

Titus pedira à vizinhança para denunciar qualquer pessoa agindo de forma estranha ou suspeita, especialmente alguém que possuísse um grande galpão ou anexo, ou apresentasse comportamentos erráticos. As dicas chegariam em breve, a maioria delas inútil, mas todas necessitariam de atenção, então Titus passou o resto da tarde resolvendo as minúcias burocráticas administrativas de cidade pequena. Três meses antes, ele requisitara câmeras corporais e mais armas de balas de borracha ao Conselho de Supervisores, um pedido negado tão veementemente que de imediato ele pensou que o dinheiro do tesouro do condado estava sendo desviado.

O xerife preencheu uma nova requisição e a enviou para a próxima reunião do conselho. Esperava que fossem mais receptivos à ideia das câmeras corporais agora que seus filhos quase tiveram as cabeças explodidas. Não era seu momento de maior orgulho, mas, se fosse possível conseguir algo de útil daquela tragédia, então ele precisava tentar. Talvez fosse a única coisa boa que sairia de tudo aquilo.

Ele revisou os relatórios de despesas e os recibos de gasolina. Postou nas redes sociais do condado sobre a coletiva de imprensa. Revisou os relatórios de prisão das últimas vinte e quatro horas. Por mais incrível que parecesse, os sete buracos no chão na propriedade de Tank Billups, que abrigavam os corpos das crianças assassinadas dispostas ao redor do salgueiro-chorão como se fossem uma colmeia, não eram sua única responsabilidade. Ben Thomas e Wayne Hodges foram encontrados desmaiados na picape de Ben, aparentemente por causa de uma overdose de heroína com fentanil. Louise Tallifero jogou uma tigela quente de sopa de galinha em sua filha, porque a garotinha não parava de chorar. Ela tinha 2 anos de idade. Darryl West ligou para informar que seu vizinho, Lenny Barkers, e sua esposa, Stephanie, estavam espancando o pai de Lenny, um veterano da Segunda Guerra, de 89 anos, que passara a morar com eles no ano anterior. Segundo o relato de Darryl, ele viu Lenny e

Stephanie chutarem o idoso depois que ele caiu no quintal. Darryl achava que o senhor tinha Alzheimer. Ele costumava sair andando sem rumo. Quando Steve chegou lá, eles já o tinham limpado e levado de volta para casa, mas não puderam esconder a fratura no antebraço dele.

Enquanto clicava em um relatório após o outro, Titus não conseguia deixar de se sentir como o personagem de um antigo episódio de *Além da Imaginação*. Um homem amaldiçoado a perder o trem por apenas alguns minutos. Às vezes, essa era a sensação de ser um policial de cidade pequena. Sempre era tarde demais. Ali estava ele, sobre um corpo destruído e coberto de hematomas ou perto de um carro batido com cheiro de uísque, com a vassoura e a pá nas mãos e um punhado de arrependimento. Um mero zelador encarregado de juntar os pedaços da vida de alguém.

Quando Titus terminou de revisar todos os relatórios, sentia que precisava de um banho. A sujeira parecia tomar conta do mundo como um elixir sombrio.

Ele passou as mãos no rosto.

A verdade não era bem essa. É claro que havia sujeira no mundo, mas também havia beleza e graça, se procurasse no lugar certo. Elas estavam lá para os que fossem corajosos o suficiente, ou tolos o suficiente, para sair em busca delas. A estrela em seu peito impunha a ele a necessidade de atravessar a lama e o lodo, mas não era uma âncora. Ela não o afogaria na sujeira, a menos que ele permitisse.

Titus olhou para o relógio.

Eram 21h. Ele se levantou, se espreguiçou enquanto ouvia as costas estalarem como as chamas de uma fogueira, pegou o chapéu e se dirigiu para a porta. Já ultrapassara sua dose diária de veneno.

Entrou na garagem de casa e estacionou ao lado da picape de seu pai. Quando entrou, encontrou Albert cochilando na poltrona da qual tentara dissuadir Titus de comprar para ele. Titus pegou um cobertor no armário perto da porta da frente e o estendeu sobre as o colo do pai. Albert resmungou uma vez, depois puxou a coberta em volta de si. Titus subiu as escadas, tirou o uniforme e vestiu um moletom. Ao voltar para o primeiro andar, tirou as sobras da geladeira e fez um prato.

Depois de comer, lavou o prato e o de seu pai, que fora deixado na pia. Secou e guardou a louça. Foi até Albert novamente.

— Ei, meu velho. Acorda e vai pra cama — disse Titus, tocando de leve o ombro de Albert.

Os olhos de seu pai se abriram devagar enquanto ele bocejava.

— Trabalhei no jardim hoje, acho que acabei mais cansado do que o esperado — disse Albert.

Ele se levantou devagar, fazendo uma careta ao ficar de pé.

— Não se esforce demais. Você pode até ter quadris de titânio, mas não é o Homem de Ferro — disse Titus.

Albert balançou a cabeça.

— O Senhor achou por bem me manter aqui esse tempo todo, acho que não vou a lugar nenhum tão cedo. A não ser pra cama. Até amanhã, filho.

— Ei, pai — chamou Titus.

Albert parou no primeiro degrau.

— Eu conheço esse olhar.

Titus deu um pequeno sorriso para o pai.

— E que olhar é esse?

— O mesmo estampado em sua cara naquele Dia de Ação de Graças, quando você e Marquis estavam brincando de luta na cozinha e derrubaram do balcão a torta de batata-doce de sua mãe — disse Albert.

— Lembra que te falei daquela minha namorada de quando morava em Indiana? A repórter? — perguntou Titus.

— Aquela que se meteu numa briga no salão de bilhar? — perguntou Albert.

Titus assentiu.

— É, bem, ela vem pra cidade fazer uma matéria sobre as crianças que encontramos debaixo do salgueiro-chorão.

— Sei. Imagino que também venha ver você — disse Albert.

— Bem, diz ela que quer me entrevistar.

— Titus, você ainda sente alguma coisa por essa garota?

— O quê? Não, acho que não... Só estou pensando em como deveria contar pra Darlene. Você sabe que ela é meio... não sei, insegura às vezes. Só não quero que ela fique chateada. Tipo, não posso impedir Kellie de vir, e não pedi que ela viesse.

— Mas não está achando ruim, né? — perguntou Albert.

Titus pigarreou.

— Só não quero que Darlene fique chateada.

Albert se aproximou e colocou a mão no ombro de Titus.

— Filho, o único jeito disso chatear a Darlene é se ela vir esse olhar que eu estou vendo no seu rosto agora. Você tem uma boa mulher, garoto. Mas se não é o que você quer, deveria dizer a verdade pra ela. Não espere até a outra garota chegar à cidade — disse Albert, apertando o ombro de Titus.

— Entendi, pai. Boa noite.

— Boa noite, filho.

•

Quando Albert subiu as escadas, Titus mandou uma mensagem para Darlene.

Oi tô em casa

Ela respondeu quase na mesma hora:

Quer que eu vá aí?

Titus encarou o celular por um longo momento antes de responder.

N precisa. Tô morto. Talvez dê pra gente jantar amanhã a noite no Newport News

A resposta de Darlene demorou um pouco mais dessa vez.

Ok

Titus não precisava de um mestrado em criminologia para deduzir que Darlene ficara chateada por ele não querer a presença dela. Poderia ter dito sim, mas os últimos dias estavam finalmente cobrando seu preço. Ele sentiu uma onda de exaustão que parecia envolvê-lo como um casulo. Sabia que não seria uma companhia muito boa para Darlene caso ela viesse. Ficava muito mal-humorado quando estava cansado. Preferiu aceitar essa pequena desavença a uma discussão maior. Essa era a natureza dos relacionamentos de longo prazo. Dezenas de decisões táticas e negociações unilaterais para manter a paz, ou algo similar.

Titus subiu os degraus até seu quarto com pernas que pareciam revestidas de chumbo. Quando chegou à cama, estava quase dormindo em pé. Assim que se deitou, o celular tocou.

— Merda! — exclamou Titus com a cara enfiada no travesseiro.

Virou-se, pegou o celular e olhou para a tela.

Era Davy.

Titus atendeu com um toque na tela.

— O que houve, Davy?

— Oi, Titus. Hum, estou aqui no Watering Hole e, bem, achei melhor te ligar porque, hum, porque... — gaguejou Davy.

— Desembucha logo, Davy.

— Certo, olha, Titus, Marquis está aqui causando a maior confusão. Jasper está gritando que vai prestar queixa, e eu não sei o que fazer — confessou Davy.

Titus fechou os olhos. Estava cansado demais para suspirar.

— Já estou indo.

ONZE

Vinte minutos depois, Titus parou o carro no estacionamento do Watering Hole. Os sinalizadores azuis e vermelhos da viatura de Davy projetavam imagens fantasmagóricas na parede lateral da construção. Diferente de muitos bares locais naquela parte da Virgínia, o Watering Hole era uma estrutura independente, não uma loja em um centro comercial. O prédio era um retângulo robusto de telhado quadrado, que lembrava a Titus as caixas de papelão usadas para arquivar relatórios de casos ativos no FBI. O Watering Hole não era o único bar do Condado de Caronte, mas era o mais frequentado pelas pessoas. O Celtic Tavern geralmente ficava com os restos do Watering Hole. Pessoas que foram banidas por Jasper por variadas ofensas ou desfeitas, ou aquelas que se recusavam a pagar a taxa de entrada de sete dólares.

Jasper não via nenhum problema em cobrar dos clientes para entrarem por sua porta. Ele oferecia música ao vivo quatro noites por semana, intercaladas com shows de comédia e noites de microfone livre para adicionar um pouco de variedade. Havia pouco tempo, Jasper atualizara o sistema de som e instalara um sofisticado sistema de luzes LED no palco. Ele estava sempre acrescentando os acessórios de hospitalidade mais novos e caros ao repertório do Watering Hole.

Titus parou o SUV.

Uma das primeiras coisas que notou quando assumiu o cargo foi a quantidade de dinheiro que parecia circular no Watering Hole, levando em consideração que era um bar local em um pequeno condado rural com menos de vinte mil habitantes. Pelo jeito, Jasper era um gênio criativo de finanças, extorquindo aquela aldeia isolada na extremidade do condado e fazendo o dinheiro fluir em grandes quantidades.

Essa era uma entre as possibilidades.

O xerife estava convencido de que Jasper Sanderson movimentava heroína, metanfetamina e qualquer outra substância ilícita capaz de encontrar através de seu bar, e em quantidades suficientes para derrubar um cavalo. No ano anterior, desde que Titus fora eleito, houve vinte e duas overdoses em um raio de oito quilômetros perto do bar. Ben e Wayne tinham saído do Watering Hole uma hora antes de serem encontrados quase mortos no meio da rua Severn. Vários informantes juraram em depoimento que Jasper tinha contato com uma filial do clube de motociclistas Rare Breed, que fornecia tanto fentanil e metanfetamina quanto ele conseguisse dar conta. Titus havia interrompido uma briga no estacionamento e encontrado cinco gramas de metanfetamina em um dos envolvidos. Chucky Crowder dissera que testemunharia sobre Jasper e seu primo Cotton lhe fornecerem vinte gramas de metanfetamina. Titus tinha ido à Força-Tarefa Antidrogas Local e proposto a ideia de uma operação em vários condados, mas ninguém em Hampton parecia muito interessado em colocar Jasper no xadrez. Essa falta de interesse fez Titus pensar que Jasper devia ter um punhado de amigos influentes. Depois, Chucky Crowder fugiu da cidade sem boa parte dos dentes. Carla dissera que sua prima, a qual tinha um relacionamento de idas e vindas com Cotton, contou a ela que ele guardava os dentes em um jarro no escritório nos fundos do bar.

Titus saiu do carro e foi até Davy e Pip. Eles estavam parados na frente do bar. Uma pequena multidão havia se reunido nas proximidades, cheia de clientes cambaleantes que se sentiam seguros na própria embriaguez graças à preocupação da polícia com os homens algemados e sentados na escada da frente do bar.

— Davy, Pip. O que houve? — perguntou Titus.

Davy mordeu o lábio inferior. Pip empurrou o chapéu para trás, revelando, acima do olho direito, uma pequena marca de nascença cor de vinho que lembrava o formato da Flórida.

— Bem, parece que seu irmão se ofendeu com alguma coisa que Austin McCormick disse e decidiu enfiar uma banqueta na cara dele. O amigo do Austin, Brent Johnson, tentou intervir, e agora está a caminho do Riverside General com o que sobrou do próprio rosto. Austin se saiu um pouco melhor.

Titus soltou um muxoxo. Austin era primo de Cotton e Jasper. Ele se aproximou de Marquis.

O irmão de Titus tinha mais ou menos sua altura, mas Marquis tinha o peito um pouco mais largo. Ele estava usando uma camiseta branca e uma camisa de flanela xadrez vermelha desabotoada. Havia grandes manchas vermelhas na camiseta branca, como se fossem ilhas inexploradas. Um pequeno inchaço começava a se formar sob seu olho esquerdo. Fora isso, não havia marcas nele. Titus tinha quase certeza de que as manchas eram de sangue, e estava certo de que o sangue não era de Marquis. As mãos de seu irmão estavam algemadas atrás das costas, mas Titus se lembrava de como elas eram da última vez em que apertou a mão de Marquis. Largas como a cabeça de um machado, com cortes e cicatrizes que ganhara aprendendo carpintaria sozinho.

— Davy, leve Austin para o seu carro. Me dê um minuto — disse o xerife.

— Claro, Titus — respondeu Davy.

Ele e Pip ajudaram Austin a se levantar. Titus notou que o nariz dele estava quebrado em vários lugares. O homem respirou com dificuldade ao se levantar. Pip e Davy o levaram até a viatura de Davy.

Titus olhou para baixo, para o irmão. Marquis balançou a cabeça, afastando os dreads do rosto. Sorriu para Titus, o sangue em seus dentes mudando do azul para o vermelho à medida que a luz da viatura de Davy refletia em seu rosto.

— Como vai o pai? — perguntou Marquis.

— Você deveria dar uma passada lá pra falar com ele qualquer dia desses. Você está chapado?

— Não, acho que bêbado.

— Sabe que preciso te levar pra delegacia, né? Mesmo sendo meu irmão. Ao menos até a gente resolver isso — disse Titus.

— Faça seu trabalho, homem da lei — disse Marquis, rindo em seguida.

— O quê?

Marquis ergueu a cabeça e sorriu de novo.

— Acho que, no fim das contas, o meu destino é te olhar de baixo.

Titus engoliu em seco.

— Esse filho da puta tentou matar Austin! — gritou uma voz à direita.

Titus virou a cabeça e viu Cotton Sanderson dar um passo à frente da multidão. Ele tropeçou para a esquerda, se reequilibrou e continuou avançando, como um touro mirando um pano vermelho.

— Cotton, fique aí — disse Titus. Ele levantou a voz, mas não gritou.

— Vá se foder! Você acha que eu não te conheço? Acha que não conheço seu trabalho? Vai deixar seu irmão se livrar depois de ele acertar a cara de Austin? — perguntou Cotton, a fala arrastada.

Agora ele estava a menos de três metros. Titus viu que ele estava com um pedaço de taco de sinuca na mão.

— Cotton, fique aí. Se você se aproximar, vai se arrepender. Vou levar Austin e Marquis pra delegacia. Vamos resolver essa situação. Agora, se Jasper quiser fazer algo a respeito, ou Austin, Marquis e Brent quiserem prestar queixa uns contra os outros, aí vamos ter que resolver depois — explicou o xerife.

Algumas pessoas na multidão se aproximaram e se colocaram entre Titus e Cotton. Gentilmente, eles começaram a guiar Cotton de volta pelo estacionamento. Parecia que estava funcionando, até ele dar um giro habilidoso para se afastar dos amigos e ir na direção de Titus e Marquis. Para um homem robusto, Cotton era muito ágil. Ele foi direto para Marquis.

Titus deu um passo à direita e fez uma espécie de V com a mão esquerda, com o polegar e os outros dedos. Fincou os pés no chão e empurrou esse V no pescoço grosso de Cotton. Sentiu um tremor percorrer seu braço quando sua mão encontrou o pomo de Adão de Cotton. O grandalhão deixou cair o taco de sinuca e desabou de joelhos, segurando a garganta enquanto seu rosto inteiro ficava vermelho.

Titus pegou Marquis pelo braço e o ajudou a se levantar.

— Ele vai sentir esse golpe amanhã — comentou Marquis.

— Vocês aí, ajudem Cotton — ordenou Titus à multidão.

Ele viu Sawyer Hudgins, Arnold Atwell e Royce Lazare se aproximarem e tentarem ajudar Cotton a se levantar.

Enquanto Titus conduzia seu irmão até o SUV, Marquis riu outra vez.

— Você é um verdadeiro detetive. Achei que aquele cara não tinha pescoço, mas você conseguiu achar — disse ele.

Certa vez, Ezekiel dissera:

— Você pode exigir respeito. E pode respeitá-los também. Pode salvar seus filhos, encontrar seus avós perdidos ou ser jurado naquele maldito concurso de tortas. Às vezes, porém, você ainda precisa lembrá-los de que não devem mexer com você. É a única linguagem que algumas pessoas entendem.

Titus pensou nisso enquanto colocava Marquis na parte de trás do carro.

O pensamento o deixou incrivelmente triste.

•

Titus trouxe uma cadeira dobrável para perto da cela e se sentou em frente ao irmão. Cruzou os tornozelos, colocou o chapéu no chão e se recostou. Olhou para o relógio. Passava um pouco da meia-noite.

Titus encarou Marquis, tentando fazê-lo acordar. Era uma técnica que usava quando eram crianças. No geral, só em ocasiões especiais, como na manhã de Natal ou no primeiro dia das férias de verão. As lembranças daqueles dias ameaçavam afogá-lo em um rio temporal.

Marquis se sentou e encostou a cabeça na parede fria de concreto da cela.

— Você acha que vinte e quatro horas numa cela vão dar um jeito em mim? — perguntou Marquis.

— Não. Só estou tentando evitar que você se meta em mais problemas.

Marquis riu.

— Que mentira. Você nunca parou de tentar dar um jeito em mim. Sempre quer dar um jeito em tudo. Sempre foi assim, desde...

Marquis não completou a frase, mas Titus sabia o final.

— Desde que a mãe morreu — concluiu Titus.

Marquis se inclinou para a frente. Titus cruzou os braços, mas os descruzou de imediato quando percebeu como aquela postura parecia agressiva.

— Você não deveria ter de fazer isso — disse Marquis.

— Alguém precisava.

Marquis bocejou.

— Não deveria ter sido você, mesmo que seja o mais velho. Deveria ter sido o pai, mas nós dois sabemos como isso acabou. Ele trocou a garrafa pela Bíblia e achou que essa atitude resolveria tudo. Embora a gente saiba que é uma grande besteira.

— Não é tudo besteira. Você pode tentar consertar as coisas. O pai só usou as ferramentas erradas.

— Não se pode consertar tudo, não importa as ferramentas que você use, Ty. Que merda, a gente mal consegue consertar alguma coisa. Na maioria dos dias, tudo o que a gente faz é segurar as pontas e manter a cabeça baixa — disse Marquis.

— Não acredito nisso.

Marquis sorriu para ele, mas o sorriso não chegou a seus olhos.

— É por isso que você tá infeliz, irmãozão.

Um silêncio surgiu entre eles. Do tipo que não era nem constrangedor nem carregado de significado. Do tipo que só existe entre irmãos com uma afinidade específica.

Por fim, Titus quebrou o encanto.

— Não quer me explicar o que aconteceu? Jasper disse que você quebrou duas mesas e uma banqueta.

— Aquelas mesas são frágeis pra caralho. Não vai ligar pro magistrado pra eu pagar a fiança? — perguntou Marquis.

— Vamos esperar um pouquinho. Quero saber o que aconteceu. O que te fez explodir assim? — perguntou Titus.

Marquis alongou o pescoço, esticou os braços sobre a cabeça e bocejou.

— Cansei de ouvir eles falando merda do meu irmão — disse ele por fim.

Titus inclinou a cabeça para trás e olhou para o teto.

— Marquis, se você for brigar com todo mundo que fala mal do xerife, é melhor arrumar um bom advogado.

— Você não é só o xerife.

Titus o encarou.

— Só por curiosidade, o que eles disseram?

Marquis se esticou de novo, e dessa vez suas costas estalaram.

— Que a história sobre o Sr. Spearman era mentira. Que você não sabia a diferença entre sua bunda e um buraco no chão. Então um deles te chamou de negro arrogante. Aí eu coloquei minha cuba-libre de lado, peguei aquela banqueta e fiz eles repensarem suas escolhas de vida.

Titus não queria rir. Sabia que não deveria, mas o riso saiu espontâneo e descontrolado. Logo Marquis se juntou a ele. Não riam juntos havia muito tempo. O som ecoou pela cela como um sino de igreja. Quando o riso foi diminuindo, Titus sentiu os olhos começarem a arder. Quantas vezes tiveram um momento assim desde que a mãe deles morreu? Três, talvez quatro?

— Olha, não vou te segurar aqui a noite toda. Austin decidiu não prestar queixa. Brent gritou pra Deus e o mundo que ia resolver isso na rua enquanto era levado pra ambulância, então imagino que ele também não vai prestar queixa. A não ser que você queira fazer isso contra eles, vou liberar o Austin, e então libero você uma hora depois. Precisa de uma carona até seu carro? — perguntou Titus.

— Não, vou ligar pra Tisha — disse Marquis.

— Não precisa. Eu te levo.

— Eu sei que você tá exausto. Vou chamar Tisha. Ela não tá fazendo nada mesmo.

— Há quanto tempo vocês estão juntos? Dez anos? Você precisa se mexer e casar com essa garota — disse Titus, percebendo que soava exatamente como seu pai.

— Assim como você vai se casar com Darlene? — perguntou Marquis, piscando para Titus.

— É diferente.

— Bem, é um jeito de dizer — disse Marquis.

— O que isso significa? — perguntou Titus.

— Nada. É só que… você acha mesmo que vai passar o resto da sua vida aqui? Tipo, ganhar a eleição foi sorte. Você sabe que esses brancos não vão te deixar ganhar uma segunda vez. E aí? O pai não precisa de você por aqui. Você costumava trabalhar na porra do FBI. Por que diabos ficaria em Caronte? Não acredito que voltou por outro motivo além do pai. Darlene é uma boa mulher, mas é uma garota de Caronte. Ela só sairia daqui morta. Eu te conheço, Ty. Esse lugar não é o suficiente pra você. Nunca foi.

— A gente se viu umas cinco ou seis vezes nos últimos sete anos. Você realmente acha que me conhece, que sabe o que eu quero? — perguntou Titus. Sua voz estava tensa.

Marquis se levantou e foi até as barras da cela. Ele as agarrou com as mãos largas e se inclinou para a frente. Os dreads caíram sobre seu rosto.

— Melhor do que qualquer pessoa viva, irmãozão — disse Marquis.

Mais uma onda de silêncio pairou sobre eles como uma névoa. Depois de alguns minutos, Titus se levantou e dobrou a cadeira.

— Pegue suas coisas com Pip. Ele vai te soltar. Tudo, exceto o cinto. Tenho certeza que aquela faca de fivela é ilegal no estado da Virgínia. Por que você carrega algo assim? — perguntou Titus.

— Pra esfaquear alguém — disse Marquis, rindo.

Dessa vez, Titus não o acompanhou.

— Fique ligado, irmãozinho. Jasper e Cotton podem querer vingança.

— Não fui eu quem atacou Cotton na garganta e provavelmente fez ele cagar nas calças — disse Marquis.

— Sou da polícia. Eles não se atreveriam.

— Sem ofensa, irmãozão, mas essa estrela não quer dizer muita coisa pra esses caras. Eles sabem que ela não vale muito — disse Marquis.

Titus foi até a cela.

— Do que você tá falando?

Marquis afastou os dreads do rosto.

— Nada. Mas as pessoas falam. E eu escuto.

Titus encarou o irmão. Olhou em seus olhos castanho-escuros. Ouvira rumores sobre Cooter Bennings metendo a mão nos negócios locais, mas sempre presumiu que a maior parte dos subornos era na forma de gasolina grátis e um bom empréstimo no banco.

— Você sabe de alguma coisa que eu não sei? — perguntou Titus.

Marquis balançou a cabeça.

— Não sei de nada. Mas você não acha estranho nunca conseguir pegar esses brancos? Só estou dizendo.

Titus se aproximou da cela e colocou as mãos nas barras.

— Se você soubesse de alguma coisa, me contaria, não é?

— Se eu soubesse de alguma coisa, pode apostar que sim. Você é meu irmão, não é? — disse Marquis.

Titus soltou as barras.

— Pip vai te soltar daqui a uma hora. Vou pra casa. Você deveria… passar lá em casa esse fim de semana.

— Talvez eu passe. Até mais, Ty.

— Até mais, Key — disse Titus, caminhando de volta pelo corredor.

Quando estava quase na porta, Marquis gritou para ele:

— Pode ficar com o cinto. Você precisa mais dele do que eu!

•

Titus parou perto do centro de comunicação. Esperava ver Kathy, mas quem estava ali era Carla, sem uniforme, de cabelo solto e usando um moletom de Dartmouth.

— Você não é Kathy. E não se parece muito com Carla — disse Titus.

— Eu sei. Kathy ligou e me pediu pra cobrir o turno dela o resto da noite. Aparentemente, ela está saindo com Brent e teve que buscar ele no hospital — disse Carla. — Inclusive, a gente precisa de mais de dois rádio operadores.

— Vida de cidade pequena. Sabe, mesmo tendo crescido aqui, ainda me surpreendo com quem já viu quem pelado — disse Titus.

Carla riu.

— BTB.

Titus arqueou uma sobrancelha.

— Meu irmão Luis costumava dizer que não tem nada pra fazer numa cidade pequena além de brigar, transar e beber. Vimos os resultados dos três essa noite — disse Carla.

— Seu irmão tinha razão. Pip vai soltar o Austin já, já. Depois de uma hora, ele vai soltar Marquis. Espero que isso evite o encontro deles.

Não se esqueça de marcar essas horas trabalhadas como extras. Vou pra casa, tentar fechar os olhos por um tempo.

— Entendido, chefe. Ah, inclusive o pessoal do estado disse que terminariam com a cena do crime amanhã. Pegaram algumas amostras de solo, tiraram fotos, esse tipo de coisa. Qual é o plano pra amanhã? — perguntou Carla.

— Amanhã a gente fala sobre isso. Estou acabado — disse Titus.

— Certo. Até mais, chefe.

— Até, Carla.

Titus estava quase no carro quando ouviu Carla chamar seu nome. Ela estava na porta, apontando para o headset com o dedo.

— Titus! Tem alguém no telefone dizendo que tem uma pista sobre o caso. Diz que precisa falar com o xerife — disse Carla.

Titus voltou correndo para a delegacia. Pegou o headset de Carla e o colocou na cabeça.

— Xerife Crown, como posso ajudar?

Titus apontou para Carla e fez um gesto como se estivesse escrevendo, depois apontou para a tela do centro de comunicação. Carla anotou o número em um pedaço de envelope.

— Hum... pensei que fosse eu quem estivesse te ajudando — disse uma voz.

O interlocutor falava através de um pedaço de tecido ou papel sobre o telefone. Também arrastava as palavras e respirava como se tivesse acabado de correr uma maratona.

— Bem, apreciamos toda ajuda que possa nos oferecer. Você disse à minha rádio operadora que tinha algumas informações úteis?

— Merda, cara, pode ser que não seja nada. Não sei. Ouvi aquela coletiva de imprensa. Me fez pensar. Pelo amor de *Deus*, tô me sentindo mal. Passei o dia inteiro bebendo.

— Olha, mesmo que você ache besteira, pode acabar sendo importante. Até um pequeno detalhe pode ajudar. Só diga o que você estava pensando — disse Titus, baixando um pouco a voz.

— Não sei, cara. Se não for nada, não quero meter vocês nas coisas dele — disse a voz.

— Se não for nada, ele não tem com o que se preocupar. Se for alguma coisa, aquelas crianças enterradas merecem justiça — disse Titus.

O interlocutor suspirou profundamente.

— Bem, eu fiz um trabalho pra um cara. Ajudei ele com uma construção. Levamos algumas garotas pra lá. Nos divertimos um pouco, sabe. Foi…

O interlocutor parou de falar.

— Quem era? — perguntou Titus casualmente.

Não queria assustar o homem, mas um nome tão cedo na investigação seria um grande feito.

— Era estranho, sabe? Um monte de anjos nas paredes. Anjos assustadores, com rostos estranhos — disse o interlocutor.

Sua voz era suave como papel crepom. Titus apertou o telefone. Ninguém sabia sobre as pinturas de anjos dos vídeos.

— Quem era? Pra quem você fez o trabalho? — perguntou Titus.

Seu instinto, aquele velho recurso confiável, dizia a ele que aquilo era algo grande. Talvez estivesse prestes a resolver o caso. Ele conseguia sentir em algum recôndito nas profundezas além de sua mente consciente.

— Merda, cara. Eu… não devia ter ligado. Ele é um cara legal. Foi mal.

A linha ficou muda.

— Liga de volta pra esse número! — ordenou Titus.

Carla discou o número, mas ninguém atendeu.

— Provavelmente é um celular descartável, chefe. Não está vinculado a um nome. O que ele disse? — perguntou Carla enquanto Titus devolvia o headset.

— Que ele fez um trabalho pra um cara. Parece que ajudou a construir um anexo. Com pinturas de anjos nas paredes — disse Titus.

— Ele falou algum nome?

— Não. Mas tinha anjos nas paredes daquele calabouço dos vídeos. Agora alguém me liga e diz que conhece uma pessoa com uma construção cheia de iconografia religiosa. Essas duas coisas não me parecem aleatórias — disse Titus.

— Pode ser coincidência — disse Carla.

Titus pensou nas fotografias da autópsia. Naqueles corpos distorcidos, na corrupção e violência impostas sobre eles como um castigo do Velho Testamento.

— Pode ser. Também pode ser que eu tenha macacos que saem voando do meu traseiro. Não significa que vou começar a comprar bananas pra usar de papel higiênico.

Ele levou o indicador esquerdo aos lábios.

— Em que está pensando? — perguntou Carla.

— Eu conheço essa voz. Ele tentou disfarçar, mas eu já ouvi ela antes. É a porra do Condado de Caronte, eu já ouvi a voz de todo mundo aqui — disse o xerife enquanto esfregava os olhos.

— Isso não é assustador? Quem quer que tenha feito… feito isso, é alguém que você conhece. Alguém que eu conheço. Alguém que todos nós conhecemos — disse Carla.

— Não — disse Titus, a voz clara. — É alguém que achávamos conhecer.

DOZE

Quando o xerife entrou pela porta da frente do gabinete, Cam estava preparando seu café especial. Não sabia ao certo o que Cam colocava nele, mas uma xícara era o suficiente para fazer você pintar uma casa inteira sozinho.

— Está todo mundo aqui? — perguntou Titus.

— Sim. Bem, todo mundo menos Tom e Roger — disse Cam.

Titus assentiu. Enviara uma mensagem coletiva antes de cair em um sono conturbado na noite anterior. Sonhos tomaram conta de sua mente como se espíritos tentassem possuí-lo. Sonhos com sua mãe, com a família DeCrain, com a voz não-tão-anônima ao telefone, com ele e Marquis quando crianças. Lembranças de eventos que nunca aconteceram e de palavras que nunca foram ditas pareciam tão reais quanto o chão sob seus pés naquele momento. Primeiro sonhos, depois pesadelos, e então ele estava de pé, se preparando para uma reunião com toda a equipe.

Um leve murmúrio de conversa cessou assim que ele entrou pela porta do escritório. Em silêncio, os policiais abriram espaço para que Titus chegasse à escrivaninha. Ele se sentou e tirou o chapéu, colocando-o sobre a mesa.

— Vamos direto ao assunto. Nossa prioridade é o caso Spearman/Macdonald, mas isso não significa que vamos largar o condado às traças. Então, vou montar uma pequena força-tarefa para me ajudar exclusivamente na investigação dos assassinatos. É claro que se alguém de fora da força-tarefa encontrar uma evidência importante, deve compartilhar com a equipe, mas vou precisar do resto de vocês pra manter a paz enquanto trabalhamos com a polícia estadual e a equipe deles. A força-tarefa vai ser Carla, Steve e eu. Quando Trey terminar de analisar o tiroteio, também vai fazer parte da força-tarefa. Alguém tem alguma dúvida antes de prosseguirmos? — perguntou Titus.

Davy levantou a mão.

— Davy?

— Hum... então, ouvi dizer, quer dizer, vi no Facebook que algumas pessoas estão começando a chamar ele, o terceiro cara, de Homem do Salgueiro-Chorão. A gente vai chamar ele assim? Não é um nome ruim — disse Davy.

Titus poderia apostar a casa de seu pai e cada centavo de sua poupança que Davy inventara esse nome por conta própria. Titus se levantou, caminhou até a frente da mesa e se sentou na beirada.

— Não, a gente não vai chamar ele assim. Não vamos dar a ele nenhum tipo de apelido, a não ser "suspeito." Se a mídia quiser dar algum nome para aumentar o engajamento, o problema é deles. Pela minha experiência, a partir do momento em que você dá um apelido a esses assassinos, você os transforma em mitos. É isso o que eles querem. É isso o que desejam. É isso o que os deixa excitados. Eles não são mitos. Não são o Hannibal Lecter, o Red John ou o Mastermind. São apenas assassinos. Nada mais, nada menos — disse Titus.

Davy abaixou a cabeça, mas Titus ainda podia ver a vermelhidão subindo por seu pescoço até o rosto.

— Ontem à noite recebemos um telefonema de alguém que achava ter alguma informação sobre os assassinatos. Infelizmente, a pessoa desligou antes que nos desse um nome ou pudéssemos rastrear a ligação.

— Quem foi o idiota que deixou ele desligar? — perguntou Douglas, e algumas risadas surgiram.

— O idiota fui eu — disse Titus, e as risadas cessaram na mesma hora. — Mas acho que reconheci a voz e temos o número. Vou solicitar à companhia telefônica os registros anexados a esse número. A não ser que ele tenha ligado de um celular descartável, vamos conseguir algumas informações até o fim do dia. Muito bem, quem for da força-tarefa, fique aqui. O resto pode começar a trabalhar. Quem estava de folga, obrigado por terem vindo e não se esqueçam de registrar como hora extra.

Depois que os outros saíram, Titus fez sinal para Steve fechar a porta do escritório. Tirou cópias das fotos da autópsia e do relatório de uma pasta em sua mesa e as distribuiu para os quatro. Pedira para Cam fazer as cópias a partir de seu e-mail.

— Essas são fotos das duas primeiras autópsias finalizadas pela legista. Os ferimentos que vocês veem estão de acordo com o conteúdo dos vídeos. Alguma coisa chama a atenção? — perguntou o xerife.

— Além do fato de que isso é doentio pra caralho? — comentou Steve.

— Olhem com atenção. O corpo de uma vítima de homicídio é nossa melhor evidência.

— Essa frase: "Nossa salvação é o sofrimento dele". Já vi isso antes — disse Carla.

— Está em seis letreiros de igrejas pelo condado. Vamos nos separar e conversar com os fiéis de todas elas — disse Titus.

— O que devemos procurar? — perguntou Steve.

— Perguntem sobre alguém na congregação que pareça estranho ou excêntrico. Qualquer pessoa reservada demais, mas também agressivamente prestativa. Alguém com uma tendência a mudanças de humor, mas também super religioso. Uma pessoa que pareça quieta, mas também boazinha demais para ser verdade. Muitas vezes, sociopatas compensam sua falta de emoção sendo emotivos em excesso. Eles não entendem muito bem como a empatia e as emoções verdadeiras funcionam, então tentam reproduzi-las, mas às vezes acabam exagerando — explicou Titus.

Ele fez uma pausa.

— Todos nós usamos máscaras. Temos um rosto público, um rosto privado e nosso rosto verdadeiro. Uma pessoa assim, alguém capaz de fazer com outro ser humano o que vocês viram nessas fotos, não tem nada por baixo da máscara. É somente uma casca vazia. Então, ela preenche essa casca com fantasias e desejos que fariam uma pessoa normal vomitar. Mas é assim que vamos pegá-la. Essa pessoa deixou a máscara cair na frente de alguém. Cometeu algum erro. Só precisamos encontrar esse erro.

— E se a pessoa não cometeu nenhum erro? — perguntou Carla.

— Ela já cometeu. Fez alguma coisa capaz de desestabilizar Latrell. Houve algum incidente que fez ele matar Spearman. Se a gente não tivesse confrontado ele, acho que também teria matado o terceiro membro do pequeno trio de assassinos. Então, o primeiro erro foi cometido. E aposto que outros também já foram. Vamos descobrir quantos — disse Titus, acenando com a cabeça em direção à porta.

•

Titus decidiu investigar a Segunda Coríntia e a Sagrada Rocha do Redentor. Foram as duas últimas igrejas que usaram aquela frase agressiva nos letreiros. A Segunda Coríntia era liderada pelo reverendo Calhoun Wilkes. Ele vivia em uma casa paroquial próxima à igreja, uma construção simples de tijolos e de um só piso, cercada por antigas árvores-de-júpiter, com um caminho também de tijolos que dividia o terreno ao meio à medida que serpenteava até a entrada de automóveis, onde ele estacionava seu antigo Volvo sedan — tão antigo quanto o próprio reverendo.

Titus estacionou ao lado do sedan e bateu à porta da casa paroquial. Um homem magro, com uma longa barba grisalha, usando uma camisa branca de botão e um cardigã marrom felpudo, atendeu a porta.

— Xerife Crown, pode entrar, por favor — disse o reverendo Wilkes.

Titus abaixou a cabeça ao passar pela porta. O reverendo fez um gesto para ele se sentar em uma velha, mas bem cuidada, cadeira Queen Anne, enquanto ele próprio se sentava em uma poltrona reclinável. Na mesinha de centro entre eles, havia uma pequena bandeja prateada com uma xícara de chá, uma tigela de açúcar e um bule de prata.

— Aceita uma xícara de chá, xerife? — perguntou o reverendo Wilkes.

— Não, obrigado. Só queria perguntar...

— Como você está, xerife? Toda essa situação terrível com o Sr. Spearman e aquele jovem deve ter sido horrível pra você — disse o reverendo.

— É, mas faz parte do trabalho. Só não é uma parte que me agrada.

— Sabe, geralmente quando há uma tragédia na vida, eu encontro consolo na Palavra. Consigo separar a situação como parte do plano do Mestre. E o entendimento Dele não é o meu. Essa situação com Jeff Spearman tem testado minha obediência e determinação. Fico pensando, como será que Jeff permitiu que o diabo penetrasse em seu coração a tal ponto?

Titus pigarreou.

— Reverendo, o senhor acha mesmo que um anjo caído tomou conta do corpo de Jeff Spearman e fez ele matar aquelas crianças?

O reverendo Wilkes encheu sua xícara com água quente do bule. Colocou uma colher de chá de açúcar e mexeu. Tomou um gole, fechou os olhos e bebericou mais uma vez. Colocou a xícara em um porta-copos, então se inclinou para a frente e encarou fixamente o rosto de Titus.

— Será que é mais fácil aceitar que um homem a quem este condado confiou seus filhos por mais de trinta anos era um sociopata e um charlatão, que satisfazia seus desejos sórdidos com aqueles que devia proteger? O diabo assume muitas formas, xerife. Uma cobra, um anjo com asas flamejantes, a loucura. Você não acredita no diabo, xerife? — perguntou o reverendo.

Titus colocou o chapéu no joelho e inclinou a cabeça para a direita.

— Reverendo, se o senhor tivesse visto as coisas que eu vi, perceberia que o diabo é apenas o nome dado às coisas terríveis que fazemos uns aos outros.

— É uma visão bastante sombria da humanidade, xerife.

— Do meu ponto de vista, é a única visão que faz sentido, reverendo — disse Titus.

O reverendo Wilkes assentiu de leve.

— Não consigo nem imaginar o que você viu, xerife. Mas rezarei por você.

Titus ignorou a súplica do reverendo em seu favor e fez a pergunta que o levara até ali.

— Reverendo, eu vim perguntar sobre uma frase que estava no letreiro da igreja ano passado: "Nossa salvação é o sofrimento dele". Queria saber quem foi que criou essa frase e de quem foi a ideia de colocá-la no letreiro.

Ele observou com atenção o rosto do reverendo. Absorveu seus movimentos, sua postura, a forma como ele puxava suavemente os fios da barba. Titus estava tentando compreender a linguagem críptica de seus gestos involuntários.

— Bem, pelo que eu me lembro, foi a Srta. Maggie Scott quem sugeriu colocar a frase no letreiro.

— O senhor tem o número dela? — perguntou Titus.

— Ah, a Srta. Maggie faleceu no início deste ano — disse Wilkes. Titus se recostou na cadeira. — Xerife, se não se importar com a pergunta, por que está investigando o letreiro da igreja?

Titus se levantou.

— Somente perseguindo fantasmas, eu acho. Agradeço seu tempo.

— Não há de quê. Posso ajudar em mais alguma coisa? — perguntou Wilkes.

— Só mais uma. Tem alguém na sua congregação que pareça um pouco... estranho? Alguém agindo diferente depois do tiroteio na escola?

— Nada me vem à mente, xerife. Mais alguma coisa? — perguntou Wilkes.

— Não, reverendo. Acho que já vou indo — disse Titus.

Ele colocou o chapéu e se dirigiu à porta.

— Xerife, eu mencionei antes, mas você não me respondeu. Se importa se eu rezar por você esta noite? — perguntou o reverendo Wilkes.

Titus parou.

— Não me importo, mas talvez o senhor devesse rezar por alguém que acredite, reverendo.

— Deus ama tanto os crentes quanto os descrentes.

Sim, mas eu não o amo de volta. Larguei esse relacionamento abusivo há muito tempo, pensou Titus.

— Boa noite, reverendo.

•

Titus dirigiu até os limites do condado, passando pela praça em direção a Piney Island. Os pinheiros foram dando lugar a enormes moitas de capim-dos-pampas, íris selvagens e taboas que surgiam do pântano como os espinhos de um porco-espinho. Titus abriu um pouco a janela e deixou a maresia entrar e beijá-lo nos lábios. Atravessou a ponte de Piney Island com um leve nó na garganta. As placas de metal enferrujadas da velha ponte pareciam ter sido tingidas de ocre. O ferro envelhecido rangia e gemia sob o peso do SUV como um senhor idoso se levantando do chão.

Titus se juntara a um pequeno contingente de cidadãos em uma reunião recente de supervisores que literalmente imploraram ao conselho pela substituição da ponte de Piney Island. O pedido fora negado por quatro votos contra dois. A maioria das pessoas do condado mal considerava Piney Island como parte de Caronte, e aqueles que consideravam não pareciam compreender a gravidade da situação da ponte. Titus esperava que não acontecesse, mas começava a pensar que a única forma das pessoas compreenderem seria se a estrutura de doze metros desabasse no Chesapeake.

A Sagrada Rocha do Redentor ficava no extremo oeste do largo ponto de exclamação que era Piney Island. Para chegar ao estacionamento estreito que se estendia ao longo da igreja de madeira, passava-se por uma curva de cascalho extremamente acentuada, depois por um trecho ladeado por agulhas-de-adão selvagens e desgrenhadas. Além da igreja, ficava a baía de Chesapeake e, na baía, o farol abandonado de Piney Point. Quando criança, Titus e seus amigos tentavam assustar uns aos outros com histórias do farol assombrado e dos dois faroleiros que enlouqueceram na década de 1920.

Titus estacionou próximo à porta da frente da igreja, ao lado de um Chevrolet Celebrity bege, um carro que ele tinha certeza que parara de ser produzido havia mais de quinze anos. Subiu os degraus desgastados de madeira e bateu à porta. A maioria das igrejas do condado só ficavam abertas aos domingos ou em ocasiões especiais, mas Titus sabia que o pastor Elias Hillington, o pastor da Sagrada Rocha desde sempre, morava na igreja com a esposa, os oito filhos (a maioria dos quais havia se mudado do condado após atingir a maioridade) e uma coleção de cobras. A maioria dos paroquianos da congregação da Sagrada Rocha eram Hillington e Crenshaw, por parte da família de Elias, e Rollins e DeButt, por parte da família de Mare-Beth.

Até onde Titus sabia, toda a congregação, assim como a maior parte da população de Piney Island, era branca. Eram pescadores que trabalhavam na baía e vendiam o que arrancavam do oceano para a Distribuidora Cunningham de Frutos do Mar. Homens e mulheres magros, com rostos desgastados e endurecidos pelos anos de ventos frios que vinham da água às cinco da manhã. O pai de Titus trabalhara lado a lado com aqueles homens e mulheres por décadas e, no entanto, sempre fora excluído por eles. Um forasteiro naquela ilha, apesar de sua família ter vivido por mais de um século no Caronte propriamente dito.

Qualquer um que não tivesse dado os primeiros passos nas margens cobertas de conchas de Piney Island, ou que não tivesse tomado o primeiro gole de vinho da Comunhão na Sagrada Rocha, seria sempre um forasteiro ali.

Titus usou a enorme aldrava de latão em formato de duas mãos dadas para bater à porta. Ele escutou os ecos reverberarem pela igreja e percorrerem o santuário. Após alguns minutos, ouviu passos se aproximarem da porta da frente.

— O que é? — perguntou o pastor Elias Hillington quando abriu a porta.

Titus não precisou pensar muito para chegar à conclusão de que o pastor Elias não tinha votado nele na última eleição. Elias Hillington e sua congregação não faziam questão de esconder suas inclinações políticas. Entre sermões sobre o castigo divino, o pastor Elias discursava em tons carregados sobre o casamento gay, a agenda liberal e sobre como todas as vidas importavam. A congregação da Sagrada Rocha não usava capuzes cônicos e não realizava rituais de queima de cruz no quintal de ninguém, mas Titus não se deixava enganar sobre o que pensavam dele e de pessoas como ele. Era algo que emanava daquelas pessoas em ondas, como a podridão de uma ferida gangrenosa. Uma putrefação da alma.

— Pastor Elias, eu gostaria de saber se poderia fazer algumas perguntas para o senhor — disse Titus.

Ele usou o tom de voz amigável. Usaria a voz de policial se Elias falasse alguma insolência indevida. Se partisse para a grosseria, então Titus entraria em modo Caronte para ver o que acontecia.

— Estou alimentando as cobras. Pode vir junto e fazer suas perguntas, se quiser — disse Elias.

Ele deu meia-volta e saiu andando pelo corredor central do santuário sem dizer mais nada. Titus seguiu o homem alto e magro como um espantalho pelo santuário, passando pelo púlpito e pelas escadas que levavam ao segundo andar da igreja, até uma sala nos fundos iluminada por uma fraca luz de LED azul índigo, que piscava acima deles como se fossem pequenos raios. Contra a parede dos fundos da sala havia doze aquários sobre quatro prateleiras de metal. Três caixas de vidro por prateleira. À direita, havia uma grande pia e um balcão baixo feito de uma folha de fórmica ondulada sobre um pedaço de madeira compensada apoiada em blocos de concreto manchados. O balcão estava cheio de recipientes plásticos que se agitavam e guinchavam. O pastor Elias enfiou a mão sem luvas em um dos recipientes e roubou um camundongo branco de seus companheiros. Depois, foi até um dos aquários, abriu a tampa e jogou o camundongo ali dentro.

Titus observou enquanto uma serpente marrom sarapintada deslizava sobre um galho e dava o bote no camundongo em uma velocidade surpreendente. À medida que o camundongo se contorcia no fundo do aquário, a cobra começou a engoli-lo inteiro.

— Pode perguntar, xerife — disse Elias.

Ele tirou uma cobra de um dos aquários e a colocou em um recipiente separado com pequenos furos na tampa. Depois, pegou o aquário e começou a limpá-lo na pia, de costas para Titus.

Uma semana antes de ele ir para a universidade, seu pai lhe dissera que um homem incapaz de olhar você nos olhos quando fala, é um homem que não respeita você. Albert Crown era cheio de provérbios, mas esse em particular havia se mostrado verdadeiro mais de uma vez.

— Pastor Elias, o senhor vai falar comigo de costas? — perguntou Titus.

Elias enrijeceu. Quando relaxou, ele desligou a água e se virou para Titus. Seu rosto barbeado era coberto de rugas que lembravam os foles de um acordeão. Ele tentou sustentar o olhar de Titus, mas viu algo ali que acabou com sua truculência.

— Quais são as perguntas, xerife? Não está ocupado com aquelas crianças encontradas debaixo da árvore? Por que veio até a ilha para nos importunar? — perguntou Elias.

— Pastor, não estou aqui para importunar vocês. Só gostaria de saber quem foi que colocou a frase "Nossa salvação é o sofrimento dele" no letreiro da igreja. Responda essa pergunta, e eu deixo o senhor voltar a brincar com sua cobra.

Elias franziu a testa. Titus não sabia se ele entendeu a piada e foi isso o que provocou a careta, ou se ela passou despercebida e a careta era a única resposta que ele sabia dar.

— Fui eu. É de um dos meus primeiros sermões. Coloco no letreiro uma vez por ano para comemorar o momento em que construímos essa igreja. Quando começamos anos atrás. O povo justo de Deus espalhando sua verdadeira Palavra. Não aquela versão diluída que faz as pessoas se sentirem bem com seus pecados. Não, senhor. Nós pregamos a divina Palavra de Deus aqui na Sagrada Rocha. O sofrimento dele *é* nossa salvação. Jesus Cristo morreu naquela cruz por seu povo. Seu povo justo, protegido pelos arcanjos de seu Pai, Miguel, Uriel, Gabriel e Rafael. Naquela cruz, ele conseguiu essa proteção para nós. Por meio de seu sofrimento, nós estamos salvos. E quando chega a hora de nos juntarmos a ele, Azrael vem buscar nossas almas imortais — explicou Elias.

Titus observou enquanto o rosto lânguido do pastor se cobria de suor e se animava, como se ele tivesse tomado uma dose de metanfetamina pura.

— E quem é o povo dele, pastor? — perguntou Titus.

Tinha outras perguntas a fazer, mas queria ver até onde Elias iria com sua definição de quem se qualificava como o povo escolhido de Deus.

— Os justos. Os incorruptíveis. Os de coração puro. Os santos ungidos.

Os brancos?, pensou Titus.

— Pastor, a razão da minha pergunta é porque essa frase surgiu na investigação sobre os assassinatos das crianças que o senhor mencionou. Existe alguém em sua congregação que tenha agido… de maneira estranha desde a notícia dos assassinatos? Alguém que parou de vir para a igreja ou disse alguma coisa fatalista? — perguntou Titus.

A testa franzida de Elias se tornou uma expressão irritada. Ele abriu o recipiente da cobra e a tirou. Deixou-a se enrolar em seu braço esquerdo.

— Xerife, eu acabei de falar que minha congregação é cheia de ungidos. Somos filhos de Deus, cheios de sua graça e piedade sobrenatural. Ninguém que passa por aquele vestíbulo e se entrega ao poder do Pai, do Filho e do Espírito Santo seria capaz de fazer o que você diz. "Pegarão serpentes com as mãos e não serão mordidos, e beberão veneno e não serão prejudicados" — disse o pastor Elias enquanto estendia o braço esquerdo.

— Pastor, não estou aqui para julgar sua congregação. Estou procurando um assassino. Um assassino que tirou a vida de meninos e meninas. E, só para constar, Marcos, capítulo dezesseis, versículo dezoito, não diz nada sobre não ser mordido ou não ser prejudicado pelo veneno. O senhor alterou essa parte de acordo com seus próprios interesses. E como essa é uma cobra-rei, não uma coral, uma mordida dela não fará muita coisa — disse Titus.

O rosto de Elias ficou vermelho como um tomate. O pastor estava com aquela expressão confusa que a maioria das pessoas presunçosas faz quando alguém que consideram um pagão consegue citar a Bíblia com mais precisão do que elas.

Elias deu um passo em direção a Titus.

— Mas somente os pecadores sangram, xerife.

— Pastor, como eu disse, não estou aqui para julgar ninguém. Mas se o senhor chegar mais perto de mim com essa cobra, mando ela direto para o inferno com uma bala.

Elias parou, virou-se e colocou a cobra de volta no recipiente. Então retomou a limpeza do aquário.

— Como eu disse, ninguém que frequenta esta igreja seria capaz de fazer isso. Se essa é sua pergunta, eu agradeceria se me deixasse trabalhar — disse Elias.

Titus suspirou. Ele se lembrou de um filme que tinha visto uma vez, no qual um personagem dizia: se você não pode ser respeitado, seja temido. Elias pode não tê-lo respeitado, mas visivelmente o temia. Não era uma vitória, mas também não era uma derrota.

— Se lembrar de alguma coisa, pastor, ligue para o escritório do xerife. Qualquer coisa. Essas crianças merecem justiça, e vou fazer o melhor possível para conseguir isso para elas.

Elias não respondeu.

Titus o deixou entre suas serpentes.

TREZE

Paul Garnett tinha um segredo.

Ele gostava de resmungar e reclamar sobre precisar levar para passear o husky siberiano que sua esposa trouxera para casa havia um ano, sem perguntar se ele ao menos queria um maldito cachorro. As crianças amavam o husky, sua esposa o alimentava melhor do que ao próprio marido, e todo mundo na rua achava o cachorro mais amigável do que ele.

E tinham razão.

Mas o segredo que ele guardava no fundo do coração, a mentira que sustentava, era que, apesar de seus protestos, ele amava aquela bola de pelos idiota. As crianças, dois meninos e uma menina, chamaram o cachorro de Rider, um nome que ele não considerava de todo ruim. Paul trabalhava à noite na fábrica de bandeiras, então coube a ele a tarefa de passear com o husky pela manhã, depois que sua esposa saía para seu turno de enfermeira no pronto-socorro e as crianças embarcavam no ônibus escolar. Quando ele garantia que a barra estava limpa, pegava um punhado de petiscos e começava a treinar Rider em uma série de truques simples antes de levá-lo em sua caminhada diária.

Paul sabia que se algum dia admitisse o quanto amava Rider, nem sua esposa, Holly, nem seus filhos, Kent, Chad e Nikki, o veriam de forma diferente. Não o considerariam menos homem porque gostava de uma bola de baba e latidos que dormia ao pé da cama dele e de Holly. Ele sabia disso, mas ainda assim mantinha a atuação. Agora já era somente uma parte de sua rotina. Ele tinha certeza de que seu filho mais velho, Kent, sabia de tudo. O pestinha o pegou acariciando Rider em uma manhã de sábado, quando Paul pensara que todos ainda estavam dormindo por causa do churrasco da noite anterior. Mas o garoto não disse nada. Tornara-se parte de sua rotina fingir que não sabia que o pai via Rider como mais um filho. Eles compartilhavam a trama. De uma forma estranha, aquilo fazia Paul se sentir mais próximo do garoto, visto que não compartilhavam muitos outros interesses.

Paul não levava Rider na coleira. O grandalhão nunca se afastava muito quando caminhavam pela estreita faixa de asfalto da rua Dez Saltos do Diabo. Paul morou em Caronte durante toda sua vida, mas não conseguia compreender como diabos algumas das ruas do condado receberam seus nomes. Era como se um dos fundadores tivesse ficado bêbado de hidromel ou cachaça, ou ambos, e simplesmente sorteado os malditos nomes.

Ele saiu da varanda com Rider a seu lado. O sol quase não aparecia por trás das carregadas nuvens cinzas, quase azuis, ao leste. O vento procurava uma abertura em seu moletom à medida que começaram a seguir pela rua. Paul podia ouvir alguns pássaros e outro cachorro latindo à distância, mas só isso. Àquela hora da manhã não havia carros na rua nem vizinhos nos jardins. A Dez Saltos do Diabo pertencia somente a ele e a Rider.

Desceram pelo acostamento largo que separava a parte coberta de cascalho da valeta. Rider permaneceu à direita de Paul durante a maior parte da caminhada. De vez em quando, ele entrava na rua, mas a Dez Saltos do Diabo era quase uma extensão da rota 143, que se fundia à rua Pescoço da Capela. Alguns moradores a usavam como caminho alternativo para contornar um trator ou um caminhão carregado de fardos de feno durante o outono, mas isso raramente acontecia naquela hora do dia.

Quando chegaram à estrada secundária que levava a uma das quatro torres de celular do condado, Rider saiu correndo por aquele caminho. Paul viu um esquilo gordo e cinzento disparar para se salvar enquanto Rider avançava sobre ele. Paul não se preocupou com o pequeno desvio de Rider. O bobão gostava de perseguir esquilos ou coelhos mesmo sem ter a intenção de atacá-los. Tudo o que precisava fazer era parar e esperar o retorno de Rider.

Enquanto esperava que Rider afugentasse o esquilo (o bicho provavelmente tinha umas cinco rotas de fuga memorizadas), Paul deu uma olhada no celular. Percorreu algumas redes sociais, conferiu o placar do jogo dos Wizards na noite anterior e ficou agradavelmente surpreso ao ver que venceram. Isso queria dizer que Todd Robbins lhe devia cinquenta contos. Depois de alguns minutos, avistou Rider vindo em sua direção.

— Rider, garoto, o que aconteceu? Ai, meu Deus, você está sangrando! — exclamou Paul.

Ele ficou chocado ao perceber que estava gritando. Correu até Rider e se ajoelhou a seu lado. Havia sangue no focinho e no pelo de seu rosto. Um sangue tão vermelho que parecia falso. Como se Rider tivesse enfiado a cara em uma lata de tinta vermelha. Paul enfiou os dedos no pelo do cachorro, procurando desesperado por um ferimento.

— Onde você foi se meter, garoto? Ainda bem que não está machucado. Encontrou um cervo morto ou algo assim? — perguntou Paul.

Ele se levantou e foi até a valeta. Esfregou as mãos na grama pensando em limpá-las com água sanitária quando voltassem para casa.

Rider voltou para a floresta. Ele parou e latiu para Paul. Então continuou avançando através do mato e da vegetação rasteira.

Mais tarde, Paul contaria aos amigos no Watering Hole que só seguira o maldito cachorro para que não se perdesse e ele fosse obrigado a ouvir Holly reclamar em seu ouvido. Mas era mentira. Ele seguiu Rider porque não queria que o cachorro fuçasse uma carcaça podre de cervo e pegasse uma infecção de um parasita ou qualquer tipo de bactéria que proliferasse no cadáver. Então, xingando baixinho, ele abriu caminho em meio à vegetação rasteira, dos arbustos e dos espinhos das amoras silvestres. Seguiu os latidos de Rider até chegar a uma vala estreita. Pulou por cima da abertura e abriu caminho por entre algumas vinhas, rezando para que não fossem venenosas, até alcançar um punhado de pinheiros.

Ali estava Rider, latindo, as orelhas puxadas para trás e o rabo balançando furiosamente.

Paul estava trabalhando no dia em que Oscar Tillman foi pego na máquina de costura industrial. Um pesadelo Lovecraftiano de doze metros de comprimento em forma de máquina, utilizada para costurar as bainhas das bandeiras estadunidenses com extrema precisão. Infelizmente, quando Oscar tentou manejar a máquina sem travá-la de maneira adequada, acabou sentindo essa precisão na pele. Quando desligaram a máquina, o corpo de Oscar parecia um pedaço de carne cortado em partes menores e embalado em uma seção de frios do mercado.

Após a visão de Oscar transformado em um cordeiro abatido, os pesadelos atormentaram Paul durante meses.

Ele achava que o que Rider havia encontrado lhe causaria pesadelos pelo resto de sua vida.

•

Titus analisou o homem morto.

O corpo estava suspenso pelos pulsos entre dois pinheiros que cresceram a cerca de um metro e pouco de distância um do outro. Os pulsos e antebraços estavam enrolados com uma corda de náilon amarela, que envolvia também alguns galhos baixos de ambas as árvores. A corda era do tipo que vendia na Sadler's Hardware ou em qualquer grande varejista dos Estados Unidos.

O corpo não tinha rosto.

A pele havia sido arrancada como a casca de uma fruta exótica. Restava somente um terrível retorce, que parecia ser metade grito, metade risada. Olhos sem pálpebras encaravam o vazio, como um cego olhando para o sol. Era um dia ameno no meio de outubro, então não havia moscas zumbindo ao redor do cadáver, mas outros insetos já haviam encontrado os restos mortais. Havia algumas formigas na boca e na língua, e besouros gordos e pretos rastejavam sobre o peito despido do corpo. A garganta tinha um corte atravessado que era como uma segunda boca.

Uma coroa de espinhos de amora circundava a cabeça do cadáver como uma guirlanda. Titus percebeu que o que a princípio pensara ser a pele limpa e esfolada de algum grande animal, talvez um cervo, eram na verdade os pulmões da vítima, presos em seus próprios braços. O assassino fizera cortes nas costas do homem e puxara os pulmões pelas aberturas.

Titus sabia que aquela era uma forma de tortura supostamente utilizada pelos vikings e outras tribos selvagens do norte da

Escandinávia, mas pela forma como os braços estavam posicionados, pela coroa de espinhos, Titus achava que se parecia mais com um anjo de sangue do que com uma águia de sangue. Se o simbolismo ainda não era óbvio o suficiente, alguém esculpira URIEL no peito da vítima, logo acima de uma tatuagem de caveira sobre o fundo de uma bandeira dos Estados Confederados, localizada bem acima do coração do homem. A força do jato arterial lançara sangue para longe do corpo, deixando rastros residuais que escorreram sobre a tatuagem e o ferimento no peito.

O sangue havia se acumulado na frente dos pés da vítima como uma poça de xarope, parecendo quase preto no chão coberto de agulhas de pinheiro e outros detritos.

— Parece até que ele foi pego por um monstro — sussurrou Carla.

— Não, foi apenas um homem. Monstros não se importam com toda essa encenação — disse Titus.

Trey estava tirando fotos antes que descessem o corpo. Titus o havia retirado temporariamente da investigação do tiroteio. Ele era o melhor fotógrafo do departamento e Titus queria que tudo fosse documentado de maneira minuciosa.

— Esse é Cole Marshall — disse Davy.

— Como você sabe? Sem o rosto e tudo mais? — perguntou Steve.

— Eu jogava basquete com ele na liga recreativa. De vez em quando, um time ficava de camisa e o outro sem. Já vi essa tatuagem fazer uma bandeja várias vezes — disse Davy, em um tom quase monótono.

— Meu Deus do céu — sussurrou Titus.

Sabia que havia reconhecido aquela voz. Ele calçou um par de luvas de látex.

Só havia reconhecido tarde demais. Muito tarde.

— Tudo certo, Trey?

— Sim, tudo certo.

— Dr. Leonard, tudo certo? — perguntou Titus.

O pequeno médico acendeu um cigarro, deu uma longa tragada e exalou.

— Sim, ele com certeza está morto — disse o Dr. Leonard.

— Pode descer — disse o xerife.

Steve e Douglas cortaram as cordas e deitaram o corpo dentro de um saco de cadáver preto e resistente fornecido pela funerária Blackmon. O homem robusto e negro de pele clara da funerária assentiu para o corpo.

— Imagino que ele precise ir pra Richmond. Não me parece causas naturais — disse ele.

Titus olhou fixamente para ele por uns bons dez segundos.

— Vou entender como um sim — disse o homem, e fechou o zíper do saco.

Davy e Steve o ajudaram a erguer o saco e colocá-lo na maca. O funcionário, que dissera se chamar Nathan, mas podiam chamá-lo de Nate, empurrou a maca pela vegetação até a van.

— Se aquele era realmente Cole Marshall, ele devia pesar uns cento e dez ou cento e quinze quilos. O quão forte alguém teria que ser pra cortar a garganta dele, rasgar suas costas e pendurar o corpo entre essas duas árvores? — perguntou Titus para Trey.

— Forte o suficiente pra que eu não queira lutar contra ele sozinho — disse Trey.

— Podem ter sido duas pessoas. Uma o segurou enquanto a outra cortou a garganta — sugeriu Carla.

Titus olhou fixamente para o chão. Para os galhos e ramos quebrados e as agulhas de pinheiro marrons que cobriam o chão da floresta.

— Não, era só ele. Quando chegamos aqui, mal parecia que houve uma luta. Era um só homem. Alguém em quem a vítima confiava o suficiente para perguntar sobre o lugar especial que ajudara a construir. Para permitir que se aproximasse e cortasse sua garganta da esquerda para a direita.

Titus moveu a mão da esquerda para a direita em um movimento de corte. Então foi até as duas árvores e pegou o pedaço de corda pendurado. Analisou as pontas desgastadas. Em seguida, cortou-as e pediu um saco de evidências. Com cuidado, contornou a poça de sangue e andou em volta de cada uma das árvores, olhando fixamente para o chão.

— Ele o amarrou primeiro. Perceberam que os pés dele não tocavam o chão? Ele o incapacitou, depois o pendurou, ainda vivo. Então cortou a garganta dele. Foi de onde veio todo o sangue.

Ele cortou primeiro a garganta, depois arrancou a pele do rosto, e então fez a águia de sangue. Cole não lutou em nenhum momento. Não há respingos de sangue em nenhuma dessas árvores ou perto da vala. Eles se encontraram na rua, então o assassino o nocauteou, depois carregou um homem de cento e quinze quilos para dentro dessa floresta e aí o cortou como faria com um bezerro. Puxou os pulmões para que parecessem asas e colocou uma coroa de espinhos sobre sua cabeça. Uriel, o anjo da sabedoria, do conhecimento. Será que é por que Cole sabia demais? — murmurou Titus.

— Ele tá falando sozinho? — sussurrou Davy para Steve.

— Sim — disse Steve.

— Meio assustador — disse Davy.

— Sim.

•

De volta à delegacia, Titus descobriu que a namorada de Cole Marshall, Jessica Twitchell, tinha ligado três vezes. Cada ligação era mais desesperadora que a anterior. Ela não tinha notícias dele desde que Cole saiu por volta das 20h30 da noite anterior. Jessica ouviu falar sobre um corpo encontrado na rua Dez Saltos do Diabo. Cole não atendia o celular. Será que ele estava morto? Será que ninguém a avisaria se o homem que ela amava estivesse morto? Titus sabia que ela continuaria ligando até alguém com um distintivo partir seu coração.

— O que eu digo se ela ligar de novo? — perguntou Cam.

— A verdade. O corpo ainda não foi identificado e não podemos dizer mais nada.

— Mas é Cole, não é? — perguntou Cam.

— Faça o que eu disse, Cam.

Titus entrou no escritório e fechou a porta. Jogou-se na cadeira, tirou o chapéu e os óculos de sol, reclinou-se e ficou olhando para o teto. Os cantos e recantos dos azulejos acústicos lembravam as Linhas de Nazca no Peru. Cole Marshall era o informante anônimo. Disso ele tinha certeza. E agora Cole Marshall estava morto, esfolado como uma truta.

Esfolado.

Eles usavam facas de esfolar peixe na distribuidora de frutos do mar. Titus decidiu perguntar à legista se ela poderia dizer especificamente que tipo de faca havia sido usada para matar Cole Marshall.

Titus se endireitou na cadeira.

Ligou para o celular de Carla.

— Oi, xerife.

— Carla, me faça um favor. Chame Steve e pergunte na distribuidora de peixes sobre Latrell e Cole. Descubra se eles eram amigos ou se tinham algum amigo em comum.

— Você acha que a distribuidora é a conexão?

— Bem, Latrell trabalhava lá e estava envolvido com dois assassinos. Cole Marshall trabalhava lá e agora está morto. Se isso não for uma conexão, não sei o que é — disse Titus.

— Certo, chefe, entendido.

Ela desligou. Assim que Titus colocou o celular em cima da mesa, o telefone fixo tocou.

— Instituto médico legal, linha um — disse Cam.

Titus atendeu.

— Xerife Crown.

— Xerife, é a Dra. Kim.

— Você só pode ser vidente, doutora. Estou mandando um corpo para você agora mesmo.

— Mais uma vítima do caso Spearman? — perguntou a médica.

— De certa forma, acho que sim — respondeu Titus.

— Bem, mas não é por isso que liguei. Eu poderia ter mandado um e-mail, mas tive a sensação de que você gostaria de saber pessoalmente. Identificamos uma das vítimas.

Titus apertou o telefone com tanta força que ouviu o plástico ranger.

— Estava no sistema?

— Sim. Ele e a mãe foram condenados por furto em 2015. Seu nome era Tavaris Michaels. Foi dado como desaparecido no ano passado. Ele tinha 17 anos — disse a Dra. Kim.

Ela falou cada palavra bem devagar e com clareza, como se temesse que a simples ação de pronunciá-las pudesse amaldiçoar seus próprios filhos com um destino semelhante.

— Você tem algum contato da mãe ou do pai?

— A mãe se chama Yasmin Michaels. Seu último endereço é em Baltimore, Maryland. Também tenho um número de telefone, mas não sei se ainda é válido — disse a Dra. Kim.

— Pode me passar?

— Você vai dar a notícia por telefone? — perguntou a médica.

— Se eu pegar a 301, chego em Baltimore em uma hora e meia.

— Você vai... pessoalmente?

— Não acha que ela merece? — perguntou Titus.

A Dra. Kim ficou em silêncio por um momento.

— É, merece — disse, por fim.

Titus desligou o telefone e se levantou. Colocou de volta o chapéu e pegou os óculos de sol. Sentia-se bem por estar em movimento, agindo, fazendo alguma coisa em vez de só esperar pelo próximo golpe. Em toda investigação, havia um momento em que as coisas pareciam fora de controle. Era quando um floco de neve se torna uma avalanche, arrastando todos que dedicaram suas vidas ao caso, mesmo que de forma breve, para uma fenda tão fria e solitária quanto o último círculo de Dante. Se tivesse sorte, aquele momento era superado e você colocava um suspeito sob custódia.

Titus esperava que o assassinato de Cole Marshall não fosse o momento da avalanche naquele caso. Esperava que seu pequeno grupo de homens e mulheres encontrasse forças para capturar a sombra que estavam perseguindo e arrastar aquele assassino de crianças para a luz aos gritos e pontapés.

Titus entrou no saguão do departamento e viu Scott Cunningham no centro de comunicação, conversando com Cam.

— Titus, posso dar uma palavrinha com você? — perguntou Scott.

Ele sorriu, mostrando dentes demais, como se fosse um chimpanzé. Titus pensou em mandar ele ir se ferrar, mas sabia que se o ignorasse naquele momento, ele voltaria mais tarde ou, pior ainda, levaria a questão para a próxima reunião do conselho.

— Por alguma razão, o xerife Crown está sempre me evitando.

Titus podia ver o rosto de Scott em sua mente, estampado com uma falsa sinceridade e preocupação como se fosse uma prostituta barata, enquanto seus comparsas assentiam no conselho de forma subserviente.

Titus tirou o chapéu e indicou seu escritório.

Scott se sentou e cruzou as pernas, balançando de leve um dos pés calçados com sapatos de bico fino. Ele exalou longa e profundamente antes de começar a falar. Titus achava que era assim que ele expelia parte de seu ar quente.

— Titus, Titus, Titus. Ouvi dizer que você encontrou Cole Marshall pregado numa árvore como uma borboleta. Você se importaria de me esclarecer o que está acontecendo? Primeiro, o Sr. Spearman é assassinado na frente dos nossos filhos, depois aquelas pobres crianças são encontradas na propriedade de Tank, e agora isso? O que está acontecendo aqui, Titus?

O xerife tamborilou os dedos na escrivaninha.

— Você acha que eu trabalho pra você? — perguntou Titus.

— O que eu acho é que, como presidente do Conselho de Supervisores...

— Deixa eu tirar essa ideia de sua cabeça, Scott. Deixa eu ser claro como água. Eu trabalho para o povo de Caronte. Para cada um dos cidadãos da minha cidade natal. Meu trabalho é proteger eles. Garantir que se sintam livres para viver suas vidas sem ter as gargantas cortadas ou chorar a morte de seus filhos. E mesmo que você também seja um cidadão de Caronte, eu não trabalho especificamente pra você. Você faz parte do coletivo. E toda vez que se separa do grupo e vem aqui fazer birra, reclamar e tentar marcar território, você me impede de fazer o trabalho para o qual eu fui eleito. Você me impossibilita de cumprir o meu dever. Entendeu? Consegue compreender? — perguntou Titus, lutando com todas as forças contra o desejo de cerrar os punhos.

Scott sorriu outra vez.

— Titus, sabe como evitamos que o Condado de Caronte se tornasse uma cidade fantasma? Tipo, os jovens não veem a hora de ir embora. Você sabe disso. Por mais queridas que sejam pra mim, as responsáveis não foram a distribuidora de peixes ou a fábrica de bandeiras. Bem, elas com certeza colocam a comida na mesa de quem trabalha lá, mas não foram elas que impediram Caronte de se tornar parte do passado. Não, o que mantém Caronte funcionando são aqueles nortistas gordos e felizes que vêm aqui passear pela rua principal pra comprar quinquilharias por três vezes o valor.

A gente embebeda eles no Celtic Pub e depois deixamos eles passearem pela Greenway Plantation, pra que possam fingir que se importam com alguns pobres e velhos escravizados mortos. Agora, se esses nortistas gordos e felizes pensarem que tem um assassino em série andando por aí, pregando as pessoas em árvores, não vão querer gastar seu suado dinheiro de descolados. Então, acho que você pode ver por que é tão importante para o povo de Caronte que você resolva o caso. E logo. A menos que você não se ache capaz. Odiaria ser obrigado a fazer uma petição para uma destituição ou uma eleição especial. Talvez Roger consiga achar esse psicopata — disse Scott.

Dessa vez ele não sorriu, mas Titus tinha certeza de que ele gostaria.

Titus se levantou da cadeira e caminhou até a frente da escrivaninha. Cruzou os braços e encarou Scott de cima.

— A população do Condado de Caronte é de 14.287 pessoas. Sessenta por cento dessas pessoas são negras. Pessoas que nunca pensaram ter a chance de votar em um xerife que não as pararia na rua para apalpar suas esposas e filhas, ou que não bateria em seus filhos e maridos até quase matá-los. Além disso, há um grande número de brancos que não lambem o chão onde Robert E. Lee pisou ou veneram Ronald Reagan, e isso me dá uma boa coalizão de eleitores. Aposto que adorariam passar por aquela estátua confederada na praça do condado e votar em mim… de novo. Então, pode começar sua destituição. Enquanto isso, eu vou pegar esse assassino. Um assassino que torturou aquelas crianças negras junto com Jeff Spearman e Latrell Macdonald. Você se lembra de Jeff Spearman, não é? Seu velho parceiro de golfe.

Titus se inclinou um pouco para a frente.

— Eu vou encontrá-lo, e você vai ficar fora do meu caminho. Não vamos ter essa conversa de novo. E da próxima vez que me vir, me chame de xerife Crown. Agora saia da porra do meu escritório.

Scott ergueu as mãos em um falso gesto de rendição.

— Titus, eu só quero…

— Scott, se você não sair agora por conta própria, vai acabar saindo em uma maca — disse Titus.

Scott deve ter percebido que não era uma hipérbole, porque se levantou e foi até a porta. Ele parou, começou a dizer algo, mas pensou melhor quando viu a expressão de Titus. O xerife ficou de pé até ver Scott sair pela porta da frente, então foi até o saguão.

— Cam, vou ficar fora por um tempo. Vou a Maryland. Agora são 11h. Devo estar de volta lá para umas quatro da tarde. Se acontecer alguma coisa, fale com Trey caso não consiga falar comigo — disse Titus.

— O que tem em Maryland?

— Uma mãe que não sabe que seu filho está morto.

•

O trânsito na 301 estava tranquilo até ele chegar em Maryland. Então, tornou-se uma distopia estilo Mad Max de motoristas distraídos, burocratas apressados e trabalhadores de Washington D.C. desesperados para se livrar do horário de pico do meio-dia. Titus saiu da 301 e entrou na igualmente congestionada 95, que levava a Baltimore. Ele dirigiu por ruas estreitas ladeadas por casas geminadas e lojas de esquina até chegar à casa de Yasmin Michaels. Titus estacionou em frente à pequena construção de um só piso. Saiu do SUV e bateu à porta da maneira mais delicada, porém firme, que conseguiu. Não queria oferecer a uma mãe enlutada a "batida de policial" grosseira, mas suas mãos pesadas tornavam aquilo quase impossível.

Ele havia ligado para garantir que ela ainda morava lá, então sabia que ela estava em casa. Mas sua batida não foi atendida de imediato. Titus não podia culpá-la. Depois de todo aquele tempo, ela com certeza sabia, mesmo que inconscientemente, que ele não estava ali para trazer boas novas. Quem se apressaria à porta para receber notícias devastadoras?

Por fim, após dois longos minutos, a porta se abriu e uma mulher magra com um penteado curto afro surgiu.

— Olá, eu sou o xerife Crown.

— Eu imaginei, com o distintivo e o chapéu do Urso Smokey. Pode entrar — disse Yasmin.

Ela deu meia-volta e Titus a seguiu até uma pequena, mas organizada, sala de estar. Ela se sentou em uma poltrona desgastada. Titus poderia ter se sentado em um sofá igualmente desgastado ou em uma cadeira de bambu com uma almofada gasta no assento, mas decidiu ficar de pé.

— Aceita uma bebida? Uma água? — perguntou Yasmin enquanto acendia um cigarro.

— Não, senhora, não precisa, mas obrigado — disse Titus.

— Pegou aquele trânsito perto de College Park? Fica bem ruim na hora do almoço. Eu nem saio mais do prédio pra almoçar. Muito engarrafamento — disse Yasmin.

— A senhora disse que trabalha em uma clínica? — perguntou Titus.

Yasmin balançou a cabeça.

— Não, eu trabalho para uma empresa que fabrica kits de primeiros socorros. Para o exército e tal. Há um ano. Quando Tavaris... não voltou pra casa, foi uma espécie de alerta pra mim. Não sei. Parei de usar drogas. Simplesmente parei. Arrumei esse emprego. Achei que precisava estar melhor quando ele voltasse do que quando ele foi embora. Pensei... pensei que faria alguma diferença. Vendo você aqui, acho que não faz — disse Yasmin.

Titus se preparou. Ele precisava dizer agora e não deixar que a expectativa pairasse entre eles. Quanto mais demorasse, mais difícil seria para Yasmin.

— Sra. Michaels, lamento muito ter que dizer isso, mas encontramos o corpo do seu filho no Condado de Caronte há dois dias. Parece que a causa de sua morte foi homicídio.

As frases eram como disparos de uma arma à medida que Titus falava. Cada uma mirava direto no coração de Yasmin.

Yasmin inalou profundamente, e então expeliu uma nuvem de fumaça pelas narinas como um dragão despertando de um sono milenar.

— Minha mãe costumava dizer que ele estava em um lugar melhor. Quando a gente era pequeno, ela fazia a gente ir à igreja todo maldito domingo. Se você vai com muita frequência, acaba acreditando. Ao menos por um tempo. É como acreditar no coelhinho da

Páscoa ou algo do tipo. E eu acreditava. Acreditava com todas as minhas forças — disse Yasmin.

Titus percebeu o contorno desbotado de um crucifixo no papel de parede acima do ombro esquerdo de Yasmin. O contorno indistinto o lembrou das tatuagens de presidiários.

— A fé é uma coisa frágil, xerife. Sabia disso? Eles gostam de falar sobre grãos de mostarda, não viver pelo que vemos e toda essa merda bíblica, mas a verdade é que não é preciso muito para destruir a fé de alguém. Doença, falta de dinheiro ou perder seu único filho. Sua fé some mais rápido que um pai caloteiro. — Lágrimas escorriam pelas suaves bochechas negras de Yasmin. — Eu costumava rezar todas as noites pra ele voltar. Toda maldita noite. Então, um dia, eu parei. Sabia que não adiantava merda nenhuma. Acho que a gente ter sido preso foi uma coisa boa, né? Foi assim que você descobriu quem ele era? — perguntou Yasmin, a voz quase se transformando em soluços.

Titus achava que tinha alguns segundos antes que ela começasse a gritar ou chorar.

— Xerife, quem machucou o meu bebê? — perguntou Yasmin, e agora ela chorava de verdade.

Grandes soluços sacudiam seu corpo magro. As cinzas do cigarro caíam no chão e ela tremia nas profundezas de sua tristeza.

— Não sei, mas vou descobrir. Eu prometo — disse Titus.

As palavras pareciam tolas e cheias de presságios. Ele sabia que não deveria fazer promessas. Estava criando expectativas que levariam ele e Yasmin à decepção. A pobre mulher já estava destruída o bastante. No entanto, eram esses fragmentos, pedaços do coração dela, que cortavam e penetravam o próprio pacto quebrado de Titus e sua fé, e fizeram aquelas palavras sangrarem de sua boca.

CATORZE

Titus voltou mais tarde do que o previsto. O trânsito havia piorado nos trinta minutos em que estivera na casa de Yasmin Michaels. O xerife sabia que provavelmente não conseguiria notificar todos os pais de todas as vítimas que identificassem, mas pareceu a coisa certa a fazer. Pareceu mais um passo em seu próprio caminho de penitência. Um caminho tão longo e tortuoso quanto uma mortalha.

Além do luto, Yasmin Michaels não tinha muito a compartilhar sobre seu filho.

— Nós dois estávamos usando quando... ele foi embora — disse Yasmin.

— Ele foi embora? — perguntara Titus.

— Foi. Tivemos uma briga feia e ele foi para o Inner Harbor. Ele sempre ficava por lá com aqueles universitários. Dizia que gostava de fingir ser um deles. Tavaris manipulava os estudantes pra conseguir bebidas, jogando sinuca e fazendo outras coisas.

Yasmin e Titus concordaram silenciosamente em não especificar o que seriam *outras coisas*.

Titus fizera várias anotações, mas a que mais se destacou foi que Tavaris provavelmente foi visto pela última vez no Inner Harbor, um bairro cheio de bares e restaurantes em Baltimore, repleto de turistas e daqueles universitários que Tavaris tanto admirava.

Podia não ser nada, podia ser tudo. Titus pensou que isso resumia a natureza surpreendentemente aleatória da maioria das investigações policiais.

•

— **Oi, Titus, foi mal** eu sair correndo aquele dia — disse Kathy quando ele entrou na delegacia.

— Sem problemas — disse Titus.

Ele não queria deixar o clima estranho ao perguntar a Kathy como estava Brent, mas uma parte dele queria saber se o homem estava comprometido em se vingar. Ou se a surra que ele levara de Marquis o convenceu a adotar o novo hobby de cuidar da própria vida.

— Foi o Cole Marshall que vocês encontraram na floresta? — perguntou Kathy, sem rodeios sobre aquele boato em particular.

— A gente ainda não sabe. Deve levar uns dias.

— Ouvi dizer que... cortaram o negócio dele e o enfiaram na boca — disse Kathy, o rosto contorcido em uma careta de dor.

Helena Crown costumava dizer que uma mentira pode dar a volta ao mundo enquanto a verdade ainda está vestindo as calças. Mais um pedacinho da sabedoria de sua mãe que o tempo provou ser terrivelmente verdadeira.

— Isso não é verdade, Kathy. Não vamos sair espalhando boatos, pode ser? Boatos podem ganhar vida própria — disse Titus com delicadeza.

O rosto de Kathy relaxou, e Titus esperava que ela tivesse compreendido tanto o óbvio quanto as entrelinhas. Ele não queria Kathy espalhando boatos sobre o caso, assim como ela não queria que as pessoas espalhassem boatos sobre ela e Brent.

Titus entrou em seu escritório e ligou o computador. Verificou seu e-mail e viu que Carla, Steve e Trey enviaram os relatórios de suas visitas à distribuidora de peixes e às igrejas, respectivamente. Antes de ler os relatórios, ele pesquisou o nome de Latrell na internet. Na mesma hora, uma dúzia de artigos surgiu na tela. Muitos deles tinham trechos dos vídeos gravados em celulares que mostravam os momentos antes do tiroteio. Os comentários estavam divididos entre pessoas apoiando seus policiais com uma retórica que ele achava abominável, e pessoas chamando tanto ele quanto o seu departamento de racistas e assassinos. Outros artigos mencionavam a coletiva de imprensa. Titus acusara Latrell e Spearman de serem os criminosos responsáveis pelos assassinatos das crianças sob o salgueiro-chorão, junto com um terceiro homem não identificado. O fato de existirem vídeos que confirmavam Latrell como cúmplice de múltiplos assassinatos não pareceu diminuir o ódio que algumas pessoas sentiam por seu departamento.

Titus entendia aquele sentimento. Muitas pessoas negras, homens e mulheres, foram executadas por pessoas com distintivos por muito menos do que Latrell tinha feito. O fato de Latrell ter uma arma em punho e tê-la usado para matar alguém não invalidava aquele fato trágico.

Titus sempre dizia a si mesmo que estava mudando o sistema de dentro para fora. Tinha prometido a si mesmo que, como xerife, garantiria que seu departamento seria diferente. Mas Latrell mostrara a mentira dentro dessa promessa. E se o sistema não pudesse ser mudado porque já estava funcionando como deveria? E se isso era verdade, então por que diabos Titus usava aquele distintivo?

O sistema funcionou bem demais para você, não foi?, sussurrou a voz de Red DeCrain em seu ouvido.

Titus balançou a cabeça e abriu os e-mails.

Leu os relatórios de Carla, Trey e Steve. Além de conversarem com as pessoas da distribuidora de peixes, Carla e Steve visitaram as igrejas que lhes foram atribuídas, assim como Trey. Titus não se considerava um gênio investigativo, mas até ele percebeu que as visitas às igrejas não renderam muito. No entanto, a visita de Carla e Steve à distribuidora dera alguns pequenos frutos. Pelo visto, Latrell havia trabalhado na distribuidora até duas semanas antes. Essa informação, por si só, não era incomum. Em algum momento, a maioria dos cidadãos de Caronte entrava pelas portas pesadas de metal da Distribuidora Cunningham de Frutos do Mar. O que chamou a atenção de Titus foi o fato de Latrell ser bem próximo de Darnell Posey, outro usuário de drogas. Carla também notou vários funcionários que Latrell parecia evitar. Por exemplo, Eddie Franklin, supervisor de turno (compreensível, ainda mais se Latrell ia trabalhar drogado), e Carolyn Chambers, uma das catadoras de caranguejo e mãe da ex-namorada de Latrell, Candy Chambers. Ele também aparentava evitar Dayane Carter. Dayane era uma jovem bonita, que morava no parque de trailers e já tinha se envolvido em várias brigas no Watering Hole e no Celtic Tavern. Titus já a prendera algumas vezes por embriaguez em público. De acordo com as anotações de Carla, Latrell fugia dela como o diabo foge da cruz. Quanto a Cole Marshall, parecia que Latrell não o evitava, mas também não interagia com ele.

Titus não sabia se aquilo significava alguma coisa, mas fez algumas anotações.

Enquanto examinava os relatórios do dia, seu celular tocou.

Era Darlene.

— Oi, e aí? — disse Titus.

— Quero te ver hoje à noite. Tem como? — perguntou Darlene.

— Sim, claro, tá tudo bem?

— Não, Titus. Fiquei sabendo do Cole Marshall. Estou com medo. Você não?

— Ah, não se preocupe, está bem? Olha, saio daqui em alguns minutos. Vejo você lá em casa às 19h.

— Você não respondeu a minha pergunta. Crianças enterradas na floresta, e agora o Cole tá morto. Você não tá com medo? Eu estou morrendo de medo. Fechei a loja mais cedo hoje. Estou trancada em casa com a mãe e o pai, tentando não pensar nisso — confessou Darlene, e Titus percebeu que ela estava à beira das lágrimas.

Era a segunda mulher naquele dia que estava prestes a chorar em sua presença e no momento mais vulnerável delas, e não havia nada que Titus pudesse fazer para confortar nenhuma das duas. Palavras tranquilizadoras e promessas não aplacariam o medo de Darlene.

Titus fechou os olhos com força. De que adiantava a estrela em seu peito, o título na frente de seu nome, se não conseguia impedir as pessoas de quem gostava de perderem a esperança? Todo o poder e a suposta glória que vinham com o papel de guardião da paz se transformavam em pó quando a mulher com quem compartilhava a cama confessava estar aterrorizada com o lugar onde nascera.

— Não estou com medo. Preocupado, sim, mas não com medo. Sei que vamos pegá-lo. Confio em meu pessoal quase tanto quanto em mim mesmo — disse Titus.

A última parte saiu sem querer, mas como seu pai dizia, fale a verdade doa a quem doer Ele confiava em si mesmo mais do que em qualquer outra pessoa. Isso incluía o próprio Deus, a polícia estadual e até mesmo os policiais de seu departamento. Titus tinha aprendido com as tentativas, os erros e as circunstâncias além de seu controle que, quando o longo véu escuro descia, a única pessoa com quem podia contar era ele mesmo.

Esse pensamento tornava a vida longa e solitária.

— Quer que eu leve algo pra comer? — perguntou Darlene.

— Pode ser. Vejo você daqui a pouco, tudo bem?

— Tudo bem. Te amo — disse Darlene.

— Eu também — disse Titus.

Colocou o celular sobre a escrivaninha. Uma pergunta surgiu em sua mente, e ele não tinha uma boa resposta. Quando foi que começou a responder com "eu também"?

Tinha certeza de que Darlene saberia a resposta.

•

Titus se sentou no sofá enquanto Darlene limpava a mesa. Ele serviu um pouco de uísque em dois copos com um cubo de gelo cada, e os colocou na mesinha de centro. Nas noites de sexta-feira, seu pai ia para uma reunião da igreja.

— Seu pai ainda deixa bilhetes pra você? Por que ele não manda uma mensagem? — perguntou Darlene, quando notou a caligrafia desleixada de Albert no pequeno quadro de giz ao lado da geladeira.

— Albert Crown é a personificação de alguém à moda antiga. Ele ainda cerze as próprias meias — disse Titus.

— O que é cerzir? — perguntou Darlene.

Titus entregou-lhe um dos copos enquanto ela se acomodava ao lado dele no sofá. Ela colocou sua perna esquerda sobre a perna direita dele e pegou o controle da televisão.

— Uau, que forte — disse Darlene após o primeiro gole.

— Tá achando que cachaça é água? — perguntou Titus.

Darlene o cutucou de brincadeira enquanto trocava de canal.

— Uma vez, eu e Marquis pegamos escondido a garrafa de cachaça do pai. Quando ele descobriu, fez a gente beber com ele. Um litro inteiro. Acho que só cheguei perto de álcool de novo na faculdade — disse Titus.

— Como vai o Marquis? Ouvi dizer que ele se meteu numa briga no Watering Hole ontem à noite — disse Darlene.

— Ele está bem. Sabe como o Marquis é. Nunca leva nada muito a sério.

Titus bebericou a própria bebida. O uísque desceu queimando até seu estômago. O calor começou a se espalhar por todo seu corpo. Ele não tinha a intenção de se tornar o clichê do policial alcoólatra, mas depois dos últimos dias uma cerveja gelada não era o suficiente para começar a relaxar.

— Meu pai comprou algumas balas de espingarda hoje. Ele disse que tinha muita gente na loja do Bobby Joe — disse Darlene.

— O quê?

— Eu disse que meu pai comprou algumas balas de espingarda hoje, na loja do Bobby Joe.

Titus tomou mais um gole. Bobby Joe Andrews administrava a loja de armas e munições do condado. Titus encostou o copo na testa. O Condado de Caronte tinha mais armas do que habitantes porque a maioria dos moradores tinha mais armas do que o necessário. A última coisa de que *ele* precisava era de um bando de aspirantes a Doc Holliday prontos para atirar a qualquer momento, estocando munição e ansiosos para bancarem o herói armado.

— Acho que muita gente está com medo. Não só quem votou contra mim — disse Titus.

— Meu pai comprar essas balas não significa que ele não ache que você vai pegar esse cara, Titus. Mas isso aqui é Caronte. Esse tipo de coisa não acontece muito. As pessoas não sabem o que fazer — disse Darlene.

— Não aguento mais as pessoas dizendo "isso aqui é Caronte", como se todo mundo aqui fosse um maldito virgem e ninguém jamais tivesse pisado numa rachadura da calçada ou roubado uma uva do Safeway. Deixa eu te contar uma coisa que aprendi no FBI. Não importa de onde você é ou onde você mora, as pessoas são as pessoas. Elas podem ser ciumentas, odiosas, depravadas ou doentias. Roubam e mentem, e mentem sobre roubar. Transam com os maridos, as esposas, as filhas e os filhos uns dos outros. Vão à igreja todo domingo e gritam sobre fraternidade e viver em Cristo, e quando saem de lá, te chamam, ou me chamam, de macaco antes de irem pra casa bater nos próprios filhos. Depois ainda têm a ousadia, a audácia sem precedentes, de apontar o dedo pra outra pessoa, pra outra cidade, e dizer: "não, esses são os pecadores, esses são os esquisitos, não a gente, não Caronte."

— Titus, eu não… — começou Darlene, mas Titus a ignorou.

— Flannery O'Connor disse que o Sul é assombrado por Cristo. E eu concordo. É assombrado pela hipocrisia do Cristianismo. Todas essas igrejas, todas essas Bíblias, mas são em lugares como Caronte onde os pobres são ostracizados. Onde as garotas são chamadas de putas se denunciam um estupro. Onde eu mal posso ir ao Watering Hole sem me perguntar se o barman cuspiu na minha bebida. Dizem que esse tipo de coisa não acontece em lugares como Caronte. Darlene, esse tipo de coisa é o que ainda mantém lugares como Caronte de pé. É a rocha sobre a qual este templo foi construído — disse Titus.

Ele virou o resto da bebida e saiu pisando forte até a cozinha.

Titus passou água no copo e o colocou na beirada da pia. Seus ombros subiam e desciam graças à sua respiração pesada. Ele sentiu as mãos de Darlene primeiro em suas costas, depois em seus ombros, o toque dela leve como uma pluma. Titus se virou e a abraçou. Ela encostou a cabeça no peito dele.

— Sinto muito. Sei que você está passando por muito estresse. Eu não devia ter dito…

— Não, eu é que te devo desculpas. Não queria explodir com você. Você não fez nada de errado. Olha, eu amo Caronte. Sei que não pareceu agora há pouco, mas eu amo. É meu lar e está em meu coração. E porque eu o amo, sou rígido com ele. Sou brutalmente honesto sobre ele. Porque sei que o condado pode ser melhor do que é, mas não vai chegar lá se a gente continuar fingindo que é uma utopia na baía de Chesapeake. Precisamos olhar pra Caronte e ver o panorama geral. Mesmo as partes sujas. É assim que eu vou pegar esse assassino.

— Sei que é difícil encarar toda essa sujeira — disse Darlene.

— É meu trabalho. Vamos lá pra cima — disse Titus.

Darlene assentiu. Ele pegou a mão dela, tão pequena e ao mesmo tempo tão forte, com sua mão enorme e a conduziu pela sala de estar. Titus fez uma pausa para desligar a televisão. Estava passando um comercial.

— Este programa foi patrocinado pela Fundação Nacional de Esclerodermia. Para doar...

Titus apertou o botão de desligar e a televisão apagou. Nenhum dos dois falou por alguns segundos.

— Essa era a doença de sua mãe, não era? — perguntou Darlene.

A pergunta saiu pausadamente. Titus estava familiarizado com aquele tom. As pessoas tinham muita curiosidade sobre o que matara sua mãe, mas se esforçavam muito para esconder isso. Até mesmo sua namorada tinha uma curiosidade mórbida sobre o assunto.

— Sim. Transformou os músculos dela em osso. Foi difícil — disse Titus.

Ele conseguia ver a si mesmo aos 12 anos, parado na porta do quarto dos pais, meio assustado, meio confuso, cheio de um anseio que é a única herança de filhos que desejam um abraço de mães que não conseguem nem levantar os braços.

— Minha tia costumava vir e rezar por ela. Esfregava sua testa com óleo de unção. Minha mãe não suportava ser tocada, mas minha tia a tocava mesmo assim. A maioria das pessoas com esclerodermia consegue viver uma vida longa e produtiva, mas minha mãe tinha um tipo raro. Avançou rápido. Ela gritava como um coelho em agonia toda vez que alguém a tocava. Fosse meu pai dando banho nela ou minha tia impondo suas mãos sobre ela. Uma vez, eu entrei no quarto correndo enquanto minha tia falava em línguas e a afogava naquele óleo. Eu dei um chute nela e falei pra ela ficar longe da minha mãe. Ela me deu um tapa. Minha mãe se levantou da cama pela primeira vez em semanas e agarrou o pulso da minha tia. Disse pra ela nunca mais encostar um dedo em mim. Mas a doença tinha afetado suas cordas vocais. Não parecia a voz dela, mas ainda era a minha mãe, sabe? Então ela me disse que me amava. Foi a última vez que ela falou alguma coisa — disse Titus.

Darlene apertou a mão dele.

Ela observou à medida que tremores percorreram o corpo dele como ondas sob a lua cheia. Subiram as escadas de mãos dadas. Darlene fingiu não ver as lágrimas no rosto de Titus, e Titus fingiu que não estava chorando.

•

Mais tarde, Titus desceu as escadas sorrateiramente e foi até a cozinha. Na parede, o velho relógio do Gato Félix marcava duas da manhã. Seu pai estava sentado à mesa com uma garrafa de cachaça à sua frente. A tampa estava aberta, mas a garrafa ainda estava cheia.

— Pai? Tudo bem? — perguntou Titus.

Seu pai não era mais alcoólatra, mas ainda tomava uns goles da boa e velha cachaça de vez em quando, apesar de sua devoção à igreja. Ele gostava de dizer que até Jesus transformou água em vinho.

— Hein? Sim, estou bem. Acabei de receber uma ligação. Gene Dixon morreu. Ataque cardíaco — disse Albert.

— Ah, sinto muito, pai. Sei que ele era seu amigo.

— Sim. Já te contei que foi ele quem me apresentou à sua mãe? Em um baile no Honey Drop Inn. Uma pequena casa de festas que ficava bem na periferia do condado. O Gene namorava a Faye Jones na época. Ela e sua mãe eram melhores amigas. Eles precisavam de alguém pra dançar com Helen quando saíam. Sua mãe não gostava muito de segurar vela, e eu fui o sortudo que assumiu a tarefa.

— Não sabia disso — disse Titus, sentando-se de frente para o pai.

— É. Gene era um bom homem. Senhor, tenha misericórdia, que tempos são esses? — disse Albert.

— Tempos de atribulados — disse Titus em voz baixa.

— Como é?

— Nada não, pai. Quer uma dose?

— Acho que devemos tomar uma. Pelo Gene — disse Albert.

Titus pegou dois copos pequenos no armário. Seu pai fez um brinde antes de beberem a cachaça.

— Ao Gene Dixon, um bom amigo e um bom homem, e o melhor jogador de sinuca que eu já vi. Que seu espírito permaneça com o Senhor desde agora até o fim dos tempos — disse Albert.

Eles tomaram as doses e bateram os copos na mesa.

— Por que tá acordado uma hora dessas? — perguntou Albert, ofegante.

— Não sei. Tive um sonho. Quer dizer, um pesadelo.

— Sobre aquelas crianças na floresta?

— Não, elas não faziam parte do sonho, mas tenho certeza de que tinha a ver com elas. Estou em um campo, sozinho. Uma plantação de trigo, mas o trigo está morto e amarronzado. Frágil como gelo. Tem essas nuvens enormes e escuras pairando como ondas gigantes no céu. E o vento sopra pelas hastes mortas. E eu estou completamente sozinho enquanto a tempestade se aproxima. Relâmpagos, trovões e chuva, mas a chuva dói. É quente, fervente. Queima. E eu estou sozinho.

Titus se serviu de mais uma dose.

— Você não está sozinho, filho. Você tem a mim, o seu irmão, a Darlene e, o mais importante, você tem o Senhor — disse Albert.

— Todos nós estamos sozinhos. Só treinamos a nós mesmos para não acreditar nisso — disse Titus, e virou a dose de cachaça.

— Titus, isso não é verdade. Deus está conosco em cada momento de nossas vidas. Até nos mais sombrios — disse Albert.

Titus não respondeu. Não queria discutir com o pai, não naquele momento e não naquela noite.

Ele assentiu.

Titus amava o pai, de verdade, mas fazia muito tempo que achava que Albert não sabia mais o que dizia quando se tratava das hostes celestiais.

Na noite em que sua mãe misericordiosamente morreu, Titus enxergou a realidade. Ele ainda amava o pai, mas percebeu naqueles momentos dolorosos que os adultos não sabiam mais do que as crianças. Que todos estavam improvisando e a religião era somente mais uma muleta, como o álcool ou a maconha.

Depois que seu pai ligou para o médico que havia acabado com as esperanças de Helen Crown semanas antes, fez o pronunciamento oficial e o funeral aconteceu, Albert Crown disse alguma coisa sobre a mãe de Titus estar em um lugar melhor ao lado de Jesus. Então deixou Titus, de 13 anos, e Marquis, de 8 anos, sozinhos e foi para o Watering Hole. O pai de Jasper era quem administrava o lugar naquela época. Quando Albert voltou, bêbado e chorando como *La Llorona*, Titus já havia trocado os lençóis sujos da cama dos pais e feito uma sopa de frango para ele e Marquis. Ele lavou as tigelas e as guardou, depois colocou o irmão na cama e também foi dormir.

Porque alguém precisava crescer depois que sua mãe deixara aquele mundo. Depois de um tempo, seu pai se recompôs e até virou diácono, mas Titus nunca esqueceu a noite em que a mãe morreu, quando seu pai deixara dois meninos sozinhos para se virarem, com apenas uma vaga noção de salvação para a mãe.

O tempo atenuou aquela ferida, mas ainda havia um garoto de 13 anos dentro dele que odiava seu pai só um pouquinho por causa daquilo.

Albert se levantou e colocou a mão no ombro de Titus.

— Enquanto eu estiver deste lado da terra, você não está sozinho, garoto — disse Albert, antes de subir as escadas.

E essa simples ação, essas palavras gentis, eram a razão pela qual ele amava o pai mais do que aquele garotinho o odiava. Era a bênção do sangue.

Titus colocou a garrafa de volta embaixo da pia e limpou os copos. Apagou a luz da cozinha e foi até a varanda da frente. Mesmo no Sul, outubro podia ser frio. Os ventos vinham da baía e traziam o frio do Atlântico Norte como um fantasma que acaricia suas bochechas e faz seus dentes doerem.

Titus abriu os braços e se deixou ser abraçado pelo frio. O ar fresco ardia, mas de um jeito bom. Aguçava seu foco. No dia seguinte, Trey conversaria com a legista. Ele iria às 7h e ficaria até as 9h. As pessoas estavam com medo. A melhor maneira de combater esse medo era fazer com que vissem o xerife na rua, em seus bairros. Vê-lo fazer alguma coisa, qualquer coisa, que as convencesse de que ele não estava se escondendo em seu escritório atrás de uma mesa. Noventa por cento do trabalho dele era fazer a lei ser cumprida, mas 10%, a porcentagem que a maioria das pessoas via, era criar uma imagem. Titus não gostava, mas sabia que era inútil lutar contra tal fato. Ele dissera a Darlene que não estava com medo. Não era exatamente verdade. Ele tinha medo, mas não do homem que matara aquelas crianças e provavelmente matara Cole Marshall. Ele tinha medo do que aquele homem, o Último Lobo, estava fazendo com o condado. Sabia que precisava usar aquele medo, destruí-lo e dobrá-lo à sua vontade. Havia um abismo chamado fracasso que todos precisavam atravessar em algum momento. O medo era a ponte sobre essa fenda.

— Titus! Seu rádio, alguém tá ligando! — gritou Darlene.

Titus se virou e a viu pela porta, de pé no topo dos degraus. Ela estava usando uma de suas antigas blusas da universidade. Titus entrou rapidamente e subiu as escadas.

Ele tirou o rádio do carregador.

— Xerife Crown, pode falar.

— Titus, temos um problema aqui na delegacia — disse Pip.

— Que tipo de problema?

— Darnell Posey veio aqui, deixou uma caixa e depois tentou sair correndo pela floresta. A gente colocou ele na cela de detenção — disse Pip.

Titus segurou o rádio perto da boca.

— O que tinha na caixa?

•

Titus chegou à delegacia em cinco minutos. Cinco minutos a menos do que os dez que sempre levava para chegar. Pip e Douglas estavam esperando por ele em seu escritório. Havia uma caixa de papelão sobre a escrivaninha com o logotipo familiar da Nike do lado de fora.

— Tem alguma coisa escrita no pergaminho — disse Pip.

Ele entregou a Titus um par de luvas de látex. O xerife calçou as luvas e abriu o pergaminho.

Eu Sou a Besta que Rasteja até Belém, estava escrito com o que parecia ser tinta preta.

— É da Bíblia? — perguntou Pip.

— Não, é de um poema de Yeats — explicou Titus, enquanto devolvia o pergaminho a Pip, que o colocou em um saco de evidências. — E isso não é um pergaminho. É pele humana.

— Mas que porra…? — disse Douglas.

Pip enfiou a mão na caixa e pegou um saco hermético.

— Bem, faz sentido porque isso também estava na caixa — disse Pip.

Ele entregou o saco a Titus. As mãos do homem mais velho tremiam.

Titus achatou o saco sobre a escrivaninha.

O rosto sem olhos de Cole Marshall o encarava, a boca aberta em uma eterna expressão de dor.

CONDADO DE CARONTE

Cidades pequenas são como as pessoas que as habitam. Ambas são cheias de segredos. Segredos de carne, segredos de sangue. Juramentos escondidos e promessas sussurradas que se transformam em mentiras tão rápido quanto o leite azeda sob o sol quente do verão.

O mito da rua principal perfeita e comunitária sempre foi uma fantasia puritana e casta. A realidade é encontrada nas ruas secundárias e estradas de terra sob um céu escurecido. No banco de trás de Buicks enferrujados e nas caçambas de caminhões caindo aos pedaços. O coração do Condado de Caronte bate no ritmo dos hinos cantados nas igrejas dos negros em uma manhã de domingo. Sua alma, porém, é uma verdade que pode ser revelada pelo suor de amantes proibidos, pelo sangue que escorre dos lábios da presidente da Associação de Pais e Professores depois que seu marido bebeu demais, vezes demais. Pode ser pressagiada pelos números de série nas notas de dez e vinte, passadas das mãos dos filhos e filhas favoritos de Caronte para as mãos dos homens e mulheres que lhes vendem um gosto do silêncio que os leva a um sono tranquilo.

Está lá, dançando entre os vapores de um aquecedor a querosene em um trailer congelante que rouba o fôlego de uma mãe, um pai e um menino.

Persiste quando todas as gentilezas da civilidade desaparecem sob o peso de sua própria impermanência.

Pode ser pressagiada nos olhos do Lobo que enterrou sete jovens sob o salgueiro-chorão de Tank Billups. O Lobo que sonha com anjos de asas abertas, seus quatro rostos tremeluzindo com uma loucura proveniente de estar perto demais do trono de Deus.

O Lobo que se regozija em seu segredo. Que se deleita em esconder sua verdadeira face.

Sim, cidades pequenas são como as pessoas que as habitam.

Em algum momento, elas cederão seus segredos, mas o preço por essas revelações sempre é pago em sangue.

QUINZE

Titus entrou na sala que usavam para interrogatórios e se sentou em frente a Darnell Posey, que estava com a cabeça baixa sobre a mesa.

Titus bateu na mesa com a palma da mão.

Darnell ergueu a cabeça depressa, tentou se levantar, mas percebeu que estava algemado à mesa, então voltou a se sentar na cadeira de aço. Titus colocou uma pasta sobre a mesa.

— Como vai, Darnell? — perguntou Titus.

— Cara, eu não fiz merda nenhuma.

— Bem, não é verdade, é? Você deixou aquela caixa de sapatos na nossa porta, depois saiu correndo pra floresta. Como você chamaria isso? — perguntou o xerife.

Darnell lambeu os lábios.

— Sei lá, cara. Uma brincadeira? Tinha, tipo, merda dentro ou algo assim? — perguntou Darnell. Sua pele negra perdeu a cor, como uma pátina cinzenta que lhe conferia uma aparência desidratada, como se tivesse atravessado um vasto deserto.

— Não, não era uma brincadeira, Darnell. Era isto aqui — disse Titus.

Ele pegou uma foto do conteúdo do saco hermético que havia sido ampliada para vinte por trinta centímetros.

Darnell olhou para a foto e tentou se levantar de novo.

— Que porra é essa, cara? O que é isso? É a porra de um rosto?

— É, é a porra de um rosto. Ainda com um pouco de sangue. Então é melhor você começar a falar bem rápido. E sabe de uma coisa, Darnell? Acho melhor eu me encantar por cada palavra que sair da sua boca — disse Titus.

— Cara, eu não sei nada sobre essa merda!

— Darnell, não estou me encantando muito. Onde você conseguiu essa caixa?

— Olha, cara, eu acordei lá pelas 11h e a caixa estava na minha porta com quinhentos contos dentro de um envelope. Tinha um bilhete dizendo pra deixar na delegacia, então foi o que eu fiz. Não sabia que tinha a porra de um rosto dentro da caixa. Que porra é essa, cara? — disse Darnell.

— Então por que você não pegou o dinheiro e jogou a caixa fora? — perguntou Titus.

— Imaginei que quem deixou a caixa estava de olho pra ver se eu ia mesmo entregar. Óbvio.

Titus guardou as fotos na pasta. Uniu as pontas dos dedos e se afastou da mesa.

— Darnell, quanto você era próximo de Latrell Macdonald? E antes que me diga que não conhecia ele ou não sabe de nada, saiba que eu já sei que vocês eram amigos.

— O que Latrell tem a ver com isso? — perguntou Darnell.

— Você quer ser acusado de assassinato? Porque esse rosto pertence a uma vítima de assassinato. Agora me diga o que você sabe sobre Latrell, a não ser que nunca mais queira ver a luz do dia — disse Titus.

Ele analisou o comportamento de Darnell, observou-o morder os lábios e revirar os olhos como bolinhas de gude em uma lata. Será que Darnell sabia que Titus estava blefando? Apesar de ele ter entregado uma caixa na delegacia do xerife com o rosto de Cole Marshall dentro, Titus não tinha nada incriminador contra Darnell. Eles verificaram a caixa em busca de impressões digitais e, embora as de Darnell estivessem do lado de fora da caixa, não havia nenhuma no interior. Nem no saco hermético ou no pedaço de pele curtida. Darnell não parecia um gênio do crime, então a ausência de digitais dentro da caixa sugeria uma pessoa mais meticulosa.

Um assassino meticuloso. *O assassino deixou aquela caixa na porta de Darnell*, pensou Titus, corrigindo-se. O Último Lobo estava zombando deles. Ele queria que soubessem que foi ele quem matou Cole. Isso não surpreendia Titus. Um assassino como o

Último Lobo, a personalidade dominante em seu triunvirato, era um narcisista. Ele via a polícia em geral, e Titus em particular, já que ele era o xerife, como um inimigo. A necessidade de provar sua superioridade seria sua ruína. Titus já tinha visto esse padrão várias vezes. Foi assim que eles finalmente pegaram o assassino BTK.

— Olha, cara, eu e Latrell saíamos juntos às vezes.

— Vocês se drogavam juntos? — perguntou Titus.

Darnell hesitou.

— Sim… a gente se drogava. Latrell conseguia as paradas boas. Ele fazia uns trabalhos pra Jasper Sanderson de vez em quando. — Seus ombros caíram enquanto ele projetava o lábio inferior. Ele vestia a derrota como um casaco velho e confortável.

— Que tipo de trabalho?

— O que você acha? Você sabe o que Jasper faz. Merda. O filho da puta manda em metade do condado.

— Latrell alguma vez já falou sobre Jeff Spearman ou alguém relacionado ao professor?

— Ele nunca disse nada sobre o Sr. Spearman, mas não me surpreende que ele tenha matado aquelas crianças. Latrell era louco, cara. Em um momento era o cara mais tranquilo que você conhecia, e no minuto seguinte estava com um pedaço de vidro na garganta dizendo que ia acabar com tudo — disse Darnell.

— Ele alguma vez disse por que queria se matar? — perguntou Titus.

O xerife achava que poderia saber a resposta, mas Darnell era como uma torneira quebrada. Tudo estava jorrando.

— Não sei. Tipo assim, da última vez ele agiu bem estranho. Como se tivesse medo. Alguém deu uma pancada na cabeça dele… Olha, ele disse uma coisa, mas se eu te contar, você tem que livrar a minha cara nessa história da caixa. Juro por tudo que é mais sagrado que eu não sabia o que tinha naquela porra — disse Darnell.

Titus se inclinou para a frente.

— Depende do que você tem a dizer.

Darnell balançava a perna para cima e para baixo, mexendo-se sem parar na cadeira.

— Olha, a última vez que falei com Latrell faz uma semana. Ele disse que estava no Watering Hole, pegando um pacote pro Jasper levar pra alguém em Gloucester. Disse que foi ao banheiro e ouviu Jasper falando. Dava pra ouvir o eco ou algo do tipo vindo do escritório dele. Latrell ouviu Jasper dizer que tinha um policial na palma da mão. Toda vez que vocês tentam pegar ele, esse policial faz uma ligação e ele dá um envelope pra esse policial. Latrell disse que Jasper estava rindo porque sabia que o policial guardava aquele dinheiro no banco como um idiota. Então, quando saiu do banheiro ele falou alguma coisa pra Jasper e Cotton sobre esse policial, e disse que Cotton deu uma pancada na cabeça dele. Mais tarde, Latrell contou que não estava preocupado com Cotton e Jasper. Tinha problemas maiores do que aqueles dois. Não sei o que poderia ser um problema maior do que Jasper e Cotton. Isso é tudo o que eu sei, eu juro.

Titus não deixou nenhuma emoção transparecer em seu rosto, mas em seu íntimo agitou-se como se um furacão se formasse em seu peito. Se não tivesse tido aquela mesma conversa com Marquis, provavelmente teria descartado a declaração de Darnell como os delírios de um viciado desesperado para sair do buraco em que ele próprio se metera. Mas tivera aquela conversa. E agora estava ouvindo de uma segunda fonte que um de seus policiais era corrupto. Titus não acreditava em coincidências, mas acreditava no predomínio das evidências.

Lembrou-se do hematoma que vira no rosto de Latrell nos degraus da escola.

— Você está inventando essa história, Darnell? Está mentindo pra mim? — perguntou Titus.

— Que merda, cara, você perguntou e eu contei. Pra que eu ia mentir? Latrell não é a primeira pessoa que eu ouvi dizer isso. Muita gente acha que Jasper tem um de seus policiais na palma da mão.

Titus ignorou esse comentário, mas o manteve em mente para mais tarde.

— Latrell já disse alguma coisa sobre uma ligação entre o Sr. Spearman e Jasper? Já falou alguma coisa sobre eles andarem juntos? — perguntou Titus.

Darnell balançou a cabeça.

— Não, ele nunca falou nada sobre o professor. Mas o Sr. Spearman era esquisito.

Titus se inclinou para a frente.

— Por que diz isso?

Darnell olhou para o teto enquanto falava.

— Quando eu estava na escola, queria continuar no time de basquete, mas a gente só tinha um carro caindo aos pedaços. Eu faltava aos treinos e tal. Um dia, dei uma surra em Chris Mason na aula de geografia porque ele estava me zoando por causa disso, certo? Então, Spearman me fez ficar depois da aula em vez de me mandar pra diretoria. Ele me perguntou o que estava acontecendo, e eu contei. Ele disse que ia me dar uma carona pra casa depois do treino. Eu fiquei tipo, sério mesmo? Combinado, então. — Darnell abaixou a cabeça e fixou os olhos em Titus. — Na primeira carona, apertamos as mãos. Na segunda, ele queria um abraço. Na terceira, foi um abraço demorado. Na quarta... bem, não teve uma quinta. Fui expulso do time e, como eu só ia pra escola pra jogar, acabei desistindo. Tudo porque aquele esquisito queria que eu batesse uma pra ele.

Titus sentiu o vômito subir por sua garganta, mas forçou-o a voltar para seu estômago.

— Você nunca contou isso a ninguém? — perguntou Titus.

Darnell soltou uma risada rouca.

— Em quem você acreditaria? No professor do ano ou no aluno negro que largou a escola?

— Se fosse eu aqui, teria acreditado em você.

— É, bem, não era você — disse Darnell.

Titus se levantou.

— Fique aqui. Volto em alguns minutos.

— Pra onde eu iria? — perguntou Darnell.

•

— O que ele disse? — perguntou Pip.

Eles estavam sentados no escritório. Titus posicionou a caixa no armário de evidências. Colocou o saco hermético em um saco vermelho para material de risco biológico. Precisaria levar isso à legista no dia seguinte.

— Ele disse que Latrell fez alguns trabalhos pra Jasper. E me contou que Spearman tentou molestar ele uma vez. Mas não parecia saber nada sobre o professor e Latrell. Mas tenho certeza de que quem mandou ele aqui foi o homem que estava trabalhando com aqueles dois — disse Titus.

— Por que acha isso? Sem ofensa, mas eu já prendi Darnell pessoalmente cinco vezes por posse de drogas. Parece um milagre que ele continue na distribuidora. Merda, ele deve estar chapado agora — disse Pip.

— A questão não é ele. É quem mandou ele aqui. Pensa só. Passamos pela distribuidora e entrevistamos as pessoas sobre Latrell. Uma das pessoas com quem conversamos é Darnell Posey. E aí ele aparece aqui com uma caixa com o rosto de Cole Marshall? Não, alguém viu a gente conversando com ele e decidiu usá-lo pra nos provar uma coisa — disse Titus.

— Que tipo de coisa?

— Ele sabe que estamos atrás dele. E está nos desafiando a pegá-lo — disse Titus. Ele bocejou por um bom tempo e esticou os braços para o alto até suas costas estalarem. — Amanhã vou ter que falar com Elias de novo. E com Jasper.

— Ei, por que não deixa Douglas ficar com Jasper? Tipo, Marquis estourou a cara de Austin e você fez Cotton parecer um traficante. Talvez ele consiga uma resposta melhor — sugeriu Pip.

Titus pensou no assunto.

— É, é uma boa ideia. Quero saber onde Jasper esteve ontem à noite — disse Titus.

— Você acha que ele poderia ser o terceiro homem? — perguntou Pip.

— Darnell disse que ele usava Latrell como mula. Ele fez Cotton bater nele. Parece uma possibilidade pra mim — disse Titus. Ele não contou a Pip sobre a acusação de suborno de Darnell. — Me diz uma coisa, por que você nunca se candidatou a xerife, Pip?

Pip riu.

— Toda vez que esse pensamento passava pela minha cabeça, eu entrava aqui, olhava pra Ward e via como seus ombros estavam caídos por carregar aquele fardo. Não, senhor. Não, obrigado, não preciso desse tipo de problema.

— Cara esperto — disse Titus.

•

Darlene estava dormindo quando ele voltou para casa. Estava espalhada na cama dele como um convite. Seu corpo estava perfeitamente posicionado para ele deslizar por trás e envolver seus braços em volta de sua barriga. Quando Titus o fez, ela cobriu suas mãos com as dela e pressionou seu corpo contra o dele.

— Tudo bem? — sussurrou ela.

— Sim — mentiu ele.

DEZESSEIS

Mais tarde, na manhã seguinte, Titus começou o dia a todo vapor. Ele chegou à delegacia às 7h. Meia hora depois, já estava vasculhando o armário de evidências em busca do cinto de Marquis, pois o dele arrebentara quando ele se abaixou para amarrar o sapato. O xerife esperava que isso não fosse um mau presságio para o resto do dia.

Quando Carla chegou, ele a mandou para Richmond com a caixa que fora entregue na delegacia e todo seu conteúdo. Ele reuniu o restante da equipe para dar suas ordens.

— Steve, volte à distribuidora de peixes. Faça pressão. Latrell, Darnell e Cole trabalhavam lá, e agora Darnell trouxe pra gente o rosto de Cole Marshall. Quero saber se Spearman tinha alguma ligação com alguém da distribuidora. Não saia de lá até conseguir umas respostas — disse Titus.

— Pode deixar — disse Steve.

— Ainda não recebemos uma confirmação oficial, mas tenho 99% de certeza de que o corpo no legista é de Cole Marshall. Steve, traga a namorada dele aqui. Quero falar com ela até o fim do dia. Eu disse a Carla pra dar uma olhada no celular dele enquanto estiver lá. Ver com quem ele entrou em contato por último. Alguém atraiu ele até a Dez Saltos do Diabo.

— Será que alguém não armou pra ele? Aquela estrada secundária é um lugar bem conhecido de pegação — disse Davy.

— Como você sabe disso? — perguntou Douglas.

— Eu... já expulsei uns adolescentes de lá — gaguejou Davy.

— Tô só te zoando, Davy — disse Douglas.

— Douglas, vá falar com Jasper e Cotton. Quero saber onde eles estavam na noite passada e quando foi a última vez que falaram com Latrell — disse Titus.

— Hum... tenho uma pergunta — disse Davy.

— Diga.

— Então, você disse que foi Spearman e o terceiro homem que... fizeram aquelas coisas com as crianças. Mas parece que Latrell meio que só estava lá parado — disse Davy.

— Sim, qual é sua pergunta, Davy?

— Só estou tentando entender por que ele estava lá parado. Quer dizer, se ele não estava, sabe, excitado com essas coisas, por que se envolver? — perguntou Davy.

Titus levou um dedo aos lábios por um momento, antes de responder.

— Acho que Latrell era um jovem extremamente perturbado. Acho que Spearman e o terceiro homem tiraram vantagem disso. Usavam ele como isca — explicou Titus.

— Isca? Como assim? — perguntou Steve.

— Eram dois homens brancos. Como você acha que eles se aproximavam daquelas crianças do salgueiro? — perguntou Trey.

O ambiente ficou em silêncio até Titus encerrar a reunião.

— Muito bem, podem ir. Nos encontramos de novo às 15h.

Todos se levantaram e saíram do escritório.

— Ei, Trey — disse Titus.

Trey parou perto da porta.

— Feche a porta — ordenou o xerife.

Trey obedeceu e caminhou até o meio da sala.

— Sei que eu já te sobrecarreguei demais, com a investigação do tiroteio e tudo, mas preciso de...

— Você precisa de um favor — disse Trey com um sorriso.

— É. Preciso que você vá até o Banco Comercial dos Cidadãos e procure Fraser Woodall logo pela manhã.

— O gerente?

— É. Hoje de manhã, pedi que Mack Bowen redigisse uma intimação para obter os registros bancários de todo mundo do departamento que participou das operações no Watering Hole. Isso inclui Roger, Steve, Pip e Carla. Preciso que verifique os depósitos que eles fizeram antes ou depois da semana da operação. Procure por depósitos maiores que o normal — disse Titus.

Trey franziu a testa.

— Titus, tem certeza de que quer lidar com isso internamente? Eu posso fazer, mas ainda estou revisando os relatórios do tiroteio. Tem certeza de que não é melhor deixar isso com a polícia estadual? — perguntou Trey.

— Ainda não. Olha, eu pedi para que investigasse o tiroteio porque você é inteligente, minucioso e alguém em quem eu confio. Nesse momento, você é a única pessoa em quem eu posso confiar pra esse assunto.

— Você realmente acha que algum deles é corrupto? — perguntou Trey.

Titus tamborilou os dedos na escrivaninha.

— Espero estar errado. Mas isso quase nunca acontece.

•

Titus bateu de novo na porta da igreja. Estava firmemente trancada.

— Elias! — chamou ele, descontando mais uma vez a frustração da manhã na porta.

— Te vi aqui um dia desses. Estava torcendo pra que viesse fechar essa igreja — disse uma voz feminina que parecia fumar uns três maços de cigarro por dia. — Mas não vi Elias hoje.

Titus se virou e viu uma senhora branca sentada em uma pequena varanda anexada a um trailer do outro lado da rua estreita. O xerife tirou os óculos escuros e foi até a beira da estrada.

— Viu alguma coisa ilegal acontecendo por aqui?

A mulher soltou uma risada alta e passou a mão pelos selvagens cabelos brancos salpicados de mechas castanhas. Titus atravessou a rua, colocou um pé no primeiro degrau da varanda e se apoiou no corrimão. Ela parecia ter uns sessenta e poucos anos, mas os olhos verdes brilhavam com a audácia de uma mulher mais jovem.

— Esses malditos fanáticos só fazem gritar, berrar e agir como se fossem a segunda chegada da seita Templo do Povo desde que me mudei pra cá em 1989 — disse a mulher.

— A maioria das pessoas da ilha não decide simplesmente se mudar pra cá, Sra....?

— Griselda. Griselda Barry. Eu me mudei pra cá em 1989, quando me casei com meu marido, Otis Barry. Ele morreu em 1995. Decidi ficar. Principalmente porque sei que isso irrita o pastor Líder da Seita e sua corja de fanáticos. A família daquele bobalhão era nativa da ilha. Eles não se importavam muito com a hippie selvagem da Virgínia Ocidental com quem ele se casou, e o sentimento era mútuo, mas quando Otis morreu, meio que fiquei presa com eles. Cuidei de ambos até precisarem ir pra Casa de Repouso Castor do Rio, em Red Hill.

— Você foi uma boa nora — disse Titus.

— Merda, não é como se eu tivesse pra onde ir. Ou eu voltava pra Wheeling, ou fazia sopa pra eles e esperava que não quebrassem os quadris.

— Meu pai quebrou o quadril ano passado.

— Meu Deus, é terrível. A recuperação nunca é total.

— O que a senhora viu lá dentro que a faz pensar que a igreja deveria ser fechada? — perguntou Titus.

Seu instinto sussurrava ser importante o que essa ex-hippie selvagem tinha a dizer. O ex-agente do FBI dentro dele percebeu que Griselda claramente guardava algum rancor pessoal. Muitas vezes, era assim que os crimes eram solucionados. A animosidade era um grande motivador para a vigilância.

— Bom, que eles são loucos todo mundo já sabe. Mas sempre aconteceu um monte de merda terrível nessa igreja. Você não sabe nada sobre o garoto que morava lá, não é? — perguntou Griselda.

— Que garoto?

— Calma aí, isso vai levar um tempinho — disse a mulher.

Ela tirou um maço de cigarros do bolso de seu moletom tie-dye. Pegou um deles do maço e um fósforo do bolso. Acendeu o fósforo no calcanhar de seus sapatos marrons e, com um movimento suave e habilidoso, acendeu também o cigarro. Ela inalou profundamente e, como um dragão, exalou duas fileiras cinzentas de fumaça das narinas.

A brisa agitava as folhas das hortênsias azuis que cercavam a varanda. Griselda cruzou as pernas.

— Deve ter sido por volta de 1988 ou 1989. Otis ainda era vivo. Os pais dele tinham um pequeno bangalô mais à frente na rua. Todo domingo eles tentavam fazer a gente ir pra igreja com eles, e finalmente Otis acabou me convencendo. Foi um erro. Você já foi em um desses cultos de gritos e berros, xerife? É como assistir ao *Fim dos Tempos: o Musical*. Aí eles trazem aquelas malditas cobras. Eu disse a Otis que aquela era minha primeira e última vez no culto dessa maldita Sagrada Rocha. Por coincidência, aquele domingo foi o dia em que Elias e Mare-Beth tentaram nos convencer de que aquele menino era deles — contou Griselda.

— Um menino? Não era filho deles? — perguntou Titus.

— De jeito nenhum. Mare-Beth era fértil como uma coelha, mas ficava pesada ao carregar seus filhos. Ela sempre ganhava muito peso, e então queimava tudo correndo atrás das crianças ou dançando para o Espírito Santo aos domingos. Mas ela não ganhou nem um grama antes daquele bebê aparecer naquele domingo.

— De onde eles tiraram um recém-nascido? Era de alguma filha deles?

Griselda balançou a cabeça.

— Eu pensei nisso, mas todas aquelas meninas puxaram a Elias. Magras como um palito, e assim continuaram enquanto moraram lá. Não, eu não sei de onde aquele menino veio, mas gostaria que tivesse voltado pra casa.

Titus puxou o ar por entre os dentes.

— Eram rígidos com ele?

— Hum, é uma forma de ver as coisas. Eles chutavam aquele menino como um cachorro de rua. Eu assisti enquanto trataram o garoto como um bastardo ruivo por doze anos. Colocaram ele pra trabalhar como um maldito camponês. Fizeram ele cortar a grama com um cortador manual quando ele tinha 9 anos. Pintar as escadas durante a parte mais quente do dia, no mês mais quente do ano, quando ele tinha 10 anos. Fiz Otis ir até lá dizer umas coisas pra Elias quando eu vi ele dar um tapa na cara do menino por derrubar alguns fios enquanto montava uma armadilha de caranguejo. Até liguei pro antigo xerife algumas vezes. Mas ninguém ligava para o que acontecia com os habitantes da ilha. Principalmente com uma criança mestiça educada em casa pela maldita seita Heaven's Gate — disse Griselda, dando mais uma tragada no cigarro.

— O menino era mestiço? Tem certeza? — perguntou Titus.

— Tenho. Começaram a cortar o cabelo dele bem curto quando passou a crescer encaracolado. No verão, a pele dele tinha o que eu chamaria de um bronzeado profundo, mas aquele cabelo entregava tudo. Deixava Elias louco.

— É, imagino. Elias não me parece o sujeito mais racialmente tolerante do mundo. Mas a questão é, de onde veio o menino?

— Imagino que alguma garota pobre e tola tenha deixado o menino lá, pensando que ele teria uma vida melhor — resmungou Griselda. — Rapaz, como ela estava errada. Elias é pior que David Duke. Quando ele não tá por aqui gritando e berrando na igreja, ele vai pra Caronte se lamentar com o resto de sua corja por causa da surra que Robert E. Lee levou. Acho que se aquele menino fosse de uma de suas filhas, Elias teria matado a criança.

Titus arqueou uma sobrancelha.

— Sério?

— Ele fala demais sobre Deus e a Bíblia, mas minha mãe costumava dizer que o Diabo é capaz de citar o Livro Sagrado tão bem quanto qualquer anjo. E Elias é o mais próximo do Diabo que eu quero chegar. — Ela deu outra longa tragada. — E tinha o irmão de Elias, Henry — disse ela, o tom semelhante ao que seu pai usava para falar de ratos entrando nas sementes de pássaros.

— O que tem o irmão de Elias? — perguntou Titus.

Não precisou pressionar muito. Podia perceber que Griselda queria contar essa história havia muito tempo.

— Henry Hillington era tão mesquinho e cruel quanto uma daquelas cobras com que eles dançam nas manhãs de domingo. Um homem desse tipo odeia a si mesmo sem saber o motivo, então culpa a todos pelo que sente. Ele tratava aquele menino pior do que Elias. Batia, xingava, fazia piadas sobre o jeito como o menino andava e falava tantas coisas que eu gritei com ele várias vezes pra que deixasse a criança em paz — disse Griselda. Ela apagou o cigarro e acendeu outro. — Mas eu não fiz o suficiente pra ajudar aquele menino. Ninguém fez. Ninguém tomou conta dele como deveria.

Então Henry começou a levar o menino de barco pra recolher as armadilhas de caranguejo. Só os dois, sozinhos — disse Griselda.

Seus olhos se fixaram nos de Titus, dizendo coisas que ela não conseguia pronunciar em voz alta. O xerife ouviu as palavras que ela se recusava a dizer e sentiu sua pele formigar.

— E aí um dia, Henry Hillington ficou preso no banheiro externo e foi picado por umas sete ou oito cobras-coral e mocassins-d'água — continuou ela. — Alguém trancou ele lá dentro e despejou um dos aquários de Elias sobre sua cabeça. Acho que isso foi em 2000.

— Nunca ouvi falar de nada disso. Eu me formei em 2000, mas meu pai nunca mencionou nada sobre um assassinato na ilha — disse Titus.

Griselda riu.

— Caramba, nem mesmo o antigo xerife se importava com Henry. A maioria das pessoas em Caronte provavelmente nem se lembra dele. E Elias se esforçou pra garantir que ninguém chamasse aquilo de assassinato. Imagino que não queria o xerife Bennings dando uma olhada muito de perto na situação.

— Foi o menino quem fez isso? O que aconteceu com ele? — perguntou Titus.

Griselda expeliu mais uma nuvem de fumaça.

— Não sei. Depois que Henry morreu, ele simplesmente… desapareceu. Acho que fugiu ou mandaram ele embora. Se fugiu, onde quer que ele esteja, espero que as pessoas tranquem suas portas à noite e fiquem de olho em seus bichos de estimação.

— Mas você acha que ele matou Henry? Despejou aquelas cobras sobre ele? — perguntou Titus.

— Sendo sincera, Henry era o tipo de homem que acharia alguém pra matá-lo mais cedo ou mais tarde. E do jeito que ele tratava o menino, não desperdicei nenhuma lágrima com ele. Mas aquele pobre garoto. O tipo de dor que fizeram com que passasse, o ódio que despejaram sobre ele, tudo em nome do que chamavam de igreja, bem, eu não acho que um único assassinato bastaria pra ele, não acha? Esse tipo de dor nunca é saciada.

Griselda apagou o segundo cigarro, então acrescentou com delicadeza: — Esse tipo de dor precisa se alimentar.

DEZESSETE

Titus estacionou em sua vaga na delegacia. Pegou o bloco de notas e escreveu o nome de Elias Hillington, assim como os questionamentos: "Menino desaparecido? Assassinado?". Se metade do que Griselda lhe contara fosse verdade, então a Sagrada Rocha merecia toda sua atenção.

A frase talhada na pele daquelas crianças se originou na Sagrada Rocha. De acordo com Griselda, o menino misterioso que matou o irmão de Elias era mestiço. Elias, um homem racista, criou e abusou de uma criança assim. As vítimas eram jovens negros, meninos e meninas, entre 15 e 17 anos. Parecia que tudo estava conectado de formas que ele ainda não conseguia ver. Mas também parecia que tudo o que ele aprendera naquele dia era muito significativo.

Seus instrutores na academia de polícia formularam sua própria versão da teoria das cordas. Eles afirmavam que existiam cordas invisíveis que vibravam nos espaços liminares entre o amanhecer e os segredos, entre rumores, sombras e mentiras. Cordas que conectavam tudo isso. Tudo o que você precisava fazer era encontrar a junção e desatá-la. Ou rompê-la.

Quando saiu do SUV, ele notou uma van com placa de Indiana estacionada perto da entrada. Titus parou na mesma hora. Devia saber que ela viria independentemente do que dissesse.

O xerife suspirou. Aquele era o estilo de Kellie: pedir perdão em vez de permissão. É claro que aquele era um país livre. Ela não precisava da permissão dele para vir ao bom e velho estado da Virgínia. Ele apenas queria que ela o tivesse escutado desta vez.

— Se querer fosse poder... — murmurou para si mesmo enquanto entrava na delegacia.

Ela estava perto do centro de comunicação conversando com Carla, enquanto Davy, Steve e outro homem observavam. Os olhos de Davy brilhavam mais que a galáxia de Andrômeda.

Kellie tinha esse efeito em algumas pessoas.

— Ah, oi, chefe. A gente estava só dando uma palavrinha com a sua amiga aqui — disse Carla.

As orelhas de Davy começaram a ficar inexplicavelmente vermelhas.

— Chefe? É assim que você faz eles te chamarem, garoto da Virgínia? — perguntou Kellie.

Ela olhou para ele por cima do ombro, seus longos cabelos castanho-avermelhados derramando-se por suas costas como as próprias cores outonais. Titus sabia que, sob aqueles cabelos, sob aquela jaqueta de couro que ela usava, sob a camiseta, havia uma tatuagem que ocupava a maior parte de suas costas. Era um castelo medieval com as palavras DUVIDES QUE AS ESTRELAS SEJAM FOGO entre suas omoplatas, e NÃO DUVIDES JAMAIS DO MEU AMOR na parte inferior das costas. Kellie amava Shakespeare. Ele se lembrava de beijar aquelas palavras no escuro. A voz dela rouca, com algo mais intenso que desejo, sussurrava duas palavras repetidamente.

— Mais forte.

Titus piscou furiosamente por trás dos óculos escuros. Disse a si mesmo que, depois de dois anos, talvez tenha sido só o choque de vê-la em carne e osso outra vez o que provocou aquela lembrança em sua mente. Ele tirou o chapéu e se forçou a não parar enquanto caminhava em direção a Kellie e sua plateia.

— Não faço ninguém dizer nada. Não é assim que as coisas funcionam nesta delegacia — disse Titus.

Kellie sorriu para ele.

— Titus Crown não é do tipo que abusa de sua autoridade — disse Kellie com uma piscadela.

Ele respirou fundo.

Ela ainda fumava, mas não acendera um cigarro nas últimas horas. Sabia que ele odiava, então, se o olfato dele estivesse correto, ela desistira do cigarro matinal. Mas o maço fumado no dia anterior ainda deixara resquícios em sua pele e seus cabelos. Seu ego dizia que ela pulou aquele cigarro especificamente por causa dele, mas seu policial interior argumentava que ela fez isso para se aproximar e convencê-lo a participar do podcast. Titus percebeu que, no final das contas, não se importava. Precisava admitir que era bom vê-la. Ouvir sua risada musical. Ele não a queria de volta e estava feliz com Darlene, mas ainda assim era bom ver Kellie Stoner e seus olhos castanho-mel.

— Isso mesmo, Srta. Stoner — disse Titus.

Kellie ergueu uma sobrancelha, e logo em seguida explodiu com aquela sua risada. Ele se lembrou de quando os dois se revezavam erguendo a sobrancelha um para o outro.

Exceto daquela vez em que você de fato abusou de sua autoridade com Red DeCrain. Você certamente abusou de sua autoridade com aquele desgraçado, sussurrou uma voz dentro de sua cabeça.

— Agora é Srta. Stoner? — perguntou Kellie. A princípio, ela parecia meio irritada, até perceber o leve sorriso no canto dos lábios dele. — Aaah, é uma piada bem no estilo Titus. É tão raro que acabei esquecendo como era. É como ver o Pé Grande montado no Monstro do Lago Ness.

— Vocês dois namoraram mesmo? — perguntou Davy, cuspindo as palavras em um jorro de sílabas, como se tivesse guardado a pergunta por meses.

— Vamos pro meu escritório. A gente se encontra depois que eu falar com Kellie, certo? — disse Titus.

Carla e Davy assentiram.

— Sei que não é da minha conta, era só curiosidade, tipo, sério... — balbuciou Davy.

— Tem razão. Não é da sua conta — disse Titus.

— Um ano e meio. Namoramos por quase dois anos, aí Titus voltou pra casa. Ele teve a honra de terminar pessoalmente. Sabia que você deixou sua camiseta do Luke Cage na minha casa? Usei como fronha por um bom tempo — disse Kellie. Ela sorriu, mas o sorriso não passou de suas bochechas. Não chegou nem perto de seus olhos cor de mel.

Titus sentiu seu coração palpitar no peito. Ele pigarreou.

— Hum, podemos conversar no meu escritório — disse ele.

Titus fez menção de colocar a mão na parte inferior das costas dela para guiá-la em direção à porta, mas se deteve. Puxou-a de volta como se estivesse prestes a tocar em um fogão quente.

— Sim, senhor, chefe. Inclusive, essas são suas algemas de diversão ou de trabalho? — perguntou ela, então prestou continência e riu de novo.

Titus não disse mais nada e foi para o escritório. Quando ela e o homem que a seguia com olhos de cachorro pidão se sentaram, Titus colocou seu chapéu no gancho e assumiu seu lugar do outro lado da escrivaninha.

— Você não pode dizer esse tipo de coisa na frente da minha equipe.

— Que tipo de coisa? O negócio das algemas? Nossa, garoto da Virgínia, foi só uma piada. Todo mundo é adulto aqui — disse Kellie.

Ela deu uma risadinha, e Titus sabia que ela queria dizer mais alguma coisa sarcástica. Então ele a repreenderia, depois ela faria outro comentário irônico e, se fosse como nos velhos tempos, os dois acabariam pressionados um contra o outro na parede.

Mas não era como nos velhos tempos.

— Falando em adultos, você não me apresentou a seu amigo — disse Titus.

— Ah, este é Hector. Hector, este é o xerife Titus Crown, ex-agente especial do FBI em Fort Wayne — disse Kellie.

Hector estendeu a mão e Titus a apertou com firmeza, mas sem sinal de agressividade. Hector tentou igualar o aperto, falhou, e então recolheu a mão.

— Prazer em conhecê-lo, xerife. Sou responsável pelo som do podcast.

— Cadê seu equipamento? — perguntou Titus.

— Ah, sim, na van. Kellie disse…

— Eu disse pra gente dar uma paradinha aqui, porque se eu ligasse pra agendar uma entrevista, você me enrolaria até o Dia do Juízo Final — disse Kellie.

Titus tirou os óculos escuros.

— É verdade. Temos muitas coisas acontecendo, não só o caso Spearman.

— Mas você ainda não mandou a gente embora — disse Kellie.

Titus balançou a cabeça.

— Não posso impedir vocês de falarem com as pessoas da cidade. Não posso impedir que façam perguntas. Mas não posso dar detalhes sobre um caso que acabei de começar a investigar.

— Então não dê. Tudo bem. Me fale sobre você. Como se sente ao descobrir que havia um assassino entre vocês todo esse tempo? Três assassinos, especificamente. Me diga como se sente — disse Kellie.

Ela havia se inclinado para a frente e pontuava suas frases batendo o dedo do meio na mesa de Titus.

Como eu me sinto?, pensou Titus. *Eu me sinto como o Lenhador quando confrontou o Lobo Mau*[1]*. Vou precisar abrir a barriga de alguém para simplesmente nos devolver a ideia mínima de normalidade. É assim que eu me sinto.*

— Eu te conheço o suficiente pra desistir da possibilidade de evitar por completo uma entrevista — disse Titus.

Kellie o interrompeu.

— Hector, pegue o equipamento! Não vai se arrepender, garoto da Virgínia.

Hector se levantou da cadeira.

— Sentado, Hector — disse Titus.

Hector voltou a se sentar.

— Primeiro, vamos definir os parâmetros. Eu vou te dar uma declaração. Vou dizer algumas coisas sobre a investigação. E é isso. Estamos entendidos, garota de Indiana? — perguntou Titus.

Kellie sorriu.

— Claro.

— Muito bem. Agora pode ir buscar o equipamento, Hector.

Hector ficou de pé e se apressou porta afora.

— Ele é seu...? — Titus deixou a pergunta pairar entre eles.

— Hector? Que nada, ele é só o cara do som que me ajuda a produzir o programa. Na verdade, tô saindo com um cara que trabalha em meu estúdio de tatuagem. Ficou com ciúmes, garoto da Virgínia? De qualquer forma, você e Darlene não estão juntos?

— Quem te disse isso? Já sei, foi Davy.

1 Os personagens Lobo Mau (Big Bad Wolf) e Lenhador (The Woodsman) fazem parte da série de revistas em quadrinhos Fábulas, que foi adaptada para o videogame The Wolf Among Us. Na história, em uma luta, o Lenhador abre a barriga do Lobo Mau com um machado. [N. da T.]

Kellie assentiu.

— Ele é tão bobão que chega a ser fofo.

— Davy é legal, mas é tipo um atleta sem as mãos, não consegue segurar a barra. E sim, eu e Darlene estamos juntos há quase um ano.

— Você está feliz? — perguntou Kellie.

— Você está?

— Perguntei primeiro.

Titus se recostou na cadeira.

— Estou. Ela é uma boa mulher. Tenho sorte de estar com ela.

— Bom, fico feliz por você. Eu e Paul estamos meio que só curtindo por enquanto. Não estamos juntos há tempo o bastante pra descobrir se estamos felizes ou não. Mas se ela é boa pra você e te faz bem, então fico feliz — disse Kellie.

Seus olhares se encontraram, um de cada lado da mesa. Ele sabia reconhecer mentiras. Kellie não estava exatamente mentindo, mas também não estava sendo 100% sincera.

O que também se aplicava a Titus.

— Eu… — começou o xerife, no momento em que Hector voltou para o escritório.

— Prontos? — perguntou ele com um sorriso.

•

A breve entrevista acabou se transformando em uma conversa de 45 minutos. No final, quando Hector estava guardando o equipamento, Kellie deu um soquinho de brincadeira no braço de Titus.

— Nossa, você ainda faz duzentas flexões por dia?

— A cada dois dias — disse Titus, enquanto eles se apoiavam em sua escrivaninha.

— Bem, antes de eu me distrair com essas armas, eu ia dizer que, se quiser ouvir o episódio editado, passe em nossa pousada daqui a alguns dias.

— Vocês estão hospedados no Albergue dos Todd?

— Seus poderes de dedução são verdadeiramente surpreendentes — disse Kellie.

Titus olhou para o lado e a viu sorrindo.

— Um dos benefícios de se viver em cidade pequena. É a única pousada do condado.

— Bem, como eu dizia, me avise se quiser ouvir o áudio — disse Kellie.

Nenhum dos dois falou nada por alguns minutos. Apenas observaram Hector guardar os cabos e microfones.

— Eu provavelmente só poderia ir bem tarde — disse Titus.

— Não tem problema. Não é como se fôssemos sair pra passear em Caronte — disse Kellie.

•

Titus os acompanhou até a van. Hector entrou pelo lado do motorista. Kellie subiu no banco do passageiro. Titus ficou olhando enquanto o vidro da janela descia. Ela se inclinou para fora e gesticulou para ele, que deu um passo para mais perto e cruzou os braços.

— Foi muito bom te ver, garoto da Virgínia.

— Foi sim, Kellie.

— Senti sua falta.

Titus notou que ela usou o verbo no passado.

— Você merece mais do que eu podia te dar — disse o xerife.

Kellie beijou a própria palma e segurou a mão dele.

— Você nunca foi capaz de admitir o quanto éramos felizes. Sempre estava comprometido demais em punir a si mesmo por coisas fora de seu alcance.

Ela pressionou sua palma contra a dele. Para qualquer observador casual, pareceria somente um aperto de mãos.

— Não… não era essa a questão — disse Titus.

— É claro, garoto da Virgínia — disse Kellie.

Ela apertou a mão dele mais uma vez antes de soltá-la. Ele observou a van se afastar pela estrada até as luzes traseiras se tornarem desfocadas.

DEZOITO

Titus sentou-se à sua escrivaninha com os dedos entrelaçados à sua frente. Steve, Davy, Carla, Douglas e Trey estavam todos reunidos do outro lado da mesa.

— Carla, achou alguma coisa no celular de Cole? O que a legista disse sobre o pedaço de pele na caixa e no rosto? — perguntou o xerife.

Carla pegou o celular e leu suas anotações.

— A legista identificou Cole pela arcada dentária. Vai levar alguns dias para analisar o pedaço de pele. Ela confirmou que era o rosto de Cole, mas isso a gente já sabia. Dei uma olhada no celular dele e a última chamada recebida foi de um operador de telemarketing oferecendo garantia estendida. A última ligação que ele fez foi pra um número desativado. A última mensagem recebida foi de Dayane Carter, perguntando: "Nos vemos no nosso lugar?", com um emoji de diabinho — disse Carla.

Titus endireitou a postura.

— Dayane da distribuidora de peixes?

Carla assentiu.

— Pois é, isso bate com algumas coisas que descobri hoje — disse Steve.

Titus fez um gesto com o dedo indicador, incentivando-o a continuar.

— Então, Lydia Hart me disse que Cole e Dayane eram bem próximos. Ela acha que ele estava traindo a namorada com Dayane. E escutem só. Ela me disse que, às vezes, Latrell acompanhava Cole em suas entregas, especialmente se fossem grandes. Ela falou que não mencionou isso antes porque não queria causar problemas a Cole, mas agora que todo mundo sabe que ele morreu, não tem mais importância. Além disso, na noite passada, Jasper e Cotton estavam em Dinwiddie, assistindo a uma corrida com suas namoradas. As garotas confirmaram e Jasper me mostrou os ingressos. Ele disse que não via Latrell há semanas. Acho que nessa parte ele mentiu, mas não estava em Caronte ontem à noite — disse Steve.

Titus ficou de pé e caminhou até a frente da escrivaninha.

— Certo, ele não é mais suspeito na questão de Cole. De qualquer forma, a origem da frase talhada nos corpos é a Sagrada Rocha. Mais especificamente, Elias. Também ouvi uma história sobre um menino que morava lá — disse Titus.

Ele contou a história triste de Griselda sobre o menino, o banheiro externo e a morte prematura de Henry Hillington.

— Cole frequentava essa igreja? — perguntou Carla.

— Não, ele ia à Primeira Coríntia. Eu e ele frequentávamos a mesma escola bíblica de férias — disse Davy.

— Cole tinha alguma ligação com Ricky Sours e sua corja? Pelo jeito, Elias é bem próximo desse grupo — disse Titus.

— Não. Ele pode até concordar com eles, mas, ao que parece, estava ocupado demais com seus dois empregos pra se juntar a eles em sua brincadeira de falsos rebeldes — disse Carla.

Davy soltou um muxoxo.

— Algum problema, oficial Hildebrandt? — perguntou Titus.

— Hum, não, é só que... É só que nem todo mundo desse grupo é racista — murmurou Davy.

Titus voltou toda sua atenção a Davy.

— Você quer dizer que nem todo mundo do Regimento de Cricket Hill Número 2.239 dos Filhos dos Veteranos Confederados acha que a escravidão era um sistema econômico aceitável para o Sul?

— Eu...

— Calma aí, deixa eu reformular. Você quer dizer que nem todo mundo do Regimento de Cricket Hill Número 2.239 dos Filhos dos Veteranos Confederados acha que a condição natural do negro é ser subserviente ao homem branco, como disse Alexander Stephens no Discurso da Pedra Angular? — perguntou o xerife.

— Eu só quis dizer que, veja, meu primo faz parte desse grupo e ele não é racista — disse Davy.

Titus caminhou até ele. Parou atrás de Davy e se inclinou até que sua boca estivesse perto da orelha do oficial.

— Davy, se seu primo não é racista, ele se sente confortável demais em andar com racistas. Isso não faz diferença nenhuma. Agora, podemos voltar à nossa reunião, oficial?

— Sim, senhor — sussurrou Davy.

Titus voltou para sua escrivaninha.

— Carla, fale com a legista e veja se ela identificou mais alguém. Se sim, vamos mapear de onde essas crianças vieram. Se coincidem com as entregas de Latrell e Cole.

— Entendo onde você quer chegar, chefe, mas se Cole era o Último Lobo, quem foi que matou ele? Um Quarto Lobo? — perguntou Steve.

Titus se sentou outra vez e tamborilou os dedos na mesa.

— Não, havia somente três pessoas naqueles vídeos. Acho que Cole sabia quem era o Último Lobo. Precisamos que esses corpos sejam identificados pra que a gente possa mapear suas localizações. Steve, preciso que fique de olho em Elias. Faça isso usando seu carro comum.

— Entendido, chefe — disse Steve.

— Como Elias se encaixa nisso tudo? — perguntou Carla.

Titus girou na cadeira e olhou para a parede. Havia um quadro de avisos atrás de sua escrivaninha. Levantou-se, pegou uma caneta hidrográfica na mesa e algumas folhas de papel. Escreveu os nomes de Elias, Cole, Latrell e Spearman em folhas separadas. Tirou o cartaz do *Shad Planking*[1] do outono anterior e grudou as folhas de papel no quadro.

— A origem da frase nos corpos é Elias. Uma criança que ele criou matou seu irmão. Uma criança mestiça. Então ele é o suspeito número um na nossa investigação. Latrell e Cole faziam entregas juntos, e agora os dois estão mortos. Será que tem alguma conexão entre eles e Elias? Seria Elias o Último Lobo? Ele não parece forte o suficiente pra subjugar Cole. E Cole ligou pra nossa linha direta pra dizer que fez um trabalho pra um cara. Logo em seguida, ele

---

1 O *Shad Planking* é um evento tradicional que teve início na década de 1930 na Virgínia, EUA. Originalmente, era uma reunião social para homens brancos, mas ao longo do tempo tornou-se um evento público importante, utilizado pelo Partido Democrata da Virgínia para promover seus candidatos políticos. [N. da T.]

aparece morto. E a última mensagem que ele recebeu antes de aparecer morto foi de Dayane Carter — explicou o xerife.

— Talvez Elias não seja o culpado. Talvez esteja acobertando alguém. Talvez um de seus filhos? — sugeriu Steve.

— O quê? — disse Titus.

Ele se virou e Steve repetiu a pergunta.

— É um bom ponto, Steve. Mudança de planos. Vá buscar Elias amanhã cedo. Quero saber quem era aquele garoto e o que fizeram com ele. Carla, traga Dayane Carter aqui. Quero perguntar por que ela marcou um encontro com Cole na noite em que ele foi abatido como um cervo. Pronto, isso é tudo — disse Titus.

Os oficiais saíram do escritório. Trey permaneceu sentado. Titus esperou até todos saírem e fechou a porta. Sentou-se em sua cadeira e se reclinou.

— Você não falou quase nada até agora, então presumo que tenha alguma novidade sobre aquele trabalho que eu te dei.

Trey assentiu.

— Passei no banco hoje de manhã. Conversei com o gerente e com Nadia Manchester, a supervisora de lá. Eu me formei junto com ela.

— E? — perguntou Titus.

Trey enfiou a mão dentro de seu blazer marrom e tirou uma folha de papel.

— De acordo com a intimação, só me forneceram os registros das pessoas da nossa lista. Mas todos estavam limpos — disse ele, enquanto entregava a folha para Titus. — Mas, por precaução, pedi pra Nadia acessar os registros de todo mundo do departamento, incluindo o meu, por questões de transparência. Como isso não estava dentro do escopo da intimação original, não sei se é admissível num tribunal ou se o procurador do condado vai querer prosseguir. Bem, todas as evidências são circunstanciais, mas batem com o que Darnell contou.

E com o que Marquis disse, pensou Titus enquanto lia os números no relatório e o nome associado à conta.

— O que você vai querer fazer? — perguntou Trey.

Titus ergueu a cabeça. Parecia pesada e difícil de mover.

— Mantenha isso entre nós. A menos que a gente consiga fazer Jasper testemunhar que subornou alguém, até um advogado de merda como Vaughn Callis poderia conseguir que essa evidência fosse rejeitada. Não podemos provar que os depósitos vieram de Jasper mesmo que as datas coincidam, mas com certeza eu ainda posso demiti-lo.

A voz de Titus tremeu ao pronunciar "demiti-lo". Isso acontecia quando sua raiva estava próxima do ápice.

— Certo. Bem, isso complica um pouco as coisas com o tiroteio — disse Trey.

Ele se levantou e foi em direção à porta.

— Ei, por que pensou em investigar todo mundo? — perguntou Titus.

Trey parou com a mão na maçaneta. Ele se virou e olhou para Titus.

— É o que você teria feito em meu lugar.

E saiu.

•

O resto do dia se arrastou como a cera derretendo de uma vela. Uma série tediosa de eventos que se desenrolava devagar, como a seiva escorrendo de um pinheiro no inverno. Quando a noite chegou, Titus pegou seu notebook e suas anotações e os guardou em uma valise que mantinha sob a escrivaninha, a fim de levá-los para casa. Precisava reexaminar tudo naquele caso sob diferentes ângulos. Precisava encontrar aquela junção.

Quando estava pegando seu chapéu, o telefone da escrivaninha tocou. Ele hesitou. Poderia apenas gritar para Cam e dizer para ele anotar o recado, mas isso era somente um desejo. Evitar uma chamada não era uma opção enquanto tivesse aquela estrela no peito.

Ele colocou o chapéu de volta e pegou o telefone.

— Alguém querendo falar com o xerife, linha um — disse Cam.

— Entendido — disse Titus, e apertou o botão da linha um.

— Xerife Crown. Como posso ajudar?

A voz que saiu do telefone era demoníaca. Mais tarde, ele pensaria que parecia com a voz de Mercedes McCambridge no filme *O Exorcista*. Inconscientemente, Titus percebeu que o interlocutor usava um modulador de voz digital. Um aplicativo que podia ser baixado em qualquer telefone.

— Apocalipse, capítulo vinte e um, versículo quatro — disse a voz.

A linha zumbia entre eles como uma corda de piano esticado. Titus trocou o receptor da orelha direita para a esquerda e se esforçou para ouvir alguma coisa no fundo, qualquer coisa. Parte dele queria que fosse somente algum adolescente solitário querendo pregar uma peça. Mas ele sabia, sem sombra de dúvidas, que aquilo era importante. A solenidade daquela única declaração dissipou qualquer vestígio de hesitação em sua mente. Não sabia quem estava do outro lado da linha, mas a ligação em si era séria.

— "*Ele enxugará de seus olhos toda lágrima, e não haverá mais morte, nem dor, porque já as primeiras coisas são passadas.*" Isso é algum tipo de jogo de conhecimentos bíblicos? É isso que você está querendo me dizer? Porque não temos tempo pra ficar ocupando essa linha com besteira — disse Titus em sua melhor voz de policial.

O silêncio pairou do outro lado. Ele não ouviu nenhuma voz diferente ou sons extrínsecos, como um farfalhar de folhas ou uma buzina de carro. Aquilo significava que o interlocutor estava dentro de casa, provavelmente em um cômodo no centro da residência com a porta fechada e o telefone pressionado contra o rosto. Titus conseguia enxergar a cena em sua mente como uma pintura de Caravaggio.

— Me diga, xerife, por que você acha que Jesus não estendeu a mão dos céus e enxugou as lágrimas daqueles meninos e meninas enquanto eu talhava as palavras do Livro Sagrado na pele deles?

Titus esticou o cabo do telefone até a porta do escritório e estalou os dedos para Cam. Ele mexeu os lábios, formando as palavras *pegue esse número*, enquanto apontava para o aparelho.

O detalhe sobre as frases talhadas na pele das vítimas não havia sido divulgado. Alguns de seus oficiais nem sabiam disso. Ele próprio estava tentando esquecer.

Era o Último Lobo do outro lado da linha.

— Era isso que você queria que acontecesse? Você estava testando Jesus? — perguntou o xerife.

Ele manteve a voz calma enquanto Cam usava o computador para filtrar as chamadas. Mudara a voz de policial para a de conselheiro. Era mais uma coisa que ensinavam na academia de polícia. Independentemente do quanto o sujeito fosse perturbado e pervertido, era necessário tentar estabelecer um vínculo. Mesmo que aquilo desse vontade de lavar a boca com água sanitária.

— Gênesis, capítulo nove, versículo vinte ao vinte e sete — disse a voz.

— A Maldição de Cam? É essa sua justificativa para o que você, Spearman e Latrell fizeram? É por isso que seus alvos eram meninos e meninas? — perguntou Titus com delicadeza.

Empatizar com aquele monstro o deixava fisicamente enjoado. Ele conseguia ver aquelas pobres crianças. Apesar de algumas já estarem no fim da adolescência, em sua cabeça elas eram crianças à mercê de Spearman e desse depravado enquanto Latrell chorava ao fundo. As imagens eram claras como água em sua mente.

— Latrell... foi uma surpresa. Eu não achei que ele seria capaz. Acho que você salvou minha vida, xerife — disse a voz.

— Foi mal, erro meu. Não vai se repetir — disse Titus. Sua capacidade de fingir empatia tinha um limite.

A voz riu.

— João, capítulo dez, versículo dez ao doze.

Titus franziu a testa. Mais silêncio pairou entre eles. Ele conhecia os versículos, mas as palavras exatas fugiram de sua mente.

— Será que finalmente te peguei, xerife? Deixa eu dar uma dica. Você fugirá quando me vir chegando? Fugirá quando o lobo vier devorar seu rebanho? — perguntou a voz.

A linha ficou muda.

Titus correu para o saguão.

— Me diga que você conseguiu essa merda.

Cam mordeu o lábio inferior.

— Deu número restrito. Eu... sinto muito, chefe.

Titus esfregou o rosto. Caronte era um pequeno condado na Virgínia, não uma metrópole com uma força policial que tinha seu próprio departamento de vigilância interna. Na verdade, eles nunca nem precisaram de algo tão elaborado, mas agora ele daria qualquer coisa por uma equipe técnica minimamente decente.

— Não se preocupe, Cam. Estamos todos fazendo o melhor possível.

O xerife voltou para sua sala e ligou para o Departamento de Investigações Criminais, o nome oficial da unidade especial de investigação da polícia estadual.

— Departamento de Investigações Criminais. Posso ajudar?

— Preciso falar com o sargento Geary. Aqui é o xerife Titus Crown do Condado de Caronte.

— O sargento Geary não pode atender no momento. Quer deixar um recado?

— Sim. Diga a ele que preciso colocar um rastreador em meu número não emergencial. O assassino acabou de ligar pra cá — disse Titus.

DEZENOVE

Titus deixou a delegacia e seguiu em direção à divisa de Caronte, que fazia fronteira com o Condado de Strayer, do outro lado do rio Oeste. Ele virou na rua do Grifo e depois na travessa Kingston. Havia três casas enfileiradas naquela travessa. Construções modestas estilo rancho, com o pântano e a margem esquerda do rio Oeste em seus quintais. Uma delas pertencia a Cabot Venturis, um chef do Pax Romana, considerado o restaurante chique de Caronte. A outra residência pertencia a Seth e Sueann Sutcliff. Seth era supervisor de turno na fábrica de bandeiras, e Titus já ouvira falar que Sueann vendia velas e aromatizadores de ar através de uma empresa de marketing multinível que custava mais dinheiro do que ela ganhava.

A terceira casa pertencia a um de seus oficiais.

Ele virou na entrada da garagem e passou pelos carvalhos brancos que ladeavam a superfície de concreto. As árvores estavam cobertas de barbas-de-velho, que pendiam como cabelos de banshees. A luz vespertina atingia os galhos e lançava sombras escuras em seu caminho.

Titus estacionou ao lado de uma picape vermelha, um sedan cinza e um pequeno *coupé* azul de duas portas. Ele saiu, endireitou a gravata e ajustou o chapéu antes de se dirigir à porta. Tocou a campainha e esperou.

Barbara Sadler abriu a porta.

— Oi, Titus.

Seu longo cabelo loiro estava preso em um coque bagunçado. Ela usava uma camiseta velha e suja e um par de shorts jeans. Barbara não sorriu nem o convidou para entrar. Simplesmente ficou ali, com as mãos nos quadris e os lábios cerrados. Sua postura mostrava que ela não estava nada contente com a suspensão de Tom.

— Tom está em casa? — perguntou Titus.

— Está lá fora. Estamos esvaziando a piscina — disse Barbara.

Mesmo assim, ela não o convidou para entrar.

— Preciso falar com ele. Posso entrar? — perguntou Titus.

Barbara olhou para ele como se a última coisa que quisesse fosse que o xerife entrasse em sua casa, mas mesmo assim abriu passagem.

— Ele está no deque.

Titus atravessou a sala de estar, passou pela cozinha e saiu pelas portas de vidro que levavam ao deque. Barbara não o seguiu.

Tom estava sentado em uma cadeira de madeira, bebendo de um grande copo plástico amarelo. Titus parou na frente dele. Tom deu mais um longo gole no copo, fez uma careta, depois o colocou em uma mesa ao lado da cadeira.

— Como vão as coisas, Titus? Algum progresso com o caso Spearman? — perguntou Tom.

O xerife o encarou. Observou seus olhos inchados e seu nariz estreito cheio de veias. Seus olhos amarelados. Havia quanto tempo que Tom era alcoólatra? E por que Titus nunca notou? Talvez fosse seu jeito tranquilo que mascarava sua dependência da cana. Não a de açúcar, mas aquela que vinha em uma garrafa. Tom seguia o fluxo para evitar conflitos e nunca chamava muita atenção. Isso ajudava a esconder seu vício e sua duplicidade.

— Não estou aqui pra falar sobre isso, Tom — disse Titus.

— Veio me tirar da suspensão? — perguntou Tom, mas nem ele parecia acreditar nessa ideia.

— Tom, eu sei sobre você e Jasper — disse Titus. Melhor ir direto ao ponto.

Tom pegou o copo e o levou à boca. Um líquido claro cor de âmbar escorreu por seu queixo coberto da barba por fazer. Ele colocou o copo vazio de volta na mesa.

— O que tem eu e Jasper? Eu dou uma passada no Watering Hole de vez em quando. Além disso, não sei do que você está falando. — Sua voz mal passava de um sussurro.

Titus tirou os óculos escuros. Usou a haste para bater no distintivo em seu peito.

— Sabe, isso aqui é mais do que um distintivo. É uma promessa. Ao colocá-lo no peito, você dá mais do que sua palavra de proteger e servir, você promete fazer o melhor para manter em segurança as pessoas a quem serve. Manter seus filhos e suas filhas em segurança. Seus irmãos e suas irmãs. De qualquer forma, é isso o que deveria significar. Esse é o sonho, não é? Mas quando você quebra essa promessa, essa estrela se torna somente um pedaço barato de latão, e você vira um mentiroso.

— Titus, do que você está falando? — perguntou Tom, a voz tão baixa que ele parecia falar consigo mesmo.

— Você recebeu dinheiro de Jasper pra avisar a ele quando fôssemos fazer uma batida. A gente tentou pegar ele de surpresa quatro vezes no último ano. E todas as quatro vezes, na semana antes de agirmos, você fez um depósito enorme no banco. Nove mil novecentos e noventa e nove dólares. Somente um dólar abaixo do limite de relatório automático para o imposto. Um total de quarenta mil — disse Titus.

Ele não falou como uma acusação, mas como um fato imutável. Tom encarou seu copo vazio.

— Eu ganho vinte e oito mil por ano como policial. Minha filha quer ir pra Universidade de Mary Washington neste outono. Minha esposa fez uma mastectomia e pode precisar de outra — disse Tom.

— Tom, eu sinto muito por Barbara e espero que Allison consiga entrar na Mary Washington, mas não venha me contar sobre seus problemas quando você dirige uma Gladiator, Barbara tem um Lexus e Allison um Mini Cooper. Estamos sentados em seu deque de vinte metros quadrados nos fundos de sua casa suburbana com vista para a piscina. Não me desrespeite assim. Ao menos não me desrespeite mais do que já fez — disse Titus, pensando em seu próprio carro, um Jeep Wagoneer que já tinha uns oito anos.

— Não estou contando problemas. Só contei como estão as coisas agora. Você não entende. Eu… eu só estou sobrecarregado — disse Tom.

— Foi por isso que você atirou em Latrell? Porque estava sobrecarregado? — perguntou Titus.

— O quê… Por que você diria isso?

Titus chegou mais perto da cadeira de Tom. Ao longe, um mergulhão cantou sua canção de amor pelo pântano.

— Latrell te viu conversando com Jasper. Ele sabia que você estava recebendo suborno. Então, quando ele desceu aquelas escadas depois de estourar a cabeça de Jeff Spearman, você viu uma chance de se livrar dele e garantir que o rapaz nunca dissesse nada a ninguém. Foi apenas uma feliz coincidência que ele estivesse armado e representasse perigo. Você viu uma oportunidade e decidiu aproveitar. E a pior parte é que você provavelmente vai sair impune. O procurador do condado jamais encostaria um dedo em você agora que matou o negro lunático que ameaçava o melhor e o mais brilhante que o Condado de Caronte tem a oferecer. Agora, você é um herói, e ninguém quer desmascarar um herói.

Ele se inclinou para a frente e colocou as mãos nos braços da cadeira. Titus e Tom estavam a centímetros de distância, seus rostos quase se tocando.

— Eu não posso te prender por homicídio em primeiro grau — continuou o xerife —, mas com certeza posso pegar de volta esse pedaço de latão e essa arma e garantir que você nunca mais vista o uniforme do Departamento do Xerife de Caronte. Não é grande coisa. Na verdade, é quase nada, mas é assim que vou cumprir minha promessa. É assim que mantenho meu povo seguro. E sabe de uma coisa, Tom? É melhor você não colocar nem o dedinho do pé fora da linha. Eu vou estar de olho em você, e se você cometer um único errinho sequer, minha missão vai ser te jogar na cadeia. É melhor não tirar nem a etiqueta de um maldito colchão. — Ele se afastou da cadeira. — Pode mandar o distintivo pelo correio. Devolva a arma amanhã.

— Titus… Eu não…

— Tom, quantos filhos de seus vizinhos morreram de overdose porque você ajudou Jasper? Quantos deles estão debaixo da terra porque você precisava de uma bomba nova pra sua piscina? Pense nisso antes de dirigir a palavra a mim de novo — disse Titus.

O xerife desceu os degraus do deque e caminhou pelo jardim de volta até o SUV. Pensou ter ouvido Tom soluçar enquanto se afastava.

•

Ele encontrou seu pai fazendo costeletas de porco quando entrou pela porta da frente. Podia sentir o cheiro de cebola, pimentão e alho da sala de estar. Titus tirou o chapéu e os óculos escuros e se juntou ao pai na cozinha.

— Tá fazendo o que aí, meu velho? Tentando colocar fogo na casa? — perguntou Titus, a voz séria.

— Cala a boca, garoto. Estou fazendo costeletas de porco para a refeição pós-funeral de amanhã — disse Albert.

— Não é para o jantar? Tá dando mole no serviço, pai.

Albert soltou um suspiro exasperado.

— Acha que eu não cozinharia para meu próprio filho primeiro? Tem algumas na geladeira pra você, só precisa esquentar.

Titus foi até a geladeira e pegou um prato de costeletas de porco, purê de batatas e couve. Colocou no micro-ondas e pegou uma cerveja enquanto a radiação fazia seu trabalho. Albert virava as costeletas na gordura quente enquanto Titus bebia. Ele observou enquanto seu pai flexionava e relaxava os ombros repetidamente.

Por fim, ele se virou para Titus.

— Eu estava me perguntando, e sei que você está ocupado com toda essa história, e sei que você não é muito de igreja, mas eu estava pensando se…

— Desembucha, pai — disse Titus, embora tivesse quase certeza do que seu pai ia pedir. Estava escrito em sua postura e na expressão em seu rosto.

— Você iria ao funeral de Gene comigo amanhã? Ele não tem uma família grande, e provavelmente não vai ter muita gente lá, e… bem, a verdade é que eu poderia precisar de você, filho. Eu… Gene era um dos meus melhores amigos.

Albert enxugou as mãos no avental, depois limpou a boca com o dorso de uma delas, tomando cuidado para manter a mão que usou para cortar cebola longe dos olhos.

Titus tomou um gole da cerveja.

— Não sei, pai. Estou no meio de uma coisa complicada. E acabei de precisar demitir um de meus oficiais.

— O quê? Quem? — perguntou Albert.

— Não importa. Só acho que não vou conseguir ir, pai.

Albert se virou para a frigideira e diminuiu o fogo. O chiado se transformou em um borbulhar suave. Ele falou de costas para Titus.

— Eu não te peço muita coisa, filho. Sei que você é um homem ocupado. Deus sabe que desde que sua mãe morreu você tem estado ocupado pra caramba. Eu tento não pressionar, mas te peço como seu pai. Eu... eu só queria que você fosse comigo. E pensei que talvez pudéssemos colocar algumas flores no túmulo de sua mãe. — Ele suspirou. — Sabe, é engraçado. No começo, você vai lá toda semana. É tudo em que consegue pensar. Então, pouco a pouco, como um vazamento lento em um pneu, você se vê indo cada vez menos, até que um dia percebe que é seu aniversário de casamento e você vai enterrar seu melhor amigo no dia mais feliz da sua vida e não visitou o túmulo de sua esposa desde o aniversário dela no ano passado. — Albert fez uma pausa. — Não sei se consigo fazer isso sozinho.

Titus colocou a cerveja no balcão. Fazia muito tempo que via seu pai tão próximo de chorar.

— Tudo bem, pai. Vamos. Eu vou.

Albert tirou a frigideira do fogão e a colocou no balcão. Ele foi até Titus e o abraçou.

— Obrigado, garoto. — Ele deu tapinhas nas costas de Titus. Uma, duas, três vezes. — Agora coma sua comida, eu caprichei nessas costeletas.

•

Mais tarde, enquanto ele estava deitado na cama repassando o caso em sua cabeça como as engrenagens lentas, mas seguras, de alguma enorme máquina *dieselpunk*, seu celular tocou.

— Alô?

— E aí? — disse Darlene.

— E aí? Tudo tranquilo?

— Não sei. Só fiquei me perguntando o que você estava fazendo. Não falei com você o dia inteiro — disse ela.

Titus fechou os olhos.

— Eu sei. Tem sido caótico. Desculpe, é só que tem muitas coisas acontecendo.

— Queria ir aí, mas… estou meio que com medo de andar da minha casa até o carro — disse Darlene. Ela riu, mas foi uma risada sem alegria.

— Tudo bem. Você pode vir amanhã à noite. Tenho umas coisas pra fazer de manhã e à tarde vou levar meu pai ao funeral do amigo dele, Gene. Pode vir depois disso — disse Titus.

— Vi que o Canal Dezenove estava na cidade hoje. E Wanda Leigh me disse que tem uma mulher por aqui gravando um podcast ou algo do tipo, fazendo muitas perguntas. Ela estava esperando as pessoas na saída do Safeway. Não sei, isso aqui não parece mais Caronte. Parece que estamos em um filme de terror, só que eu não quero ser a última sobrevivente — disse Darlene.

— Ei, olha, preciso te contar uma coisa — disse Titus.

A linha ficou silenciosa.

— E? — disse Darlene depois de alguns segundos.

— Sabe a garota do Safeway? O nome dela é Kellie Stoner. Ela passou na delegacia hoje cedo. Ela é uma repórter de Indiana. — Titus deixou a declaração pairar entre eles por um segundo.

— Ela estava dizendo às pessoas que era sua amiga — disse Darlene.

Mais silêncio.

Titus suspirou.

— Bem, a gente já foi mais do que amigos. Namoramos por um tempo. Só queria que você soubesse disso.

— Tudo bem.

— Tudo bem?

— Sim. Tipo, já faz tempo que vocês terminaram, não é? — perguntou Darlene.

Sim, pensou Titus. *Mas hoje, quando eu a vi, minha boca ficou seca e meu coração bateu forte contra minhas costelas. Nosso sexo costumava ser quase um ato de violência. A ponto de eu me sentir sujo depois. Mas eu gostava. E meio que me odeio por isso. E há algo selvagem nela que é ao mesmo tempo atraente e enlouquecedor. E eu não gosto de me sentir feroz, selvagem, fora de controle.*

— Sim. Já acabou faz muito tempo — disse Titus.

VINTE

Titus chegou à sua mesa às 7h da manhã seguinte. Foi recebido por Cam e uma nota do turno da noite. A Sra. June Baker, uma octogenária com uma péssima mira, atirara contra duas crianças que moravam no fim da rua e que bateram em sua janela às 22h. Segundo Pip, a Sra. Baker pensou que quem estava na janela era "aquele rapaz que matou os jovens". As crianças estavam bem, apenas com um pouco de vidro no cabelo e um pouco de urina nas calças.

— Legista na linha dois — disse Cam, antes que Titus pudesse colocar seu café na mesa.

O xerife pegou o telefone e o segurou contra o pescoço enquanto colocava a valise na mesa.

— Alô.

— Xerife, é a Dra. Kim. Só queria que você soubesse que confirmamos a identidade de Cole Marshall por meio da arcada dentária e do DNA.

— Obrigado, Dra. Kim, agradeço sua dedicação a tudo isso — disse Titus, decidindo contatar os pais de Cole e publicar uma declaração nas redes sociais da delegacia.

— Bem, como eu imagino que você diria, é nosso trabalho. Além disso, queria aproveitar pra avisar que estamos fazendo testes no pedaço de pele que deixaram aí na delegacia. Também estamos fazendo exames de DNA tanto nas amostras que encontramos nos corpos quanto nas amostras retiradas dos próprios corpos. Vamos utilizar uma nova técnica para fazer conexões utilizando correspondências de DNA nos bancos de dados. Devemos ter alguns resultados até o fim de semana.

— Isso seria realmente uma boa notícia. Estamos precisando de um pouco de resultados por aqui.

— Xerife, também queria dizer que encontramos as mesmas fibras sintéticas utilizadas em algumas perucas no corpo do Sr. Marshall, assim como foram encontradas nos restos mortais do salgueiro.

Titus assentiu. Suas suspeitas foram confirmadas. O Último Lobo matara Cole Marshall.

— Qual foi a causa da morte de Cole? Presumo que tenha sido o corte na garganta, mas será que ele estava vivo nesse momento? E você conseguiu identificar o tipo de faca utilizada? — perguntou Titus.

— Foi uma combinação de lacerações nas artérias carótida e femoral. Acreditamos que ele estava vivo quando o agressor removeu os pulmões. Encontramos danos ao osso hioide, que pode ter sido causado tanto por estrangulamento com uma chave de braço quanto por usar as mãos. A faca provavelmente era uma lâmina larga, como uma faca de caça. Extremamente afiada — disse a Dra. Kim. Antes que Titus pudesse responder, ela continuou: — A pessoa que fez isso, xerife, é uma pessoa muito perturbada. Mas acho que você já sabe disso.

— Sim, eu sei — disse Titus.

•

Titus terminou de postar a atualização sobre Cole nas redes sociais da delegacia. Ele ligara para a casa dos pais dele havia uma hora. Mesmo depois de tantos anos na polícia, ele nunca se acostumaria aos gritos dos pais ao perceberem que seu filho nunca mais veria a luz do sol.

Steve bateu no batente da porta do escritório, que estava aberta.

— Entre. Foi buscar Elias? — perguntou Titus.

— É sobre isso que eu queria falar com você. Passei lá há uns trinta minutos. A esposa dele falou que ele não estava. Então uma daquelas filhas estranhas deixou escapar que Elias não vai pra casa há alguns dias — disse Steve.

— Diga a Cam para emitir um alerta de procura-se. Puxe o registro dele e obtenha uma descrição do veículo.

Steve franziu a testa.

— Você acha que ele é o assassino? Acha que ele fugiu?

— Não sei. Mas prefiro trazer ele pra cá do que não conseguir mais encontrá-lo — disse Titus.

— Andei pensando em uma coisa. Quantos anos Elias tem? Uns 65, 68? E pesa no máximo uns 50 kg. Não consigo imaginar ele amarrando Cole Marshall entre duas árvores daquele jeito — disse Steve.

Titus se recostou na cadeira.

— É, eu estava pensando a mesma coisa, mas ainda quero falar com ele. Não é por acaso que o assassino usa aquela frase. Elias disse que já usa ela há anos. Ele tem alguma conexão com tudo isso, só não sei qual é ainda.

Mas tenho minhas suspeitas, pensou o xerife.

— E Dayane Carter? Também fugiu? — perguntou Titus.

— Não, senhor, Carla está trazendo ela agora mesmo.

— Certo. Emita o alerta de procura-se, depois tente rastrear Elias. Veja se alguém viu ele ontem à noite — disse Titus.

— Pode deixar. Ei, chefe, a gente vai pegar esse cara, não é? — perguntou Steve.

Titus se inclinou para a frente.

— Você acha que não?

Steve olhou para os próprios pés.

— Não, quer dizer, acho que vamos, é só que, eu sinto... Tipo, você acha mesmo que Elias fugiu, se ele não é o assassino? Porque Elias não me parece o tipo de pessoa que foge da cidade.

— A gente vai pegar esse cara, só que não vai ser fácil. Mas as coisas mais importantes nunca são. Vá emitir o alerta — disse Titus.

— Sim, certo, chefe.

Seu antigo supervisor, o agente especial Tolliver Young, costumava dizer que ser um bom líder às vezes significava fingir que tudo estava impecável, mesmo quando a situação ia de mal a pior. As coisas ainda não estavam tão ruins, mas ele não podia deixar a dúvida se instalar na mente de seus oficiais. A dúvida era gangrenosa. Uma vez que se instalava, era quase impossível impedir sua propagação. Ele não permitiria que isso acontecesse ali. Agora, encontrar Elias era a prioridade número um. Aquele desgraçado defensor do castigo divino estava ligado a tudo isso. Sua atual ausência era praticamente uma confirmação.

Mais uma batida na porta.

— Chefe, vim trazer Dayane. Levou um tempo pra convencer ela a vir — disse Carla.

Titus se levantou da escrivaninha. Pegou seu bloco de notas e uma caneta.

— Pegue o arquivo do caso Cole e leve para a sala de interrogatório. Quero que participe. Foi você quem convenceu ela a vir, então talvez Dayane se sinta mais à vontade com você — disse Titus.

— Tudo bem, se você acha mesmo que é uma boa ideia — disse Carla.

— Acho. Tanto pra ela quanto pra você. Eu sei que você gostaria de assumir meu cargo um dia, e não estaria agindo certo com você se não tentasse te dar a experiência necessária — disse Titus.

Ele jamais pretendera ser xerife para sempre. Ele nem esperara vencer, mas agora que estava sentado naquela cadeira com aquele distintivo no peito, Titus sabia que precisava fazer de tudo para garantir que caras como Tom ou Roger não assumissem o controle e governassem o condado como se fossem seus feudos pessoais, do jeito que Ward e Cooter fizeram.

Carla sorriu.

— Obrigada. De verdade.

— Sem problemas. Agora vamos ver o que ela tem a dizer sobre Cole e seu rosto arrancado — disse Titus.

•

Quando entraram na sala, Dayane estava sentada com os braços cruzados sobre a mesa. Ela mascava chiclete como se fosse capim. Titus e Carla se sentaram quase ao mesmo tempo.

Titus pensou que Dayane já havia sido muito bonita um dia. Ela não era horrível agora, de forma nenhuma. Mas muitos dias longos e muitas noites maldormidas começaram a afetá-la. Havia pés de galinha nos cantos de seus olhos, profundos o suficiente para segurar uma moeda, e uma arcada dentária amarelada e incompleta. Dayane parecia ter envelhecido uns cinco anos desde que ele a prendera e a Danny Fields no estacionamento do Safeway às três da manhã, dividindo uma dose de metanfetamina em uma garrafa de refrigerante. Ao menos ela estava melhor do que Danny. Ele tivera uma overdose algumas semanas depois.

Seu espesso cabelo loiro estava preso com tanta força em um rabo de cavalo que a pele de sua testa parecia prestes a se romper. Ela usava uma jaqueta jeans e calças de moletom. Também vestia a camiseta de uma banda da qual Titus nunca ouvira falar, chamada Dionysus Effect.

— Como você está, Dayane? — perguntou Titus.

— Como você acha? Sua garota chega, me tira do trabalho e me arrasta até aqui. Tô perdendo um tempo que poderia usar pra ganhar dinheiro, então não tô muito bem, não — disse Dayane.

— Bem, vamos tentar levar você de volta pra fábrica o mais rápido possível. Temos algumas perguntas. Não se preocupe, você ganhou o concurso de debulhar milho no Festival de Outono do ano passado, então tenho certeza de que pode recuperar o dinheiro perdido — disse o xerife.

Dayane franziu a testa para ele, mas não respondeu.

Titus tirou uma fotografia oito por dez do ficheiro que Carla trouxera para a sala. Ele a colocou virada para baixo sobre a mesa de metal.

— Muito bem, não vou ficar enrolando. Nós sabemos que você e Cole costumavam ficar de vez em quando. Não nos importamos com isso. O que eu quero saber é por que você mandou uma mensagem para ele ir até o lugar de sempre, na mesma noite em que ele acabou com a garganta esfolada.

Dayane mordeu o lábio inferior.

— Pegaram o celular dele, hein? Não tenho vergonha do que faço. Eu queria transar. Mandei mensagem pra ele, fui até a torre de celular, mas ele não apareceu, aí fui embora — disse Dayane.

— Que horas você foi pra lá e quanto tempo esperou até ir embora? — perguntou Titus.

— Sei lá. Umas 21h? Esperei uns quinze minutos, aí fui embora.

— Não — disse Titus.

— Como assim "não"? Foi o que aconteceu. O sexo era bom, mas não valia a pena esperar a noite toda.

— Não, veja bem, Cole não saiu de casa às 20h30. A estrada secundária fica a dez minutos de distância. Se você chegou lá às 21h, teria visto ele. Sem sombra de dúvida. Tente de novo. Tente falar a verdade dessa vez — disse Titus.

Dayane parou de mascar o chiclete e o engoliu enquanto encarava o xerife.

— Tudo bem, provavelmente era mais perto das 22h. Às vezes eu acabo me confundindo.

— Dayane, encontramos Cole a apenas uns trinta metros da estrada secundária. Ele estava amarrado em uma árvore e alguém havia cortado suas costas até chegar às costelas. Foi isso o que fizeram com o rosto dele — disse Titus, e virou a foto. Era uma imagem ampliada do rosto esfolado de Cole.

Titus observou Dayane se esforçar para não olhar, mas seu olhar parecia atraído pela foto como que por uma força gravitacional. Por fim, ela espiou, depois fechou os olhos.

— Por que tá me mostrando isso? — perguntou Dayane.

— Porque eu sei que você está mentindo. Vou te dizer o que mais eu sei. Cole ligou pra cá, querendo contar sobre alguém que ele achava que poderia ser perigoso. Uma pessoa pra quem ele fizera um trabalho. Ele disse que costumava sair com essa pessoa. Que levavam garotas em um lugar que tinha anjos nas paredes. Acho que você é uma das garotas. Você, Cole e outras pessoas que não conhecemos costumavam se encontrar nesse lugar. Sim, vocês se viam na estrada secundária, mas só pra rapidinhas. Esse lugar pertence a alguém em quem você e Cole confiavam.

Titus fez uma pausa e continuou:

— Só que depois da minha coletiva de imprensa, Cole começou a pensar nessa pessoa. Começou a pensar no lugar com as imagens de anjos. Ele ligou pra cá, mas perdeu a coragem. Acho que ele confrontou essa pessoa. Então essa mesma pessoa pediu um favor pra você. Tirar Cole de casa. Foi o que você fez, e agora Cole está morto. Assim como todas aquelas crianças debaixo do salgueiro-chorão. Porque a pessoa que matou Cole foi a mesma que matou as crianças.

O xerife sabia que havia falhas em sua teoria, mas ela se sustentava o bastante. Ele ligou os pontos na noite anterior. As fibras da peruca serviram de confirmação.

— Eu não sei de que porra você tá falando — disse Dayane.

— Dayane, se você sabe quem fez isso com Cole, o melhor é contar logo pra gente — disse Carla.

— Eu não sei de nada, então não tenho como te contar nada.

— Você acha que está segura? — perguntou Titus.

— Como é que é?

Titus tirou mais fotos do ficheiro.

— Foi isso o que ele fez com Cole. Alguém que ele considerava um amigo. Um amigo com quem ele compartilhava seu lugar secreto, um amigo com quem ele compartilhava mulheres. E ainda assim, ele o estripou como um peixe. Você acha que ele não faria o mesmo com você? Acha que ele não vai pegar aquela faca de caça e cortar seu pescoço? Você sabe demais, e ele não pode permitir que continue viva. Se nos disser o nome dele, poderemos ajudar. Se não, pode acabar gritando por socorro no escuro.

O xerife sabia que suas palavras eram duras, quase uma ameaça, mas a determinação de Dayane era frágil. Ele percebia por sua respiração curta e pela maneira como ela mordia o lábio inferior. Precisava pressioná-la porque o que disse não era um exagero. A vida dela estava em perigo. Se ela não contasse o que precisavam saber naquele dia, naquele exato momento, ela poderia estar em uma mesa de necrotério da próxima vez que a vissem.

— Eu não sei de nada. Se vocês não têm nenhuma acusação contra mim, seria bom se eu pudesse voltar pro trabalho — disse Dayane.

Ela estava batendo o pé esquerdo tão rápido que Titus suspeitou que pudesse ser um espasmo.

— Dayane, você está com medo? Porque, acredite em mim, independentemente do quanto você esteja com medo, não chega nem perto de ser o suficiente. — Titus espalhou as fotos da cena do crime na mesa como um baralho de cartas. — Você deveria estar apavorada.

Dayane olhou para o teto. Ela não queria encarar as fotos.

— Quero voltar pro trabalho.

— Dayane, por favor, pense nisso — disse Carla.

— Eu disse que quero ir embora! — gritou Dayane.

Titus e Carla se entreolharam por um momento antes de o xerife assentir. Eles não tinham nada para mantê-la ali; nem podiam dizer que ela era uma testemunha-chave.

— Certo, vamos — disse Carla.

Ela se levantou e Dayane fez o mesmo.

Carla abriu a porta e a mulher a seguiu para fora da sala.

— Dayane, se eu fosse você, procuraria alguma coisa que te protegesse — disse Titus.

Dayane parou.

— Se eu fosse você, me preocuparia em pegar quem matou aquelas crianças e Cole. E me preocuparia em proteger meu próprio rebanho.

Titus sentiu um calafrio percorrer sua coluna.

Ele se levantou e a seguiu para fora da sala.

— O que você disse?

Dayane não respondeu, mas Carla parou de andar. Dayane passou por ela.

Titus a segurou pelo braço.

— Eu te fiz uma pergunta — disse o xerife, e a virou de frente para ele.

— Eu só disse que você deveria se preocupar com você mesmo — disse Dayane.

— Não, você usou a palavra *rebanho*. O que quis dizer com isso?

— Sei lá. Nem me lembro de ter dito essa palavra.

— É mentira.

Dayane tentou se afastar, mas ele a segurou firme.

— Quero que me faça um favor — disse Titus, e sua voz se tornou um sussurro. — Quando falar com ele, diga que estou chegando. Diga que vou fazer com que pague pelo que fez com aquelas crianças. E quando ele te abrir do pescoço ao umbigo, lembre-se de que tentamos te ajudar.

Ele soltou o braço dela.

— Não sei do que você tá falando — disse Dayane, e saiu porta afora.

— O que aconteceu? — perguntou Carla.

— Recebemos uma ligação ontem de alguém que conhecia detalhes sobre o caso que somente nós e o assassino sabiam. Ele falou algo sobre eu fugir quando o lobo vier devorar meu rebanho. Então ela chega e me fala sobre um rebanho.

Através da janela de arame reforçado em formato de diamante na porta da frente da delegacia, Titus observou Dayane caminhar até a viatura de Carla.

— Leve ela de volta para o trabalho. Depois, volte pra lá perto do final do turno dela. Quero ficar de olho em Dayane — disse Titus.

— Pode deixar. Você realmente acha que ela sabe quem matou Cole? — perguntou Carla.

— Sim. E acho que essa pessoa é o Último Lobo.

— Se isso for verdade, ela... — começou Carla, mas Titus completou sua frase.

— Poderia nos levar até ele. Leve ela de volta.

•

Titus deixou o departamento um pouco depois das 13h para buscar seu pai e irem ao funeral de Gene. Na maioria dos dias em Caronte, as estradas ficavam cheias de trailers e picapes com suspensão elevada puxando lanchas e barcos, todos seguindo em direção ao rio ou direto para a baía. Mesmo naquela época do ano, veículos recreativos e seus proprietários se dirigiam em massa para Caronte com a intenção de aproveitar alguns dias tranquilos de travessuras regadas a uísque.

Só que naquele dia as estradas que levavam ao rio estavam quase vazias. Titus passou por uma colheitadeira com as lâminas suspensas enquanto ia para casa. Viu alguns moradores em picapes e SUVs, mas isso era tudo. A morte, aquela sentinela trajada de preto, havia ceifado a temporada turística de Caronte com dois golpes de sua foice. O primeiro foram os corpos sob o salgueiro-chorão. O segundo foi Cole Marshall. Por mais que Titus odiasse admitir, parecia que Scott tinha razão. Os assassinatos silenciaram o coração pulsante da economia de Caronte.

Mais um motivo para encontrar esse monstro, pensou Titus.

Ele estacionou na garagem, desligou seu carro oficial e entrou em casa. Seu pai estava na cozinha com uma tigela de costeletas de porco nas mãos e usando seu velho terno preto. Se não fosse pelos calos nas mãos, Titus achava que Albert poderia ser confundido com algum presidente de banco ou advogado.

— Tá bonitão, meu velho. Acho que é verdade aquele ditado: a pele negra não enruga — disse Titus.

— Talvez, mas o resto tá todo acabado — resmungou seu pai.

— Tá pronto?

— Vai de uniforme?

— Tem uma gravata — disse Titus.

Albert assentiu, aparentemente satisfeito pelo filho de fato concordar em entrar na igreja.

— Deixa eu levar essa tigela — disse Titus.

— Pode deixar. Pegue as vagens e o purê de batatas. E as flores. Estão na geladeira.

Titus obedeceu. Pegou os recipientes de plástico com as vagens e o purê de batatas, depois um belo buquê de rosas amarelas e lírios da geladeira. Em seguida, acompanhou seu pai até seu carro comum, o Jeep Wagoneer. Titus colocou a comida no chão atrás do banco e as flores no banco traseiro, então entrou pelo lado do motorista. Seu pai fez uma careta e soltou um grunhido ao entrar pelo lado do passageiro.

— Tudo bem?

— Sim, só esse velho quadril incomodando hoje. Sabe que isso quer dizer que vai chover mais tarde, não é? — perguntou Albert.

— Tá bom, Canal do Tempo — brincou Titus.

Seu pai riu.

•

Titus entrou no estacionamento da Igreja Batista Emanuel e estacionou entre o antigo Cadilac El Dorado de Bernice Berry, e o Chevelle Chevy vermelho-cereja 1973 de Ridley Marks — o modelo com a faixa de corrida preta no capô. Titus desceu do Jeep e pegou a comida.

— Feche o carro, pai. Vou levar isso pra cozinha.

— Certo. Vou guardar um lugar pra gente — disse Albert.

Titus levou a comida até a porta lateral traseira da igreja. Uma das diaconisas, Tammy White, o viu na porta e a abriu.

— Caramba, Titus, não quis fazer duas viagens, hein? — comentou Tammy.

Titus se lembrava de Tammy da escola. Ela era cinco anos mais velha do que ele, mas seu ar maternal a fazia parecer muito mais velha.

— Meu pai fez isso para a refeição pós-funeral.

— Pode me dar. É bom ver você por aqui. Sei que anda muito ocupado com aquela coisa do Spearman. Garoto, acho que a gente nunca sabe o que as pessoas andam fazendo, não é?

— Com certeza. As pessoas guardam muitos segredos — disse Titus.

Se já não estivesse morto, Red DeCrain teria concordado com ele.

•

Titus parou no vestíbulo para tirar o chapéu e os óculos escuros. Realizou uma série de inspirações e expirações lentas e profundas. Kellie lhe ensinara alguns exercícios de ioga de respiração quando estavam juntos. Aquela foi a primeira vez que ele os usou desde que se separaram. Sentiu um calafrio no peito que pareceu lhe envolver todo o corpo. Reconheceu os sinais que os psicólogos chamariam de um pequeno ataque de pânico. Não era a primeira vez que ele aparecia em sua igreja desde o enterro de sua mãe. Fora até ali no ano anterior, com o chapéu na mão, para uma reunião da igreja na quinta-feira à noite, a fim de pedir à congregação que votasse nele para xerife.

Dessa forma, aquela era a segunda vez dele em sua igreja desde que sua mãe deixara este mundo. Ele entrou no santuário e encontrou seu pai sentado no terceiro banco da frente. Titus se espremeu ao lado dele e pegou o programa com a ordem do culto que Albert lhe ofereceu. O caixão de Gene era de um cinza-escuro com detalhes em preto. De seu assento, ele conseguia ver Gene em seu repouso final. O homem parecia estar no meio de uma soneca nem um pouco tranquila. Titus se perguntou se o corpo havia dado muito trabalho aos embalsamadores, porque Gene Dixon estava indo para a eternidade com uma careta perceptível no rosto.

— Todos de pé, por favor — ordenou uma voz grave e retumbante.

Titus se levantou junto com os demais presentes. O agente funerário entrou no santuário com o reverendo e a família de Gene em seu encalço. Titus reconheceu a esposa de Gene. Mesmo se não tivesse crescido correndo pela cozinha dela com seus filhos, Gerald e Charlie, teria reconhecido a expressão de luto em seu rosto. O tipo de luto que somente um cônjuge é capaz de expressar. Ele tinha visto a mesma expressão no rosto de seu pai.

O reverendo Jackson se acomodou no púlpito enquanto os agentes funerários fechavam o caixão, e a família, a esposa de Gene, seus dois filhos e sua filha, Rosie, falavam a língua dos inconsoláveis. Lamentos de angústia que deveriam fazer Deus descer e presentear Gene com o sopro da vida apenas para acabar com o tormento deles.

Mas Titus nunca vira um milagre desse tipo, ou qualquer milagre, na verdade. E ele ainda carregava seu próprio tormento nos recônditos mais frios do coração. Em um lugar onde o rosto inerte e sem vida de sua mãe o encarava das profundezas como uma sereia no vazio.

•

Conforme o programa avançava, alguém ligou os quatro aparelhos de ar-condicionado nas paredes. Titus sabia que a congregação de Emanuel era uma das maiores do condado. Em um bom domingo, eles arrecadavam pelo menos mil, talvez mil e quinhentos dólares na coleta. Titus achava que uma igreja que arrecadava uma quantia dessas deveria ser capaz de arcar com um sistema de ar-condicionado central, em vez de quatro aparelhos barulhentos que pareciam sofrer de tuberculose. Também deveria ser capaz de comprar uns bancos melhores. E um novo revestimento de vinil.

Titus não pôde deixar de notar a batina preta ricamente bordada do reverendo Jackson ou seu Lexus novinho estacionado na vaga reservada para o pastor. Pelo jeito, o reverendo trocava de carro todo ano. Talvez fosse esse o milagre que validava a fé dos verdadeiros adeptos.

Ou talvez, em um momento decisivo entre tradição e tribulação, o reverendo Jackson se aproveitou de uma congregação tão apegada à antiga igreja, que os fiéis escolheram ignorar os problemas financeiros do templo. Talvez pensassem que o vermelho mudaria para o preto como a água para o vinho. Enquanto isso, o reverendo Jackson morava em uma das maiores casas do condado.

Aleluia, pensou Titus.

•

Conforme o culto chegava ao fim, Albert cutucou Titus.

— Ei, quando levarem o corpo pra fora, vá buscar as flores — sussurrou Albert.

— Pode deixar, pai.

— Caramba, vou sentir falta de Gene, mas vou ver ele de novo. Sim, vou ver ele de novo — disse Albert, e enxugou os olhos.

Titus guardou para si mesmo seus pensamentos sobre a vida após a morte.

•

Titus observou os carregadores levarem o caixão até a sepultura. Seu pai fez uma careta enquanto desciam os degraus da frente da igreja.

— Tem certeza de que não quer ajuda pra andar até a sepultura? — perguntou Titus.

— Pode me ajudar quando eu estiver morto. Vou ficar bem, garoto. Vá pegar as flores.

Titus foi buscar o buquê em seu Jeep. Ele se afastou da multidão reunida em volta da sepultura de Gene, com medo de que alguém pensasse que suas flores eram para o falecido. As nuvens se acumulavam como jovens se preparando para uma briga em uma esquina. As primeiras gotas de chuva começaram a cair e respingaram na aba de seu chapéu. Titus conseguiu ouvir os soluços da família de Gene começarem a diminuir.

Conforme a multidão se dispersava, Titus se dirigiu ao túmulo de sua mãe. Ele ficou parado aos pés do local de descanso final de

Helen Crown, esperando seu pai se juntar a ele. Titus viu o reverendo Jackson conversando com Albert. Mesmo de longe, percebeu que a conversa não agradava seu pai.

Titus se aproximou dos dois homens.

— Então, acho que é o melhor a se fazer — disse o reverendo Jackson. Sua voz era profunda como uma mina de carvão.

— O que é o melhor a se fazer? — perguntou Titus.

— Ah, oi, Titus, bom te ver, mesmo que sob essas tristes circunstâncias, irmão — disse o reverendo Jackson.

Titus ignorou a gentileza.

— O que é o melhor a se fazer? — repetiu ele.

— O reverendo acha que, como só eu e Gene cuidávamos do jardim da igreja, agora que Gene se foi, deveríamos desfazer o jardim para que se possa vender o terreno — disse Albert.

Titus nunca ouvira seu pai soar tão derrotado.

— Aquele terreno ali, atrás do cemitério? Vocês querem se livrar do jardim e vender? Pra quem? Quem vai querer comprar menos de um quarto de hectare perto de um cemitério? — perguntou Titus.

— Titus, a igreja acha que é o melhor a se fazer. Existem muitas, muitas coisas que podemos conseguir com o dinheiro da venda daquele terreno — disse o reverendo Jackson.

— Tipo o quê? Comprar um carro novo pra você? — perguntou Titus.

O reverendo Jackson e Albert o encararam.

— Perdão?

— Pode pedir perdão à vontade, não vai adiantar. Meu pai, Gene e a Sra. Jojo Ware construíram aquele jardim do zero muito antes de você aparecer aqui com seus quinhentos ternos. Quantas famílias eles mantiveram longe da fome? Quantas pessoas eles impediram de roubar a loja de conveniências para ter dinheiro o suficiente para alimentar suas famílias? E agora você quer vender o jardim? Quem dera se Jesus existisse, pra que ele pudesse te perseguir por aí com um maldito chicote — disse Titus.

— Garoto, cuidado com a boca! — disse Albert.

— Não, pai, quem precisa cuidar da própria boca é esse vigarista. Tenho uma ideia. Que tal se eu comparecer na próxima reunião da igreja e fazer um requerimento para que um contador forense analise os livros e audite todas as contas da igreja? Vamos ver se precisamos mesmo vender aquele terreno.

— Bem, para um membro que não frequenta regularmente, você parece ter muito a dizer sobre como eu conduzo minha igreja — disse o reverendo Jackson.

Titus deu um passo à frente, passando por seu pai e parando imponente perto do reverendo Jackson, que media não mais que um metro e setenta.

— A igreja não é sua. Você é somente o cara que fica no púlpito.

O reverendo Jackson deu um passo para trás, tropeçou e quase caiu por cima de uma lápide.

— Diácono, falaremos sobre isso mais tarde — disse ele, e se esgueirou por entre as sepulturas à medida que a chuva começava a se intensificar.

Titus voltou para sua mãe, e Albert o seguiu.

— Titus, eu sei que... você não é um grande fã da igreja, mas não precisava falar com o reverendo daquele jeito. Acho que... talvez ele tenha razão. Você mesmo estava preocupado comigo um dia desses — disse Albert.

Titus colocou as flores sobre o túmulo de sua mãe.

— Aquele prédio não é a Igreja. Tudo aquilo ali são pedras, argamassa e revestimento de vinil. A Igreja é o que você e Gene estavam fazendo. Posso até não acreditar nisso, mas sei reconhecer. Jamais deixe que aquele vigarista te convença do contrário, pai. — Titus colocou o braço em volta dos ombros de Albert. — Lembra do versículo favorito da minha mãe?

— Salmo trinta e sete, versículo vinte e cinco — respondeu Albert baixinho.

— *Fui jovem, e agora sou velho, mas nunca vi desamparado o justo, nem sua semente a mendigar o pão*. Você é o justo, pai. Por sua causa, muitas pessoas não precisaram mendigar o pão — disse Titus.

Os dois permaneceram ali, lado a lado, por um longo tempo. Qualquer lágrima derramada foi escondida pela chuva.

VINTE E UM

Quando Titus virou a esquina na rua de sua casa, caía uma chuva torrencial. Ao chegar na entrada da garagem, ele estava com os faróis acesos e os limpadores de para-brisa na velocidade máxima.

Parou o Jeep e colocou em ponto morto. Conforme os limpadores se moviam de um lado para o outro em um ritmo robótico regular, Titus vislumbrou um lampejo colorido na porta da frente de sua casa.

Um clarão vermelho que atravessava os painéis de fibra de vidro da porta. Titus desligou os limpadores. Por um instante, antes que a chuva preenchesse o para-brisa, ele pensou ter visto a origem da luz vermelha.

— Pai, fique no carro e ligue para o 911.

— O que… o que é aquilo na porta? — perguntou Albert, semicerrando os olhos.

— Pai, tranque as portas quando eu sair.

— Titus, o que é aquilo?

— Tranque as portas, pai.

Titus saiu do Jeep e sacou sua arma. A chuva caía na diagonal, porém, quanto mais ele se aproximava, mais visível a porta se tornava. Titus mirou na porta usando uma empunhadura tática: a mão direita sobre o pulso esquerdo. Ele foi até a lateral da casa para se certificar de que o quintal estava seguro. Não havia onde se esconder ali, a menos que alguém se enterrasse na pilha de lenha. Ele voltou para a porta da frente. Guardou a arma e colocou ambas as mãos nos quadris.

Um cordeiro branco, a garganta cortada com um único corte preciso e limpo, estava pregado na porta da frente com uma estaca de barraca. Ela atravessava o olho da pobre criatura e saía pela parte de trás da cabeça, perfurando a porta. O sangue havia parado de escorrer da ferida, mas o vento levara a chuva até a varanda, misturando-a com os fluidos do cordeiro e espalhando-os pela entrada.

Titus engoliu em seco.

O Último Lobo estivera em sua casa. E deixara uma mensagem. Mas não a mensagem que imaginava. Ele deve ter achado que assustaria Titus. Estava enganado. Pendurar aquele cordeiro em sua porta dizia ao xerife que ele estava ansioso. Talvez estivesse até perdendo o controle. Quando assassinos meticulosos se tornavam voláteis, eles cometiam erros. Como esse cordeiro. Titus poderia apostar que ele veio do zoológico River Oak, onde ele sabia que havia câmeras de segurança. Essa pobre criatura perdeu a vida, mas, à semelhança dos sacrifícios da antiguidade, uma bênção poderia se manifestar em breve a partir de seu sangue derramado.

O fato de sua própria casa ter sido atacada, de que um homem que matara crianças, meninos e meninas, que matara Cole Marshall, que matara um filhote de ovelha só para chamar a atenção, e ainda trouxera literalmente a briga até a porta de sua casa — bem, tal fato teria que ser deixado de lado por enquanto. Ele precisava usar aquilo a seu favor. Podia sentir raiva e medo depois.

•

Vinte minutos mais tarde, seu quintal da frente estava cheio de veículos, tanto policiais quanto particulares. Luzes vermelhas e azuis brilhavam na escuridão que se intensificava. O cordeiro havia sido colocado em um saco de risco biológico. Douglas, Carla e Davy percorriam a vizinhança, perguntando às pessoas o que viram ou ouviram. Pip e Trey estavam ajudando Titus a limpar a entrada da casa. Steve estava de folga, mas tinha ligado. Todos eles apareceram ou telefonaram para saber como ele estava. Uma atitude pela qual ele era definitivamente grato.

— Vocês não têm câmera de segurança, não é? — perguntou Trey.

Titus balançou a cabeça.

— Meu pai não gosta dessas tecnologias, e eu sinceramente nunca achei que pudéssemos precisar.

— Bem, Cory confirma que alguém invadiu o River Oak e pegou um dos cordeiros. Hoje de manhã, ele percebeu que a cerca tinha sido cortada e fez uma contagem — disse Pip enquanto guardava o celular no bolso.

A chuva diminuíra, mas o ar ainda estava saturado de umidade. Titus sentia como se caminhasse através de uma névoa.

— Leve o cordeiro para Richmond. Tire as impressões digitais da porta, mas duvido que ele tenha deixado alguma. Alguém precisa levar meu pai pra casa do meu irmão — disse Titus.

— Bem, ele está dizendo que não vai a lugar nenhum — disse Trey.

— É, ele está bem decidido — completou Pip.

Titus suspirou.

— Vou falar com ele. E quem está de olho em Dayane?

Pip e Trey se entreolharam.

— Não me digam que não tem ninguém de olho nela. E Elias? — perguntou Titus.

— Chefe, assim que ouvimos falar sobre essa história do cordeiro, viemos todos ver como você e seu pai estavam — disse Trey.

— E eu agradeço muito, Trey. Mas Dayane é a nossa ligação com o assassino. Ficar de olho nela e encontrar Elias são os meios de resolver isso. Vou falar com meu pai — disse Titus.

Ele tentou não ser muito duro com eles. Nem todo líder tinha uma equipe que se importava com ele da maneira como a maioria de seus oficiais se importava. Então, ele com certeza deveria demonstrar gratidão. Mas isso não significava que eles podiam deixar o caso de lado. Titus agradecia a preocupação, mas ainda estava vivo. Eram os mortos que precisavam de toda a atenção deles.

— Pai, você precisa ficar na casa de Marquis por um tempinho — disse Titus.

Seu pai estava sentado em um toco perto da pilha de lenha enquanto os oficiais trabalhavam na frente da casa.

— Titus, eu dormi do meu lado da cama por trinta anos. Não vou mudar isso por causa de um louco qualquer — disse Albert.

— Pai, estou tentando cuidar de você — disse Titus.

— E eu agradeço, filho, de verdade. Mas tenho uma Colt 1911 que era do meu pai. Ela vai me fazer companhia esta noite. Mas não vou sair da minha casa.

Por um momento, parecia que o tempo não havia passado, e Titus viu o velho Albert, cheio de vida e determinação, que não dava o braço a torcer.

Titus colocou a mão no ombro de seu pai.

— Tudo bem, pai, vamos ficar.

— Titus! — gritou uma voz das sombras.

O xerife se virou e viu Kellie e Hector tentando passar pelos oficiais, que tinham formado uma barreira para impedi-los. Ele se apressou em direção à confusão.

— Kellie, o que está fazendo aqui? — perguntou Titus.

— A gente tem um rádio. Tudo bem com você? Pode nos dizer alguma coisa? Você acha que foi o assassino? — perguntou Kellie.

Ela estava segurando um pequeno microfone sem fio. Seu tom era profissional, mas seus olhos estavam arregalados e avermelhados. Ela estava com medo por ele. Titus não precisava ouvi-la pronunciar as palavras.

— Kellie, volte para o Albergue dos Todd. Falo com você mais tarde, agora vocês só estão atrapalhando.

— Ouviu ele, senhorita — disse Carla, e deu um empurrãozinho gentil no ombro de Kellie.

— Não me toque! — disse Kellie, e a fúria, tão ardente quanto a escória de metal fundido, tomou conta de seu rosto.

Titus se aproximou e se posicionou entre elas.

— Kellie, por favor, vá pra casa. Mais tarde a gente conversa. Prometo.

— Você deveria ensinar a Jennifer Lopez aí sobre a primeira emenda, Titus — disse Kellie enquanto ela e Hector saíam.

— Do que você me chamou? — perguntou Carla, mas Titus a impediu quando ela começou a ir em direção a Kellie.

— Se um dia quiser estar no meu lugar, precisa aprender a ter mais jogo de cintura, oficial — disse Titus.

— Não sei o que você viu nela — disse Carla.

Titus suspirou.

— É uma longa história.

Douglas, Carla e Davy conversaram com todo mundo da rua de Titus. Ninguém viu nada. A maioria estava fora de casa, fazendo compras ou trabalhando. Trey foi até o River Oak dar uma olhada na gravação, mas ligou para informar a Titus que a qualidade do vídeo era péssima. Tudo o que mostrava era um indivíduo com um moletom de capuz, uma máscara de esqui e luvas, cortando um buraco na cerca com um alicate e depois levando o pobre cordeiro. Sem aprimorar sua resolução, não havia como saber se era homem ou mulher, alto ou baixo, branco ou negro. Titus disse para Trey pegar a gravação, assim poderiam enviar para o Departamento de Investigações Criminais pela manhã. Depois disso, não havia muito mais que os oficiais pudessem fazer, então a maioria voltou ao patrulhamento ou foi para casa. Carla foi vigiar Dayane. Davy foi até a ilha ver se Elias retornara.

— Quer que um de nós fique na frente da casa? — perguntou Pip.

— Não. Se ele aparecer de novo, vou resolver isso do meu jeito — disse Titus.

Sabia que soava como uma ameaça, mas a verdade era que, se pudesse evitar, ele não queria colocar seus oficiais em perigo. Essa pessoa, o Último Lobo, o Anjo da Morte, estava à beira do colapso. Titus achava que ele faria alguma coisa caótica em breve. Havia algo de apocalíptico em sua mente. Pip merecia se aposentar, e não acabar envolvido nos devaneios mortais de um lunático.

Então Titus mandou todos para suas casas ou obrigações.

Agora, estava sentado em sua varanda com um uísque na mão e sua espingarda no colo. As nuvens se dispersaram e o céu noturno estava salpicado de estrelas mortas havia muito tempo. Sapos, grilos e aves noturnas competiam por sua atenção. Ele não dormia muito bem em uma noite tranquila, então já imaginava que ficaria acordado até o nascer do sol. Ali no escuro, com seu pai dormindo abraçado à própria pistola, o horror do que acontecera finalmente se instalou em seus ossos.

Titus não podia culpar ninguém além de si mesmo. Desafiara o assassino mandando uma mensagem através de Dayane, e ele respondera. Titus sempre dizia a seus oficiais para nunca deixar o trabalho se tornar pessoal, mas as coisas entre ele e essa abominação estavam começando a parecer extremamente íntimas.

Titus pegou o celular e ligou para Darlene.

— Tudo bem com vocês? — perguntou ela assim que atendeu.

— Estamos bem. Liguei porque não queria que se preocupasse.

— Não tô preocupada. Tô apavorada.

— Tá tudo bem. Vai ficar tudo bem.

— Titus, alguém pregou uma cabra em sua porta — disse Darlene.

Um cordeiro, mas acho que isso não importa agora, pensou Titus.

— Eu sei. Vai ficar tudo bem, mas acho que precisamos ser cautelosos. Acho que você não deveria vir aqui pra casa hoje, ou por um tempinho, na verdade.

— Quanto tempo é um tempinho? — perguntou Darlene.

— Só por agora. A gente vai pegar ele, mas por agora, bem, eu jamais me perdoaria se alguma coisa acontecesse com você — disse Titus.

— E eu não sei o que faria sem você.

— Você não vai precisar descobrir. Só quero que fique segura, tá bem?

— Eu te amo, Titus — disse Darlene.

— Eu… Eu também te amo.

— Me liga de manhã. Estou tão estressada que tomei um remédio pra dormir e estou prestes a capotar — disse Darlene.

— Certo. Bons sonhos.

— Pra você também, Smokey.

Ele desligou o telefone.

Titus tomou um gole de sua garrafa, fechou os olhos e imaginou o caso como se fosse um quebra-cabeça. Imaginou a si mesmo juntando as peças. Elias desapareceu depois que Titus falou com ele. Cole Marshall morreu. Dayane sabia o nome da pessoa com quem eles saíam, a pessoa que matou Cole e aquelas crianças. Agora, Elias estava desaparecido. E se Elias não fosse o assassino? E se ele fosse o motivo? Ou, mais precisamente, a gênese? Será que ele fazia parte da história de origem do assassino? Griselda dissera que, onde quer que aquele menino estivesse, esperava que as pessoas trancassem suas portas à noite.

E se esse lugar fosse Caronte?

E se o garoto tivesse voltado para casa e se tornado o Último Lobo?

Titus tomou mais um gole. Sua mente não parecia entorpecida pelo álcool. Na verdade, era como se a bebida aguçasse seus pensamentos.

Digamos que o garoto que Elias e sua igreja abusaram voltou para morar em Caronte. Mas ele tem uma dor dentro dele. Uma dor voraz. De alguma forma, ele acaba conhecendo Spearman e percebe que os dois têm os mesmos interesses lascivos. Ou interesses semelhantes. De alguma forma, Latrell acaba se tornando parte disso, e esse é o erro deles. Agora, esse tal garoto está acertando contas antigas e resolvendo pendências à medida que perde cada vez mais a cabeça. Seus dois acólitos estavam mortos. Sua missão, sua guerra contra Deus, havia sido frustrada. Titus estava convencido de que essa história toda se tratava disso.

— Algo dentro de você se partiu, não foi? E agora você está em pedaços — sussurrou Titus.

O xerife tomou mais um gole.

Aquilo significava que Elias provavelmente estava morto. Ele estava esperando uma ligação de Carla, mas se Dayane estava desaparecida, isso significava que ela fugira da cidade ou também estava morta.

Titus abriu os olhos e ligou para Trey.

— Pode falar, chefe — disse Trey.

— De manhã, vá atrás do juiz e consiga um mandado para os arquivos comerciais de Cole Marshall. Sei que ele tinha uma licença de empreiteiro, então isso significa que pagava impostos. Se ele recebeu dinheiro em espécie para construir aquele lugar do qual falou, então estamos ferrados. Mas se ele recebeu um cheque, precisou registrá-lo. Cruzamos os dados dos clientes dele com pessoas que poderiam se encaixar no perfil. Um homem branco fisicamente forte, entre 25 e 35 anos, com terra o suficiente pra construir uma espécie de santuário masculino ou algo do tipo — disse Titus.

— É uma boa ideia, chefe. Vou fazer isso logo cedo. Ei, sei que pode não ser um bom momento, mas como ficou aquela outra coisa? — perguntou Trey.

Titus podia ouvir uma voz de mulher ao fundo. Trey estava tentando manter a conversa deles confidencial. O xerife pensou que ele daria um bom agente do FBI, se fosse isso o que ele queria.

— Consegui resolver o assunto.

— Bem, acho que já está de bom tamanho. Vou cuidar daquilo logo cedo — disse Trey.

— Boa noite — disse Titus.

Ele tomou mais um gole.

Mesmo com tudo o que tinha visto, com todas as coisas que fizera, a imagem daquele cordeiro pendurado em sua porta o assombrava. Crianças e animais eram alvos fáceis. Nenhum dos dois aprendera a desconfiar de boas intenções e palavras gentis.

VINTE E DOIS

Preston Jefferies muitas vezes desejou poder controlar o tempo. A Secretaria de Agricultura disse que tecnicamente não estavam mais em situação de seca, mas a conta de energia do sistema de irrigação discordava. Seu milho demorou uma eternidade para amadurecer para a colheita do outono daquele ano, apesar dos 12 mil dólares que ele investira no tal sistema de irrigação. Ali estava ele, na terceira semana de outubro, finalmente se preparando para colocar sua colheitadeira para funcionar e tentar igualar o rendimento ao do ano passado. Ele não iria superá-lo. Essa possibilidade já não existia mais. Porém, se mantivesse os rendimentos próximos, ainda se qualificaria para o subsídio do Estado. Sua fazenda era uma das poucas propriedades agrícolas de famílias negras no sudeste da Virgínia, e esses subsídios ajudavam a estancar a hemorragia quando eles perdiam grandes contratos de etanol ou quando os produtores de ração tentavam pagar muito abaixo do esperado.

Preston achava que o capitalismo era ótimo para as pessoas que se pareciam com as que estavam sentadas no Capitólio. Para todas as outras, bem, às vezes era como tentar escalar um poste escorregadio usando luvas.

Ele ligou sua colheitadeira. O motor de 268 cavalos de potência ganhou vida. Pisou no acelerador e tirou a máquina do galpão de três paredes onde a guardava. O sol surgia lentamente no horizonte. Apesar dos longos dias, das dores, dos sofrimentos e da incerteza, uma manhã como aquela o fazia se lembrar de por que continuava garantindo seu sustento da terra. Administrar uma fazenda exigia uma notável força de vontade. Ele tirava seu sustento do solo por pura determinação. No entanto, esse ato o conectava à terra, a seu pai e ao pai de seu pai. Aquela fazenda era seu legado. E ele esperava que fosse o legado de seus dois filhos também.

Preston dirigiu até a extremidade do milharal e começou a colheita. Ele cantarolava para si mesmo à medida que a colheitadeira retirava as espigas dos caules e as devolvia ao solo, contribuindo para a próxima safra. Seu cantarolar se transformou em uma antiga música de R&B que ele cantara para sua esposa no casamento. *Always*, de Atlantic Starr.

Ele chegou ao fim de seu milharal. Sua fazenda era pequena em comparação com as outras do Meio-oeste, mas ele trabalhava a terra com um olhar experiente e a determinação de maximizar a produção. Deu meia-volta e começou a dirigir na direção oposta. Preston estava prestes a atingir o agudo que fizera sua esposa se emocionar quando viu um objeto estranho no meio do terreno.

Ele puxou o freio de mão e desceu da colheitadeira.

— Meu Deus — disse Preston, quando chegou perto o suficiente para ver o que estava no meio do milharal.

•

Titus estava parado em frente a seu quadro de avisos, olhando para as folhas de papel presas com tachinhas. Carla lhe dera a má notícia quando ele chegara à delegacia.

— Fui até a casa de Dayane. O carro dela sumiu e a colega de apartamento disse que ela arrumou as malas e não falou pra onde ia ou quando voltaria. Fiquei estacionada do outro lado da rua por algumas horas pra ver se ela voltava, mas não voltou — dissera Carla.

Titus não a repreendeu. Eles cometeram um erro e agora precisavam compensar. Ele adicionara uma folha de papel com o nome de Dayane ao quadro.

Steve o informara de que Elias ainda não voltara para casa.

— Pergunte à esposa dele sobre o menino que eles criaram. Pergunte a ela sobre o irmão de Elias e veja se ela tem alguma foto do menino, se sabe onde ele está. Parece que ele foi adotado ilegalmente e educado em casa. Então, não sabemos qual era a aparência dele naquela época e nem agora — dissera Titus.

— Você acha que aquele menino cresceu e se tornou o Último Lobo? — perguntara Steve.

— Faz sentido. Tem algumas lacunas, mas faz sentido. Pergunte sobre as fotos.

Trey bateu à porta do escritório.

— Pode entrar — disse Titus.

— Verifiquei os registros de Cole, se é que podemos chamar assim. Ele recebia em dinheiro pela maior parte de seus bicos. E o trabalho que não fazia por dinheiro era para idosos. Tipo capinar um terreno. Perguntei à namorada dele se Cole alguma vez mencionou algo sobre construir um santuário masculino ou um grande galpão para alguém, mas ela disse que ele não falava sobre trabalho com ela. Acho que não conseguimos nada — disse Trey.

— Bem, valeu a tentativa. — Titus voltou a olhar para o quadro. — Vamos revisar o que achamos que sabemos. O assassino é amigo de Cole Marshall. É amigo de Dayane Carter. É um morador da cidade. Possivelmente um garoto que foi abusado na Sagrada Rocha e que matou seu tio de consideração. Conhecia Spearman bem o suficiente para que compartilhassem seus segredos sujos. Conseguiu convencer aquelas crianças, algumas delas bastante espertas, a entrarem em um veículo com ele. Esse era o papel de Latrell. Cole, Latrell e Dayane trabalhavam na distribuidora de peixes.

— Talvez devêssemos ir atrás da namorada de Cole de novo e perguntar quem eram seus amigos mais próximos. Ela deve saber quem eram os parceiros de bebedeira dele — sugeriu Trey.

— Sim. Faça isso. Sabe, eu vi Cole jantando com a namorada, um cara chamado Dallas Processer e a esposa dele. Pergunte a ela o quanto Cole e Dallas eram próximos.

— Dallas? Não sei, não — disse Trey. — Ele estava um ano atrás de mim na escola. Tudo o que ele queria era dirigir o caminhão caçamba do pai. Era quieto como um rato. Não consigo imaginar ele fazendo isso.

— A máscara, Trey. Todos usamos uma máscara. Pergunte se eles eram próximos.

— Certo. Podemos falar sobre o tiroteio? — perguntou Trey.

Titus se virou e o encarou.

— Prossiga.

Trey pigarreou.

— Bem, eu olhei os relatórios e vi vários vídeos na internet. Falei com alguns dos alunos e vi os vídeos deles. Titus, eu analisei o caso de todos os ângulos possíveis, e não posso dizer que foi um disparo injustificado, mesmo com o que sabemos sobre Tom. O cara foi pra cima de vocês com uma arma na mão. Não sou fã de Roger, e Tom é muito questionável, mas acho que eles não são mais suspeitos. Vou te enviar uma cópia do meu relatório — disse Trey.

— Tem certeza? Não quero que diga isso só porque nosso departamento está em jogo — disse Titus.

— Você nos ensinou a fazer melhor do que isso.

Titus assentiu. Ele sempre teria suas próprias dúvidas, mas a verdade era que o distintivo os protegeria. Latrell estava armado. Ele matara alguém. Participara da morte de crianças. Os Jamal Addisons do mundo poderiam lamentar sua morte, mas para a maioria Latrell era somente um problema resolvido. Essa era a narrativa que prevaleceria. E danem-se os detalhes.

Quem controlava a narrativa, controlava a verdade.

Essa foi mais uma lição que ele aprendeu com Red DeCrain.

O telefone da escrivaninha tocou. Ele não esperou Kathy dizer a linha. Simplesmente atendeu a ligação.

— Xerife Crown.

— Xerife, é a Dra. Kim.

Titus trocou o telefone para a orelha esquerda.

— Pode falar, doutora.

— Conseguimos identificar mais quatro das vítimas através de arcadas dentárias e DNA. A sétima vítima ainda é desconhecida. Gostaria das informações para informar às famílias? — perguntou a Dra. Kim.

— Pode me enviar isso por e-mail. De onde eram as outras vítimas?

— Vamos ver aqui. Você já sabe sobre Baltimore. Depois temos Columbia, na Carolina do Sul; Hillsborough, na Carolina do Norte; Wilmington, em Delaware; e Filadélfia, na Pensilvânia. — A Dra. Kim listou os locais com uma eficiência indiferente.

— Você tem as datas aproximadas em que as vítimas foram dadas como desaparecidas? — perguntou Titus, enquanto pegava seu bloco de notas.

— Sim. A vítima de Columbia foi dada como desaparecida em 21 de junho de 2013; a de Hillsborough em 30 de julho de 2014; a de Wilmington em 1 de agosto de 2015; e a da Filadélfia em 10 de junho do ano passado. A de Baltimore foi em 2010. A vítima não identificada é a mais recente. Vamos tentar fazer uma reconstrução facial.

— Obrigado, doutora.

— Xerife, tem mais uma coisa — disse a Dra. Kim.

Davy irrompeu no escritório de Titus. Ele não se deu ao trabalho de bater na porta. Parou no meio do cômodo, ofegante.

— Titus, você precisa vir. Acharam mais um corpo, no milharal de Preston Jefferies. Você precisa vir, é ruim, muito ruim! — disse Davy. As palavras foram disparadas rapidamente, como uma sucessão de fogos de artifício.

— Doutora, tenho que ir. Mande o resto das informações por e-mail — disse Titus.

— Xerife, eu realmente acho...

— Sinto muito, doutora, tenho que ir. Achamos mais um corpo — disse Titus.

Ele desligou o telefone e pulou da cadeira. Pegou seu chapéu e seguiu Davy porta afora.

•

Agora, ele está brincando conosco, pensou Titus. O vento soprava pelos caules de milho, fazendo-os chacoalhar como dentes. Havia um cheiro estranho no ar, uma mistura do fedor da terra molhada, dos produtos químicos utilizados por Preston para fertilizar sua plantação, e do corpo em si.

— Quem colocou o lençol nele? — perguntou Titus.

— Preston. Ele ligou para o 911, e disse que não queria deixar o corpo sozinho, mas também não conseguia olhar pra ele — disse Pip.

O sangue encharcara o lençol branco, formando desenhos expressionistas abstratos. Titus olhou para o solo. Era uma bagunça de pegadas de Preston, Pip, Steve e quem mais tivesse aparecido ali para ver o corpo. As pegadas do assassino provavelmente foram apagadas por aquele sapateado. A estrada ficava a cerca de quatro fileiras dali. Titus podia ouvir os carros passarem rapidamente, e também o som de cascalho sendo esmagado sob as rodas dos veículos que paravam para ter uma visão melhor dos acontecimentos.

O xerife calçou suas luvas de látex e retirou o lençol.

— Meu Deus — sussurrou ele.

Elias Hillington tinha sofrido.

Seu corpo estava nu como no dia em que nasceu. Uma estaca de madeira, mais ou menos da grossura de um bastão, estava enfiada na terra em uma das extremidades. A outra perfurava o ânus de Elias, mantendo o corpo ereto. Moscas zumbiam ao redor do cadáver, tocando blues elétricos com suas asas translúcidas. Nos últimos dias, estivera quente demais. Enquanto Cole Marshall fora poupado da indignidade de ter moscas rastejando sobre o que restava de seu rosto, o reverendo Elias não teve a mesma sorte.

NÃO HÁ ESCAPATÓRIA DESTE LUGAR SELVAGEM.

As palavras estavam talhadas no peito de Elias. Pelo que Titus podia ver, aquilo era apenas o começo do inferno pelo qual ele passara. Havia dezenas de cortes no corpo e no rosto. A barriga de Elias tinha várias perfurações profundas, consistentes com uma faca de caça. Havia pregos cravados nas palmas das mãos e seu pênis fora esfolado.

Titus engoliu em seco e se aproximou do corpo. O cheiro era horrível. Uma mistura de vômito e fezes envolvia o cadáver em uma nuvem nauseante. Titus estendeu as mãos e segurou o queixo do homem. Havia algo em sua boca. Com cuidado, o xerife puxou o queixo para baixo e o nariz para cima.

Uma cobra-rato morta deslizou pela boca de Elias.

Titus deu dois passos rápidos para trás.

— O Senhor é meu pastor, nada me faltará — disse Davy.

— Deitar-me faz em verdes pastos — continuou Pip.

— Guia-me mansamente a águas tranquilas — prosseguiu Steve.

Logo, os três estavam recitando em uníssono o restante do Salmo 23.

Titus não se juntou a eles.

Deus não estava presente. Aquilo era obra do diabo. E o diabo era um homem.

•

Titus voltou à delegacia enquanto o corpo do reverendo Elias Hillington era levado para Richmond. Pip se ofereceu para informar a família.

— Eu já estudei com Mare-Beth. Talvez seja melhor se a notícia for dada por mim — disse ele, e seguiu para a ilha.

Titus trancou a porta do escritório e se sentou em sua cadeira. Estava em uma corrida contra o tempo. O Último Lobo estava descontrolado, mas, ao perder o controle, ceifava vidas no processo. Titus repreendeu a si mesmo por chamá-lo de "Último Lobo". No final das contas, ele lhe dera um nome. Solidificara seu status de mito sem nem perceber.

O xerife esfregou o rosto com ambas as mãos. Estava praticamente confirmado que o assassino era o menino que Elias e sua família abusaram durante todos aqueles anos. Titus fez um cálculo rápido. Se o garoto tinha 12 anos em 2000, agora devia ter por volta de 29 ou 30 anos. O xerife fechou os olhos e analisou suas imagens mentais. Tentou pensar nos rostos que via diariamente. Tentou visualizar um homem mestiço de cerca de 30 anos. Será que ele se passava por branco? Será que ele não fazia parte do círculo social padrão de Titus? Será que por isso o rosto dele era apenas um borrão em sua mente?

Batidas fortes ressoaram em sua porta.

— Titus, abra, precisamos conversar — gritou Scott Cunningham do outro lado.

Titus pressionou com força a ponte de seu nariz.

Levantou-se e abriu a porta. Scott entrou no cômodo com o peito estufado e seu habitual ar de superioridade, agora mais como um vento tempestuoso.

— O que você quer, Scott? — perguntou Titus.

O homem se sentou sem ser convidado e cruzou as pernas.

— Titus, chegou a hora de admitir que isso já foi longe demais e está fora de seu controle. Agora perdemos um membro do clero! Sem mencionar a queda no turismo.

— Que bom que você sabe o que realmente importa — zombou Titus.

Scott sorriu com um ar presunçoso, e Titus imaginou que ele tivesse aprontado alguma coisa.

— Titus, eu já te disse várias vezes que não sou seu inimigo. Só quero o melhor para Caronte. Minha família vive aqui desde a fundação do condado. Mas ambos sabemos que os acontecimentos atuais estão além de suas habilidades. Então, entrei em contato com a polícia estadual, e eles disseram que…

— Você fez *o quê*? — perguntou Titus, elevando o tom de voz.

— Entrei em contato com a polícia estadual. Pedi que assumissem o caso. Disseram que a única forma de fazerem isso é por meio de uma solicitação sua, porque você é o xerife. E você vai fazer a solicitação, Titus. Acho que eu não teria dificuldade em conseguir aquela destituição agora — disse Scott.

Ele lançou a ameaça com prazer, mas naquele momento Titus percebeu que não se importava muito com destituições e petições. Ele só queria pegar o assassino. Talvez… talvez fosse a hora de concordar com a participação da polícia estadual. Não para assumir o caso, mas para liderar e disponibilizar todos os recursos dela.

Certa vez, um de seus instrutores da academia de polícia dissera que humildade não é pensar menos de si mesmo, mas pensar menos em si mesmo. Anos depois, Titus percebeu que ele citou C. S. Lewis, mas isso não tornava a declaração menos verdadeira.

Ele só detestava se humilhar diante do imbecil do Scott Cunningham. Mas se a polícia estadual pudesse estancar o rio de sangue que inundava Caronte, talvez ele devesse se ajoelhar aos pés daquele desgraçado.

— Scott, eu acho que… — começou Titus, quando uma notificação soou em seu celular.

— Titus, isso não tem mais a ver com o que você acha. Como presidente do Conselho de Supervisores, é meu dever fazer o melhor para Caronte. E, neste momento, você não é a melhor opção — disse Scott, tentando parecer atormentado, mas sem atuar bem o suficiente.

O celular de Titus emitiu mais um alerta de notificação.

— Que tal dar uma olhada nisso para podermos terminar nossa conversa? — sugeriu Scott.

Titus sentiu sua raiva aumentar assim como seu tom de voz alguns momentos antes, mas a reprimiu e verificou o celular.

Era um e-mail da Dra. Kim. Estava marcado como

IMPORTANTE/CONFIDENCIAL.

Titus começou a ler enquanto Scott continuava a murmurar coisas sobre a honra de Caronte e como ela não deveria ser manchada.

Xerife,

Comparei o DNA com a base de dados do FBI. Infelizmente, não obtivemos nenhum resultado. Mas tomei a iniciativa de entrar em contato com várias empresas de testes de ancestralidade online para realizar correspondências de DNA. Xerife, obtivemos um resultado positivo em uma dessas empresas.

Titus leu o restante do e-mail.

Colocou o celular em cima da escrivaninha.

Inclinou-se para a frente e colocou as palmas de ambas as mãos sobre a mesa.

— Então, estamos entendidos, Titus? Se você não se incomodar, gostaria de ficar aqui para garantir que realmente ligue e faça a solicitação à polícia estadual — disse Scott.

Titus uniu as pontas dos dedos.

— Scott.

— Por favor, não torne isso mais difícil do que já é, Titus.

Ele então começou outro longo discurso que, para Titus, soava como tijolos em uma máquina de lavar. Som e fúria que significavam nada além das inseguranças de um homem.

— Scott, olhe para mim.

Scott parou de falar tempo o bastante para ver a fúria nos olhos de Titus. A ferocidade que irrompia no olhar de um predador ao se aproximar de sua presa.

— Scott. Me fale sobre seu meio-irmão.

As sobrancelhas de Cunningham formaram um vinco profundo.

— Do que diabos você está falando, Titus? É algum estratagema para manter seu emprego? Garanto que não vai funcionar.

— Não estamos mais falando de mim. Eu conheço sua irmã, Alanna. Nunca soube que você tinha um meio-irmão.

— Eu não tenho a porra de um meio-irmão! — exclamou Scott.

— Tem, sim. Por parte de mãe. Aquela mensagem era um e-mail da legista. Ela comparou o DNA encontrado no corpo com alguns bancos de dados em empresas de testes de ancestralidade. E encontrou uma correspondência. No ano passado, você enviou seu DNA para o TheFamilyTree.com. A legista descobriu que seu DNA compartilha vários marcadores significativos com a amostra que ela enviou. Marcadores maternos. Agora, vou pedir de novo, me fale sobre seu meio-irmão. Porque foi ele quem ajudou Spearman a matar aquelas crianças. Foi ele quem matou Cole Marshall e Elias Hillington. Se você realmente se importa com Caronte, me diga o nome dele — disse Titus.

— A gente fez esse negócio de DNA no aniversário da minha mãe. Ela dizia que éramos parentes de alguns dos peregrinos do Mayflower. Não somos — murmurou Scott.

— Scott, me diga o nome dele — pediu Titus, pronunciando lentamente cada palavra.

— Eu não sei! Eu não tenho um meio-irmão!

— O DNA diz o contrário. Veja com seus próprios olhos — disse Titus.

Será que havia um vestígio de satisfação em sua voz?

Talvez.

Ele deslizou o celular pela mesa até Scott. Observou que ele lia o e-mail movendo os lábios. Scott colocou a cabeça entre as mãos. Estava ofegante.

— Scott, se acalme. Você vai acabar passando mal. Vejo que isso é uma novidade pra você — disse Titus.

O xerife tentou não soar sarcástico. Seu prazer momentâneo se dissipara. Não era a primeira vez que ele se encontrava na situação de compartilhar um segredo de família. Nunca era um sentimento bom, mesmo que a pessoa fosse um idiota como Scott Cunningham.

— Aquela vadia — murmurou Scott, tão baixo que nem devia ter percebido que falou em voz alta.

— Quem, Scott? — perguntou Titus gentilmente, apesar de saber muito bem de quem ele estava falando.

— Tenho que ir — disse Scott.

Ele se levantou e foi em direção à porta.

— Vou precisar falar com ela — disse Titus.

Scott ficou imóvel.

— Você não vai chegar perto de minha mãe, Titus Crown.

Titus suspirou. Ele suspirava muito ultimamente.

— Eu vou falar com ela, Scott. Ela teve um filho, seu meio-irmão, cujo DNA está presente nos corpos de crianças assassinadas. Não existe a possibilidade de eu não conversar com ela. Você não diz que se importa com Caronte? É a hora de provar que não é da boca pra fora.

— Minha mãe é uma mulher diabética de 68 anos, que mora sozinha em nossa antiga casa. Se chegar perto dela, eu te processo por assédio — disse Scott, já de volta à sua zona de conforto, distribuindo ameaças grandiosas.

— Eu vou falar com ela. Hoje. E se tentar me impedir, vou te prender por obstrução. E depois vou me certificar de que o magistrado esteja ocupado o suficiente para que você fique alguns dias esfriando a cabeça em uma cela. Você não é o único capaz de fazer ameaças, mas as minhas vêm acompanhadas de um distintivo e uma arma.

— Se meu pai estivesse vivo…

— Ele me dirigiria algum insulto racista e tentaria me ameaçar do mesmo jeito que você, e eu também o ignoraria. Não acredito que ainda preciso te dizer isso, mas não estamos mais em 1949. Você é o presidente do Conselho de Supervisores. Você é branco e é o que chamam de rico por aqui. E eu não dou a mínima pra nada disso. Você é parente de sangue de um homem que torturou crianças negras até a morte. Se eu fosse você, estaria menos preocupado com minha conversa com sua mãe e mais preocupado com as consequências disso tudo — disse Titus.

— Fique longe de minha mãe — disse Scott, e saiu do escritório pisando firme.

— Quem semeia vento, colhe tempestade — murmurou Titus. Era um dos ditados favoritos e mais prescientes de sua mãe.

VINTE E TRÊS

A Propriedade Blue Hills estava na família Cunningham havia mais de duzentos anos. A placa no início da estrada, que pendia de uma corrente quebrada presa ao braço de um poste envelhecido, dizia que ela fora fundada em 1816. Sobrevivera a furacões, inundações e ao fim da Guerra Civil. Os Cunningham fizeram a transição da produção de tabaco para a abertura de uma distribuidora de frutos do mar e, posteriormente, uma fábrica de bandeiras, com a fluidez de um peixe deslizando pela água.

Anos atrás, durante uma pausa na escola bíblica de férias, a Sra. Jojo contou à turma de Titus uma história sombria sobre Hollis Cunningham, ferido pela guerra e cheio de ódio, ter trancado seus poucos escravos restantes em um celeiro e ateado fogo à medida que o Exército dos Estados Unidos se aproximava de Caronte.

— Ele preferia que fossem queimados vivos do que livres — entoara a Sra. Jojo, o tom de voz cortante como uma navalha.

Eles não mudaram muito, pensou Titus enquanto entrava na estrada coberta de cascalho que levava à casa. Magnólias enormes com pétalas mortas e amarronzadas estavam enfileiradas ao longo do caminho, selvagens entidades arbóreas que estendiam seus galhos grossos e retorcidos em direção às suas irmãs do outro lado, roçando no SUV de Titus. A estrada fazia uma curva à direita, depois levemente à esquerda, até terminar em uma entrada circular em frente à casa principal.

Titus estacionou e desligou o carro. O tempo não tinha sido gentil com Blue Hills. A construção de três andares estava a duas boas tempestades de se tornar decrépita. No corrimão que envolvia a varanda externa ao longo de 3/4 da casa faltavam tantos balaústres que mais parecia um sorriso banguela. As venezianas estavam desbotadas e começavam a rachar. Hortênsias e buganvílias pareciam prestes a engolir as escadarias frontais compostas por doze degraus. Havia uma picape moderna estacionada na lateral da casa, ao lado de um antigo, mas impecável, Chrysler Fifth Avenue.

Titus desceu do carro e subiu os degraus até a porta da frente. A madeira rangeu sob seus 106 quilos. Ele tocou a campainha e ouviu-a ecoar pela estrutura. Quantas pessoas negras tiveram pesadelos com aquela construção? Quantas a viram em todo o esplendor e souberam que nunca teriam os mesmos direitos e privilégios que os homens e as mulheres que os consideravam propriedade?

Titus achava que a mácula da escravidão estava impregnada nos alicerces do lugar que chamava de lar. Uma maldição de sangue que nenhuma quantia de dinheiro ou algum ato de caridade poderiam remover. Uma maldição na qual pessoas como Ricky Sours se recusavam a acreditar e se negavam a expiar de maneira significativa.

Uma jovem negra que ele não conhecia abriu a porta.

— Você deve ser o xerife Crown — disse ela.

A mulher estava usando um uniforme de enfermeira. O crachá em seu peito dizia NATALIE BIVENS.

— Sim, sou eu. Gostaria de falar com a Sra. Cunningham, se possível, Srta. Bivens... ou seria Sra.?

— Senhorita. E Scott já ligou e me disse para não deixar você entrar... mas a Sra. Polly disse que queria falar com você.

— A Sra. Cunningham está... lúcida? Seu filho disse que ela tinha muitos problemas de saúde.

Natalie sorriu.

— Ela tem 68 anos. Sua saúde não está das melhores e ela usa uma cadeira de rodas para se locomover na maioria dos dias, mas sua mente está intacta. Como eu disse, ela quer falar com você.

Ela se virou e entrou na casa. Titus fechou a porta e a seguiu.

As paredes revestidas de madeira pareciam absorver a luz das janelas octogonais. Gerações de Cunningham o encaravam através da bruma das fotografias em tons de sépia. Eles subiram dois degraus do vestíbulo para o salão. Atravessaram o cômodo até chegar a uma ampla sala de estar com teto de catedral. As paredes eram repletas de estantes de livros intercaladas com os restos rígidos e empalhados de guaxinins, coelhos e raposas.

Polly Anne Cunningham estava sentada no centro da sala, em uma poltrona reclinável, paralela a um sofá de dois lugares que Titus estava certo de ter no mínimo uns cinquenta anos. Havia uma cadeira de rodas por perto que parecia ter mais ou menos a mesma idade. Titus tirou o chapéu e os óculos escuros.

Polly Anne o observou com frieza. Seus olhos azuis ainda eram brilhantes e inquisitivos. Cabelos grisalhos, longos e cheios, caíam sobre os ombros e peito. Seu rosto estava marcado pelo tempo, mas as marcas lhe conferiam um ar grave e maduro. Em seu vestido floral azul-claro e branco, Titus pensou que ela se parecia com um profeta do Antigo Testamento, se as mulheres pudessem assumir essa função.

— Xerife. Devo admitir, nunca pensei que veria o dia em que um homem negro usaria esse distintivo — disse Polly Anne, a voz alta e clara, o tipo de voz que se ouvia em reuniões da Associação de Pais e Professores e em arrecadações de fundos para as Filhas Unidas da Confederação ou os Filhos dos Veteranos Confederados.

— Isso incomoda a senhora? — perguntou Titus.

— De jeito nenhum. Só nunca pensei que Caronte permitiria tal acontecimento. Só mostra que não sei de nada. Por favor, sente-se.

Titus ocupou um lugar no sofá. Os muitos anos de existência conferiam ao objeto um odor característico, não azedo ou desagradável, apenas terroso e bruto. O cheiro de milhares de horas de uso, de suor, lágrimas e do toque da pele.

— Natalie, poderia me ajudar até a cadeira? — perguntou Polly Anne.

Natalie se aproximou, deslizou os braços sob as axilas de Polly Anne e a transferiu para a cadeira de rodas sem dificuldades. Titus achou que a mulher devia ser leve como uma pena.

— Agora, deixe-me dar a atenção apropriada a meu convidado. Poderia pedir a Crutch para nos trazer água? — disse Polly Anne.

— Claro — respondeu Natalie, deixando-os a sós.

— Não sei se seu filho lhe disse por que eu queria falar com a senhora, mas se trata de um... assunto delicado. Sei que pode ser difícil falar sobre isso, mas há vidas em jogo, e...

— Você quer falar sobre meu filho. O que eu abandonei — interrompeu Polly Anne.

Titus a encarou por um momento, surpreso.

— Sim... sim, senhora. Sei que é um assunto delicado, mas preciso ouvir sua história. Ele pode estar envolvido nos assassinatos que ocorreram recentemente e no passado.

Um homem negro mais velho, de calças cáqui e camisa branca de botões, entrou carregando uma bandeja com uma jarra de água gelada e dois copos. Ele a posicionou sobre uma pequena mesa circular ao lado da cadeira de rodas, encheu ambos os copos e entregou um para Polly Anne e outro para Titus.

— Obrigada, Crutch — disse a mulher.

— Por nada. Não se esforce demais — disse Crutch, e saiu tão silenciosamente quanto entrara.

— Crutch trabalha aqui desde que Scott começou o ensino médio e Alanna era escoteira. Ele é a única coisa que me impede de ir para um asilo. Espero que água esteja bom para você, xerife. É praticamente a única coisa que posso beber nos dias de hoje. Perdi meus dedos dos pés para os perigos da culinária sulista. Muito chá doce — disse Polly Anne.

Titus olhou de relance para os pés dela, que estavam envoltos em meias de compressão. Onde deveriam estar seus dedos, os pés apenas se arredondavam como uma batata.

Titus decidiu checar seu próprio nível de glicose.

— Scott quer colocar a senhora num asilo? — perguntou Titus.

— Ele preferiria que eu estivesse lá enquanto espera que eu morra. Então ele pode vender esta casa e os dez hectares destas terras — disse Polly Anne.

— Pra mim, a senhora não precisa de um asilo.

— Não é uma questão de precisar, xerife. É uma questão de querer. Meu filho, o que ficou comigo, quer que eu vá. Mas eu e o velho Crutch estamos sempre atrapalhando seus planos. Mas você não veio até aqui pra falar sobre essa parte da minha família disfuncional.

— Não, senhora, não vim. Tenho razões para acreditar que o garoto que entregou para Elias Hillington acabou se tornando um assassino. Elias está morto. Assim como um homem chamado Cole Marshall e sete crianças negras. E, ontem à noite, alguém pregou um cordeiro morto na porta da minha casa. Preciso pegar esse homem antes que ele machuque mais alguém ou a si mesmo — disse Titus.

Polly Anne bebericou a água e depois colocou o copo na mesinha.

— Xerife, eu amo meus filhos, mas nenhum deles é um exemplo de boa pessoa. Dois deles são mimados e arrogantes, e só reconhecem notas de dólar como expressão de amor. O outro, bem, você sabe o que ele é. Eu me pergunto o quanto eu tive a ver com isso. O quanto os pecados de seus progenitores foram encontrando abrigo na alma dele. — Sua voz estava trêmula e, por um momento, Titus achou que ela começaria a soluçar. Mas Polly Anne apenas balançou a cabeça repreensivamente. — Xerife, você já tomou alguma decisão que julgou ser boa, mas que acabou imergindo sua vida em sombras durante anos?

— Sim, senhora, acho que sim — respondeu Titus, e pensou em Red DeCrain de joelhos, implorando pelas algemas.

— Quando eu tinha 19 anos, conheci Horace Cunningham na Universidade Washington and Lee. Ele era o homem mais bonito, inteligente e encantador que eu já tinha visto. Um ano depois, nós nos casamos e eu larguei os estudos. Horace era gentil e bondoso. Era rico, mas não gostava de ostentar como o resto de sua família. Ele se formou e viemos morar aqui em Blue Hills. Horace começou a trabalhar como gerente da distribuidora de peixes, e eu fiz o melhor possível para ser uma boa esposa. Aprendi a entreter e conduzir conversas educadas. E todas as noites eu me deitava ao lado do meu marido rezando para que ele viesse me beijar e me abraçar. Mas ele nunca fez isso.

— Horace era gay — disse Titus.

Polly Anne sorriu.

— Ele gostava de dizer que apreciava um tipo diferente de amor. Por fim, o pai dele exigiu que tivéssemos herdeiros. Horace chorou antes e depois. E, durante, ele fechou os olhos e eu fechei os meus, então acho que ambos estávamos longe, muito longe. Depois que eu tive Scott e Alanna, chegamos a uma espécie de... acordo. Seríamos marido e mulher em todos os sentidos, exceto em um. Ele estava livre para encontrar um tipo diferente de amor... e eu também.

— O garoto era mestiço — disse Titus suavemente.

O xerife se perguntou quando fora a última vez que Polly Anne conversara com alguém além de Natalie e Crutch. O quanto seus arrependimentos pesavam em sua alma. E se aquela confissão estava lhe proporcionando absolvição.

— Eu fiz faculdade de História. Nunca concordei com o dogma racista que a maioria dos familiares de Horace defendia. Eu costumava frequentar o Honey Drop, o Club 24 e o Gardner's. Eu encontrava... amigos lá. Por acaso eu estava me protegendo? Usando meu privilégio como mulher branca para encontrar afeto nos braços de homens com quem eu nunca poderia ser vista em público? Com certeza, mas eu de fato considerava as pessoas que conhecia lá como amigos. Jojo Ware, Ruth e Jimmy Packer, Gene Dixon... até conheci seu pai, Albert. Espero que não me julgue com muita severidade, xerife. Eu era uma mulher solitária, e aquelas noites na companhia de pessoas que não questionavam minha presença, que me tratavam como uma mulher, não como um enfeite, foram alguns dos momentos mais felizes da minha vida — disse Polly Anne.

— A senhora conheceu meu pai? — perguntou Titus, inclinando a cabeça para a direita.

Polly Anne soltou uma risada curta.

— Não do jeito que você pensa, xerife. Albert gostava de uísque e de dançar, mas ele amava sua mãe. Não se preocupe com isso. — Ela deu mais um gole na água. — No verão de 1987, Horace começou a perder peso. Ele era um homem grande e forte, então perder alguns quilos não era motivo de preocupação. Depois, ele começou a ter suadouros noturnos terríveis. Deixava a cama completamente molhada. Em janeiro de 1988, ele estava morto. E três meses depois, eu engravidei.

Polly Anne olhou para além de Titus, mirando uma foto pendurada em uma parede distante. Titus a notou quando entrou na sala. Era uma das fotos mais recentes. Um jovem Horace Cunningham. Por um momento, as rugas no rosto dela se tornaram mais suaves e um sorriso surgiu em seus lábios.

— Ele era muito cuidadoso, mas receio que alguém não foi tão cuidadoso com ele. Então, percebe meu dilema? Eu era uma viúva que engravidou muito depois da morte de meu marido.

— E então a senhora decidiu entregar a criança aos Hillington? Por quê? Não sabia como eles eram? Como poderiam ser? — perguntou Titus.

Polly Anne balançou a cabeça.

— Não. Depois que Horace faleceu, seus irmãos intervieram e tentaram assumir o controle de nossas vidas. Lemuel, seu irmão mais velho, foi quem organizou tudo. Eu nem cheguei a ver o rosto de meu filho. Eles me proibiram de entrar em contato com o garoto. Acho que se eu tivesse visto o bebê, teria tentado ficar com ele. Mas os Cunningham jamais me permitiriam criá-lo junto com Scott e Alanna. Eles o consideravam impuro.

Ela tentou tomar mais um gole de água, mas sua mão começou a tremer. Titus se levantou e colocou a mão por baixo do copo para estabilizá-lo.

— Eu fui ver ele uma vez. Pedi para Crutch me levar até a ilha. Estacionamos um pouco longe da igreja. Ele devia ter uns 9 anos. Só consegui ir até a ilha depois da morte de Lemuel — continuou a mulher.

Ela fez uma pausa.

— Ele estava do lado de fora, sozinho. Eu estava prestes a descer do carro quando o vi pegar um caranguejo-azul de uma armadilha e esmagá-lo com uma pedra. Um caranguejo vivo. Ele bateu com aquela pedra no animal repetidas vezes. Então eu fui para casa. Nunca mais o vi — disse Polly Anne, e desta vez as lágrimas começaram a escorrer por seu rosto como um ladrão escapando furtivamente pela noite. — Eu penso… muitas vezes eu penso que se tivesse ficado com ele, se o tivesse criado, poderia ter mudado aquele garoto. Se eu não tivesse deixado os Cunningham me intimidarem, poderia ter ajudado o menino. Aquelas pobres crianças, o garoto Marshall, até Elias… tenho o sangue deles nas mãos — completou Polly Anne em meio a soluços.

Natalie voltou correndo para o cômodo, mas Titus levantou a mão. Ela parou e recuou.

Titus pegou a mão de Polly Anne. Parecia tão insubstancial quanto fumaça. Os soluços dela diminuíram.

— Quem tem sangue nas mãos é quem o derramou. A senhora não tem culpa pelo que ele fez. Mas se me ajudar, vou tentar garantir que ele receba a ajuda de que precisa. Tem alguma foto dele? Sabe o nome que os Hillington deram a ele?

— Não tenho nenhuma foto. Tenho vergonha de admitir que mal me lembro de sua aparência. Mas sei que lhe deram o nome de Gabriel.

— Como um anjo — disse Titus.

•

Titus estava prestes a descer da varanda quando Natalie veio até a porta.

— Isso tudo vai vazar, não é? Sobre o bebê e tudo o mais — disse Natalie.

Titus colocou o chapéu e os óculos.

— Vai, sim. Quando a gente pegar ele.

— Faz anos que ela quer contar essa história. Scott era adolescente quando ela teve aquele filho. Por alguma razão, ele acha que ela é culpada pela morte de seu pai. Ele não vai gostar que tudo isso venha a público. Só pra você saber — disse Natalie.

— Não acho que exista algo com que eu me importe menos do que as preferências de Scott Cunningham. Só espero que por ela esteja tudo bem.

— Sinceramente, acho que é um alívio pra ela.

— Que bom. Ela já sofreu o bastante.

— Não estou acostumada com policiais sendo agradáveis — disse Natalie.

— Minha mãe diria que todos nós estamos longe de alcançar a graça de Deus. Tenha um bom dia.

Ele foi até seu SUV e ligou para Trey.

— Oi, chefe, falei com Jessica. Ela disse que Dallas e Cole não eram muito próximos. Ela e a esposa de Dallas são boas amigas desde o jardim de infância. Ela disse que ele costumava andar com Denver Carlyle de vez em quando, e que se dava bem com Jasper e sua turma do Watering Hole. Falei com Dallas, mas ele tem um álibi incontestável pra noite do assassinato. Estava em Harrisonburg pegando uma carga com sua carreta. Denver se recusou a falar comigo. Jasper disse que não conhecia ele muito bem — disse Trey.

Titus tamborilou os nós dos dedos no volante. Mais um beco sem saída. Mais um caminho para lugar nenhum.

— Vá atrás de Denver de novo. Leve ele até a delegacia como testemunha-chave. Estarei lá em cerca de meia hora — disse Titus.

— Podemos mesmo fazer isso? Quer dizer, ele não testemunhou nada.

— Ele não sabe disso.

Titus odiou o gosto das palavras em sua boca, mas o tempo para sutilezas se esgotara. Eles tinham que encontrar aquele assassino, e se ele tivesse que apelar para os aspectos mais sombrios de seu cargo e status, que seja. Ele poderia se punir depois.

•

Jamal Addison estava sentado no capô de seu Prius quando Titus chegou à delegacia. Assim que o xerife desceu do SUV, Jamal se aproximou dele.

— Reverendo — disse Titus.

— Xerife, me disseram que você voltaria logo. Gostaria de saber se eu podia tomar um minutinho do seu tempo.

Titus percebeu que ele parecia derrotado, seu vigor e sua determinação pareciam ter se dissipado.

— Reverendo, estou certo de que você sabe que nosso tempo é curto. Temos um assassino para capturar — disse Titus.

Uma brisa fresca veio do leste, arrebatando o calor do início do dia.

— É sobre isso que quero falar. Você já pensou sobre a possibilidade de cancelar o Festival de Outono? — perguntou Jamal.

Titus arrumou o chapéu na cabeça.

— Eu não tenho autoridade pra isso, Jamal. Essa decisão cabe ao Conselho de Supervisores e ao Comitê do Festival de Outono, e não creio que eles tenham a intenção de cancelar.

— Eu sei que o Festival de Outono é responsável por angariar muitas verbas para o condado. Mas Ricky Sours e sua corja estão planejando marchar pela rua principal, entoando coisas racistas sobre sangue e solo[1], a Grande Substituição[2] e Vidas Brancas Importam. Não acha que a qualquer momento eles podem começar a culpar negros como nós pelos assassinatos de dois homens brancos do condado?

—Então você ficou sabendo sobre Elias? — perguntou Titus, pensando em colocar Davy contra a parede e perguntar a quem ele contara.

— Todo mundo já ficou sabendo. Mas reitero o que eu disse. Posso ver claramente Rick e sua corja dando uma de Susan Smith[3] e colocando a culpa na gente por Cole e Elias. Pense em toda aquela gente no Festival de Outono, bêbadas e cheias de raiva e medo. Vai sobrar algo de ruim pra você resolver, Titus — disse Jamal.

— Jamal, por acaso vocês estão planejando uma contramarcha?

Jamal não o olhou nos olhos. O jovem pastor fixou o olhar no asfalto sob seus pés.

— Você não sabe o que estão dizendo pelo condado. Eles já nos odeiam, agora querem nos culpar. Acham que Spearman não fez nada. Querem colocar toda a culpa em Latrell ou em algum outro jovem negro que se encaixe no estereótipo de criminoso raivoso. Mas agora não é hora de dar uma de Martin Luther King Jr., Titus. Muitas pessoas não são a favor dessa resistência pacífica. Muitas pessoas por aqui, negras e brancas, estão cansadas de Ricky Sours e sua corja.

Jamal entrou em seu carro. Abaixou o vidro da janela e colocou a cabeça para fora.

— Por favor, Titus. Peça pra cancelarem.

---

1 "Sangue e solo" (*Blut und Boden* em alemão) é um lema nazista que sintetiza a consanguinidade (sangue) e a origem geográfica (solo) como elementos essenciais na formação da identidade étnica em ideologias nacionalistas e biologicistas na Alemanha desde o final do século XIX. [N. da T.]

2 A Grande Substituição é uma teoria conspiratória propagada por Renaud Camus, autor francês associado à extrema-direita nazifascista. Ela afirma que a população branca está sendo substituída por minorias étnicas nos Estados Unidos e em outras nações. [N. da T.]

3 Susan Smith é uma mulher branca norte-americana acusada de assassinar seus próprios filhos, mas que tentou culpar um homem negro pelo crime. [N. da T.]

VINTE E QUATRO

Titus foi até seu escritório e parou em frente ao quadro de avisos. Ele grudou uma folha de papel na qual escreveu a palavra "Gabriel". Abaixo do nome, fez anotações sobre o que pensava ser as motivações do homem e suas patologias. Não estava exatamente traçando um perfil, apenas organizando seus pensamentos. Enquanto escrevia, ele falava consigo mesmo em um murmúrio baixo.

— Ele é obcecado por religião e anjos. Tem uma força física imensa. Será que odeia seu próprio sangue negro? Por isso suas vítimas são crianças negras? Ele é ousado, mas a maioria dos sociopatas é. Deve conseguir se passar por branco. Era o alfa entre ele, Spearman e Latrell. Como os conheceu? Latrell não parecia ser um participante ativo nos assassinatos. Era puramente uma isca.

Titus parou de escrever. Uma coisa que aprendeu da maneira mais difícil era que traçar perfis não era mágica. Na melhor das hipóteses, era uma série de palpites fundamentados em pesquisas e análises quantificadas. Mas algumas pessoas não eram quantificáveis. Algumas pessoas não se encaixavam no perfil. Não se encaixavam nem na raça humana.

Algumas pessoas eram monstros em meio a monstros.

Carla bateu no batente de sua porta aberta.

— Conseguiu alguma coisa? — perguntou Titus.

— Conversei com o gerente da distribuidora de peixes. As datas em que Latrell acompanhou Cole não chegam nem perto de bater com as datas dos desaparecimentos das crianças.

Titus assentiu.

— Certo. Era um tiro no escuro de qualquer maneira. Cole não era o assassino. Ele sabia quem era, mas não sabia que sabia até a coletiva de imprensa. Eu só não consigo parar de pensar que Latrell e o assassino estavam trabalhando juntos para sequestrar as crianças. Ele usou Latrell como isca. Eu sei disso, só não entendo como a coisa funcionava.

— Talvez Latrell e o assassino simplesmente dirigissem pra cima e pra baixo na Costa Leste quando dava vontade — sugeriu Carla.

— É possível. Se é o que faziam, isso torna muito mais difícil encontrar o... — Titus se interrompeu. Ele ia chamar o assassino de Último Lobo. — Torna muito mais difícil encontrar o assassino. Ele teria a aleatoriedade a seu favor.

— E o que nós temos? — perguntou Carla.

— Determinação.

•

Titus passou as horas seguintes respondendo e-mails e resolvendo questões burocráticas que havia negligenciado nos últimos dias. Ele tinha bons motivos, mas as pessoas a quem ele servia não os reconheciam, só ouviam desculpas.

O xerife entrou nas diversas páginas das redes sociais dedicadas ao Condado de Caronte. Aquelas páginas eram os novos pontos de encontro, os lugares onde a comunidade se reunia para conversar. Também eram onde as pessoas tinham a tendência de se revelarem racistas, misóginas e incrivelmente ignorantes. Titus achava que algumas delas se convenciam de que uma página de comunidade revestia-se de uma certa santidade que, na verdade, não existia forma nenhuma.

Havia muitas postagens sobre o tiroteio. Algumas eram de cidadãos preocupados, pedindo oração e cura para o condado. Mas a maioria estava alegremente satisfeita com a morte de Latrell. Eles usaram a tragédia como uma oportunidade de exibir a vastidão de seu vocabulário racista. Havia postagens sobre o Festival de Outono. A maioria era amigável, transbordando antecipação para o concurso de comer tortas ou de puxar armadilhas de caranguejo. Albert Crown exibia três troféus dessa competição em sua lareira.

Algumas postagens insinuavam expectativas mais violentas.

Comprei minhas bandeiras para a marcha!

O Sul se erguerá de novo!

Essa maldita geração leite com pera não aguenta a verdadeira história!

Titus deslogou.

Ele percebeu que nenhum outro lugar estava mais confuso quanto a seu passado ou mais aterrorizado quanto a seu futuro do que o Sul. Ele enviou um e-mail para o Conselho de Supervisores informando-os de que entraria em contato com os condados vizinhos para requisitar apoio durante os três dias do Festival de Outono. Titus esperava não precisar deles, mas esperar e rezar não impediriam que algum bom garoto branco jogasse um coquetel Molotov no meio de uma multidão de pessoas em frente ao Safeway.

Titus fechou seu notebook e olhou o relógio. Já passava um pouco das 18h e ele não comera nada o dia inteiro. Pensou em ligar para Darlene e pedir que ela o encontrasse no Gilby, mas a imagem do cordeiro em sua porta o fez mudar de ideia. Ele compraria algo e traria de volta para o escritório.

Quando estava atravessando o saguão da delegacia, Trey e Pip chegaram arrastando Denver Carlyle.

— Tenho meus direitos, filhos da puta! — gritou Denver.

— Imagino que ele não concordou em ser testemunha-chave — disse Titus.

— Bem, o Sr. Inteligência aqui saiu correndo, entrou no carro e acabou no meio de uma vala. Ou seja, foi detido por dirigir alcoolizado, resistir à prisão e fugir da polícia. Isso se o procurador do condado estiver de bom humor — disse Pip.

Titus respirou fundo. Denver cheirava como se tivesse mergulhado em um barril de uísque.

— Denver, se você está bêbado, sabe que esse é o fim de sua carteira de motorista comercial, não é? — perguntou Titus.

— Vai se foder. Fodam-se todos vocês, filhos da puta. Tenho meus direitos. Sou um homem branco nos Estados Unidos. Sim, isso mesmo, um homem *branco*. Não tenho vergonha de minha raça só porque algumas pessoas eram donas de escravos há uns cem anos — disse Denver.

— Mas você quer manter uma estátua dessas pessoas. Das donas de escravos. Sua marcha é sobre isso, não é? — perguntou Titus.

Denver balançou a cabeça.

— Você está tentando destruir nossa história! Tentando apagar a gente.

— Então, você não se importa que seus antepassados tenham sido donos de escravos, só não quer que ninguém reclame disso? Leve ele para a cela. Ligue para o magistrado — disse Titus.

Pip escoltou Denver até a cela.

— Só pra constar, perguntei a ele sobre Cole enquanto estávamos na viatura. Ele está bêbado e provavelmente não é admissível, mas Denver me disse que não falava com Cole há meses. Está envolvido demais nessa idiotice de Filhos dos Veteranos Confederados — disse Trey.

— Quando ele ficar sóbrio, pergunte se pode nos fornecer uma amostra de DNA — disse Titus.

— Você acha que Denver é o culpado? — perguntou Carla.

— Não vou descartar ninguém — respondeu Titus.

— Olha, eu entendo, mas conheço aquele idiota há muito tempo. Ele viveu em Caronte a vida inteira. O menino que Elias e sua família criaram desapareceu. Denver nunca foi a lugar nenhum — disse Carla.

— Bom argumento, mas ainda quero o DNA. Posso estar errado sobre o menino — disse Titus.

— Você não costuma estar errado, chefe — disse Carla.

— Dessa vez, eu meio que queria estar.

•

Titus estava de volta à sua escrivaninha, esperando Denver ficar sóbrio, quando seu celular tocou. Verificou a tela e viu que a chamada era de um número restrito. Titus hesitou. Provavelmente era um operador de telemarketing querendo falar sobre a garantia estendida do carro. Só que, mais uma vez, poderia ser importante. Ele tocou na tela e atendeu.

— Alô?

— O rebanho não está seguro — disse uma voz grave e demoníaca.

Titus se endireitou na cadeira.

— Como conseguiu esse número?

A voz riu. O som fez arrepios percorrerem o corpo de Titus.

— Todo mundo pode encontrar qualquer um na internet. O rebanho não está seguro, Titus — disse a voz.

—Era isso o que você estava tentando me mostrar com aquele cordeiro... Gabriel? — perguntou o xerife. Esperava confundi-lo ao utilizar seu verdadeiro nome.

— Essa não é a porra do meu nome.

— Sua mãe disse que era o nome que te deram. Sua verdadeira mãe. Ela se arrepende de ter te abandonado, Gabriel — disse Titus.

Ele ouvia respirações profundas e ásperas do outro lado da linha.

— Como vai sua mãe? Ainda morta? — perguntou a voz, que perdera um pouco de sua audácia.

— Sim, minha mãe está morta. Mas ela me amava, Gabriel. Ela não me abandonou. É disso que se trata? Quando você matou aquelas crianças, pensou que estava matando uma parte de si mesmo? A parte que sua mãe não foi capaz de aceitar?

— Não tente traçar a porra do meu perfil. Quero que se lembre do que eu disse. Seu maldito rebanho não está seguro.

A linha ficou muda.

Titus jogou o celular na mesa e colocou o rosto entre as mãos. Era como se a insanidade do Último Lobo estivesse contaminando seu cérebro através das torres de celular. Conversar com aquele maníaco, pensar como ele, era corrosivo. Devorava sua alma.

O celular tocou de novo.

Titus atendeu sentindo um nó no estômago.

Era seu pai.

— Oi, aconteceu alguma coisa? — perguntou Titus.

— Não aconteceu nada, relaxa, garoto. Só liguei pra dizer que não precisa trazer o jantar. Vou fazer frango assado, verduras, pão de milho e salada de batata. E pedi pra uma pessoa trazer umas ostras pra grelhar — disse Albert.

— É comida demais pra duas pessoas, pai.

Albert riu.

— Só venha pra casa, garoto.

— Tenho muita coisa pra fazer aqui.

— Titus Alexander Crown, você pode voltar ao trabalho depois de comer. Agora, venha pra casa. Quando chegar, a comida vai estar pronta — disse Albert.

— O que tá rolando, pai? Eu disse que não quero Darlene aí em casa enquanto eu não resolver toda essa história — disse Titus.

— Não é Darlene, cabeção. Venha logo pra casa.

•

Titus desceu do SUV e andou até a porta da frente. Uma fina camada cor-de-rosa claro ainda cobria a fibra de vidro. Ele entrou na casa e foi imediatamente envolvido pelos aromas resultantes de Albert Crown passando um longo dia na cozinha.

— Decidiu caprichar hoje, hein, meu velho? — comentou Titus.

Albert estava mexendo uma jarra de chá com uma colher de madeira.

— É bom dar uma caprichada às vezes.

— Esse é seu famoso chá doce de lavanda? — perguntou Titus.

Albert sorriu.

—Não sei se é famoso, mas é, sim.

Titus observou a travessa transbordando de frango, a assadeira de alumínio cheia de macarrão com queijo, o antigo pote de manteiga repleto de salada de batata.

— Pai, você chamou alguma amiga? — perguntou Titus.

Albert riu.

— Senta aí e cala a boca, garoto. Vou fazer seu prato enquanto a gente espera.

— Posso fazer meu próprio prato, pai — disse Titus.

— Como quiser — disse Albert, e voltou a mexer o chá.

— Não vai mesmo me contar quem vem? — perguntou Titus enquanto se servia de macarrão.

— Você é o detetive. Descubra. — Albert gargalhou.

Titus comeu uma enorme garfada de macarrão. Pelo visto, seu pai não havia perdido o jeito.

Albert colocara três lugares à mesa. Estava fazendo seu chá de lavanda. Titus olhou para o forno. Por trás do vidro temperado, viu uma assadeira cheia de croissants. Só que, quando ele e Maquis eram crianças, não chamavam de croissants.

— Tatuzinhos. Você fez tatuzinhos. Pai, você acha que Marquis vem? — perguntou Titus.

Albert sorriu.

— Termine de comer — disse seu pai, simplesmente.

Titus colocou o prato sobre a mesa.

— Pai, ele não vem aqui há anos. Por que você acha... — começou, mas uma batida na porta o interrompeu.

—Opa, não achei as ostras — disse Marquis ao entrar na casa, carregando um engradado de cerveja. — E aí, irmãozão? Assustador, como sempre. Pai, coloco isso na geladeira?

— Sim, pode colocar. O chá está pronto. Vamos deixar as cervejas pra mais tarde.

— Tem certeza que esse chá não é demais pra você, meu velho? Parece estar numa briga com essa colher — disse Marquis, passando por Albert e dando-lhe um soquinho brincalhão no ombro.

Albert girou e ergueu o punho. Titus começou a ir na direção deles, mas viu os sorrisos em seus rostos.

Ele sorriu junto.

•

Depois que terminaram o frango, beberam o chá doce e acabaram com a cerveja, os três se recostaram nas cadeiras da mesa da cozinha, de barrigas cheias e bochechas doloridas de tanto rir.

— Nossa, bateu até um sono — disse Marquis.

— Tudo muito bom, pai — disse Titus.

— Eu sei. Ainda sou um bom cozinheiro — respondeu Albert. Ele bocejou e estalou as juntas dos dedos. — Acho que vou me deitar.

— Pai, são 20h30 — disse Marquis.

— Pois é, já passou da minha hora de dormir — disse ele.

Os três gargalharam.

— Tomei um remédio pra dor por causa desse velho quadril. Morfeu me chama. — Albert se levantou da mesa com uma leve careta. Colocou a mão no ombro de Marquis e olhou para Titus. — É bom ter meus dois garotos por aqui.

Albert apertou o ombro de Marquis, assentiu para Titus e começou a subir as escadas.

— Ele ainda tem um pouco daquela boa e velha cachaça por aqui? — perguntou Marquis.

— Sim, no lugar de sempre.

— Lembra de quando roubamos uma das garrafas, fomos pegos e ele fez a gente beber tudo? — perguntou Marquis.

— Ainda não suporto cheiro de framboesa. No final, aquilo era lodo puro — disse Titus enquanto Marquis pegava a garrafa.

— Quer ir pra varanda? Me sinto estranho bebendo cachaça dentro de casa — disse Marquis.

— A única vez que ele e nossa mãe quase discutiram foi quando ele, Gene e Gary Parrish ficaram bêbados na mesa da cozinha depois do trabalho — disse Titus.

Marquis pegou dois copos e saiu porta afora. Quando passou pela lareira, parou e mandou um beijo para a foto de casamentos dos pais.

Os dois se sentaram lado a lado em cadeiras de jardim e passaram a garrafa entre eles até que estivessem envoltos pelo calor da embriaguez.

— Tenho uma pergunta. Por que resolveu aparecer aqui hoje? — questionou Titus.

Marquis deu um gole na garrafa.

— Quando alguém prega um cordeiro na porta de seu pai, seria bom ver como andam as coisas.

— Justo. Tipo, eu sei que é difícil pra você vir aqui — disse Titus.

— Se eu não pensar no som daquele chiado na garganta dela, fico bem — disse Marquis.

— Penso nisso o tempo inteiro.

— Não sei por que você se tortura assim.

Titus engoliu a cachaça.

— Sabe, parte de mim pensa que se eu não me lembrar, se eu começar a esquecer aquela noite, é como se estivesse desrespeitando ela. Sinto que alguém precisa carregar isso. A lembrança dela.

— Eu não disse que não quero me lembrar dela. Só não quero pensar naquela noite, nem nos seis meses anteriores. Quero me lembrar dela ajudando a gente a fazer pipas — disse Marquis.

Titus riu.

— Você acabou tomando um choque com aquele negócio.

— Eu nunca tinha visto ela tão brava ou tão assustada antes — disse Marquis. Ele riu e tomou mais um gole da cachaça. — Como você tá? Sei que tá atrás desse cara que anda solto por aí, matando pessoas e deixando os corpos em milharais e essas coisas. Sei que deve estar sobrecarregado.

— Faz parte do trabalho. Eu fiz minha escolha.

— Cara, você não escolheu uma merda estilo *O Silêncio dos Inocentes*. Isso aqui é Caronte. No máximo, você deveria estar separando uma briga no Watering Hole.

— Falando no Watering Hole, você tinha razão. Um cara da minha equipe recebeu suborno — disse Titus. Ele estendeu a mão e Marquis lhe entregou a garrafa.

— Fiquei sabendo.

— Ficou sabendo porque estava fazendo uns trabalhos pro Jasper?

Marquis virou sua cabeça enorme para ele.

— Aposto que não quer saber disso. Mas digamos, hipoteticamente, que eu tenha feito uma coisinha ou outra pra ele no passado. Se eu fosse um irmão no mínimo decente, teria parado no dia em que você foi eleito, porque não acharia legal meter meu irmão mais velho em problemas.

— Bem, vamos explorar um pouco mais essa hipótese. Se você estava trabalhando pra ele e parou, e eu demiti o infiltrado dele, Jasper não voltaria a procurar você, não é? Porque isso é mais sério do que algumas mesas quebradas — disse Titus.

— Ele sabe que é melhor não se meter comigo. Vamos deixar por isso mesmo. Assim você ainda pode fingir não saber de nada. Não quero que perca seu status de filho prodígio — disse Marquis, e piscou para Titus.

— Não sou um maldito filho prodígio — disse Titus, e entregou a garrafa para Marquis.

— Qual é, cara. Eu sou a ovelha negra, sem trocadilhos, e você é o bom filho. Se formou como primeiro da turma na Universidade da Virgínia, depois na Columbia, e então trabalhou no FBI por uns dez anos. Eu não sei por que porra você voltou pra cá, e não diga que foi por causa do quadril do pai. — Marquis tomou um grande gole da cachaça. — E por acaso você tá usando meu cinto? — perguntou ele, e devolveu a garrafa para Titus.

Titus olhou para seu próprio quadril.

— O meu quebrou e o seu combina com o uniforme, mesmo que tenha uma faca na fivela — disse Titus, e tomou mais um gole. — Mas, como eu disse, não sou um filho prodígio.

Marquis riu. O som ecoou noite adentro e trouxe a resposta de alguns pássaros e uma coruja.

— Cara, você é tão certinho que até uma régua te usaria como referência — disse Marquis, enquanto estendia a mão para a garrafa.

Antes de passar a bebida para o irmão, Titus tomou um longo gole. A cachaça desceu queimando em sua garganta.

— Você me perguntou por que eu voltei pra casa. Tem razão. Não foi só por causa do pai. Foi um dos motivos, mas foi principalmente por mim mesmo — disse Titus. — Me passe de novo essa garrafa.

Marquis a entregou sem adicionar outro comentário engraçadinho. Titus acabou com o que restava na garrafa em um longo gole.

— Nunca contei isso a ninguém. O FBI varreu o assunto pra debaixo do tapete, depois que eu renunciei, é claro. E não havia família pra questionar a versão oficial que divulgamos — disse Titus. Ele se curvou na cadeira. Estava passando de meio embriagado para bêbado, mas a história que estava prestes a contar ao irmão só sairia de sua boca sob a forte influência do álcool. — *In vino veritas*[1].

— Hein? — perguntou Marquis.

— Nada. Então, eu fui transferido da Unidade de Ciência Comportamental para a Unidade de Terrorismo Doméstico. Tinha mais oportunidades de progresso, e eu queria avançar na carreira. Eu estava saindo com uma mulher e queria oficializar as coisas, queria

1 "*In vino veritas*" é uma expressão latina que significa que as pessoas tendem a ser mais sinceras quando estão sob o efeito do álcool. Ela é citada nas obras de Plínio, o Velho. [N. da T.]

comprar uma casa e talvez começar uma família em Indiana. Bem, de qualquer forma, meu primeiro caso nesse departamento foi uma operação conjunta com as agências responsáveis pelo controle de drogas e armas. Queríamos pegar um supremacista branco traficante de drogas que estava estocando armas no norte de Indiana. Ele se chamava Ronald "Red" DeCrain. Red não era somente um filho da puta racista e traficante, era também líder da porra de uma seita. Ele abrigava uns cinquenta seguidores obstinados em sua propriedade. Conseguimos colocar um cara nosso lá dentro, que ajudou a fechar um acordo pra que Red e sua corja, todos criminosos condenados, comprassem armas roubadas através das fronteiras estaduais.

Titus fez uma pausa.

— Se quebrassem leis o suficiente, todo mundo podia ter participação no caso. Então carregamos os SUVs pretos, colocamos nosso equipamento tático e fomos prender Red DeCrain e cinco de seus principais comparsas. Meus colegas do Departamento de Investigação disseram que ele não tinha complexo de mártir. Que ele não lutaria até a morte. Eles estavam parcialmente certos. Mas a parte que erraram... bem, foi horrível pra caralho.

Titus pegou a garrafa, percebeu que estava vazia e colocou-a de volta no chão.

— Vou te poupar dos detalhes sangrentos — continuou ele —, mas foi um banho de sangue. Eles sabiam que estávamos a caminho. Nosso cara infiltrado foi ameaçado e entregou a operação depois de perder três dedos do pé. Ficamos encurralados por um tempo, mas depois começamos a pressionar eles. Eu e um amigo meu, o agente especial Tolliver Young, entramos na propriedade, seguidos por quatro outros agentes.

Ele parou de falar e piscou.

— Ty, não precisa dizer se não quiser — disse Marquis.

— Eu preciso. E você é a única pessoa a quem posso contar.

— Tem certeza? Porque parece que você acabou de ver a porra de um fantasma — disse Marquis.

— Deixa eu falar, Key. Eu preciso. Tenho que contar tudo.

Titus fez mais uma pausa.

— Encurralamos Red. Achamos que ele estava tentando escapar. Estava com a esposa e os três filhos. O mais velho tinha 14 anos e o mais novo, 7. Um garotinho loiro, parecia Dennis, o Pimentinha. — Titus parou de falar outra vez e engoliu em seco. — Eu disse pra colocarem as mãos pra cima e se deitarem no chão. Sabe o que ele fez? Sorriu pra mim. A verdadeira loucura é como uma aura rodeando as pessoas. Uma luz azul como a chama de um fogão a gás. Essa loucura pode se espalhar. Pode se tornar uma espécie de religião para os que perderam o rumo. Eu vi essa loucura nos olhos da esposa e dos filhos. Eles estavam dominados por ela, como alguém possuído pelo Espírito Santo.

Ele enxugou o rosto com ambas as mãos, e continuou:

— Então Red gritou "*Sic semper tyrannis!*"[2], e a esposa e os três filhos puxaram os pinos de seus coletes suicidas. Foi como se eu tivesse caído diretamente na boca de um dragão. Um clarão branco ofuscante e um calor incendiário pulverizou minhas sobrancelhas. Se Tolliver não estivesse na minha frente, eu estaria morto. Eles encheram seus coletes com esferas de aço. Meu amigo evaporou como uma névoa aos primeiros raios de luz. Os quatro agentes estavam alinhados ombro a ombro. Foram despedaçados. Fui atingido por uma esfera de aço no abdômen, logo acima da virilha.

Titus desabotoou a camisa e a ergueu para mostrar a barriga. Ele tocou a cicatriz com a mão livre.

— Quando acordei, meus ouvidos zumbiam tão alto que eu mal conseguia pensar. Me levantei. Escorreguei algumas vezes por causa de todo o sangue. Pedaços de Tolliver e da família de Red estavam incrustados em meu rosto. Ainda estão por lá até hoje. Perdi 20% da audição do ouvido direito. Quebrei a maioria dos dentes do lado direito da boca. Todos esses. Ele passou a língua pelos dentes. — Agora são próteses. Eu estava sangrando, meu amigo e toda nossa equipe estavam mortos. A esposa e os filhos de Red DeCrain estavam mortos. Até a criança de 7 anos. Ele fez um garoto de 7 anos se matar porque o pai não gostava de pessoas negras e latinas. Todo mundo estava morto, exceto eu… e Red DeCrain. Não me entenda

2 "*Sic semper tyrannis*" significa "Assim sempre aos tiranos" em latim. É usado como um símbolo de resistência contra o abuso de poder. Ficou famoso nos EUA por sua associação ao assassinato de Abraham Lincoln. [N. da T.]

mal, ele estava acabado. Tinha um buraco na coxa do tamanho de um pé, mas estava vivo.

Titus abaixou a camisa e flexionou os dedos antes de prosseguir:

— Eu me aproximei e olhei pra ele. Aquela loucura idiota e sem sentido ainda brilhava ao redor dele. Red falou comigo. Disse que queria se render. Queria um médico. Queria que eu colocasse as algemas. Queria ir pra cadeia e ficar junto de seus irmãos. Ele queria isso, queria aquilo, tudo o que ele fazia era querer. Não disse nada, nenhuma palavra sobre sua esposa, seus filhos, meu amigo ou os homens que entraram naquele ninho de víboras com a gente. Era tudo sobre o que *ele* queria.

"Desde que a mãe morreu, prometi a mim mesmo que faria o que fosse necessário pra manter as pessoas seguras. Que viveria minha vida com ordem e estabilidade, porque o mundo é cruel e instável e não liga pra ninguém, e a igreja que ela amava e o Deus pra quem ela rezava pedindo por cura são somente placebos que não fazem nada a respeito do veneno em que nadamos dia após dia. Foi por isso que eu quis ser policial. Pra tentar colocar alguma ordem no mundo, em minha vida. E bem em minha frente estava Red DeCrain, a personificação do caos, que provavelmente sobreviveria e viveria mais uns trinta anos até com um pouco de conforto. Sim, ele estaria preso, mas seria um homem respeitado lá dentro, a menos que pegasse pena de morte. Aquele doente filho da puta que transformou cinco mulheres em viúvas, que não fez nada além de causar desordem e tragédia, ia conseguir viver a vida dele. Olhei pro cara e me perguntei: o que eu tinha conseguido seguindo as regras? O que eu ganhara por tentar ordenar o caos?

Titus fez uma pausa. Ele respirou fundo, puxando uma grande quantidade de ar, o que fez seu peito se expandir ao máximo.

— Então eu atirei nele. Dois tiros na cabeça e dois no peito. Eu atirei nele enquanto estava coberto do que restava da família dele e de meu amigo. Outra equipe chegou bem na hora que eu estava guardando minha arma. — Titus bufou. — O FBI discretamente me pediu, ou melhor, me mandou renunciar. Escreveram um comunicado pra imprensa que fez parecer que Red estava armado quando levou quatro tiros. Perdi todos meus benefícios, mas não fui preso. Seis meses depois, o pai fez a cirurgia.

— Você nunca contou a ele? Seu nome nunca saiu no jornal? — perguntou Marquis.

Titus balançou a cabeça.

— Quando meu seguro-desemprego acabou e voltei pra casa, eu já tinha me recuperado quase por completo. Eles apagaram meu nome do registro oficial, irmãozinho. Trabalharam duro pra manter o maior sigilo possível. Não precisavam de mais um Cerco de Waco[3]. Somente alguns meios de comunicação divulgaram a história. Se você não era de Indiana, provavelmente nem ouviu falar do caso. Foi por isso que, quando surgiu a oportunidade, concorri a xerife.

— Não entendi. Você acabou com um racista e isso fez com que concorresse a xerife? — perguntou Marquis.

— Eu matei um homem. Um homem horrível, mas ainda assim um homem, e saí impune porque eu era a lei. Concorri a xerife porque não queria que as pessoas daqui saíssem impunes pelas coisas que nos fizeram quando éramos crianças ou adolescentes, porque elas próprias eram a lei na época. Eu queria... mudar as coisas por dentro, acho. É muito mais fácil falar do que fazer. Mas é minha penitência.

— Você não acha que fala demais sobre religião pra alguém que não acredita em Deus? Olha, você não deve nada a ninguém. Acabou com aquele racista? Ótimo. Provavelmente salvou algumas vidas. E não precisa manter tudo em ordem. Não é seu trabalho.

— Meio que é, sim, como xerife. Fico pensando o que a mãe diria se soubesse — disse Titus.

— Você escolheu ser xerife. E pode escolher não ser. Não cabe a você consertar tudo só porque não pôde salvar a mãe. Ninguém podia ter feito isso, Ty. Deixa eu te lembrar uma coisa dos nossos velhos tempos de escola dominical. Sabe essa ideia de que você precisa salvar tudo? O nome disso é orgulho. E você sabe o que dizem sobre o orgulho preceder a queda. Vou repetir. Você não deve nada a ninguém. Nem a mim, nem ao pai, nem à mãe, e nem a ninguém

3 O Cerco de Waco foi um conflito de 51 dias entre o governo dos EUA e o grupo religioso Ramo Davidiano, liderado por David Koresh, em 1993. O cerco começou após uma tentativa fracassada de cumprir mandados de busca e prisão, resultando em um tiroteio intenso. Terminou com um ataque do FBI e um incêndio no complexo dos davidianos, causando a morte de 82 membros do grupo, incluindo crianças e quatro agentes federais. [N. da T.]

de Caronte. E só pra constar, a mãe provavelmente diria: "Dê mais quatro tiros nesse filho da puta" — disse Marquis.

Titus pegou a garrafa de vidro vazia e analisou o reflexo da luz da varanda em sua superfície.

— E se minha tentativa de controlar o mundo é o que me impede de perder o controle?

— Porra, Ty — disse Marquis.

Ele estendeu sua mão pesada e a colocou no ombro de Titus enquanto os pássaros cantavam para eles na escuridão.

VINTE E CINCO

Titus acordou com o gosto das más decisões da noite anterior ainda fresco em sua boca. Ele se forçou a sair da cama e fazer duzentas flexões antes de tomar um banho, na tentativa de fazer a bebida sair de seu corpo com o suor.

Marquis estava no sofá quando ele desceu as escadas. Titus não se deu ao trabalho de tentar acordá-lo enquanto saía porta afora. Entrou no SUV e seguiu para a delegacia. O para-brisa tinha resquícios de geada nas bordas. A temperatura caíra uns vinte graus durante a noite. O céu nublado conferia ao condado uma aparência pálida. Era como se ele estivesse assistindo a uma cópia desbotada de um filme mudo à medida que dirigia pelas estradas secundárias em direção à rodovia principal. Titus achou que o tempo combinava com a atmosfera de Caronte, agora que um assassino transformara o lugar em seu abatedouro particular.

Quando Titus estacionou em sua vaga na delegacia, ouviu o som de notificação no celular, alertando que ele recebera um e-mail.

Caro xerife Crown,

O conselho não apresenta nenhuma objeção a seu plano de segurança extra. No entanto, esperamos que tenha em mente uma presença policial mais robusta. Não queremos desencorajar a participação no Festival de Outono.

Atenciosamente,
Julie Narrows
Vice-presidente do Conselho de Supervisores de Caronte

— Eles não entendem mesmo — murmurou Titus para si.

•

O xerife entrou e foi para seu escritório.

— Ei, Titus, Denver pagou a fiança há cerca de uma hora. O magistrado mandou Steve e Davy levarem ele para o tribunal e ele foi solto lá. Steve me disse pra te contar — disse Cam.

— Ele consentiu em nos dar uma amostra de DNA? — perguntou Titus.

Cam balançou a cabeça.

— Não. Ele pediu um advogado depois que você saiu. Acha que ele é o culpado, Titus? — perguntou Cam, em um tom suplicante.

Titus não transpareceu sua frustração.

— Não sei, Cam. Mas se conseguirmos uma amostra de DNA, podemos descartá-lo ou prendê-lo.

Ele pensou em Cam como uma representação do resto do condado. Todos queriam garantias, queriam que o homem com a estrela no peito lhes dissesse que o monstro fora derrotado. Queriam respostas mágicas, enquanto Titus ainda precisava lidar com as circunstâncias do mundo real.

Entrou no escritório e se sentou atrás da escrivaninha. Titus conseguia sentir o fardo que Pip mencionara como um jugo em seu pescoço. Leu mais alguns e-mails, revisou os relatórios de gastos de combustível, verificou o registro de prisões da noite anterior, e atualizou as redes sociais da delegacia com um pedido de informações sobre o assassinato de Elias. Parecia estranho lidar com o mundano e o profano simultaneamente, mas aquele era um aspecto decisivo do trabalho.

O dia se arrastou a passos de tartaruga. Trey estava de olho em Denver, mas até aquele momento tudo o que o homem fizera foi caminhar até a loja de conveniência Tall King, comprar um engradado de cerveja e beber até ficar entorpecido. Dayane Carter ainda não fora encontrada e ninguém parecia fazer ideia de onde ela poderia estar. Steve ligou para relatar dois garotos que picharam um túmulo no cemitério da Primeira Coríntia, celebrando o "Homem do Salgueiro-Chorão".

Valeu, Davy, pensou Titus quando recebeu a ligação.

Ele ligou para seus três colegas dos condados de Queen, Red Hill e Gloucester, respectivamente, e solicitou qualquer assistência que pudessem oferecer para o Festival de Outono que aconteceria em dois dias. O Condado de Queen rejeitou o pedido como de costume, mas Red Hill e Gloucester prometeram enviar três oficiais cada um.

Não basta. Nem de longe, pensou Titus, mas era tudo o que conseguiria, então tentou não se preocupar. Quando o céu começou a escurecer, Titus se levantou e estalou as costas enquanto olhava para seu quadro de avisos.

Antes que a esposa e os filhos de Red DeCrain o explodissem em um milhão de pedacinhos, o agente especial Tolliver costumava dizer que tudo o que alguém precisa para solucionar um crime já está ao alcance. É como montar o quebra-cabeça de uma nevasca. É preciso dar um passo para trás e ver como as peças se encaixam.

Titus encarou o quadro.

Estava ali. Ele só não havia se afastado o suficiente ainda.

O celular vibrou em seu bolso.

— Alô?

— E aí, garoto da Virgínia? Tudo certo? — perguntou Kellie.

— Tudo certo. Sinto muito por aquela noite. Todos estavam tensos.

— Sem problemas. Eu só estava… enfim, estou feliz que esteja bem. Liguei porque queria te avisar que terminamos de editar sua parte do episódio. Quer ouvir? — perguntou Kellie.

— Acho que eu deveria, pra garantir que você não prejudique minha imagem.

Kellie riu.

— Posso fazer muitas coisas, mas prejudicar sua imagem não é uma delas. Posso te enviar o arquivo, ou você pode dar uma passada aqui e ouvir.

Titus não respondeu.

Ele podia apenas aceitar o arquivo. Pedir para ela anexar em uma mensagem de texto e pronto.

Ele podia fazer isso.

Também podia ir até o chalé e passar um tempo com ela e Hector. Talvez falar sobre os velhos tempos. Dar uma respirada por um momento. É claro que Kellie perguntaria sobre o caso, mas eles também podiam falar sobre a vez em que ela ficou trancada do lado de fora do apartamento só de calcinha e sutiã. Não era como se ele estivesse indo até lá para ter um caso com ela. Mesmo se Hector não estivesse presente, ele amava Darlene. Titus não quebraria esse voto por ninguém.

Seriam apenas dois velhos amigos conversando. Apenas Titus tirando a estrela por uma hora ou mais e se permitindo um breve descanso de sua expiação e, de verdade, seria isso algo ruim?

— Preciso passar mais umas horas aqui, então saio por volta das 22h, é muito tarde? — perguntou Titus.

— Não, está perfeito. Quer que eu compre umas costeletas de cordeiro para o jantar?

— Kellie…

— Tá bem, tá bem, cedo demais. Até mais tarde, garoto da Virgínia.

VINTE E SEIS

O Albergue dos Todd, assim como tantas casas velhas e plantações antigas, ficava no final de uma longa e sinuosa estrada de acesso coberta de conchas de ostras trituradas e ladeada por exuberantes cornisos floridos. Titus achava que Caronte era um condado feito de rios e longas estradas de acesso. A estrada também era ladeada por suaves luzes âmbar a cada seis metros. Elas criavam um brilho etéreo que parecia se espalhar pelo caminho como fogo de Santelmo. Por fim, ele chegou ao Albergue dos Todd, uma estrutura de dois andares com vista para o riacho Spill. A estrada terminava em uma bifurcação em frente ao albergue. A da esquerda levava aos chalés no centro da floresta dos Todd. A da direita levava aos chalés com vista para o riacho. Ele mandara uma mensagem para Kellie e ela dissera que se hospedaram no chalé 14. Uma placa pregada em uma árvore informava que os chalés de 1 a 15 ficavam à esquerda. Titus girou o volante e passou pelos chalés de 1 a 13. Todos estavam escuros como breu. Lucy Todd nem acendera as luzes das varandas dos chalés desocupados.

Os faróis de Titus iluminaram a traseira da van de Kellie, e logo em seguida o próprio chalé.

Foi quando ele viu a porta aberta.

Titus foi ágil. Colocou o SUV em ponto morto, desceu do carro e sacou sua arma em um movimento único. Uma porta aberta não necessariamente pressagiava uma desgraça, mas uma porta aberta tão tarde da noite, quando a temperatura caíra para 4°C, não era um detalhe a ser ignorado.

Ele segurou a arma em uma empunhadura tática. A porta não estava somente aberta — fora chutada com tanta força que a moldura havia se partido. No escuro, por um breve momento, os suaves balidos e assovios dos rouxinóis e cariacus, e de todas as outras criaturas noturnas da floresta, foram abafados pelas batidas do coração, que martelava incessantemente contra sua caixa torácica.

— Kellie? — gritou Titus, sentindo-se tolo e esperançoso ao mesmo tempo.

Se ela estivesse ali, podia estar ferida demais para responder. Se não estivesse, suas palavras eram inúteis e ela corria perigo.

Titus entrou no chalé.

Hector estava caído contra uma parede com as mãos na garganta. Sangue escorria por entre seus dedos e borbulhava da boca. Titus se aproximou para ajudá-lo, quando ouviu um grito.

Um grito de Kellie.

Correu pela sala de estar e entrou na cozinha.

— PARADO! — gritou Titus, tão alto que sentiu uma dor no peito.

Na cozinha, havia um homem de pé na frente do que parecia ser um armário ou uma despensa. Ele estava todo vestido de preto. Calças jeans pretas, moletom preto, luvas pretas presas ao casaco nos pulsos.

O homem segurava uma faca de caça manchada de vermelho.

E usava uma máscara de lobo.

Ele cravara a faca na porta do armário. Titus podia ver o buraco que fizera. Agora ele estava imóvel, a faca erguida acima da cabeça. Kellie gritava de dentro do armário.

— PRO CHÃO, PORRA! — gritou Titus.

O homem com a máscara de lobo não se moveu.

— Vou te matar se não largar essa faca. Pode apostar — disse Titus.

O homem continuou sem se mover. Eles ficaram ali, imóveis em uma silenciosa batalha de vontades, na qual ambos estavam determinados a não ceder um único centímetro.

De repente, Hector caiu por cima de Titus, depois passou por ele e caiu outra vez de cara no chão da cozinha. Um guincho de sangue espirrou quando seu corpo atingiu os azulejos. Titus foi empurrado para a direita. O homem com a máscara de lobo girou nos calcanhares e jogou a faca em direção à cabeça de Titus, que se abaixou e atirou no homem ao mesmo tempo. Seu tiro errou o alvo e atingiu o vidro da porta do pátio nos fundos da cozinha.

O homem com a máscara de lobo correu em direção à porta do pátio e atravessou o vidro, mesmo com a porta somente rachada pelo tiro. Titus correu até a entrada e começou a atirar, mas não havia iluminação no quintal. O homem desaparecera como um fantasma na escuridão da noite.

Kellie ainda gritava no armário.

Titus foi primeiro até Hector. Aquele último pico de adrenalina foi o que permitiu ao homem com a máscara de lobo escapar. Aquela tentativa frustrada de resgatar Kellie seria o último ato de Hector daquele lado do plano. Sua pele já estava começando a esfriar.

Titus foi até o armário e abriu a porta.

Kellie desabou em seus braços ainda gritando, ainda implorando para que ele a salvasse, a ajudasse, a mantivesse segura. Ele percebeu que falhara em um daqueles pedidos, no mais importante dos três.

•

Titus estava sentado em seu SUV, a porta aberta, enquanto Carla e Davy passavam a faixa amarela zebrada ao redor do chalé. Trey veio até o SUV e parou perto da porta.

— Kellie disse que eles estavam ouvindo o episódio quando a porta foi arrombada. Ela correu para o armário enquanto Hector confrontava o cara. Ela não ouviu barulho de carro, então podemos supor que ele estacionou um pouco mais longe na estrada e veio por dentro da floresta.

— Ele não queria que ouvissem o motor — disse Titus, a voz monótona.

— Pois é. Então, ele estava mesmo usando uma máscara de lobo?

— Estava. Todo de preto com as mangas presas nas luvas com fita adesiva. Cerca de um metro e oitenta, uns noventa a cem quilos. Era forte. Eu atirei naquela porta de vidro, mas ele a atravessou como se fosse feita de papel.

— Por que você acha que ele veio pra cá? — perguntou Trey.

Titus segurou o chapéu pela aba e o deixou oscilar para frente e para trás.

— Estava tentando me atingir. Kellie e eu somos amigos. — Ele fez uma pausa. — A gente já namorou. Me surpreende que não saiba disso. Todo mundo sabe. O assassino sabe. Por isso ele veio até aqui.

— Não, disso eu sabia, mas por que ir atrás de sua ex? Por que não ir atrás de Darlene? Não que eu gostaria que ele fosse atrás de Darlene — disse Trey.

— Todo mundo estava falando sobre Kellie. Ela era a fofoca do momento.

— Bem, Carla vai levar Kellie pra um albergue em Hampton e vai passar a noite com ela. Kellie quer ir embora amanhã logo cedo. Vamos deixar que vá? — perguntou Trey.

Titus desceu do SUV.

— Sim. Se precisarmos dela, podemos sempre pedir que volte. Temos as informações de Hector. Vou notificar a família.

— Por que não deixa isso comigo? Você não vai mesmo explicar o que aconteceu aqui, não é? Eles não precisam dos detalhes sangrentos — disse Trey.

— Não, eu faço. Preciso fazer isso — disse Titus.

— Você disse que ele queria te atingir. Por que só você?

— Eu sou o foco dele. Ele me culpa por acabar com seu pequeno triunvirato. Eu o desafiei pelo telefone. E através de Dayane. Ele ligou de novo hoje e eu o provoquei a respeito de sua mãe biológica. Eu o chamei por seu verdadeiro nome. O nome dado por Elias — explicou Titus, e colocou o chapéu.

— Ele ligou de novo hoje? Quando é que você ia contar isso pra gente? — perguntou Trey.

— Amanhã, na reunião diária. — Titus se virou e olhou para o chalé. Para a porta estilhaçada. — Ele disse que meu rebanho não estava seguro. Acho que tinha razão.

•

Quando ele chegou em casa, seu pai e Marquis já estavam dormindo. Titus subiu as escadas e tirou o uniforme. Colocou a arma na mesa de cabeceira. Pediria a Trey para redigir o relatório sobre o disparo da arma durante uma tentativa de prisão. Se a regra não se aplicasse a ele como se aplicava à sua equipe, de que serviria?

Titus se deitou na cama e ficou encarando o teto.

O assassino era amigo de Cole Marshall. Disso ele tinha certeza, mas estava começando a parecer que era um amigo secreto. Alguém com quem Cole não era visto em público. Dayane sabia, mas ela se foi. Ou fugiu de medo ou estava deitada de costas em um buraco no chão. Titus nunca esteve tão perto de pegar esse desgraçado e, ao mesmo tempo, nunca esteve tão longe. Se tivesse ido atrás dele em vez de consolar Kellie, poderia tê-lo capturado. Poderia ter tirado a máscara e visto o rosto escondido ali. O rosto de um monstro que andava sobre duas pernas. Mas será que conseguiria encarar a si mesmo no espelho se não a tivesse tirado daquele armário?

Titus puxou o cobertor em volta de si. Não sabia como o homem no espelho o olharia se não tivesse feito isso.

Ele ouviu seu celular vibrar na mesa de cabeceira. Pegou o aparelho e olhou as horas. Pouco mais de 1h.

Era Darlene.

— Alô? — disse Titus.

— Oi.

— Oi, você está bem?

— Eu é que deveria perguntar isso. Fiquei sabendo que uma pessoa morreu no chalé de sua amiga — disse Darlene.

Titus fez uma careta. As palavras dela tinham um tom de mágoa.

— Pode vir aqui? — perguntou Darlene.

— Eu... hum, tem certeza? Não quero te colocar em perigo, Darlene. Esse cara parece obcecado por mim — disse Titus.

— Preciso que venha. Dá pra fazer isso por mim?

•

Titus estacionou ao lado do carro de Darlene. O pequeno sedan dela estava à sua esquerda e, à direita, havia uma fileira de arbustos que o pai dela usava como limite de propriedade desde que se mudaram para lá em 1998. Darlene lhe contara que um dos dias mais tristes da vida de seu pai foi quando ele precisou convencer o garoto Parker, que morava na mesma rua, a podar os arbustos para ele, já que a artrite não permitia mais que fizesse aquilo.

Titus desceu do Jeep e foi até a escadaria da frente. Darlene saiu e o encontrou antes que ele pudesse bater na porta.

— Tudo bem por aqui? Tem alguém te incomodando? — perguntou Titus.

Darlene balançou a cabeça. Ele viu que seus olhos estavam vermelhos.

— Não. Meu pai estava dormindo com a espingarda até o dia em que foram embora.

— Foram embora? Como assim foram embora? Para onde?

— Para Patterson Walk, em Williamsburg. É um lar de idosos. Fechamos a floricultura na terça. Só não contamos a ninguém ainda.

— Por que não me contou? Eu podia ter ajudado na mudança. Podia...

— O quê, Titus? — interrompeu Darlene. — O que você poderia ter feito? Você está trabalhando no caso Spearman. E precisa trabalhar nele. As pessoas estão morrendo de medo. É o que você precisa fazer. É quem você é. Eu sei disso. Por isso preferi não te incomodar.

— Você não estaria me incomodando, Darlene.

Darlene mordeu o lábio inferior e enxugou os olhos com as costas da mão machucada.

— Titus, eu também vou embora.

Ele se recostou no corrimão da escadaria.

— Como assim você vai embora? Pra onde? E a gente? O que vamos fazer?

Darlene sorriu de forma triste.

— Quando a gente começou a sair, eu sabia que você carregava um grande fardo. Eu quase conseguia ver o peso sobre seus ombros largos. Disse a mim mesma que poderia te ajudar a passar por isso. E tentei. Deus sabe que eu tentei, Titus. Porque você, mais do que qualquer outra pessoa que eu conheço, merece ser feliz. Mas você não quer ser feliz. Por algum motivo, você acha que precisa sofrer. E eu não sou a mulher que você gostaria que te ajudasse a sair desse buraco que você mesmo cavou.

— Didi, não diga isso. Eu... eu te amo. Seja lá o que estiver acontecendo, podemos resolver — disse Titus.

— Você não me ama, Titus. Você queria me amar. E eu queria muito que você me amasse, mas não está dando certo. Tenho tentado me agarrar a você, mas é como tentar pegar fumaça com as mãos. Quando meus pais me disseram que iam se mudar, acho que percebi que estive... andando em círculos aqui por tempo demais. Tenho 37 anos e nunca andei de avião. Nunca saí desta parte do país. Eu dizia a mim mesma que estava aqui por causa de meus pais. Então a gente se conheceu, e eu me dizia que fiquei aqui por sua causa. Mas meus pais já se mudaram, e nós... não sei mais o que existe entre nós.

Titus pegou as mãos dela e sentiu o calor em suas palmas.

— Existe amor. É isso o que existe entre nós.

Darlene puxou as mãos.

— Você sempre diz isso, porque você é um bom homem e acha que é o que precisa dizer. Mas... veja, que bom que você estava lá para salvar sua amiga, mas por que ir até lá às 22h?

Titus sentiu sua boca ficar seca.

— Eu... só ia ouvir o podcast. Só isso, Darlene, eu juro. Não ia acontecer nada. Você me conhece.

Darlene se inclinou para a frente e o beijou na bochecha. Ela colocou a mão sobre o coração dele.

— Eu conheço você. E sei que você não iria me trair. Só estou dizendo que, se me amasse, não teria nem cogitado ir até lá.

Se me amasse, teria mandado alguém pra ver como eu estava depois do que aconteceu. Mas você nem chegou a pensar nisso, não é? — perguntou Darlene, as lágrimas reluzindo como diamantes em suas bochechas.

Titus não sabia o que responder. Porque ela tinha razão. Ele abaixou a cabeça e fechou os olhos.

— Darlene, eu...

— Amanhã eu vou pra Atlanta — interrompeu ela. — Minha prima tem uma loja de artigos de noivas lá. Se cuida, Titus. — Ela o beijou nos lábios. — Encontre alguém que te faça sorrir.

Ela deu meia-volta e entrou na casa. Ele ficou ali parado, ouvindo-a trancar a porta, e então ficou observando à medida que a luz do corredor se acendia e se apagava como uma vela.

CONDADO DE CARONTE

A escuridão não será negada.

Todos a sentem agora. Ela adentra seus corações sem ser convidada, como um vento gelado de inverno. Infecta os dias como um eclipse e as noites como um manto de pavor.

Preston Jefferies foi ao médico em Red Hill para conseguir alguma coisa, qualquer coisa, que o faça parar de sonhar. Desde que encontrou aquele pastor louco e branco em seu campo, o homem não consegue dormir uma única noite sem acordar gritando. Ele se pergunta se algum dia voltará a encontrar a paz por detrás da barreira do sono.

Paul Garnett aprendeu a ter cuidado com o lixo. Nos sacos que ele carrega para a lixeira, há garrafas que tilintam como castanholas. Cinco, às vezes seis garrafas de Old Crow. Ele começou a beber de um cantil durante o almoço. Diz a si mesmo que é por causa do estresse do trabalho. Os tempos estão difíceis na fábrica. As vendas caíram em relação ao ano anterior. O novo presidente não consegue se organizar o suficiente para encomendar bandeiras estadunidenses para todos os prédios federais e bases militares do país. Paul não votou nele, mas jamais imaginou que ele seria tão ruim. Diz a si mesmo que é por isso que vai à loja de bebidas três vezes por semana. Mas é o rosto esfolado de Cole que vem à sua mente quando ele começa a ficar sóbrio demais.

Os domingos trazem pouco alívio das sombras que pairam sobre Caronte. De metodistas a católicos, batistas, luteranos e testemunhas de Jeová, ministros, pastores, líderes e reverendos, todos ouvem suas palavras de consolo e força espiritual caírem em ouvidos parcialmente surdos. Que tipo de Deus permitiria que tal maldição se abatesse sobre seu povo? Ninguém jamais admitirá em voz alta, mas muitos, muitos congregantes estão atravessando uma crise de fé. Muitos a estão depositando em cartuchos de espingarda e revólveres, não no carpinteiro da Galileia.

O assassino se tornou o Homem do Salgueiro-Chorão para as crianças e adolescentes do condado. Rituais arcanos para invocá-lo se tornaram uma prática comum em festas em volta da fogueira ou em casa. Para as crianças mais novas, ele é a mais recente encarnação do bicho-papão, só que, nesse caso, elas podem acompanhar seus feitos pelo noticiário local. Lavon Macdonald começou a carregar secretamente uma faca de cozinha no bolso, caso o Homem do Salgueiro-Chorão bata à sua porta. Ele sente falta do irmão, que conseguia imitar qualquer personagem de desenho animado que Lavon pedisse. Ele sente tanta falta dele que pensa estar a ponto de enlouquecer, se ao menos soubesse como é enlouquecer. Seu pai não consegue parar de chorar. Lavon se pergunta se é assim que fica uma pessoa que perde a sanidade.

Darlene passa pela estátua de Ol' Rebel Joe ao virar na rota 18. Diz a si mesma que está fazendo a coisa certa, mesmo que tenha precisado ameaçar seus pais de leve para se mudarem para Patterson Walk, dizendo-lhes que iria embora de qualquer forma. Ela não se arrepende do que disse a Titus, mas pergunta a si mesma: se o Homem do Salgueiro-Chorão não tivesse tentado matar a ex-namorada dele, será que teria terminado? Sua amiga Sandra disse que ela era corajosa por se mudar para Atlanta. Darlene não teve coragem de dizer que não decidira por bravura ou independência. Mas por puro terror. Desde o momento em que soube do ataque, tudo em que conseguia pensar era: FUJA.

Fuja desta cidade, de Titus partindo seu coração pouco à pouco, deste assassino que havia mirado nele e nas pessoas próximas a ele. Não é que ela achasse que Titus não pudesse protegê-la. Era a ideia de que talvez ele precisasse escolher entre ela e sua ex, ou seu pai, ou seu irmão. Darlene não conseguia imaginar um cenário em que ela seria a escolhida. Foi quando se deu conta disso que decidiu pegar a interestadual 95.

Os membros do Comitê do Festival de Outono continuaram planejando o evento com a lúgubre determinação dos músicos do Titanic. *Morte, escuridão, terror: nada os impediria de montar a barraca dos concursos de comer tortas e puxar armadilhas de caranguejo. Elizabeth Morehood, a presidente, proferiu um discurso inspirador estilo "espartanos no desfiladeiro de Termópilas"*[1] *durante a última reunião de planejamento, falando da importância do Festival de Outono para o condado. De como eles não podiam permitir que um monstro à sua volta tirasse isso deles. De como não podiam deixá-lo vencer.*

Ela não disse nada a respeito de como desviara milhares de dólares do tesouro do comitê na forma de permissões para barracas e dos fundos da rifa anual. Não falou sobre seus planos de transferir o dinheiro das taxas de estacionamento e dos brinquedos da festa para cobrir o deficit. Não mencionou que não tinha a menor intenção de deixar aquele negro desgraçado colocar algemas nela como fez com o ensanguentado Alan Cunningham.

Ricky Sours se viu tentando acalmar alguns de seus seguidores que queriam levar armas no dia do desfile do Festival de Outono. Tentar negociar com eles agora era como tentar acariciar um urso faminto. Havia um brilho de desejo nos olhos deles que o assustava. Eles queriam um confronto. Queriam rachar crânios e rasgar tendões. Não podiam fazer isso com a pessoa que estava matando seus vizinhos, então qualquer um que ousasse se opor a eles no dia do desfile serviria.

Ele se sentia como naquele antigo desenho animado do Mickey Mouse com as vassouras dançantes. Sua criação não mais estava sob seu controle.

Mare-Beth Hillington tentou chorar pelo marido, mas se viu dominada demais pela compreensão de que, agora, um copo sujo na pia não viria mais acompanhado de uma repreensão física.

Dayane Carter abraçou a escuridão. Em seus braços, ela encontrou a paz. Ali, ela estava segura. Ali, não podia ver o que ele fizera à sua carne.

---

1 A Batalha de Termópilas, em 480 a.C., foi um confronto entre os espartanos e o exército persa de Xerxes I. É muito citado como exemplo do poder de um pequeno exército patriótico defendendo seu território. [N. da T.]

VINTE E SETE

O Festival de Outono estava a todo vapor.

Titus estava na esquina da rua principal com a travessa do Tribunal, em frente à antiga farmácia. A travessa havia sido interditada para o festival. Ela ia da esquina da rua principal até a rua Casa de Tijolos, paralela à rua principal. Entre as duas ficava a antiga prisão colonial, o escritório do tesoureiro do condado e o tribunal e seu jardim, uma ampla faixa de grama com bancos e chafarizes. A travessa do Tribunal também passava pela estátua de *Ol' Rebel Joe*.

A maior parte do festival acontecia no jardim. Ali, foram montados vários brinquedos de parque de diversões, barracas de artesanato, a corrida de três pernas, o concurso de comer tortas, barracas de comida, máquinas de algodão-doce e uma série de aparatos que só podiam ser encontrados durante uma festa comunitária de cidade pequena.

A plataforma de puxar armadilhas de caranguejo tinha quase dez metros de altura, e estava montada na extremidade do gramado, longe da multidão. Os competidores se posicionavam na plataforma para ver quem conseguia puxar mais rápido as armadilhas de caranguejo. Titus se perguntava se alguém finalmente superaria o tempo de seu pai. Albert Crown ainda detinha o recorde de puxada mais rápida e isso já fazia quase trinta anos. Jaime Chambers, um rapaz robusto que trabalhava no barco de pesca *Garrafa Quebrada* chegou perto no ano anterior.

Titus observou enquanto a multidão se movia sobre o gramado e pela rua interditada como um organismo amorfo em volta do festival, flexionando e relaxando, expandindo e contraindo. Havia muito mais pessoas do que Titus esperava. Com tudo o que aconteceu, ele teria apostado que as pessoas seriam poucas como os fios de cabelo na cabeça de um calvo. Titus raramente estava errado, mas aquela foi uma das poucas vezes.

O xerife ouviu berros de crianças, risadas de pais, gritos de jovens. Havia um sentimento impressionante de júbilo que preenchia o ar, como o cheiro de narcisos na primavera. Titus achou meio forçado. Era como se todo o bom povo de Caronte tivesse unanimemente decidido se divertir ou morrer tentando.

Titus caminhou um pouco pela travessa do Tribunal e viu algumas crianças descendo o escorregador do parque de diversões. Viu um grupo de adolescentes participar do concurso de comer tortas. Viu rostos conhecidos de seus dias felizes de juventude, e outros que conheceu nos últimos dois anos desde que voltara para casa. Outros eram desconhecidos, mas pareciam se deleitar com a alegria de participar de um pequeno festival em um pequeno condado nas terras baixas da Virgínia.

Deveria ser sempre assim, pensou Titus.

Ele olhou para o relógio.

Eram 14h. Ricky Sours e sua corja começariam a marchar pela travessa do Tribunal em quinze minutos. Titus pegou seu rádio.

— Atenção. Quinze minutos para a marcha. Vamos estabelecer o perímetro.

— Entendido — disse Carla.

— Certo, chefe, quer dizer, entendi, entendido — gaguejou Davy, atrapalhando-se.

— Assuma seu lugar, Davy — disse Titus.

— Entendido, estamos chegando pelo leste, atravessando o gramado agora — disse Danforth Sampson, o vice-xerife de Red Hill.

Titus respirou fundo e sentiu o cheiro de pipoca recém-estourada e o doce aroma açucarado de *funnel cakes*. Ele esperava estar errado sobre aquela marcha. Esperava que Jamal estivesse mentindo. Esperava que Ricky Sours conseguisse manter seu pessoal sob controle. Esperava não precisar de ajuda extra, mas preferia ter e não precisar dela do que precisar e não ter ninguém.

O agente especial Tolliver costumava dizer que ter esperança é tentar atravessar um rio nadando, estar preparado é levar um mapa para saber qual é o melhor lugar para atravessá-lo.

Naquele outro dia, na propriedade de Red DeCrain, eles não estavam preparados. Titus não queria cometer esse erro de novo.

Ouviu um murmúrio em meio às risadas quando Danforth e os quatro oficiais que ele trouxera se juntaram a Carla, Davy, Steve e Pip na calçada esquerda da travessa do Tribunal. Na calçada direita estava o oficial Caldwell Thomas e seis policiais de Maryville, o condado logo depois de Red Hill. Ele conheceu Caldwell em uma sessão de treinamento do estado no início daquele ano. Ficara impressionado com o homem falante, de ombros largos e cabelos raspados. Ele era o mais próximo de um amigo para Titus desde que se tornara xerife.

Titus tocou seu distintivo, passando os dedos pelas bordas das estrelas.

Um de seus instrutores lhe dissera o seguinte: *Eles vão te amar. Vão te odiar. Mas você precisa fazer com que te respeitem. E você faz isso sendo justo.* Ele estava falando sobre ser um agente, mas, para Titus, o raciocínio também se aplicava a ser xerife.

— ATENNNNNÇÃO! — gritou Ricky Sours.

Titus semicerrou os olhos.

— Que porra...? — sussurrou ele.

Ricky e seu grupo eram cerca de trinta homens. Todos usavam uniformes historicamente precisos dos Estados Confederados. Jasper era o porta-bandeira. Ele carregava o mastro de cerca de dois metros de comprimento com uma enorme bandeira confederada presa na extremidade. Titus podia ouvir uma flauta e um tambor, o que tinha certeza que não fizera parte da história, à medida que os Filhos dos Veteranos Confederados desciam a travessa do Tribunal.

— Fiquem atentos, aí vêm eles — disse Titus.

Ele sentiu um arrepio percorrer sua pele. Racionalmente, sabia que estavam em 2017, que a Décima Quarta Emenda havia sido aprovada havia mais de um século, que o racismo estava bem vivo, mas ele era um xerife que poderia e iria prender qualquer um, branco ou negro, que ultrapassasse os limites.

E, ainda assim.

Sentiu uma repulsa atávica tomar conta de seu corpo. A visão daqueles homens em seus uniformes cinza, homens que acreditavam que sua completa falta de sucesso em todos seus empreendimentos era a prova da falsidade de seus privilégios, o deixava enjoado. Não amedrontado, não inquieto, mas fisicamente enjoado. Vê-los desfilar pela rua era como morder um pedaço de carne e sentir gosto de vermes.

— Vamos manter a multidão no gramado com ao menos dois metros da margem — disse Titus no rádio.

O xerife não achava que a marcha seria um problema. A maioria das pessoas não estava prestando atenção a Ricky e a seu grupo. Todos estavam ocupados demais jogando argolas e comendo fatias de melancia com uísque. Havia algumas pessoas aplaudindo e acenando para os manifestantes, mas nem essas pareciam muito engajadas. Era mais uma questão de cortesia, não de política.

— Estão se aproximando da estátua agora — disse Carla, um pouco mais adiante na rua.

— Entendido — disse Titus.

O grupo de Ricky tinha permissão para marchar até o fim da rua, passando pela estátua, e então dar a volta e ir para casa protestar contra imigrantes, negros e qualquer um que não fosse um homem branco e hétero na privacidade de suas próprias garagens, com um engradado de cerveja barata e uma boa dose de orgulho ferido.

Titus ouviu o som de um coro surgir atrás dele. Ouviu a letra da música antes de se virar para encarar as pessoas que cantavam.

— *VAMOS VENCEEEER!*[1]

Um grande grupo de pessoas dobrava a esquina da rua principal e caminhava pela travessa do Tribunal. Eram uma cornucópia de cidadãos do Condado de Caronte caminhando lado a lado. Negros, brancos, latinos, gays, héteros, idosos, jovens. Eram tudo o que homens como Ricky Sours temiam.

— Urgente, urgente! Preciso de reforços na esquina da principal. Repito, reforços na esquina da principal — gritou Titus no rádio.

---

1 "We Shall Overcome" é uma música gospel associada fortemente ao movimento pelos direitos civis nos Estados Unidos. [N. da T.]

Ele saiu da calçada e se posicionou no caminho dos contramanifestantes, que eram no mínimo sessenta. Em resposta, estes se deram os braços.

Jamal Addison estava no meio da primeira fileira. Seu olhar encontrou o de Titus por um breve momento. Titus não gostou do que viu. Jamal tinha os olhos de um homem resignado com seu destino. Um homem que estava disposto a suportar uma agonia inimaginável, que até mesmo esperava por isso.

Ele tinha os olhos de um mártir.

Titus já vira aquele tipo de olhar antes.

— Parem! Parem agora! Vocês não têm licença! Os Filhos dos Veteranos Confederados receberam permissão para marchar...

— Foda-se a licença! — gritou alguém.

— NÃO SEREMOS SUBSTITUÍDOS! NÃO SEREMOS ESQUECIDOS!

Os berros surgiram atrás de Titus como um grito de guerra. Ele não precisou virar a cabeça para saber que vinham dos apologistas confederados atrás dele.

— Parem agora! — gritou Davy.

Ele e Steve se juntaram a Titus no meio da rua. O xerife viu Caldwell e seus homens se posicionarem na frente de Ricky e seu grupo. Eles tentavam impedir que alguns dos homens de cinza rompessem a formação e atacassem os contramanifestantes.

— Caldwell, tente levar eles para o jardim! — gritou Titus em seu rádio.

— Entendido — respondeu Caldwell.

— Jamal, pare com isso! — gritou Titus.

Jamal olhou para ele e começou a cantar ainda mais alto.

— Negros malditos! — gritou alguém do grupo dos confederados.

Titus sentiu o grito na mesma intensidade em que o ouviu. Estava impregnado de uma raiva selvagem e idiota, o uivo de um animal preso em uma armadilha que ele mesmo criou.

Uma garrafa de cerveja voou pelo ar.

Ela se espatifou aos pés de Jamal, e estilhaços explodiram e se espalharam pelo ar parecendo borboletas com asas afiadas como navalhas.

Merda, pensou Titus.

Cerca de vinte contramanifestantes conseguiram passar correndo por ele, Davy e Steve. Os homens de Caldwell foram ao encontro deles e, por um momento, conseguiram contê-los, mas aquele instante se esvaiu como areia por entre dedos abertos. Então, alguns integrantes do grupo de Ricky avançaram e punhos começaram a voar e a raiva, a fúria e o medo explodiram como um aneurisma. Titus gritou no rádio para que todos focassem em parar a briga e disse a Steve e Davy para empurrar os contramanifestantes que restaram para trás. As pessoas no jardim corriam e Titus ouvia o choro das crianças, lamentos longos e dolorosos que cortavam o ar como agulhas na carne.

Foi quando ele ouviu o caminhão.

O rosnado dele suplantou todos os uivos, berros e os gritos de guerra tristes e patéticos. Seu motor era como o som de um dragão anunciando sua chegada, pressagiando a catástrofe que estava prestes a desencadear.

Titus viu os contramanifestantes começarem a se dispersar. Eles corriam para as calçadas ou para o jardim do tribunal. Alguns dos mais velhos, como o reverendo Wilkes, não se moviam rápido o suficiente para escapar do caminhão que se aproximava.

O xerife observou o corpo do reverendo ser lançado no ar, seus braços agitando-se de um lado para o outro. Mais um corpo se juntou ao dele, girando e rodopiando como um pedaço de papel ao vento. Conforme a multidão se dispersava, Titus conseguiu ver o veículo claramente. Era um caminhão-baú vermelho e branco. O logo da Fábrica de Bandeiras Cunningham estava pintado no capô.

Titus olhou para os lados.

Steve e Davy haviam desaparecido.

Ele viu uma movimentação pelo canto do olho. Percebeu que os dois se juntaram à multidão que fugia para as colinas. Caldwell e seus homens conseguiram dispersar a maioria dos Confederados, mas ainda havia algumas pessoas na rua de ambos os lados do conflito.

A mente de Titus estava a mil por hora. Suas sinapses disparavam como fogos de artifício. Ele viu o motorista do caminhão encarando-o através do para-brisa, os dentes à mostra.

O xerife sacou sua arma.

Estava parado no meio da rua como um pistoleiro do Velho Oeste enfrentando duas toneladas de aço e fogo.

De repente, Carla estava a seu lado, de arma em punho.

Titus mirou no para-brisa.

— Acerte os pneus! — gritou ele.

Carla se ajoelhou.

O motorista do caminhão pisou no acelerador e o som do motor passou de um rosnado para um rugido monstruoso. Atrás dele, Titus ouviu vozes clamando por Deus, por Jesus, por quaisquer divindades que pudessem estar ouvindo.

Titus puxou o gatilho cinco vezes, rápido e em sequência. Ouviu Carla disparar uma saraivada de tiros no pneu dianteiro esquerdo do caminhão.

As balas perfuraram o para-brisa e atingiram Denver Carlyle como uma martelada divina. Titus viu o caminhão virar bruscamente para a esquerda, depois subir na calçada e colidir de frente com a fachada da Artigos Colecionáveis da Íris Selvagem, parando com um estrondo violento. Titus se aproximou do caminhão e se posicionou de costas contra o baú enquanto estendia a mão direita para abrir a porta do motorista. Carla estava atrás dele, o cano de sua arma ainda fumegante.

O corpo de Denver Carlyle escorregou para fora da cabine e caiu no asfalto. Quatro dos tiros de Titus o atingiram no rosto. Denver não teria um funeral de caixão aberto.

Davy e Steve vieram correndo. Pip se aproximou de Titus e parou entre ele e o corpo.

— Você está bem? Caramba, essa é a coisa mais louca que já vi em toda minha vida. Vocês encararam um maldito caminhão — disse Pip.

Titus guardou sua arma e correu em direção ao reverendo Wilkes, passando por trás do caminhão, que cuspia óleo pelo escapamento.

— Titus, você está bem? — gritou Pip.

O reverendo Wilkes estava deitado de lado. Sua perna direita dobrava-se para trás em um ângulo terrível. Ambos os braços estavam em posições estranhas. Titus se ajoelhou ao lado dele. Sua barba estava encharcada de sangue, e o líquido vermelho se acumulava em sua boca. Seus olhos estavam abertos, mas o que eles viam ficava além da compreensão de homens como Titus. O reverendo Wilkes pertencia agora aos tempos imemoriais.

O xerife desejou poder fechar os olhos dele, mas sabia que isso só funcionava em filmes.

Ele correu até o outro corpo caído perto do jardim do tribunal. Era uma mulher, contorcida e ferida como o reverendo Wilkes, mas gemendo de dor. Titus se agachou. Ele reconheceu Sandra James, uma das amigas de Darlene.

Ele se levantou e olhou para sua equipe. Para Caldwell e seus homens. Para Danforth e seu pessoal.

— Ela está viva! Chamem os bombeiros e o resgate! Vamos estabelecer o perímetro. E arranjem um lençol para Denver — disse Titus.

De início, ninguém se moveu.

— Vamos! Vamos! Ao trabalho! — gritou ele.

— Ouviram ele, vamos lá! — disse Carla.

À medida que começavam a cumprir seus deveres, Titus tocou outra vez no distintivo. Às vezes, aquela estrela era como um escudo sobre o coração. Às vezes, era como uma âncora puxando-o para baixo. E outras vezes, bem, era mais como um pedaço de latão barato.

•

A ambulância chegou e levou Sandra. Os agentes funerários chegaram e levaram Denver e o reverendo Wilkes. Titus mandou prender cinco Confederados e três contramanifestantes de acordo com as informações de Caldwell e seus homens.

Ele encontrou Jamal sentado sozinho em um banco perto da estátua.

— Você está bem? Precisa que os paramédicos te examinem? — perguntou Titus.

Jamal balançou a cabeça. Ele olhou para Titus com olhos assombrados.

— O reverendo Wilkes era um bom homem. Eu disse que ele não precisava vir. Ele falou que era seu dever como homem de Deus. — Jamal cobriu o rosto com as mãos. — Eles nunca vão mudar, não é, Titus? Pessoas como Ricky e Denver. Nem toda marcha e cantoria do mundo farão a menor diferença. Seus corações jamais serão tocados. E agora o reverendo Wilkes está morto — concluiu ele, a voz trêmula.

Titus se sentou ao lado dele no banco.

— Não sei. Tudo o que sei é que violência gera mais violência, e toda violência é uma confissão de dor. Pessoas machucadas tendem a machucar outras. Ricky incitou todo seu pessoal, incluindo Denver. Aí a gente prendeu Denver por dirigir embriagado ontem. Pela terceira vez em cinco anos. Ou seja, ele ia perder a carteira de motorista comercial. Perder o emprego. Tinha a ver com a estátua, mas também tinha a ver com ele. Denver estava perdendo o controle da própria vida. Sentia que estava perdendo tudo. O emprego, a vida. Para muitas dessas pessoas, a estátua é somente um símbolo de tudo o que temem ter perdido. E pessoas como você, como eu, como o reverendo Wilkes, somos bodes expiatórios fáceis.

— Sabe o que Ervin me contou um dia desses? Que estava no Watering Hole e ouviu Denver contar uma piada. Era algo como: "O que são sete crianças mortas numa floresta? Um bom começo." É com esse tipo de gente que estamos lidando, Titus. Sei lá. Talvez seja hora de desistir. Deixar que fiquem com essa maldita estátua. Talvez o reverendo Wilkes estivesse vivo se eu não tivesse...

— Não foi você quem matou ele. Foi Denver Carlyle. Não desista, Jamal. Um dia aquela maldita estátua vai cair. E caras como Ricky vão ter que assistir à queda — disse Titus.

O xerife deixou Jamal e foi falar com Elizabeth Morehood.

Ele a informou que precisaria cancelar o resto do festival. A princípio, ela recusou.

— Elizabeth, duas pessoas estão mortas. O festival acabou. Já era. Vá pra casa.

— Titus, eu entendo a situação, mas precisamos desse festival. Muito bem, minha proposta é fecharmos tudo por uma hora, e mais tarde reabrir para a dança de rua desta noite.

Titus a encarou, perplexo.

— Elizabeth, pessoas acabaram de morrer nesta rua. Será que a população deveria se divertir sobre o sangue do reverendo Wilkes?

— É claro que vamos limpar a rua durante o intervalo.

— Elizabeth, vá pra casa, ou vai acabar presa por obstrução de uma investigação policial. O Festival de Outono acabou — disse Titus.

Ele viu o rosto dela mudar, tomado por uma expressão amarga que a envelheceu dez anos. Elisabeth deu meia-volta e saiu andando com o rosto rígido e severo.

•

Titus voltou à delegacia e foi para seu escritório. Pip entrou atrás dele e fechou a porta.

— Você não teve escolha, Titus.

— O hospital disse que Sandra pode acabar paralisada. O reverendo Wilkes está morto. Tem um lunático à solta dilacerando pessoas e matando crianças. Um professor e o filho de um amigo meu estavam ajudando esse cara a matar aquelas crianças. O Comitê do Festival de Outono queria que a festa continuasse, eu te contei isso? Qual é a porra do problema das pessoas, Pip? Qual é a porra do problema de Caronte?

Pip se sentou em uma das cadeiras em frente à escrivaninha de Titus. Tirou o chapéu e enxugou a testa com as costas da mão. Uma mecha de cabelo meio grisalho, meio preto, caiu sobre seu rosto.

— Minha avó costumava me contar como os primeiros membros da igreja menonita eram contra a escravidão, porque achavam que ser dono de outras pessoas não podia fazer parte do plano de Deus. Eles entendiam que ser proprietário de escravos era um pecado imperdoável que condenaria alguém ao inferno. Que macularia seus filhos e suas filhas por gerações. — Pip respirou fundo. — Caronte tem sido o lar de muitos pecados terríveis. Talvez haja uma maldição aqui. Uma que maculou a todos nós.

— Você já rodou o mundo todo, Pip. Não é possível que acredite que a culpa de nosso sofrimento é da Marca de Caim ou do Pecado Original — disse Titus.

Pip balançou a cabeça.

— Você me perguntou qual é o problema de Caronte. Esse é meu melhor palpite.

•

Albert e Marquis estavam sentados na sala de estar quando Titus chegou em casa. Seu pai se levantou depressa e veio até ele com os braços abertos. Ele agarrou Titus em um abraço apertado.

— Garoto, você precisa parar de me assustar assim — disse Albert.

Titus se perguntou como seu pai convivia com esse medo quando ele estava no FBI. Perguntou-se como Albert reagiria se soubesse como chegara perto da morte. Se soubesse que ele foi o juiz, o júri e o executor no caso de Red DeCrain.

Titus retribuiu o abraço de Albert.

— Estou bem, pai.

Albert o soltou e deu um passo para trás. Marquis lhe um tapinha no ombro com a mão esquerda.

— Vai ter que abrir mais espaço na parede — disse Marquis.

— O quê? — perguntou Titus.

Marquis apontou para a cabeça de cervo acima da lareira. O cervo com chifres de doze pontas que Titus abatera quando tinha 13 anos.

— Você tem mais uma cabeça pra colocar ali — disse Marquis com uma risada.

Titus não se juntou a ele.

— Desculpe, estava tentando esconder o fato de que estava com medo por você — disse Marquis.

— Key disse que estão falando de você na internet — disse Albert.

— Não se preocupe com isso, pai. É só isso o que estão fazendo. Falando — disse Titus.

— É, mas falar deixa esses caras agitados. Jasper, especialmente, tem falado demais — disse Marquis.

A frieza em sua voz inquietou Titus.

— Como eu disse, é só conversa. Não se preocupe com isso, certo?

— Hum — respondeu Marquis.

— Estou falando sério, Key. Deixa pra lá.

Marquis deu de ombros.

— A cachaça acabou, mas comprei um Jameson.

— Por mim não precisa, acho que vou direto pra cama — disse Titus.

Marquis balançou a cabeça.

— Para com isso.

— O quê?

— Para de tentar carregar tudo sozinho. Venha, tome uma dose comigo e com o pai. Vamos fazer um brinde à mãe — disse Marquis.

Ele olhou para Marquis e viu o quanto a simples menção à mãe deles era difícil para o irmão.

Titus sentiu o fardo em seus ombros se aliviar um pouquinho.

— Está bem.

•

Albert se retirou depois de duas doses. Titus e Marquis terminaram a garrafa uma hora depois. Agora, Titus estava sentado à mesa da cozinha ouvindo o irmão roncar na sala de estar. Ele pegou a garrafa verde vazia e a levou para a lixeira. Sentia-se livre e selvagem, como um cachorro bravo que de repente se soltou da coleira.

Odiava se sentir assim porque uma parte dele, uma parte que compartilhou com poucas pessoas além de Kellie, gostava demais disso.

Ele encheu um copo de água da torneira. Encarou a noite através da janela. Red DeCrain não mais o aguardava só no mundo dos sonhos.

Titus terminou a água, enxaguou o copo e o colocou no escorredor. Também jogou um pouco de água no rosto.

Ele estava cansado. Mais cansado do que jamais estivera antes. Cansado até os ossos de uma forma que uma única noite de sono não seria capaz de curar. Ele precisaria entrar em coma por um mês. Tornar-se um sonâmbulo para poder continuar trabalhando.

Seu rádio crepitou.

Ele teria suspirado, mas estava exausto demais.

— Titus falando.

— Oi, Titus, acabei de receber uma ligação de Calvin Macdonald. Lavon não voltou da escola hoje. Eles acharam que o filho tinha ido ao festival, mas quando ouviram sobre a… situação com Denver, vieram até a delegacia procurando por ele. Titus, são 21h. O menino não é visto desde que a mãe o mandou para a escola hoje de manhã — disse Kathy.

Ele sentiu o fardo despencar de volta sobre seus ombros com força o bastante para esmagar sua coluna. Um buraco se abriu no estômago.

Vi seu irmão andando sozinho hoje.

VINTE E OITO

Os olhos de Titus estavam secos como lixa.

Ele estava acordado havia quase vinte horas. Tomava pequenas doses de energéticos e bebia café para ter alguma energia. Seu corpo estava muito além do ponto de exaustão, e ele estava quase alucinando.

Titus engajou todo o departamento na busca por Lavon. Notificou a polícia estadual. Colocou anúncios em todas as redes sociais. Ativou o Alerta Amber, sistema de alertas urgentes de rapto de crianças. Dirigiu pessoalmente por todas as estradas secundárias do Condado de Caronte, foi até Piney Island.

Nada.

Na noite anterior, ele visitou Calvin e Dorothy. Os dois se pareciam com versões fantasmagóricas de seus antigos eus. Seus rostos estavam pálidos, esticados sobre os crânios. Titus percebeu que eles não se sentaram juntos no sofá. Calvin estava na poltrona reclinável, e Dorothy na extremidade oposta do sofá. Como se não suportassem ficar perto demais um do outro. A tragédia pode unir as pessoas. Também pode reabrir feridas antigas e fazê-las sangrar de novo.

— Encontre ele, Titus. Por favor, encontre nosso menino — pediu Calvin com a voz impregnada de dor.

O velho amigo de Titus era a personificação da fragilidade. Ele percebeu que Calvin estava prestes a desmoronar, à beira de uma ruína que poderia ser irreparável. Dorothy parecia estar em outro mundo. Um universo onde seu filho mais velho não estava morto e seu filho mais novo não estava desaparecido.

Titus os deixou sem fazer promessas. Já fizera uma promessa à mãe de outra criança, que até agora não havia sido cumprida.

Ele não acrescentaria esperança à dor que Calvin e Dorothy sentiam. Se encontrassem Lavon ileso, seria maravilhoso, quase um milagre. Mas se não o encontrassem, ou se achassem o que restava dele, aquela promessa de esperança se tornaria uma crueldade que Calvin e Dorothy não mereciam.

— Titus, na escuta? — perguntou a voz de Carla pelo rádio.

— Titus falando.

— O pessoal do estado chegou com os mergulhadores. Quer que a gente te espere ou podemos começar?

Titus fechou os olhos e imaginou ouvir suas pálpebras se tocarem com um estalo.

— Não, não esperem por mim. Podem começar.

— Entendido — disse Carla.

Ele chamou a polícia estadual para vasculhar o rio e o lago da pedreira de cascalho. Mas não achava que encontrariam algo. Era o que chamavam de diligência, mas naquele caso Titus tinha certeza de que seria uma perda de tempo. Lavon não estava em um lago, um rio ou uma vala. Se ele ainda estivesse vivo, estava com o Último Lobo. O Anjo da Morte. E a culpa era de Titus.

O assassino, o Último Lobo, o Homem do Salgueiro-Chorão, o superara em cada uma das jogadas. Seja por sorte ou por bom planejamento, o fato era que ele estava sempre um passo à frente deles. Titus o tinha visto, o tivera em sua mira como aquele cervo em sua parede. Ele era apenas um homem. Um homem louco e cruel, mas agora Titus sentia que ele estava se tornando um mito. Uma lenda rural que se juntaria à longa lista de contos populares e tragédias que assombravam sua cidade natal.

Esse homem fez com que tempos atribulados se abatessem sobre eles, mas agora parecia que esses tempos jamais terminariam.

O celular de Titus começou a vibrar em seu bolso.

— Alô?

— Xerife, é a Dra. Kim.

— Oi, doutora.

— Queria avisar que completamos a autópsia de Denver Carlyle. Além disso, vamos receber os resultados toxicológicos dos sete corpos hoje.

Titus não respondeu.

— Xerife? — chamou a Dra. Kim.

— Oi, estou aqui. Agradeço a ligação. Só pra que fique sabendo, eu chamei a polícia estadual. Eles vão investigar o tiroteio envolvendo Carlyle. E... — Titus fez uma pausa. — E eu vou deixar que fiquem com o caso Spearman. Continuaremos auxiliando e oferecendo assistência, mas vou permitir que assumam a liderança. Acho que seu contato provavelmente vai passar a ser o sargento Geary.

A palavra *fracasso* parecia reluzir como um letreiro de neon diante de seus olhos, mas ele sabia que aquilo era apenas seu orgulho. Um bom líder sabia reconhecer quando tentava ir além de suas capacidades ou quando esgotara a ele mesmo e sua equipe. E Titus os havia esgotado e os levado ao limite. Seus oficiais eram boas pessoas, todos eles, mas aquele caso estava além de suas capacidades, e das dele também. Era uma verdade difícil de engolir, mas ele iria mordê-la, despedaçá-la e engoli-la. Titus não queria desistir do caso, mas suas vontades não importavam. Encontrar Lavon, encontrar o assassino, era o mais importante.

Seu avô costumava dizer que fazer a coisa certa raramente era fácil, mas sempre valia a pena. Aquela decisão não era fácil, mas ele precisava acreditar que valeria a pena.

A Dra. Kim não falou nada por quase um minuto inteiro.

— Apesar de ter minhas preocupações, entendo sua decisão, xerife — disse a médica.

— E quais são suas preocupações?

A Dra. Kim ficou quieta por um momento.

— Titus, estamos falando de sete crianças negras.

Ela não elaborou, e Titus não precisou que o fizesse.

— Não vou abandonar elas. Não vou a lugar nenhum. Mas a polícia estadual tem mais recursos do que a gente. Meus oficiais estão no limite — disse Titus, e imediatamente odiou a si mesmo por isso.

— Não estou acusando você de abandoná-las, xerife. Sei que jamais faria isso. É só que... não sei se o Departamento de Investigação vai se dedicar ao caso tanto quanto você.

Titus a ouviu não somente com os ouvidos, mas com o coração. Ele a ouviu não somente como xerife, mas como pessoa não branca em um cargo que normalmente transmitia poder e respeito, mas que estava sempre sob ataque daqueles que procuravam miná-los e deslegitimá-los.

— Não vou permitir que desistam dessas crianças — disse Titus.

A Dra. Kim suspirou.

— Acredito em você. Talvez eles possam nos ajudar a finalmente identificar aquela coisa de metal em forma de T. Conseguimos quantificar e catalogar todos os outros itens que encontramos dentro ou na superfície dos corpos.

— A coisa em forma de T — repetiu Titus.

— Sim, você se lembra? É como um T com uma perna cilíndrica e uma barra transversal fina — disse a Dra. Kim.

Titus sentiu como se sua pele estivesse em chamas. Seu estômago parecia tão vazio quanto uma cova aberta. Ele se endireitou na cadeira.

— Dra. Kim, pode me mandar uma mensagem com a foto da coisa em forma de T?

— Pensei que fosse passar o caso adiante — disse a Dra. Kim.

— Ainda não. Me mande a foto.

Aquela era a peça que faltava. A junção que ele precisava desatar para desvendar tudo. Ele estava certo de que tinha razão, mas queria ver a foto para confirmar.

— Mandei.

Poucos segundos depois, o celular de Titus vibrou.

Ele encarou a foto. Examinou o objeto para além de sua aparência enferrujada e corroída. Examinou-o pelo que era, mas também pelo que seria para ele, para o condado.

Uma chave para finalmente deixar a luz entrar e afastar a escuridão que os envolveu como uma mortalha desde que ele viu aqueles pobres corpos retorcidos entre as raízes do salgueiro-chorão.

•

Titus estacionou em frente à entrada da FBC, ou Fábrica de Bandeiras Cunningham, e desceu do SUV. Ele olhou para o relógio. Eram 9h. Estava quase na hora do intervalo do primeiro turno. Tudo bem. Ele não precisava de ninguém do chão de fábrica. Precisava do gerente. E todo mundo de Caronte sabia que Caleb Cunningham não pisava no chão de fábrica, a não ser para caminhar até seu Hummer no final do dia.

Titus entrou no escritório da frente e parou no balcão. Sentada a uma mesa havia uma mulher mais velha, branca e robusta. Para além dela, havia um escritório cercado por vidro, e adiante dele Titus conseguia ver o labirinto sombrio da FBC. Uma infinidade de máquinas de costura e bordado, feitas de ferro e aço, que davam a impressão de se estender por quilômetros. Ferros industriais e esteiras transportadoras que chiavam e rosnavam como feras famintas por dedos e mãos. Bandeiras estadunidenses, bandeiras do estado da Virgínia e bandeiras para as várias divisões das forças armadas eram costuradas, bordadas, prensadas e por fim dobradas para serem entregues por todo o país.

E ao longo de toda a Costa Leste.

A recepcionista estava mexendo no celular e não havia percebido a presença de Titus.

— Com licença, preciso falar com Caleb — disse o xerife.

A mulher ergueu a cabeça e semicerrou os olhos.

— Tem horário marcado?

Titus tocou no distintivo.

— Este é meu horário marcado. Preciso falar com ele. Agora.

A mulher abriu a boca, depois a fechou abruptamente. Pegou o telefone da mesa e apertou alguns botões. Alguns segundos depois, Titus observou pelo vidro enquanto Caleb atendia o telefone em seu escritório. Ele olhou para cima, viu Titus, falou alguma coisa no telefone e desligou.

— Pode entrar — disse a recepcionista.

Titus foi até a portinha com dobradiças no balcão, levantou-a e dirigiu-se ao escritório. Passou por uma pesada porta de madeira e entrou no cubículo de vidro. Caleb não se levantou, nem ofereceu a mão. Titus podia sentir a vibração das máquinas da fábrica nas solas dos pés.

— Titus, como posso ajudar? — perguntou Caleb, em um tom de voz que sugeria que ele não estava nem um pouco disposto a ajudá-lo.

— Caleb, preciso dos registros dos caminhões de Denver Carlyle e do caminhão que ele dirigiu nos últimos anos.

— O quê? Por que você precisa dos registros dos nossos caminhões?

— Assunto da polícia.

Caleb franziu a testa.

— Esses registros são confidenciais. São propriedade da FBC. Não sei se posso mostrá-los a você sem uma ordem judicial ou algo do tipo. Além disso, ainda estamos discutindo com nosso advogado sobre quem vai nos reembolsar pelo caminhão que Denver bateu. Talvez a gente precise processar o condado. Levando isso em consideração, acho que eu nem deveria estar falando com você.

Titus estava cansado demais para revirar os olhos diante da ideia de Caleb processar o condado porque seu motorista decidiu atropelar uma multidão de manifestantes pacíficos.

— Está sabendo sobre as crianças encontradas perto do salgueiro-chorão na propriedade de Tank? — perguntou Titus.

— Bem, sim, mas eu não...

— Uma dessas crianças teve um cadeado de caminhão enfiado na garganta — interrompeu Titus. — Veja bem, o assassino pegou um desses cadeados que você usa para garantir que ninguém roube suas remessas e fez um garoto de 15 anos engoli-lo. Eu não o reconheci de imediato, mas ontem vi um desses no caminhão que Denver estava dirigindo quando tentou matar Jamal Addison e seu pessoal. Então não tenho tempo pra ir atrás de uma maldita ordem judicial. Preciso dos registros de Denver e preciso deles agora mesmo.

— Eu, é...

— Caleb, por acaso eu gaguejei? A vida de um garoto pode estar em jogo. Me dê os malditos registros — disse Titus.

Sua voz se elevou acima do som das máquinas da fábrica. Qualquer objeção que Caleb tenha pensado em fazer foi pulverizada pela impetuosidade da ordem de Titus.

Caleb pegou o telefone em sua mesa.

— Gloria, emita os registros de entregas de Denver Carlyle dos, dos...

— Dos últimos cinco anos — disse Titus.

— Dos últimos cinco anos. Sim, pode enviar como um documento — disse Caleb. — Ano passado escaneamos todos os registros anteriores e migramos para um sistema eletrônico.

Titus o encarou.

Um alerta soou no notebook sobre a mesa de Caleb. Ele digitou alguma coisa no teclado, e então virou o notebook para Titus.

— Aqui está.

O xerife se sentou em uma cadeira de plástico em frente à mesa de Caleb e começou a olhar os registros. Pelo visto, Denver dirigira o mesmo caminhão pela maior parte do tempo na FBC, o veículo número 873. Titus examinou mais a fundo os registros, passando página por página. E sentiu um gosto amargo na boca. As datas não batiam. Ele não precisava de seu bloco de notas. Tinha memorizado as datas e os locais. Continuou clicando, olhando, esperando.

— Não está achando o que procura? — perguntou Caleb.

Titus não respondeu. Continuou passando as páginas.

— Calma aí, essas datas no verão. Estas não são as iniciais de Denver — murmurou Titus.

— O quê? — perguntou Caleb.

Titus clicou na barra de pesquisa e digitou "1º de agosto de 2015".

— De quem são as iniciais RGL? — perguntou ele.

— Hum, deixa eu ver — disse Caleb.

Titus girou o notebook de volta para ele.

— Ah, sim, quando estamos muito sobrecarregados, o que geralmente acontece durante o verão, contratamos motoristas extras para as entregas. Usamos alguns caminhões alugados além de nossa frota regular. Denver se ofereceu para dirigir um dos veículos alugados porque o ar-condicionado era melhor, então um dos motoristas temporários ficou com seu caminhão habitual. No verão, a gente costumava estar sempre muito ocupado — disse Caleb.

— As iniciais, Caleb.

— Ah, sim. Bem, gostamos de contratar caras que já tem carteira de motorista comercial. As iniciais são de Royce Lazare, o motorista de ônibus escolar. Conhece? Ele já tem uma carteira dessas. Muito confiável — disse Caleb.

A boca de Titus ficou seca.

Ele observou as letras cortantes e oblíquas na tela. As três letras tinham bordas tão afiadas quanto a lâmina serrilhada da navalha que usavam para furar seu dedo quando ele era criança.

Royce Lazare.

Lazare. Um anagrama para uma outra palavra.

Azrael.

O Anjo da Morte.

•

— **Emita um alerta de** procura-se para Royce Lazare. Ele está armado e é perigoso. Tenho motivos para acreditar que está com Lavon Macdonald. Repito, Royce Lazare deve ser preso assim que avistado. Tenham extrema cautela ao abordá-lo — disse Titus pelo rádio.

— Você acha que é ele? — perguntou Carla pelo alto-falante.

— Eu não acho, eu tenho certeza — respondeu Titus. — Cam, ligue para a garagem da escola, veja sc ele deveria trabalhar hoje e se ele faltou. Vou até a casa dele. Estou a apenas cinco minutos de distância. Caso ele tenha ido trabalhar, alguém verifique se o ônibus dele ainda está circulando.

— Estou do outro lado do condado. Estarei lá em quinze minutos — disse Carla.

— Estou em Piney Island, também estarei lá em uns vinte minutos — disse Steve.

— Não, não precisam ir todos. Se ele não estiver lá, não queremos que fuja do condado — disse Titus.

Ele estava dirigindo em alta velocidade pela rota 18. Virou na rua Zephyr e pisou fundo no acelerador. Ele conseguiu o endereço de Royce no banco de dados do departamento de trânsito no computador do SUV. Royce morava no final da travessa do Chefão. Titus pisou no freio com o pé direito e manteve o acelerador pressionado com o pé esquerdo, fazendo uma curva brusca para a esquerda naquela travessa. Uma nuvem de fumaça dos pneus traseiros envolveu o SUV enquanto ele derrapava na curva.

Royce morava no número 2274 da travessa do Chefão. Titus observou os números nas caixas de correio enquanto dirigia.

— 2268... 69... 70 — disse para si mesmo.

Ele pisou fundo no freio.

Havia uma picape vermelha parada perto da caixa de correio do número 2274 da travessa do Chefão. Titus desceu rapidamente do SUV.

— O que você está fazendo? Precisa cair fora daqui!

Tom Sadler desceu de sua picape.

— Ouvi você pelo rádio. Eu estava na rua. Vim ajudar — disse Tom.

— Você não trabalha mais pra mim — disse Titus.

Tom bateu a porta da picape.

— Você não pode entrar sozinho. Se for ele, vai precisar de ajuda. Mesmo eu sendo um simples cidadão, você poderia me nomear. Eu tenho minha própria arma. Estou pronto.

— Não tenho tempo pra isso. Carla está vindo. Saia da frente — disse Titus.

— Eu já estou aqui! Posso ajudar. Titus, por favor, eu preciso fazer isso. Por favor, deixa eu fazer isso — implorou Tom.

Titus olhou para o longo caminho de acesso que levava à casa de Royce. O percurso cruzava um gramado sem vida e amarronzado à medida que serpenteava até uma casa branca de dois andares.

— Está de colete? — perguntou Titus.

Tom levantou a camisa, mostrando seu colete preto.

— Se ele estiver aqui, pode estar com Lavon Macdonald. Queremos pegá-lo vivo, mas não hesite em atirar se parecer que Royce não vai se render — disse Titus.

— Entendido — disse Tom.

— Hora de acabar com os tempos atribulados — sussurrou Titus para si mesmo.

— O quê?

— Nada. Vamos — respondeu o xerife.

VINTE E NOVE

Titus e Tom estacionaram lado a lado no final do caminho de acesso à casa de Royce. Titus parou à esquerda e Tom à direita. Ao lado da picape de Tom, havia um furgão velho. Titus não sabia o que Royce dirigia, mas uma van antiga e simples se encaixava muito bem com seu *modus operandi*. Esconder-se à plena vista. Ser tão discreto a ponto de passar despercebido. Misturar-se como somente mais um somente mais um dos tijolos de um muro.

Titus sacou sua arma e Tom fez o mesmo.

A casa estava em boas condições. Havia uma camada de tinta fresca na varanda guarnecida por telas. Um cata-vento fora colocado no terreno ao lado da casa. O revestimento de alumínio estava impecável, como se Royce tivesse acabado de lavá-lo com um jato de pressão.

Titus se perguntou se ele estava se livrando de evidências ou se apenas gostava de manter a casa em ordem.

Ele abriu a porta de tela e entrou na varanda. Havia alguns móveis de área externa e uma chaminé de barro no canto. Titus foi até a entrada da casa e bateu. Era uma porta com seis painéis de vidro e grades brancas entre eles. Quando ninguém respondeu, ele espiou pela janela. A casa parecia vazia.

Titus bateu outra vez.

Nada.

— E agora? — perguntou Tom.

— Temos causa provável para crer que tem alguém em perigo aqui dentro — disse Titus, odiando o gosto da mentira em sua boca.

Se Royce não estivesse ali, se Lavon não estivesse ali, qualquer coisa que encontrassem seria inadmissível no tribunal. Até um estudante do primeiro ano de direito desmascararia facilmente sua história.

Mas seu instinto dizia que aquele era o lugar. Aquele era o abatedouro. E Royce era o açougueiro.

Titus girou a maçaneta.

A porta estava destrancada.

— Certo. Vamos — disse Titus.

A casa tinha um cheiro doce demais. Era como se alguém tivesse acendido muitas velas aromáticas. Eles atravessaram uma sala de estar esparsa. Havia um sofá, uma poltrona dupla e uma pequena TV de tela plana pendurada na parede acima do que parecia ser uma lareira inutilizada. Titus percebeu que não havia fotos nas paredes. Nem de família, nem de amigos, nem de momentos capturados para a posteridade. Eles chegaram a um pequeno saguão. À frente, a enorme cozinha. À esquerda, uma porta fechada.

O xerife apontou para a porta com dois dedos, mas não falou nada. Tom assentiu. Titus se aproximou da porta. Ele pressionou o corpo contra a parede e estendeu a mão esquerda para a maçaneta. Tom se posicionou à direita da porta, na mesma postura de Titus. O xerife contou até três com os dedos, então girou a maçaneta e empurrou a porta.

Ele entrou, agachado e movendo a arma de um lado para o outro. Era um quarto pequeno, com uma cama de solteiro no centro. Era tão espartano quanto a sala de estar.

Amarrada à cama pelas mãos e pelos pés estava Dayane Carter. Nua e imóvel. Titus foi até ela e colocou os dedos em seu pescoço. Tinha pulso, embora fraco.

— Meu Deus — sussurrou Tom.

A maior parte do corpo nu de Dayane estava coberta de cortes e lacerações. Formavam palavras e frases de teor bíblico, mas que não estavam em nenhuma Bíblia que ele já tivesse lido. Royce a cortara e, aparentemente, cauterizara suas feridas.

— Ele queria manter ela viva o máximo de tempo possível — murmurou Titus.

Se aquele era o plano de Royce, não funcionou muito bem. Muitas de suas feridas estavam infectadas. Naquele momento, Titus compreendeu por que Royce estava usando tanto aromatizador.

— Devemos nos separar? Eu vou para o andar de cima e você verifica aqui embaixo? — sussurrou Tom.

— Não. Está vendo aquelas portas duplas na cozinha? Provavelmente dão em um porão. Ligue para o 911 para virem buscar Dayane. Eu vou verificar.

— Posso ligar e ir com você ao mesmo tempo.

— Certo. Vamos lá — disse Titus.

O xerife se dirigiu para a cozinha. Ele ouviu Tom ao telefone dando o endereço, pedindo uma ambulância e dizendo a Cam para mandar toda a equipe. A cozinha era duas vezes maior do que a da casa de seu pai. Enquanto o resto da residência era uma demonstração de austeridade, a cozinha estava luxuosamente equipada. Havia uma máquina de espresso e uma geladeira retrô de aço inoxidável, um enorme liquidificador também de aço e uma batedeira vermelha reluzente. Também podia-se ver uma torradeira larga de seis fatias e um pote de biscoitos chamativo de cerâmica em formato de ursinho de pelúcia. O chão da cozinha era de ladrilhos de mármore em um padrão xadrez preto e branco. Uma grande mesa oval de aço vermelho escuro estava posicionada no meio do cômodo. A porta dupla estava próxima a uma das extremidades da mesa. À esquerda, havia uma porta de tela que levava ao quintal. À direita, uma despensa alta com uma cortina de pano ao lado de um grande forno a gás.

Titus parou.

— Vamos dar uma olhada naquela despensa primeiro — disse Titus, mantendo a voz baixa.

— Não parece grande o suficiente para alguém se esconder — sussurrou Tom.

— Vamos dar uma olhada mesmo assim.

Tom virou a cabeça para dizer alguma coisa a Titus.

De repente, Tom empurrou o xerife com força para a direita.

Um estrondo ecoou pela cozinha e Titus viu a maior parte da cabeça de Tom Sadler explodir. Titus caiu de peito sobre a mesa, que deslizou pelo chão, desequilibrando-o. Instintivamente, ele estendeu as mãos para amortecer a queda.

Royce Lazare irrompeu pela porta de tela destruída, sem camisa e sem seu habitual boné de beisebol ou seu cabelo castanho espesso. Ele estava segurando uma espingarda de dois canos. Titus girou e acabou caindo de costas. Quando começou a levantar sua arma, Royce balançou a espingarda como um taco de croquet e esmagou os dedos da mão esquerda do xerife com uma coronhada, fazendo-o soltar a arma.

Os ouvidos de Titus zuniam tão alto que ele não ouviu o baque da arma caindo no chão. Ele se levantou e se lançou contra Royce, agarrando-o pela cintura e empurrando-o contra o balcão. Royce deixou cair a espingarda e começou a desferir golpes nas costas de Titus. Cada pancada era como um bloco de concreto contra sua coluna. Titus prendeu as mãos em volta do homem e o levantou do chão.

O xerife estava prestes a derrubar Royce no chão com um movimento de corpo, quando sentiu um soco em sua lateral direita que doeu mais do que qualquer outro que já tivesse recebido. De repente, ele não conseguia respirar. Titus soltou Royce e usou ambas as mãos para empurrar o homem pelo peito, abrindo espaço entre eles. O xerife deu alguns passos para trás, escorregou no sangue de Tom e caiu de costas outra vez. Ele sentiu a lateral direita de seu corpo quente e molhada.

Royce avançou contra ele segurando uma faca de caça.

Titus pensou aleatoriamente que ele devia ter uma coleção daquelas facas, quando sentiu algo rígido e firme embaixo dele.

Royce estava quase em cima dele quando Titus sacou a arma de debaixo de sua coxa direita. Royce instintivamente estendeu a mão enquanto o xerife atirava.

A bala atravessou a mão de Royce e atingiu sua bochecha de raspão, arrancando um pedaço da orelha esquerda. O homem urrou e se jogou em direção à porta dos fundos. Titus rolou de lado e disparou mais um tiro, mas errou e a bala atingiu a máquina de espresso no balcão.

Royce irrompeu porta afora.

•

Titus estava deitado de lado, tentando segurar sua arma, mas era pesada demais. Sua camisa estava encharcada com uma mistura de seu próprio sangue e o de Tom. Um feixe da luz do dia atravessou o que restava da porta de tela e acariciou seu rosto. A luz do sol era quente. Um contraste com o piso de mármore, que parecia muito frio.

O chão não está frio, você é que está entrando em estado de choque, pensou ele. A ideia o assustou, mas ele tentou ao máximo lutar contra aquela sensação. Se pudesse fechar os olhos por apenas um momento, apenas um segundo, Titus se recomporia, se recuperaria e meteria uma bala na cabeça de Royce Lazare.

Mas e o choque? E a perda de sangue?

— Está tudo bem. Está tudo bem. Só preciso descansar por um segundo — murmurou Titus.

Ele fechou os olhos.

A escuridão não era tão ruim. De certa forma, era reconfortante. Era um lugar do qual ele fugira por tanto tempo, algo dentro dele que Titus desejava tanto exorcizar, que nunca pensara na possibilidade de ser onde ele deveria estar, o que ele estava destinado a ser. Uma fusão com as sombras, parte de uma noite sem fim.

— Acho bom parar com esse barulho.

Titus ouviu a voz, mas se recusou a acreditar que era real. Melhor manter os olhos fechados e se deixar levar do que abri-los e ter seu coração partido mais uma vez, quando percebesse que ela não estava ali de verdade e que era tudo coisa de sua cabeça.

— Garoto, você me ouviu. Precisa se levantar, Titus. Ele está com Lavon e vai fazer coisas terríveis com ele. Você precisa se levantar, filho. Ele não está longe. Estão por perto, mas você precisa se levantar.

— Estou tão cansado, mãe — disse Titus.

— Eu sei, querido, mas você precisa se levantar. LEVANTA!

Titus abriu os olhos abruptamente.

O feixe de sol ainda banhava seu rosto com carinho. Não havia ninguém na cozinha além dele e de Tom. Titus se virou de bruços, esticou o braço e se segurou na maçaneta da geladeira. Com um grunhido, ele deu um impulso e se apoiou na geladeira. Tocou a lateral direita do corpo. Estava perdendo muito sangue. Tirou a camisa. Devagar, amarrou-a o mais apertado possível em volta de sua cintura. Tentou respirar fundo, mas doía tanto que ele parou na metade.

Titus olhou para baixo e viu sua arma no chão. Tinha medo de se inclinar e desmaiar de novo, então se agachou com cuidado, o máximo que conseguiu, e a pegou do chão. Afastou-se da geladeira. Deixara impressões ensanguentadas na superfície de aço inoxidável.

Titus cambaleou em direção à porta dos fundos. Forçou-se a respirar fundo, gritou de dor e seguiu em frente.

Havia sangue na grama, e não era o dele. Seguiu o rastro como fizera naquele dia distante em que caçara o cervo de chifres de doze pontas. O rastro terminava diante de uma fileira de seis arbustos de azaleia. Titus olhou para ambos os lados.

À esquerda, havia um campo amarronzado, recém-aparado. À direita, um prado exuberante, repleto de madressilvas. Ele olhou para os próprios pés. O rastro de sangue terminava ali. A grama onde o rastro cessava não era tão vívido quanto o resto do gramado. Aliás, o arbusto de azaleia em frente a ele também seguia o mesmo padrão.

Eu fiz um trabalho pra um cara. Ajudei ele com uma construção.

Titus estendeu a mão e tocou o arbusto à sua frente. Passou os dedos pelas folhas. Tocou os galhos.

Eram de plástico.

Titus segurou os galhos e puxou.

O alçapão ao qual o arbusto estava preso se abriu, as dobradiças semelhantes àquelas do balcão da FBC. Titus soltou o arbusto e espiou o buraco iluminado por lâmpadas fluorescentes. Havia uma escada de metal presa à parede.

De pé no centro do bunker que Cole Marshall o ajudara a construir estava Royce Lazare. Ele segurava Lavon à sua frente e empunhava uma faca no pescoço do menino com sua mão boa.

— Eu estava me perguntando se você encontraria esse lugar. Largue a arma e se junte a nós. Venha para o Tártaro — disse Royce.

Ele sorriu para Titus das profundezas de seu calabouço, o sangue escorrendo por seu peito, seu rosto e sua cabeça raspada, com um brilho maníaco nos olhos. Por um segundo, Titus pensou que ele parecia mesmo um anjo. Um anjo caído em desgraça.

TRINTA

Com a mão trêmula, Titus jogou a arma no chão. Sabia que estava funcionando à base de adrenalina e endorfinas, e aquele era um combustível precioso. Precisava descer e salvar Lavon. Independentemente do que acontecesse com ele, precisava salvar Lavon. Já falhara com Latrell. Não falharia com o irmão dele.

Degrau por degrau, Titus desceu até o bunker.

A estrutura era maior do que esperava. Ele estimou que o cômodo tinha cerca de seis por doze metros. Em contraste com a decoração minimalista da casa lá em cima, o bunker era um exemplo de extravagância espalhafatosa. Havia luzes de LED vermelhas e azuis ao longo das quinas do teto. Meia dúzia de pufes estavam espalhados pelo ambiente. Ao lado deles, havia luminárias de lava em mesinhas de centro. Uma cruz de Santo André estava apoiada contra uma parede. No centro da sala, uma mesa de embalsamamento antiga dominava o cômodo.

E ainda havia os anjos. Anjos por toda parte. Pinturas emolduradas na parede ao estilo Caravaggio, Rembrandt e Bacon. Ilustrações baratas produzidas em massa de anjos de mangás e quadrinhos. Uma estátua de anjo de granito cinza, que Titus imaginou ter sido roubada de um cemitério, estava aos pés da mesa de embalsamamento.

Serafins e arcanjos testemunharam a mais perversa manifestação do livre-arbítrio que Titus podia imaginar.

— Gostou dessa mesa? Eu geralmente deixo ela coberta quando recebo convidados. Quer dizer, convidados que podem ir embora — disse Royce.

Seu antebraço musculoso estava se esforçando mais para manter Lavon preso do que para segurar a faca de caça, mas a lâmina ainda estava muito próxima do pescoço do garoto.

— Lavon, vai ficar tudo bem. Eu prometo — disse Titus.

Royce fez um muxoxo.

— Você não devia fazer promessas que não tem intenção de cumprir, xerife.

Titus ignorou a afirmação.

— Você usa peruca porque não gosta de deixar seu cabelo crescer, não é, Gabriel? Ele fica crespo. Foram os Hillington que fizeram você odiar essa parte de si mesmo? — perguntou Titus.

Royce franziu a testa.

— Os Hillington me fizeram perceber que servimos a um Deus sociopata. Ele nos libertou e nos deixou fazer coisas uns aos outros, coisas terríveis. E ele e seus anjos ficam só assistindo e rindo como os romanos na porra do Coliseu. E quem sofre mais do que qualquer um? Os malditos negros. Eles são a merda na sola do sapato da raça humana. Vivem em um mundo onde tudo foi feito pra ferrar com eles. Eu fiz um favor àquelas crianças. Que tipo de vida elas teriam nos Estados Unidos? Em um país erguido sobre assassinatos e mortes em nome do "Papai do Céu". Um pai vagabundo que abandonou a todos nós. Nenhum anjo jamais surgiu do éter para nos impedir. Nenhum. E eu rezei para que aparecessem. Eu queria ver o fogo sagrado UMA ÚNICA VEZ! — gritou Royce.

— Foi por isso que você matou sete crianças negras, Gabriel? Porque estava com raiva de Deus por ele não ter te salvado de Henry Hillington? — perguntou Titus.

Ele olhou para a mão de Royce que segurava a faca. Lavon havia escorregado mais para a direita, para mais perto da dobra do cotovelo de Royce.

Titus precisava agir logo ou iria desmaiar.

Royce sorriu.

— Você acha que foram apenas sete?

— Acho que você matou crianças negras porque queria matar essa parte de si mesmo — continuou Titus. — Acho que foi por isso que você se juntou aos Filhos dos Veteranos Confederados, usa bonés de caminhoneiro e escuta Hank Williams Jr. Mas você nunca vai conseguir matar essa parte de si mesmo, Gabriel.

Royce apertou Lavon contra si com ainda mais força.

— Não me chame assim. Essa não é a porra do meu nome.

Titus levantou as mãos com as palmas para cima e baixou a voz.

— Eu sei o que fizeram com você. Elias, Henry, os Hillington. Aquela igreja. E eu sei que você estava com medo. E com raiva. E sentia como se não houvesse mais esperança. Eu sei como é. Sei como é rezar para Deus pedindo por algo que você quer muito e sentir que ele não se importa. Quando eu era criança, rezava para Deus salvar minha mãe. Às vezes eu rezava a noite inteira, do mesmo jeito que você rezou pedindo para que ele te salvasse.

— E viu como isso acabou? Ele podia ter feito algo, mas não fez nada. Sabe o que é o inferno? Não são lagos de fogo. É ser ignorado por Deus. Eu estava no inferno, e ele nunca estendeu a mão para me ajudar. EU ERA UMA CRIANÇA! Eu era uma criança — disse Royce, seus olhos arregalados e brilhantes como duas esmeraldas.

— Talvez este seja o momento. Talvez ele esteja estendendo a mão agora. Me deixe ajudar você… Royce. Solte Lavon e me deixe ajudar você — disse Titus, e estendeu a mão.

Royce fechou os olhos por meio segundo.

Quando os abriu, Titus viu o demônio que existia dentro dele.

— Vou te dizer uma coisa. Por que você não reza pra que eu não corte a garganta desse menino? E aí a gente vê se Miguel vem me atacar com a sua espada.

Royce apertou o cabo da faca de caça.

•

Titus se preparou.

Ele percebeu a mãozinha escura de Lavon se movendo. Observou enquanto o menino tirava algo pequeno e prateado do bolso da frente.

Titus olhou para Royce.

O homem sorriu para ele à medida que começava a mover a faca pelo pescoço de Lavon.

Titus avançou no momento em que Lavon enfiou a faca de cozinha até o cabo no antebraço de Royce. O homem gritou, um som agudo que não combinava com seu corpo enorme. Lavon caiu de joelhos e se arrastou para fora do caminho assim que Titus se chocou contra Royce.

O xerife agarrou a faca de caça com a mão direita enquanto desferia um golpe com a esquerda, atingindo a carne macia do nariz e da bochecha de Royce. Com o braço direito, Royce acertou uma pancada na lateral da cabeça de Titus. Era como se alguém tivesse batido nele com um saco cheio de cimento.

Royce puxou a faca do punho cerrado de Titus, abrindo um corte na mão do xerife. Ele desferiu um golpe com a lâmina e Titus sentiu a pele de sua bochecha se abrir como o Mar Vermelho. Titus recuou quando Royce tentou esfaqueá-lo no estômago. Agarrou de novo a faca de caça com a mão direita, mas desta vez conseguiu fazê-lo soltar com uma torção.

A faca de caça caiu no chão com um som metálico quando Titus golpeou Royce com a mão direita. Royce rugiu, parecendo mais uma criatura primitiva do que um homem, e agarrou Titus pelo pescoço com a mão esquerda. Ainda uivando, ele empurrou o xerife contra a parede, quebrando duas pinturas emolduradas de anjos, que caíram no chão.

Titus sentiu que estava perdendo a consciência. A mão de Royce em sua garganta era como uma armadilha de urso. Ele empurrou o polegar esquerdo no olho de Royce, mas o homem simplesmente intensificou o aperto. Pequenos pontos pretos começaram a surgir na visão de Titus. Royce arreganhou os dentes para ele como um lobo.

Titus mexeu na fivela do cinto.

Sentiu um clique e a fivela se soltou.

Tocou uma alavanca na parte de trás.

Dez centímetros de metal afiado surgiram da fivela retangular de latão.

Titus enfiou todos os dez centímetros no pescoço de Royce, sob o queixo. Então puxou a lâmina com força para a esquerda. Sangue explodiu do ferimento. Royce soltou Titus e cambaleou para trás, as mãos na garganta. Ele caiu contra a mesa de embalsamamento, depois deslizou para o chão, o sangue ainda jorrando como um rio de vinho tinto.

Titus deslizou pela parede até sentir o chão acarpetado do bunker. Recostou a cabeça e tentou respirar fundo, mas não conseguiu preencher os pulmões.

Lavon se aproximou devagar.

— Ele está morto? — perguntou o menino.

— Sim.

— Ainda bem. Ele não me deixou descer do ônibus escolar. Eu estava indo pra casa porque não queria ir ao festival. Ele disse coisas horríveis sobre meu irmão.

— Não... não dê ouvidos a ele. Seu irmão te amava — disse Titus, sentindo-se como se estivesse flutuando. — Ei, preciso que você... pegue o celular no meu bolso. Ligue para o 911. Diga onde estamos. Eles não sabem, e eu preciso de ajuda.

Lavon se aproximou e pegou o celular. Discou 911.

— Sim, a gente está... — Lavon parou.

— Na travessa do Chefão, número 2274. Em um bunker no quintal — disse Titus.

Lavou repetiu a mensagem.

— Eles disseram que estão quase chegando.

Titus fechou os olhos.

— Que bom.

Lavon se sentou no chão ao lado dele.

— Você vai ficar bem — disse o menino.

Titus não conseguiu discernir se era uma pergunta ou uma afirmação.

— Sinto falta do meu irmão. Minha mãe disse que ele estava doente. Mas eu ainda sinto falta dele — disse Lavon.

— Aposto que ele também sente sua falta — disse Titus.

Então, tudo o que restou foi a noite interminável.

•

Titus acordou sentindo como se tivesse mastigado algodão. Abriu os olhos e viu Albert e Marquis sentados ao lado de sua cama de hospital. Albert percebeu que ele estava acordado e pulou da cadeira com uma agilidade surpreendente. Ele pegou a mão esquerda de Titus e a apertou com tanta força que ele sentiu o aperto mesmo com os analgésicos que lhe deram.

— Meu garoto, meu garoto. Você voltou pra mim. Eu sabia que voltaria — disse Albert. Lágrimas escorriam pelas rugas de seu rosto e se acumulavam em sua barba grisalha.

— Por quanto tempo… fiquei apagado? — perguntou Titus.

— Dois dias — respondeu Marquis, do lado direito da cama, segurando a grade com suas mãos enormes.

Albert acariciou a testa de Titus.

— Eu te amo — disse ele.

— Também te amo, pai — respondeu Titus, a voz rouca.

— Vou pegar um pouco de água pra você. O médico disse que podia beber água se… quando acordasse — disse Albert.

— Sim, estou morrendo de sede.

— Já volto — disse Albert, e saiu do quarto, já desprovido de sua agilidade anterior.

— O que aconteceu com minha voz? — perguntou Titus a Marquis, assim que teve a certeza de que Albert não estava mais escutando.

— Aquele filho da puta fez alguma coisa com sua laringe. Ele também te acertou no fígado e perfurou sua vesícula biliar, mas disseram que você não precisa dela. Foi por pouco, mas eu e o pai dissemos que você é muito teimoso pra morrer. Se você morresse, quem iria nos impedir de roubar uvas no supermercado? — disse Marquis, e gentilmente pegou a mão direita de Titus.

Titus virou a cabeça. A janela à sua esquerda dava para um jardim tranquilo no pátio do hospital. Grandes rochas de quartzo formavam círculos concêntricos, intercaladas com lírios e capim-dos-pampas. No centro, havia um pequeno banco de madeira.

— Sabe, quando ele me esfaqueou, eu desmaiei por alguns segundos. Eu estava lá deitado no chão, deitado em meu próprio sangue, no sangue de Tom, pensando que estava entrando em estado de choque, e… — Titus engoliu em seco. Era como se estivesse engolindo um punhado de arame farpado.

— E o quê? — perguntou Marquis.

Titus umedeceu os lábios.

— Eu pensei ter escutado ela.

— Quem?

— Ela. Nossa mãe. Eu sei que era meu reflexo acionando minha adrenalina ao máximo, fazendo meu cérebro disparar como um circuito elétrico com defeito, mas pareceu tão real, Key. Eu sabia que não era. Sabia que se abrisse os olhos, ela não estaria lá. Mas foi o que me fez levantar do chão. Acho que minha mente pegou minha emoção mais forte e a usou para me impulsionar — disse Titus.

— Sua emoção mais forte é o luto? — perguntou Marquis.

— Não. É a culpa.

— Qual é, Ty. Você não tem culpa nenhuma em relação à mãe. Eu já disse que não havia nada que você pudesse ter feito, muito menos eu ou o pai. Estava além de nossos limites — disse Marquis.

— Eu sei, mas ainda sinto como se...

— Sabe, eu não entendo nada sobre adrenalina ou reflexos, e esse tipo de coisa, mas... bem, você disse que foi seu cérebro te impulsionando a levantar e enfrentar aquele desgraçado, e talvez seja verdade, mas... E se a gente apenas dissesse que foi ela? Que ela voltou pra ajudar seu filho. Eu sei que você não acredita nisso, mas não foi bom ouvir a voz dela? Porque eu daria qualquer coisa pra ouvi-la só mais uma vez — disse Marquis.

Titus sentiu sua respiração ficar entrecortada e ofegante.

E então ele começou a chorar. Um choro profundo e visceral, com soluços longos e altos que reverberavam por seu corpo. E ali estava Marquis, com os braços em volta dele, puxando-o para perto e segurando-o com firmeza.

— Sinto tanta falta dela, Key. Não consegui salvá-la. Não consegui salvá-la. Sinto tanta falta dela — murmurou Titus.

— Você salvou Lavon. Salvou Kellie. Salvou Caronte. Agora é hora de salvar a si mesmo, irmãozão — disse Marquis.

Eles permaneceram abraçados por um longo tempo.

TRINTA E UM

O céu crepuscular era como um sonho cor de magenta sobre o Condado de Caronte.

O vento frio de dezembro assobiava ao redor da casa dos Crown. Albert retirou os pratos do jantar da mesa da cozinha e os colocou na pia. Marquis terminou sua cerveja e jogou a garrafa no lixo.

Titus desceu as escadas. Estava usando uma jaqueta de couro preta, uma camiseta preta e jeans azuis. Carregava uma bolsa de lona marrom no ombro. Ele colocou a bolsa no chão e foi até a cozinha.

— Vão me acompanhar até a porta? — perguntou.

Depois de um mês e meio, sua voz ainda não voltara ao normal. Os médicos disseram que ele poderia precisar de cirurgia, mas ele recusou. Estava farto de ser cortado. Após sair do hospital, ele ligara para Kellie para saber como ela estava. Ela caiu no choro ao ouvir sua voz.

— Meu Deus, garoto da Virgínia, o que ele fez com você? — perguntara ela entre soluços.

Eles prometeram manter contato, mas Titus tinha suas dúvidas. Para Kellie, ver seu rosto, ouvir sua voz, seria somente um lembrete do dia mais traumático de sua vida. A última coisa que ele queria era causar mais dor a ela.

— Não entendo por que você não pode esperar até amanhã de manhã — disse Albert.

— Pai, tenho uma viagem de quinze horas pela frente. Saindo agora, posso chegar em Baton Rouge às 9h e ir direto para a faculdade me instalar — disse Titus.

— Ainda não consigo acreditar que você vai dar aula naquela escola — disse Marquis.

— Faculdade — corrigiu Titus.

Marquis fez um aceno com a mão.

— Tanto faz, só não consigo te imaginar sentado atrás de uma mesa corrigindo trabalhos e distribuindo adesivos.

— Vou ensinar criminologia, então não é como se eu estivesse desistindo completamente da polícia.

— Não sei, não. Acho que você vai acabar entediado — disse Marquis.

Albert se virou e secou as mãos em um pano de prato.

— Se o Watering Hole não tivesse pegado fogo, eu diria pra gente passar lá e tomar uma dose de despedida.

— Não é como se eu nunca mais fosse voltar, pai. E o Watering Hole era uma merda de qualquer forma. Alguém só decidiu acabar com o sofrimento daquele lugar — disse Titus.

Ele encontrou o olhar de Marquis. Seu irmão não piscou para ele, mas poderia muito bem tê-lo feito.

— O Watering Hole pegou fogo, a fábrica de bandeiras fechou. Os Cunningham venderam a distribuidora de peixes e saíram da cidade, e agora você se demitiu. É como se Caronte estivesse desmoronando — disse Albert.

Titus pensou no rosto de Carla quando ele lhe entregou o distintivo.

— Você pode… você pode fazer isso? — perguntara ela.

— Já fiz. Quando entreguei minha demissão ao Conselho de Supervisores, disse que você era minha vice-xerife. Agora você vai completar meu mandato e provavelmente concorrer contra Roger quando o período acabar. Se quiser se candidatar — dissera Titus.

Carla olhou para o distintivo em sua mão.

— Não queria que você fosse embora.

— Se lembra quando você me perguntou como era pra mim? Ter esse conhecimento na cabeça pra perseguir pessoas como Royce? — perguntara ele.

— Sim.

— Eu quero ser capaz de sonhar de novo sem ter medo do que vou encontrar. Agora, se quiser minha opinião, acho que você deveria se candidatar, e acho que tem chances de ganhar. Converse com Jamal Addison e ele vai ajudar a mobilizar votos pra você. Você será uma boa xerife, Carla. Melhor do que eu — dissera Titus.

Ela o havia abraçado.

— Às vezes, você precisa queimar a safra do ano passado para deixar o solo se renovar, pai — disse Titus, de volta ao presente.

— Certo, Globo Rural — disse Marquis.

Titus balançou a cabeça.

— Vamos lá, pessoal, me acompanhem.

Os três saíram para o fim de tarde fresco, o sol quase desaparecendo no horizonte. Pararam e observaram o céu por um longo momento.

— Certo, vou pegar a estrada — disse Titus.

Albert lhe deu um abraço apertado.

— Ligue pra gente quando chegar. E quando fizer uma parada. Só... ligue pra gente. — Ele soltou Titus e deu um passo para trás.

— Sabe que eu vou te visitar pra gente ir pra Nova Orleans, não é? — disse Marquis enquanto envolvia Titus em um abraço.

— Eu ficaria chateado se não fosse — disse Titus em seu ouvido.

Eles trocaram tapinhas nas costas antes de se soltarem.

Titus entrou em seu Jeep e ligou o motor.

Ele baixou o vidro.

— Se comportem. Eu ligo quando chegar à cidade — disse Titus.

— Vá logo antes que a gente comece a chorar. De novo — disse Marquis.

Titus riu.

— Amo vocês.

— Digo o mesmo — respondeu Marquis.

— Amo você, garoto — disse Albert.

•

Titus dirigiu pela rota 18, passando pelo Safeway e pela farmácia. As ruas de Caronte estavam vazias, exceto por um gambá solitário atravessando a rua. Titus virou à esquerda na travessa do Tribunal. Ele seguiria reto até a rua Zephyr e depois pegaria a rota 19, que o levaria para fora do condado. Teria que passar por Red Hill e Maryville até pegar a interestadual logo depois de Newport News.

Ele passou pelo tribunal e pela estátua confederada de *Ol' Rebel Joe*.

Titus pisou abruptamente no freio.

Deu ré até parar em frente ao tribunal. Estacionou em uma das vagas diagonais na frente do prédio.

Desceu do carro e olhou para ambos os lados da rua. Não havia ninguém à vista. O céu passara de magenta para uma escuridão total, sem estrelas.

Titus abriu o porta-malas de seu Jeep. Empurrou suas malas para o lado. Puxou a capa do estepe. Apanhou o macaco e a chave de roda. Tirou do caminho as sinalizações e o triângulo refletivo que seu pai lhe dera no ano anterior para emergências na estrada.

Pegou a faixa de reboque amarela que seu pai lhe dera junto com as sinalizações.

Foi até *Ol' Rebel Joe* e leu a inscrição na base da estátua à luz vermelha dos faróis traseiros:

AOS NOSSOS PAIS, FILHOS E IRMÃOS QUE DEMONSTRARAM CORAGEM E DEDICAÇÃO INABALÁVEIS NA DEFESA DE NOSSO ESTILO DE VIDA. CONDADO DE CARONTE, 1915.

— Foda-se essa merda — sussurrou Titus.

Ele envolveu a faixa de reboque ao redor da estátua. Prendeu a outra ponta ao engate esférico de seu Jeep.

Titus entrou no carro e colocou na primeira marcha.

De início, pensou que a estátua não se moveria. Os pneus fumegavam enquanto patinavam no asfalto. O motor chiava com uma ferocidade metálica, mas, por fim, ele sentiu o monumento ceder assim como a Confederação em Appomattox[1].

Quando desabou, o braço de Joe voou para longe e quicou na estrada, lançando faíscas como um exame de vagalumes.

Titus desceu do carro, soltou a faixa de reboque do engate esférico, então voltou para o Jeep e disparou estrada afora.

Ele riu durante todo o trajeto até a divisa do condado.

1 A Batalha de Appomattox Court House, em 9 de abril de 1865, foi uma das últimas batalhas da Guerra Civil Americana, resultando na rendição do General Confederado Robert E. Lee e seu Exército da Virgínia do Norte ao Exército de Potomac. [N. da T.]

AGRADECIMENTOS

Escrever um romance nunca fica mais fácil, mas quando se tem pessoas maravilhosas a seu lado, também não fica mais difícil. Preciso tirar um momento para expressar minha gratidão a essas pessoas.

Josh Getzler, meu agente, a primeira pessoa a acreditar em mim e a primeira que me ajudou a acreditar em mim mesmo. Agradeço por tudo o que faz, senhor.

Christine Kopprasch, minha editora, agradeço por me incentivar a desafiar a mim mesmo como escritor e artista. Sua mão firme guia minhas palavras e os universos que criamos.

A Nikki Dolson, Chad Williamson, Bobby Mathews, Jordan Harper, Rob Hart, Rob Smith, Jonathan Janz, Eryk Pruitt, James Queally e Mark Bergin. Agradeço por terem lido a primeira versão deste livro. Agradeço por sua honestidade, seu apoio e, o mais importante, por sua amizade. Há escuridão no mundo, mas todos vocês são luz.

E, finalmente:

Agradeço a Kim. Ela sabe o porquê. Sempre soube.

SOBRE O AUTOR

S. A. Cosby é um escritor vencedor do Anthony Awards, oriundo do sudeste da Virgínia. Ele é autor best-seller do *New York Times* de *Razorblade Tears*, que foi incluído em mais de vinte listas de melhores do ano, ganhou o ITW Thriller Award de Melhor Romance em Capa Dura e foi recomendado por Barack Obama. Também é autor dos best-sellers *My Darkest Prayer* e *Blacktop Wasteland*, que foi classificado como Livro Notável do *New York Times* e nomeado um dos melhores livros do ano pela NPR, pelo *Sun Sentinel* e pelo *The Guardian*, entre outros.